桃夭
魅丽文化
桃夭工作室

三千风雪　著

江苏凤凰文艺出版社
JIANGSU PHOENIX LITERATURE AND
ART PUBLISHING

图书在版编目（CIP）数据

假小子 / 三千风雪著 . -- 南京：江苏凤凰文艺出版社，2022.9
ISBN 978-7-5594-6058-5

Ⅰ . ①假… Ⅱ . ①三… Ⅲ . ①长篇小说 - 中国 - 当代
Ⅳ . ① I247.5

中国版本图书馆 CIP 数据核字 (2021) 第 249586 号

假小子

三千风雪 著

责任编辑 张 倩
出版统筹 曾英姿
特约编辑 刘思月 罗李璇
封面设计 白砚川
出版发行 江苏凤凰文艺出版社
南京市中央路 165 号，邮编：210009
网 址 http://www.jswenyi.com
印 刷 长沙金鹰印务有限公司
开 本 880mm × 1230mm 1/32
印 张 11
字 数 360 千字
版 次 2022 年 9 月第 1 版
印 次 2022 年 9 月第 1 次印刷
书 号 ISBN 978-7-5594-6058-5
定 价 45.00 元

目录

CONTENTS

目录

CONTENTS

第一章 李明珠其人

李明珠妈妈做第三者，做得不明不白。

当时，她怀着李明珠，正房找上门来，扇了她两个巴掌，她才知道自己是第三者。

李明珠的爸爸写得一手好文章，而且能言善辩，大学的时候是辩论队的一号选手。

李明珠妈妈就这么被他骗得团团转，还吃了两个巴掌，挨了一顿揍，最后被赶出了家门。

李明珠妈妈还没反应过来，怎么自己正经谈个恋爱，谈到要结婚了，自己却成了第三者？

而这两个巴掌，除了让李明珠妈妈的脸肿了好几天，还顺带毁了李明珠的童年。

谁知道她妈妈的精神承受能力这么差？

李明珠妈妈是农村出来的女人，生了一张娇艳的脸，但大字不识几个，就是一个草包美人，还被李明珠她爸骗了。

这个见识短浅的女人，原本想等李明珠生下来，如果是一个男娃，自己就好母凭子贵。

可惜她不争气，生下来的是一个女娃。

李明珠的妈妈就这么疯了。

李明珠的妈妈疯之前，还去从事了特殊职业，而后彻底自暴自弃。

李明珠就在这样的环境里，艰难地从一尺长长到两尺长，从两尺长长到会下地走路。

李明珠长到六七岁还没有死，真是一个奇迹，大家都这样觉得。而且她不但没死，还很倔强地活着，像踩不死的狗尾巴草一样。

妈妈不给她做饭，她就去菜市场捡烂叶子，然后煮在锅里，煮熟之后，她一边吃一边恶狠狠地瞪着妈妈。

李明珠的妈妈疯得彻底，有一回她没把妈妈绑住，妈妈疯到了大街上，被电动车撞断了腿，电动车车主赔了一笔钱——三千五百块。

李明珠的疯子妈的腿，就换了三千五百块。

她住在胡同里，街坊邻居喜欢时不时怜爱她一下，把她挂在嘴边念叨：哎呀，李明啊……李明妈妈真是一个造孽的啊……

李明珠面无表情地嚼着捡来的烂梗、菜叶子，咬得苦大仇深。这些话她听久了，也不知道他们是在骂她妈妈，还是骂她。

李明珠把那三千五百块存了起来。

她才七八岁，就从对门房东的电视机里学到了一些道理，有些是有用的道理，有些是狗屁不通的道理。

李明珠年纪这么小，却牢牢记住了房东每天吹嘘自己儿子的话：我儿子考上了什么什么大学，一年赚多少多少钱，住多大的房子。

虽然李明珠不明白，房东的儿子住大房子，房东为什么住土坯房，但当她回头看了一眼瘫在床上、骂她的妈妈后，有些明白了房东儿子的想法。

李明珠这时候就知道了：读书能赚大钱，能住大房子，能吃好饭，穿新衣，还能请个保姆照顾她那个半死不活的妈。

李明珠对此很是向往，七岁的她拿着三千五百块，找了一所民办小学，给自己报了名。

老师问她家长呢，她就说家长在上厕所，让自己先来报名。

在H市如过江之鲫的民办小学，是专门供外来打工的农民工子女读书的，师资一流……一流的差。

李明珠可能遗传了她爸，天生就是当演说家的料，撒起谎来面不改色、沉着冷静，她把拥有“一流师资”的民办小学的老师糊弄得团团转。

她拿着自己性别为男的身份证、户口本，给自己报上了名。

妈妈大骂她不孝子，有钱不给老娘买肉吃，上什么学。

李明珠便从外面捡了一根棍子，有手腕那么粗，妈妈一开口骂她，她就拿棍子在床上打一下。她小心地避开妈妈的身体，打在厚厚的被褥上，以示威胁。

李明珠的表情阴狠，实在不像一个孩子该有的表情，她说：“你再说一句试试看！”

李明珠妈妈不敢再说了，只好闭上嘴。

她就用这根木棍威胁妈妈。

事实上，李明珠认为妈妈说得没错。

李明珠用木棍恐吓自己的母亲，却会在晚上煮饭给她吃，伺候她拉屎撒尿，给她洗衣服。

李明珠在一天中有十二个小时表情都很阴狠，看着戾气极重，不像一个姑娘。偶尔她温情的时候，坐在妈妈的床头，也会和她疯子妈讲讲道理。

她一般讲这三个道理：

一、我要读书。

二、读书才能赚钱。

三、我赚到钱之前，你不能死。

李明珠的疯子妈不知道听没听懂她的道理，疯了这么多年，也硬撑着没死。

李明珠的童年就是在早餐店漆黑的后院刷碗度过的，还靠在菜市场里捡些烂叶子补贴家用，这样才活了下来。

她一条红领巾用了六年，红的都洗成白的了，终于读上了初中。

李明珠这六年穿着男装，在学校从来没去过厕所，头发永远剃成小平头，端端正正地坐在教室里——装男人。

她的前半生，除了让自己不要饿死，人生中第二重要的事情就是把自己装成男人。

李明珠的本事再大，口才再好，也忽悠不了派出所的警察。

身份证上的性别被她的疯子妈改成了男，她不知道她妈妈当年是怎么做到的，但是这时候的她决计做不到。

李明珠做不到改变社会，就只能改变自己，好在装男人不是一件复杂的事情，她只需要好好读书，不要说话，每天阴着脸就可以了。没人愿意和她做朋友，不过她也不需要朋友，她只想要在这个大家都吃好喝好的社会里吃到一顿饱饭。

终于，这个愿望在她初中毕业的时候实现了。

李明珠的中考成绩名列前茅，被直接保送到重点高中，学费全免。

她也就是在这个时候拓宽了业务，找到了一条新的致富之路——冒充大学生给别人补课。

李明珠在撒谎这方面很有天赋。

虽然她在学校时总是阴沉着脸，但实际上她私底下开拓了很多业务，比如帮忙写作业等，你情我愿，她也只是拿钱办事。

李明珠这样的好学生，老师万分信任她，她就利用这一点，帮所有人糊弄老师。

她真是辜负老师的信任。

于是，李明珠在持续性辜负、间歇性愧疚中，对业务渐渐熟练。

别人放暑假写一份作业，她放暑假写二十份作业。当然，她帮着写暑假作业不是免费的，而且分成上、中、下三个质量等级，收取一定费用。

李明珠做这件事的时候练就了一个本领，那就是将三支圆珠笔绑在一起并四排写，堪称人形复印机。

当她做这份不怎么光彩的工作时，她的疯子妈就要吵，吵得天翻地覆，吵得她无法安心工作。

李明珠一边斯文得像读书人，在作业上写着：孝有三，大孝尊亲，其次弗辱，其下能养……意思是孝顺的行为可以分成三个等级，最高一等的是言语、行为和内心都能尊敬父母，其次一等是不打骂侮辱父母，对他们好……一边拿棍子抽在被子上，嘴上吼：“你给我闭嘴！”

她妈妈就闭嘴了。

所以，李明珠就是这么和二炮认识的。

二炮是一个嘴巴大，嗓门比嘴巴更大的傻瓜，他每天拿着板砖到处找人决斗。有一回，二炮找到李明珠家门口，李明珠就用棍子把二炮抽得哭爹喊娘，惨叫声绕梁三日不绝。从此以后，二炮就成了她的小弟。

二炮的大哥在巷子口弄了一个小门面，做一些办证的营生。他那儿什么证都办，二炮因为坚固的革命友谊，把这个告诉了自己的好“兄弟”李明珠。

李明珠是一个讲信用的人，嘴巴很牢，这也是二炮佩服她的一点。

她的大学生假证，四舍五入一下，就是二炮的哥给她办的。

为什么是四舍五入？这是有理由的，二炮他哥不是不给李明珠办这个学生证，是他哥再怎么丧心病狂，也不能乱给才初中毕业的李明珠办个大学学生证啊！

所以这个证是二炮趁他哥出去打麻将的时候偷的。

为此，二炮付出了惨重的代价，李明珠和他两拳相撞，说了一句“好兄弟”。

二炮被揍得鼻青脸肿，担心道：“李明，这个是Q大的学生证啊，你行吗？我咋觉得有点儿虚啊？”

李明珠身份证上的名字就是这个：李明。

她拿着这个假证，皱眉道：“不是名牌大学，谁要我？”

二炮真的为她担心，一个初中毕业的人要去冒充Q大的学生，实在是很有风险，很有困难。

但是李明珠胆大包天，艺高人大胆，在江湖上飘的，还能虚这个吗？

李明珠如今想起来，都没法儿理解初中生的脑子是用什么做的，钢筋混凝土都不会错。那时候她脑子里装的大约就是钢筋混凝土。

李明珠就拿着这张大学毕业证去上岗应聘，人家问她怎么看着跟小孩儿一样，她从善如流、侃侃而谈，从天文地理谈到人与自然，把家长哄得摸不着东南西北。

“唉，我就是显年轻。阿姨，我妈现在这个年纪了，还被人认成大学生呢，就前天走在路上发生的事。”

她就是撒谎不打草稿，测谎仪都测不出来。

李明珠这张嘴厉害，上下翻飞，能把死人说活了，这么溜须拍马，还真有人信了她的鬼话。

她就这样得到了第一份工作。

李明珠自有分寸，辅导高三的学生她肯定不行，但是辅导高一或者初中的学生，那肯定是没什么大问题。

她不保送，准是Z省的中考状元。

李明珠的脑子就是这样好。

一个人，脑子太好了，工作来得太顺利了，钱一旦到手了，势必就要付出一些什么。

李明珠小时候学过一篇课文《塞翁失马，焉知非福》。

她不知道自己的未来是福多一点，还是祸多一点。

但是在这个暑假，李明珠跟在自己忽悠来的老太婆身后，去给老太婆那个烂泥扶不上墙、快要中考的孙子补课。

老太婆的孙子就是陆遥。

李明珠第一眼看到陆遥时，心里一惊。

这辈子她能再遇到一个姓陆的，也不知道是福多一点，还是祸多一点。

只有一点可以确定，没心没肺了小半辈子的李明珠，在此之前绝不会相信自己会栽在这么一个人手中。

两年后，省重点一中。

“交作业——”

语文课代表是一个戴眼镜的四眼仔，每次喊交作业时，他都要把自己喊“断气”。

他收作业就跟跳舞似的，从讲台上跳到讲台下，用自己的课本在每一个人的桌子上敲一下。

他敲到李明珠这里，就停下来了。

他不敢拿本子去敲李明珠的桌子。

“暑假作业交上来。”

李明珠在书包里翻出厚厚的一沓书，把语文作业拿出来，扔给了课代表。

她脸色阴沉地坐着，寡言少语，头发一个暑假没剪，长过耳尖，侧脸英挺俊朗，下颌线流畅地滑进校服衬衫里。她拥有十足好看的皮囊，却没有十足有趣的灵魂。

李明珠的灵魂也是阴沉沉的，从灵魂深处带出来的阴冷影响了她交友。

在同班同学眼里，李明珠是一个酷毙了的帅哥，从高一开学到现在，就是一个独行侠，不交朋友，不住校，不参加社团活动，就知道读书，寡言少语，眼神不善。大家在一起读书一年了，除了知道她叫“李明”，别的什么都不知道。

四眼仔这个语文课代表，就不敢和李明珠说话。

新学期第一天，上午的课程结束后，李明珠留在了教室，没去食堂。

一中有两个食堂，一个是学校正规的大食堂，一共三层楼，高一高二的学生在下面两层楼吃，高三的学生则在最上面一层楼吃。另一个食堂在学校的最北边，需要穿过篮球场，再穿过操场才能到。那是一个西餐厅，里面热衷于卖烤肠、汉堡这类快餐食品，还会定期推出名字花哨但十分难吃的特色餐品。即使这个西餐厅的东西不太好吃，也比学校正规食堂受欢迎，特别是受学生欢迎。

李明珠通常不在食堂吃饭，也不在这个餐厅吃，她是走读生，一般自己带点儿东西，坐在西餐厅旁边的操场看台后面的空地上吃。

因为学校食堂的东西贵，她没闲钱去吃。

开学第一天也不例外，李明珠带了一点儿东西直奔看台。她到底有些要面子，不愿意在班级里吃自己带的东西。

她在去操场的路上遇到了二炮。

二炮的哥哥不知道干什么，发了财，给二炮买了个艺术班的名额，他竟然也进了省重点一中。

二炮他哥直接省略了种种，逢人就吹自己弟弟出息了。

李明珠在这里遇到二炮，并不觉得奇怪。

二炮看见李明珠，直接和她打招呼。

李明珠仅有这个朋友，况且二炮还很讲义气。于是，李明珠对他收起了常摆的死人脸，难得露出了放松的表情。

二炮这次看见李明珠却不像往常一样热情洋溢，反而如临大敌。他一看见李明珠，脸色唰的一下就白了，开口就跟李明珠说："李明，你转学吧！"

李明珠喷了他一脸："你发什么疯？"

二炮慌张得话都说不清楚了："李明，这事儿我原来是不信的，你听我说……"

他说话颠三倒四的："你还记不记得你初中毕业那年，我给你偷大学学生证？就是你冒充大学生去给别人补课的那个暑假！"

李明珠听他提起这事，脸色也有些不太好。

她初中刚毕业那会儿可能脑子没长好，一时脑热搞出了这件事。关键是她见人说人话，见鬼说鬼话的口才，还真叫她忽悠到一个老太婆。

李明珠就在那个暑假认识了老太婆的孙子——陆遥，一个无法无天、嚣张至极的臭小子。

李明珠上课的第一天就和陆遥结仇了。奈何他外婆给的一节课的价钱让李明珠十分眼馋，她被金钱蒙蔽了双眼，只能硬着头皮给他补课。

陆遥可谓是一个扶不起的阿斗，那成绩差得李明珠都没眼看。偏偏陆遥丝毫不当回事儿，照样翘课、逃学、打游戏，还天天带伤回家。

每次他一回家，李明珠就冷着脸站在他房间门口，问他作业做了没。

他做个屁！

陆遥看见李明珠就烦，烦李明珠这个好学生的神气样——在他看来，李明珠就是神气的。

陆遥脾气差，每天跩得像老大爷似的，仿佛李明珠欠了他十几个亿，偏偏那张脸生得俊俏。

而且陆遥这样当大哥的，身边哪能没有几个兄弟？

陆家条件优渥，陆遥的父亲当官，母亲是有名的艺术家。两人孕育了两个儿子，一个英年早逝，只剩下陆遥，集万千宠爱于一身。陆遥充的是 QQ 黄钻，吃的是牛排，穿的是好几千块的名牌鞋，出入 H 市最贵的 KTV，一招手能有十几个狐朋狗友前赴后继地给他提鞋。

奈何陆遥本人不思进取，专门跟李明珠对着干。

初二的小屁孩儿，最喜欢做的就是通过和老师对着干来提升自己在同龄人心中的地位。

李明珠虽然只是一个家庭老师，但也算挂了个老师的名。

陆遥就喜欢折腾她，欺负她。于是她每天都在折磨陆遥和为金钱折腰忍受陆遥中来回拉扯。终于，她熬到了暑假结束，拿了钱就和陆遥说了拜拜。

但李明珠就是记仇的性格，陆遥让她吃了几次苦头，她就记在心里，势必要找机会报仇。

于是她走的时候，做了一件惊天动地的大事，让陆遥在他的狐朋狗友面前丢尽了脸面。

她想，陆遥大概是要跳起来敲她脑袋一万次才够解气。

陆遥这么要面子，那件事足够硌硬他好几年，成为他初中难以磨灭的黑历史。

李明珠离开之后，就拉黑了陆遥的电话、QQ、微信，动作一气呵成。从此以后，她就和陆遥江湖再见，两两相忘。

要不是现在二炮提起这件事，她都把自己和陆遥斗智斗勇的那个暑假忘得一干二净了。

“你提这事儿干什么？”李明珠拿着饭盒，一边往前走一边和二炮讲话。

二炮急得满头冷汗，说：“就是和这件事有关啊！”

李明珠道：“哦，这件事我都快忘了。怎么了，我冒充大学生的事情让你哥知道了？”

“不是我哥知不知道的问题。”二炮连忙走在李明珠前面，说，“李明，你看今年高一的新生名单了吗？”

李明珠神态自若地绕开他，还不知道自己大难临头。

“我知道这个干什么，我又不是校长。”

她言下之意：干我什么事？

李明珠有时候就是这么酷。

但是这回李明珠酷过头了，二炮着急地跟她说：“你那个学生，就是陆遥，在高一的新生名单里面！他是艺术班的，我给老袁整理新生名单的时候看到了！”

老袁是高二艺术班的班主任，顺便教高一的美术课。

“嘁，大惊小怪，这世界上同名同姓的人多得很。”李明珠只诧异了一瞬间，就回答了。

二炮说：“我的天，李明，新生录取名单上有照片啊！这世界上有同名同姓还长得一样的人吗？你别不信我啊……我说……”

二炮正和李明珠争辩，却见她突然停下了脚步。

通往食堂的水泥路两旁的树被风吹得簌簌作响。

操场看台上，一帮学生随意穿着校服，簇拥着一个模样俊朗的学生，男的，看着面生，百分之八九十是高一新生。只见他嘴里叼着棒棒糖，模样很嚣张，抬着头晒太阳，还有一个腰细腿长的女学生站在他身边。

一群人有四五个，有说有笑，地上扔了七八根棒棒糖的棍子。

李明珠站定后，苍白的脸在阳光底下甚至有些反光，显得阴森森的。站在看台上的那帮学生中，有一个人从上头跳了下来，在李明珠前面站定。

“学长，我看你挺有眼缘的，上去聊聊？”

他看着痞里痞气的，明显不怀好意。

李明珠冷静地开口道：“我们没什么好聊的。”

她回头看了一眼站在看台上面的那个新生帅哥，只见那人腰上系着校服，跟着晃荡了下来。

一滴冷汗从李明珠的额头上滑落下来，她越看越觉得从上面走下来的男生眼熟。直到这人完完整整地站在她面前，那个拦住她的人再次开口道：“你不会聊没关系，陆哥有话和你聊聊。”

虽然李明珠心中翻起滔天巨浪，但是表面上仍然无动于衷，甚至想友好地问候他一下。

陆遥已经站在她面前，饶有兴趣地看着她。

李明珠和他打了个照面，互相扫描识别对方的面部微表情，企图从对方的脸上看出点儿什么。

二炮大惊：“陆……陆遥！”

陆遥好似在这儿等了很久，一开口，虎牙露了出来，笑得也很不怀好意：“李老师，好久不见啊，怎么，你从Q大毕业了，来一中教书啊？”

他的舌尖顶在口腔，说：“你还真是挺难找的啊！”

李明珠眼神复杂，当即……拔腿就跑！

李明珠的动作快如闪电，有飞檐走壁的气势，施展武林轻功，宛如水上漂。

她才漂了两步，陆遥就骂了一句："你还想跑！"

陆遥的功力在她之上，且早在初中一年级就练就了飞檐走壁的本领，翻墙上房无所不能。而她这样的好学生跟陆遥比起来差了一些，所以她漂了没十来米，就被陆遥一个锁喉扣住了。

陆遥抱她抱了个满怀，愣了一下，很快加满怒气值。

李明珠奋力挣扎，奈何身高悬殊，无果。

她开口："你认错人了。"

"你化成灰我都能认出来。"陆遥咬牙切齿。

在这样一个高度危险的时刻，李明珠手脚并用，力保手中饭盒四平八稳。

陆遥看她这副护食的样子，觉得好笑，但为了保持自己的威严，他只能把嘴唇抿成一条线。

周围几个学生立刻围上来。

"陆哥，把他拖到后面林子里揍一顿！"

"这人弱得很，我最看不惯好学生。"

陆遥扣着她的肩膀，狠戾地开口："说话！"

李明珠强迫自己冷静下来，沉思片刻，问道："你想听什么？"

"道歉。"

李明珠思考了一会儿，确定自己在劫难逃之后，忍辱负重，默默吐出三个字："对不起。"

陆遥："……"

李明珠是一个满口没一句真话的人，当初给自己补课的时候，陆遥就感受到了。

李明珠是一个脾气又倔，又差，还不肯低头的好学生。

李明珠从来没给过他好脸色看，也从来不服软，结果今天好似换了灵魂一样，他叫李明珠道歉，李明珠就道歉了。

陆遥想起李明珠阴险狡诈的性格，背后一凉，不敢轻易松懈，唯恐李明珠做出什么更加惊天动地的事情。

李明珠大喊："袁老师！"

这招实在是太土了，土到陆遥根本没想过李明珠会用这一招。所以陆遥抬头一看，松了力气，李明珠就趁机狠狠地撞了他一下，从他的怀里挣脱出来，抱着饭盒，跑得比刚才更快，头都不回，一眨眼就没影儿了，像一只被逼急了的兔子。

李明珠可不是什么兔子，咬起人来能连皮带肉吃下去，露出里面的森森白骨。

李明珠跑了，陆遥站在原地，周围的学生见了陆遥这群人都绕道走。

“陆哥，要不要追？”

与陆遥站在一起的这几个随意穿着校服的学生，胸口处的校牌上写着：艺 A112。

他们分别是吴城、王淼、孙禹、林军辉，全是艺术班的学生。

新生军训暑假就结束了，短短七天，陆遥的名声就传开了。

他的名字在 H 市整片高中区都很响亮。两年前，他的名字不知道怎么在初中部传开，走到哪儿都有陆哥的传说。

陆遥父亲是 B 市的大人物，母亲是电视里经常露面的艺术家。光这两点，就能让陆遥在整个 H 市横着走，谁见了他都要喊一声“哥”，巴结巴结他。

陆遥准备从附中升到一中的消息，一中校长在他读初二的时候就知道了，校长还亲自上陆遥家里慰问了一下他。当时，他正处于和李明珠斗智斗勇的时候，没工夫理会这个校长。

虽然一中校长在陆遥那儿吃了个闭门羹，但是陆遥家里的老太婆招待了他一下。这老太婆姓王，是陆遥不知道哪个表哥的亲奶奶，听说陆遥离家出走了，便自告奋勇来照顾陆遥。

陆遥年轻叛逆，买了一张机票从 B 市飞到 H 市，两三年不回家。陆遥父母无可奈何，除了每个月生活费照打，生活起居全部由王奶奶负责。

吴城对他说话的语气很是讨好，明明比他大一岁，却也不要脸地喊人家哥：“陆哥，这个家伙哪里得罪你了？”

“我看他不爽而已。”陆遥冷笑一声，眼睛一动不动地盯着李明珠跑掉的方向。

众人听了，却是不信。虽然他们和陆遥相处时间不长，但大家觉得他绝不是随便找人麻烦的主。

高二创一班的这个家伙不知道哪里得罪陆遥了，开学第一天，陆遥就打听好了，带人到操场边上堵李明珠。

吴城开口：“要不要兄弟几个去把人抓回来？”

陆遥呵呵一笑："不用，那人一定会来找我的。"

陆遥没猜错，李明珠果然又来找他了。

开学第一天的下午，第四节课和晚提前——晚自习前准备的二十分钟时间，要求学生在晚提前全部到达教室。

这之间，学生有四十分钟吃晚饭的时间。

李明珠就在这个时间走到了三号楼的四楼，也就是传说中群魔乱舞的艺术班所在的楼层。

李明珠走到楼梯口，就看见拐弯处的厕所门口，有两个把校裤改得短短的、露出脚踝的女学生。她们化着精致的妆，其中一人见李明珠上来，看了李明珠一眼。

李明珠目不斜视，直奔目的地。要去到 112 教室，会路过一段阴暗遮光的走廊，直到视线渐渐明朗，就能看到教室了。

已经快到晚提前，艺术班偌大的教室还是空荡荡的，前桌两个女生正戴着耳机看视频，最边上的女生则在化妆，就是没一个看书的。

李明珠从窗外经过那两个看视频的女生身旁时，两个女生被吓了一跳，估计以为李明珠是老师，想收手机，但仔细一看，窗外的李明珠穿着校服，于是她们继续看视频了。

艺术班不像创新班，无论什么时候创新班里都坐得满满当当的，大家都埋头写作业。

李明珠站在 112 班前门门口，敲了敲门，但教室里没有人理她。

李明珠又站了一会儿，喊了一声："陆遥。"

李明珠在学校里不太说话，她的声音很中性，压低了之后只觉得有些雌雄莫辨，好似没变声的少年音，不太听得出来是女声。

陆遥在教室的最后面，坐在凳子上，戴着耳机，闭目沉思。

陆遥左右两边各坐了一个女生，相貌甜美，围着他打转，但他压根儿不理她们，自顾自地睡觉。

他的脸是上帝精心雕琢刻画的作品，李明珠早在第一次见到他的时候，就领教了他这张脸多具有欺骗性，把他的恶劣、幼稚、霸道统统遮盖了。

李明珠一连叫了三声，陆遥不知道是没听见，还是故意不理人，反倒他身边的女生多看了李明珠几眼。

李明珠顿时想起来了，这两个女生似乎就是刚才在女厕所门口的那两个女生。

李明珠微微提高声音："陆遥！"

陆遥听到这一声，动了动，扯下了耳机，慢慢地把目光投向李明珠身上。

李明珠穿着宽大的校服，由于体型比一般的男生瘦弱一些，所以看着文绉绉的。陆遥突然回忆起自己中午抱着李明珠，手指接触到对方的皮肤时的滑腻感。

陆遥心里有些硌硬，一个男人，长得娘就算了，皮肤也嫩，抱起来软得一塌糊涂，叫他心里被猛地砸了一回。

陆遥心悸了半天，随即硌硬得要死，看向李明珠的目光也变得不善。

李明珠见陆遥盯着自己，苦于不会读心术，她并不知道陆遥心里想了些什么玩意儿。

“你出来，我们谈谈。”李明珠尽量好声好气地开口。

陆遥不给李明珠面子，扯起嘴角，露出了一个高高在上的笑容：“我凭什么和你谈谈？”

李明珠深吸了一口气，骂了一句兔崽子，但为了大局着想，她压下心中的烦躁和厌恶，难得退步了：“陆遥，我们谈谈。”

陆遥和李明珠对峙着，两个人互相盯着，谁也不让谁。

李明珠的眼珠子纯黑，好似一池墨水被搅乱，荡荡悠悠地要把人推进深渊。

陆遥等了一会儿，离开座位站了起来。

他旁边的女生道：“陆遥，他是谁啊？”

陆遥没回答，女生噘着嘴嘟囔了一声。

“去哪儿谈？”陆遥问李明珠。

“天台吧，离这里近。”李明珠抬脚。

陆遥嗤笑一声：“怎么，谈崩了你准备跳楼威胁我？”

李明珠在前面走着，听到这话停下脚步：“是你威胁我。”

陆遥都快气笑了，他道：“自作自受。”

简简单单四个字，却戳到了李明珠的心。

她还真是自作自受！

李明珠自认为运气不错，从小到大，凡是她干点儿什么坏事儿或者缺德事儿，都没被抓到过，合着原来是陆遥这个混世魔王在人生的道路上等着她呢！

她长这么大，就初中被水泥糊了一回脑子，做了这么傻的事儿，本以为事情会随着时间淡化，哪知道时间淡化了她，却给陆遥画了浓墨重彩的一笔。

李明珠沉下气，缓缓开口：“你调查我？”

陆遥听罢，更是不屑：“你少往自己脸上贴金。”

李明珠皱了皱眉头，她的想法是，陆遥调查她，知道她是这里的学生，所以才故意到这儿来读书。

可李明珠转念一想，又觉得有些不合理。她的确对陆遥做了一些缺德事儿，但也不至于让陆遥兴师动众地追到学校里来报复她吧。毕竟人家都能查到自己学校了，那查到自己家应该也不是难事，如果陆遥想对付她，大可以找人直接去她家里。

李明珠自认为陆遥还没有这份闲心，那就剩一个原因了——她倒霉。

陆遥就是考上了一中，李明珠对此保持怀疑，毕竟陆遥的成绩太差了，结果自己倒霉，开学第一天就和陆遥撞上了。

仇人送到眼前，陆遥绝不是息事宁人的主。

李明珠在学校里品学兼优，还要拿奖学金补贴家用，若她对陆遥做的那件缺德事被他揭发了，她吃不了兜着走。

更重要的是，李明珠心里明白，陆遥是她得罪不起的人。以前她虽然得罪不起陆遥，但是那时她年轻、冲动，艺高人胆大，初生牛犊不怕虎啊！现在两人在一个学校，她更得罪不起陆遥了，不但得罪不起，甚至要有多远躲多远。

可惜命运的女神唯独这次没有眷顾李明珠，她还没来得及开始躲，就撞上陆遥了。

李明珠从小就是人精，知道什么是利益最大化，知道什么是能屈能伸。她深思熟虑，把所有可能的、不可能的、未知的因素考虑了一遍，决定委屈自己，来找陆遥谈谈。

“之前的事……”李明珠在腹中打好草稿，决心长篇大论、声泪俱下地和陆遥好好忏悔自己当年的罪行。

陆遥干脆打住她，讽刺道：“李老师的嘴皮子功夫我见识过，了不起。”

“但是我不想和你叙旧。”他笑眯眯地道。

李明珠的演讲稿卡在了喉咙处。

陆遥自认为是个狠角色，也想了一个自觉过分的法子，他大摇大摆地转身就走：“我有点儿渴，你去超市给我带一瓶水，我要柠檬口味的，哦，还要幂幂代言的溜溜梅，买两包。”

李明珠想：他这是什么意思？

陆遥回头看着李明珠，又看了看手腕上价值上千的手表，道："好学生，离晚自习打铃还有五分钟，从四楼到超市要过两栋楼，你不想迟到的话，我建议你跑着去。"

李明珠微微瞪大眼睛，忽然想明白了，后牙槽咬得嘎吱作响。

陆遥面带和善的微笑，看着李明珠，很有闲心地晃着自己的手表，不急不缓地替李明珠倒计时。

开学第一天，这是李明珠第二次拔腿就跑！

第二章 新仇旧恨

李明珠给陆遥买了溜溜梅，气喘吁吁地回到教室。

督班的英语老师是一个把英语说成陕西方言的能人，讲英语的时候永远含着口水，英文名叫 Amy，中文名叫阿咪。

当李明珠进门的时候，阿咪看了李明珠一眼。

“你快点儿进来，上课都迟到了。”

教室里有人唏嘘一声，传来窸窸窣窣的动静，阿咪喊道：“次奥（吵）什么！安静！”

有人模仿他的腔调：“次奥什么，安静！”

教室里的学生哄堂大笑。

阿咪性格十分柔和，很好拿捏，在讲台上瞪了他们一眼：“干什么？干什么？”

李明珠趁着吵闹坐到了位子上，从抽屉里拿出了水杯，拧开盖子咕嘟咕嘟灌了半瓶，显然是累坏了。

李明珠很少累得满头大汗，她永远干干净净、清清爽爽的。

与李明珠隔了一条走道的顾小飞八卦道：“你干吗去了？我头一回看见你迟到啊！”

李明珠的语文作业本被笔尖狠狠地画出一条黑杠：“喂狗！”

四楼的陆遥打了个喷嚏，艺术班的晚自习十分热闹，看这架势是要开一场演唱会。

陆遥坐在垃圾扎堆的后三排，用老师的话说就是：垃圾就跟垃圾桶坐在一块儿。

奈何陆遥本事大，一上来就把垃圾桶踹到教室前面去了，女老师面色通红，一抹眼泪跑了，找年级主任告状去。

这时候陆遥还跷着二郎腿吃溜溜梅。

“陆哥，晚上去不去……”和他说话的是后三排的垃圾之一王淼，王淼做了个打枪的手势。

这个手势是暗号，意思是翘课。

学校有个学生默认很隐蔽的好地方，在食堂后面的水泥路上，周围有小树林挡着。

从军训开始，陆遥就收到不少同学对他的示好。

一干新生羡慕陆遥的同时，想到陆遥的背景，看到陆遥的脸，只能对陆遥心服口服。

“第一节晚自习的时候宋梦洁来找你了，你不在，她说晚自习结束后再来找你。”孙禹挤了挤眼睛，“你没点儿意思啊？”

陆遥说：“从一楼跑四楼，累不累得慌啊？”

“人家是对你有意思嘛。”孙禹道。

“对陆哥有意思的人多了去了，我看我们班赵小欣长得就不错。”王淼往前看了一眼。

赵小欣改了校裤，学生会纪检部晚自习前遣人检查了一遍校服之后，她就把外套脱了，露出里面时尚的私服，身材非常好。

陆遥嚼着溜溜梅，对此并不感兴趣。

晚自习一下课，他就发了一条短信给李明珠，内容言简意赅：我饿了。

李明珠是走读生，带着一部十分老土的手机，八百年前就被淘汰了，这是她从二手市场买来的。

这部小手机收到了陆遥的短信。

创新一班有四节晚自习，艺术班只有三节。

陆遥正是在第三节晚自习之后给李明珠发的短信，他初来乍到，可能不知道创一班的排课表。

李明珠回复：我在上课。

陆遥以为李明珠是在推辞：快点，我的耐心不是很好。

李明珠收到这条短信时，顾小飞正惊悚地看着她。

李明珠成绩好，上课从来不玩手机，哪怕是晚自习也不玩。创一班又是校领导重点检查的班级，教导主任隔三岔五就要从走廊上走过。

顾小飞压低声音道：“李明，别玩手机了，教导主任在外面。”

教导主任叫杨发财，他还有一个流传得比较广的外号。

李明珠收起手机，飞快地解答了物理最后一道大题，三下五除二就在上面填写：距离q水平距离二分之L的圆环中心到地板的高度为三米。

李明珠刚解答完题目，顾小飞就在班里嚷嚷："你们黄冈单元检测A卷最后一题解出来，答案是啥？"

班长回他："顾小飞，你又想只抄个答案啊？"

"呸！哥这次有解题过程的好不好！"顾小飞回道。

班长笑他，就算有解题过程，也是瞎扯一通，看着厉害，其实全错，最后抄个正确答案上去："老严说了，你这样就只有答案分儿！"

"两分啦，够多了！你们知道高考的两分意味着什么吗？意味着两万！"顾小飞的表情十分夸张，"你对拥有两万巨款的我有什么意见吗？"

物理课代表戴着镜片有开水瓶底那么厚的眼镜，抬手将眼镜往上一推，却是直接隔了三组问到第四组的李明珠身上："李明，你的答案是多少？"

"三。"李明珠站起身。

教室里的同学听到这个答案，纷纷和自己的答案核对起来。

相处一年下来，众人已经深刻理解李明的答案就是正确答案，就算参考答案会出错，她的也不会。

顾小飞"哎哟"一声，哈哈大笑："杨可，你算了个啥啊？二又十五分之一，还有根号，这个答案一看就是错的好不好。你没点儿答题技巧啊，问距离的题能算个分数出来吗？肯定是整数啊！"

当他说这些话的时候，李明珠已经阴沉着脸从实验楼走出来了。

创新班在实验楼，艺术班在艺术楼，中间还隔着四栋教学楼，距离有些远。

当李明珠在食堂后面的小树林找到陆遥的时候，陆遥正在发呆。

陆遥看到李明珠来，下意识往李明珠手上一看，白色的塑料袋，上面还有学校超市的商标，他翻了翻："没有肉啊。"

"我没钱。"李明珠一脸坦然，但语气不是很好。

陆遥从口袋里摸出校卡，塞进她手里："里面有一千块钱。"

李明珠嘴角一扯："你不怕我刷了？"

陆遥撕开海苔袋子："你不怕被我揍你就刷。"

李明珠把卡还给他，正色道："陆遥，你到底想怎么样？"

陆遥边吃着海苔边说："我不想怎么样，就想整整你。"

这话他轻轻松松地说了出来，激得李明珠这个宠辱不惊的人的暴脾气都有些起来了。

“你……你别太过分了！”她压低声音，“我还要上课。”

“哦，那你把课程表给我一份，我等你下课再喊你。”陆遥面不改色。

李明珠哪是这个意思，她的意思明明是你不要打扰我。

“我之前做的事情，是我对不起你，我道歉，但你不能这么缠着我。”李明珠开口。

“呵呵，挺有意思的。”陆遥抬头看李明珠，凶巴巴地推了对方一把，李明珠身形一个不稳，坐在了地上。

陆遥长腿一跨，半坐在李明珠身上，李明珠惊慌之余，被陆遥扯住领子，她的双手手肘撑在地上，上半身被强迫地提起来。

“打人要吃处分。”李明珠冷静地开口。

“你做的事情也够吃处分了。”陆遥道，“你是不是觉得我脾气挺好的，李明？”

李明珠咬着牙，陆遥此时的气场十分骇人。

他道：“我还没那么丢过面子。李明，你挺厉害的。”

李明珠和他在黑暗中对视，这后头除了他们俩，还有其他人路过，但一看两人的架势，都不敢上前。

陆遥松开李明珠的领子，道：“现在我只是让你跑跑腿而已，我还可以做得更过分，你自己选。”

他从李明珠身上站起来，李明珠翻了个身也爬起来了。

陆遥的神色有些不自然，搓了一下裤腿缝，但看不出来。

一旦他和李明珠有身体接触，就浑身起鸡皮疙瘩，李明珠的身体软得像一摊水，他和那么多男人接触过，但都没有这么惊悚的身体反应。

李明珠和陆遥打过几个月交道，知道该祖宗的脾气，她沉默一会儿，说：“那我们约法三章。”

“你有什么资格和我约法三章。”

李明珠说：“我可以帮你补课，帮你提高分数。”

陆遥显然不需要补课，他最讨厌的就是学习，其次就是李明。

陆遥其实是考进一中的，虽然他成绩不好，但是在学习上很有天赋。当时他被李明珠刺激了，学了一个暑假，吊上了一中的末尾录取线，又花了点钱，走了走关系，就进来了。

在此之前，陆遥虽然记恨李明珠，但李明珠这个家伙总让他浑身不自在，恨也不是特别恨得起来，总觉得自己在和女人过不去。

军训时，他偶然在校宣传栏看到了李明珠的照片。

照片上的李明珠端端正正的，五官清隽，眉宇间却有一股阴狠的气势。因为这张脸好看，所以陆遥一下就回忆起了那年暑假。

如今陆遥在一中的宣传栏里看见了对方，脑子一思索，就想明白了。

李明珠撒谎了！还把他和老太婆骗得团团转！

陆遥生在极好的家庭，从小要风得风、要雨得雨，还没见过李明珠这么不识抬举、狗胆包天的人。

陆遥自尊心极强，他认为自己被李明珠耍了，所以一定要整一整李明珠，报仇雪恨，这才有了开学第一天他们站在走道上堵人的事情。

陆遥的舌尖顶着口腔，居高临下地看了李明珠一会儿，牛头不对马嘴地问了一句："迎新晚会你们班表演什么节目？"

"唱歌。"李明珠下意识就答了。

"你也唱？"陆遥开口。

李明珠没明白他要搞什么，摇头道："不唱。"

她从来不参加集体活动，没有一点儿班级集体荣誉感，喜欢脱离组织，搞个人主义。

陆遥十分戏谑地看着她："你想让我放过你也成啊，你在迎新晚会的时候，上台大喊三声'陆哥威武，我是傻瓜'，我就放过你。"

李明珠的脸色唰地就白了。

陆遥羞辱的意味很明显，但李明珠恰好也是个自尊心强的人。

"怎么样？"陆遥还不依不饶地问。

李明珠说："喊什么？"

"陆哥威武，我是傻瓜。"

李明珠一副好似听不清的样子："我没听清，后一句是什么？"

"我是傻瓜。"

李明珠猛地跳起来，踹了他一脚，把能屈能伸的道理全部抛到了脑后，大喊："对！你是傻瓜！"

她这一脚用了洪荒之力踹出去，目标是把陆遥的腿踹断。

李明珠踹完一脚，跑得比兔子还快，白色的校服包裹着她的身体，她快速地从陆遥眼里消失了。

陆遥倒吸一口冷气，顿时弯了腰，想要追李明珠，结果腿肿了一块，疼得他冷汗直冒。

他咬牙憋了半天，憋出了一句脏话。

——陆遥明知道李明珠的性格，就该时时刻刻提防她，却因为占了一时的上风，便掉以轻心，得意忘形了。

合着先前李明珠没啥动静，都是在大招读条，冷却技能！

他碍于面子不敢叫唤出声，只能发出“嗞嗞”的抽气声，路过的学生看着他，他骂道：“看什么！”

陆遥气势汹汹，众人见了，只得作鸟兽散。

陆遥一只脚跳着，追是追不上了，只能骂一句脏话。

他就这么跳去了医务室，一时间只想着和李明珠有不共戴天之仇，但还没想好怎么和李明珠算账。

另一头，李明珠脸色苍白地跑回教室，抓起书包就往教室外面走。

她走之前问班长：“下节课谁督班？”

班长被她这如丧考妣的脸色吓了一跳，说：“玛丽的课……”

玛丽是生物老师的外号。

李明珠一听不是班主任的课，立刻开口：“你帮我请假，我有事先走。”

她说走就走，一刻不敢在学校停留，生怕陆遥追到他们班里。

李明珠走在回家的路上，这才回过神，意识到自己在冲动下做了什么。

她懊恼地哀号一声，却又无可奈何，月色将她孤独的影子拉得长长的。

在她悲惨的人生交响曲中，又插入了一段名为陆遥的命运交响曲，合奏出了一首史诗级倒霉的人生之歌。

李明珠看不见天上的月亮，就如同看不见自己被乌云遮蔽的未来一样。

她确实不想面对明天。

早自习前，顾小飞从走廊上生龙活虎地跳进教室：“大新闻！一部二部学生会要合并了！”

此话一出，没人理他。

顾小飞深感自己颜面尽失，敲了敲黑板：“学生会里咱们班都有谁啊？”

“上个学期的新闻你还拿出来说，炒冷饭啊！”有人答道。

“我怎么不知道，嗐，学生会合并事小，重点在后面！”顾小飞压低声音，“学校要搞个稽查大队！管全校的！”

“上学期不是有纪检队了吗？”

“那破纪检队检什么啊，就在学校里面捡垃圾吧！”顾小飞鼻子出气，“今年学校打算以暴制暴。内部传出消息，稽查大队的成员全是艺术班的！”

“是那个妖魔鬼怪的班啊！”一人笑道。

提到艺术班，众人都感觉背后一寒。

H市一中虽然属重点中学，但重点中学既有重点厉害的班级，也有重点垃圾的班级，这个重点垃圾的班级，就是学生口头相传的艺术班。

其实艺术班也没有那么垃圾，只是学校里最不学好的社会哥和社会姐全在这个班，成日里他们除了化妆改校服，就是打架惹是生非，不干别的。

在这个年代，一个高中生就会化妆了，这还得了？不只化妆，还打架！打架都不算什么，艺术班人才辈出啊，欺负学生已经不能满足他们了，去年还因为欺负任课老师，被学校狠狠地批评了，开除了好几个学生。

这样的班级，按道理不该存在于H市的重点中学，但重点中学也缺钱啊。艺术班的学生基本是关系户，他们家里有钱，只要他们平时别太过分，混完这三年，老师睁一只眼闭一只眼，就算了。

顾小飞说的今年总校成立的稽查队，竟然从这种班的学生里选，这意味着什么？

“这意味着我们要被这群学生统治了！”顾小飞这话还不敢说得太大声。

顾小飞胆子小，不敢大声说，众人嘲笑他：“胆小鬼！”

“你们说谁胆小呢！”顾小飞呸了一声。

“学校怎么想的啊，还解散了纪检队。”杨可嘟囔了一句。

“纪检队没用呗。”顾小飞道，“纪检队还能更胆小一点儿吗？他们管得住学生吗？被人一瞪眼就不敢扣分儿了！”

“反正这事和我们没关系，合并也和我们没关系，现在有一件大事情是和我们有关的。”学习委员适当地提醒众人，“开学测验的时间确定了，一会儿我抄到黑板上。”

“不是吧，我们才高二啊！又不是高三，这么严……”顾小飞哀号一声。

“是啊，顾小飞，你已经挂在末尾一年了。这学期你再努把力，争取下学期光荣退出创新一班，投身平行班，为拉低我校升学率做出卓越贡献。”

创新一班是学校数一数二的重点班，一部二部各一个，大家明争暗斗比拼成绩。

李明珠就身在这样的重点班，她是一部创新一班的学生，仅凭一己之力拉高了全班的平均分，愣是让一部的平均分超了二部整整一分。

学习委员说完，对李明珠道：“李明，老样子啊，到时候叫杨可去后勤部把你的卷子印出来。”

李明珠头也不抬，“嗯”了一声，翻开物理书，预习新功课。

众人见怪不怪，班里又有小女生春心萌动，看了李明珠几眼，胆子大的如杨可，笑嘻嘻地攀问：“李明，你上个学期的期末成绩出来了吗？”

李明珠冷淡道：“我还没看。”

杨可撑着下巴看她：“我帮你看了，七百四十分，你就被扣了十分啊！”

李明珠听罢，在心里估算了一下，和自己预估的分数差不多。她仿佛习以为常，只点了点头。

杨可一看李明珠这明显不想理人的样子，也不继续自讨没趣，走开了。

早自习结束，就是大课间跑操。

李明珠提心吊胆一上午，终于被高一艺术班的几个学生在食堂门口捉住了。

“我们又见面了，学长，有空不？请你吃点儿东西。”

李明珠动了动手，力气不足，眼睛瞥见了几人袖子上的徽章：稽查大队。

王淼瞪了一眼周围看他们的学生：“看什么！稽查大队办公知不知道？”

李明珠挣扎片刻，开口警告：“这里是食堂！”

“这话你还是留着去和陆遥说，你那一脚挺厉害的。”王淼望向她的目光都带有怜悯。

敢和陆遥作对，还重伤陆遥，李明珠可谓是头一个。

王淼这话让李明珠顿时想起来那个糟糕的夜晚。

李明珠一路上被推推搡搡、连拉带扯地弄到了医务室。

医务室就在食堂背面，李明珠被推了进去，她看见陆遥大摇大摆地坐在医务室内间的床上。

他好似承包了这个医务室，里面的学生都被赶到了外面，稽查队的几个学生站在门口。

李明珠面无愧色，好像昨晚奋起踹人的人不是她。

陆遥一看见李明珠，脸色暗了暗。

“你还敢来上学？”

“我为什么不敢来上学？”

陆遥打翻了身边的桌子，桌上的水杯摔在地上，发出噼里啪啦的响声。陆遥声势浩大，仿佛下一秒就要跳起来取李明珠的命。

但李明珠活了这么多年，无论社会和现实给她多大的压力，她都可以化腐朽为神奇，你且看她没心没肺地捡垃圾吃都能把自己拉扯大。

可见她的命并不是这么容易取的。

李明珠一脸淡然地看着他，然后扶正他推得横七竖八的桌子：“陆遥，你上高中了。”意思是你能不能别这么幼稚？

李明珠被抓过来的待遇不是很好，仿佛被蹂躏得十分惨，校服领口被扯开了大半，露出白皙的皮肤和锁骨，晃得陆遥眼睛疼。

陆遥闭上眼睛，靠在床头，好似在想怎么报复李明珠这一脚的仇。

他的食指很有节奏地敲在大腿上。

李明珠开口问道：“你的腿怎么样？”

陆遥冷哼一声，瓮声瓮气：“没断呢，你是不是觉得太可惜了？”

李明珠叹了一口气，说：“是啊，其实我对照顾断腿的人很有经验。”

她说完这话，陆遥也没接话，一时间，医务室里没动静了。

事实上，陆遥和李明珠的关系很微妙。

他上初二的时候被李明珠管过一段时间，那时候李明珠本事大，冒充大学生，天天管他，用的就是这个语气——不咸不淡，冷冷清清，叫他十分想欺负她。

陆遥现在梗着脖子，做出凶神恶煞的样子，但在李明珠眼里，他就像死不低头的小奶狗。

她大约是冒充老师教过人家一阵子，教出了一些伟大的母爱，有时候静下心来看陆遥，颇有一种看儿子的既视感。

当然，陆遥这样的不孝子，李明珠生不出来。

陆遥叫的外卖在另一张桌子上，这小子耍帅推桌子，还记得推没有放外卖的这一张，看来还有点理智。

李明珠坐下来，开口道：“你让你的狗腿把我抓到这里来，有什么需求？”

陆遥叫道：“我的腿被你踢断了！”

李明珠开口：“你刚才还说没断。”

陆遥扔过来一个眼神，李明珠识时务者为俊杰，闭嘴了。

陆遥整晚想着怎么折磨李明珠，想得自己的脸上挂了两个浓厚的黑眼圈，折磨的法子列了长长的清单，结果现在看到“俊杰”李明珠，却又没那么大脾气了。

真是稀奇古怪。

陆遥不止想一晚上，表面上他看着好似淡化了一切，其实心里都拿着小本子使劲记仇。

陆遥初二那年视李明珠为不共戴天的仇人，把李明珠的照片钉在飞镖板子上，一天扎千八百次，做梦都在把李明珠吊起来打。

十四五岁的少年最要面子，李明珠对他做了相当“伤天害理”的事情，是他当年最大的仇人。偏偏该仇人走得干干脆脆，他怎么也找不到。他把李明珠挂在心上，心心念念久了，那股仇恨就开始变质了。

陆遥想过用很多办法对付李明珠，结果见着面之后，一时间拿捏不好先上哪一个。

而且两年不见，李明珠这个家伙好像变得更娘了，陆遥一看就气不打一处来。

两人沉默的时候，门口传来一些响动。

王淼扯着嗓子往里面喊：“陆哥，宋梦洁在外面，说来看你的，还给你带了奶茶。”

陆遥没说话，宋梦洁在外面咋呼道：“起开起开啊！我来看陆遥的，你拦着我干吗？”

宋梦洁挤了进来，她穿着另一套校服的小短裙，藏蓝色的，只不过原本及膝的裙子让她改成了露大腿的裙子。

她一进来就坐在陆遥边上，把奶茶放在桌子上，嘟着嘴说：“你的腿怎么啦？”

陆遥懒得理她：“我不喝奶茶，拿走。”

“我买都买了……”宋梦洁嘟囔一句，用手指戳了戳他的腿，问道，“哪条腿断了啊？”

陆遥不说话，宋梦洁自讨没趣，才看见了李明珠。

李明珠的皮相很好，宋梦洁的眼睛亮了亮：“这是你朋友啊，陆遥？”

陆遥闭目养神。

他把李明珠弄过来，却没想好怎么折磨她，只能暂且宣布和平共处十五分钟。

宋梦洁自来熟地缠着李明珠，可惜李明珠的性格更加冷淡，宋梦洁还没靠近，就被一股拒人千里之外、冷冰冰的气场隔绝了。

李明珠站起来说："我回去上课了。"

陆遥这才不耐烦地说："谁准你走了？"

预备铃响过一遍，宋梦洁拍拍裙子走了。

李明珠却走不了。

王淼等人在外面守了大半天，就等里面天翻地覆地打起来，然后尽一个狗腿的职责，冲进去抽李明珠两巴掌。

结果直到快上课，除了一开始陆遥掀翻了桌子，看着气势汹汹以外，医务室里面就没有其他动静了。

陆遥不准李明珠走，自己艰难地用手去够饭盒。

李明珠瞧见了，没忍住给他搭把手。他冷哼一声，心想：猫哭耗子假慈悲，黄鼠狼给鸡拜年，等等。

陆遥的腿看着是真的受了重伤，还是李明珠踹的。

李明珠有些心虚，却也不是很愧疚，她想：都是这兔崽子自找的。

两人就这么沉默着，画面诡异得很。陆遥恶狠狠地扒饭，抽空再恶狠狠地盯李明珠两眼，李明珠想：拿我下饭呢，小坏蛋。

她不耐烦地开口："我要走了，你有话就说。"

陆遥急急忙忙把饭吞下："我不准。"说急了，他还差点儿噎着。

李明珠也拿捏不准陆遥这个家伙有什么需求，初中刚毕业的他一张脸还没长开，有些稚嫩，又有些棱角。

李明珠盯着他的脸看了一会儿，突然没了脾气。

"陆遥，我们现在正式谈一谈。你说，你到底想干吗？"

李明珠当年忽悠陆遥和老太婆那一段，称得上是险象环生。

陆遥那时候和李明珠一样高，不服管教。当然，他现在也不服管教，李明珠拿了王奶奶给的钱，说是要为他的成绩单鞠躬尽瘁，死而后已，但最后也没能把陆阿斗扶起来。

李明珠甚至已经选好了男厕所小字条投放的地点，可陆遥这个家伙很骄傲，宁死不肯作弊，让李明珠无计可施。

李明珠和陆遥的关系，就如同男厕所投放的小字条和"中二病"的骄傲一样，不可调和。

作为长辈，李明珠装得久了，装出了海纳百川的肚量，对陆遥的坏脾气就能忍了。

可惜陆遥以挑战李明珠的底线为乐，导致两人频繁交恶，关系十年如一日，以问候祖宗十八代开始，互相吐口水结束。

现在大家都过了吐口水的年纪了，此时坐在一起，不好拉下面子，也找不到理由问候问候对方的长辈。

所以李明珠说完这句话，陆遥就想：谈个屁，我跟你没什么好谈的。

王淼站在门口，早就看这个尖子班的家伙不爽了，大声嚷嚷："李明，你别给脸不要脸，还谈谈，你咋不说谈朋友啊！"

李明珠在心里冷哼一声，和陆遥当朋友是一件折寿的事情，自己还想活七八十年。

陆遥饭吃了一半，突然没什么胃口，他道："等我腿好了再收拾你！"

一句没有威慑力的话，李明珠这种在社会边缘滚大的滑头会怕他吗？

"哦，那你好好养伤。"李明珠的眼镜片上反射出阴险的光，陆遥打了个寒战，甚至从眼镜里看到了李明珠无数邪恶的念头。

他很有理由相信，这四眼仔刚才一定在打什么鬼主意，好叫他十天半个月腿都好不起来。

李明珠站起身，上课铃已经响起。

"你要是想腿快点好，就少吃外卖，食堂的菜能毒死你吗？"

陆遥冷着脸，对李明珠的话无动于衷。

李明珠大约也觉得自己婆妈了一点儿，她比陆遥年纪大些，又照顾过这个兔崽子一段时间，看见他吃外卖，多少觉得不干净。

结果现在这场景，怎么也不适合如此温情脉脉的关怀。

果然，陆遥很酷地放下外卖盒，说："李明，你少给我打感情牌，对我没用。"

李明珠心想：我和你有什么感情牌好打的。

她说："随便你，陆遥，你要干什么都和我没关系。对于之前的事情，我道歉，你有什么需要我帮忙的地方，我也尽量帮忙。"

李明珠说得在理："但是你不能耽误我上课的时间，这样没意思。"

李明珠最后说了一句"你好好想想吧"，就拍拍下摆，完好无损地从医务室里走出去了。

王淼目瞪口呆地看着李明珠走出去，半天才回过神，盯着陆遥："这人就这么走啦？"

陆遥一股火憋在肚子里，没处发泄，此时王淼正好撞在枪口上，他说："不走还能用飞的啊？"

"不是，不……这……"就走啦？

王淼震惊得手脚都没地方摆。

李明珠这个阴险的四眼仔昨晚对陆遥做了如此大逆不道的事情，今天上午陆遥叫兄弟们去抓李明珠，王淼还以为把人带过来之后，这好学生不死也要脱层皮，结果人家就在里面坐了一会儿，然后没缺胳膊短腿，直接走出去了。

王淼心道：陆遥，陆哥，合着你说请人家过来谈谈，就真的是谈谈啊？这怎么和你以前找别人谈谈的模式不一样啊？

此时陆遥黑着脸，凶神恶煞的，王淼识趣，不敢再搭腔。

李明珠这回和陆遥谈谈之后，陆遥好似听进去了一点，也可能是腿瘸了，除了指使她跑腿，没做什么出格的事情。

李明珠没怎么反抗，其一是陆遥会瘸腿全是自己那一脚送的，其二是跑跑腿不耽误自己上课预习的时间。

至少陆遥好长一段时间都没有让他的狗腿子二话不说就把李明珠拉走。

九月中旬，陆遥那条瘸腿好了，又开始故态复萌，找李明珠麻烦。

李明珠不胜其烦，能躲则躲，躲到了迎新晚会。

迎新晚会就是李明珠和陆遥高中孽缘开始的地方，半个月里，高智商的李明珠夜夜懊悔自己那一脚，要是没踹他指不定他就没这么多事儿了。

陆遥就在这个孽缘晚会里出了一把风头，可谓是风光无限。

李明珠搬着凳子坐在操场上，她坐在班级队伍的正中间，看晚会也摆着死人脸，陆遥上台的时候，她也没有惊讶。

李明珠给陆遥补课的那个暑假，在陆遥的书房里看到过一把小提琴。那时候她只当陆遥把它买回来装门面用，这个唱个歌都跑调的家伙，哪儿还有这么高尚的情操，能拉小提琴了？

结果陆遥还真会拉小提琴。

陆遥拉小提琴拉得一本正经，深情款款，拉得台下一帮学姐学妹春心萌动。

李明珠就这样双手抱臂，面无表情地听完了陆遥的节目，听到最后也没听清楚他拉了个什么玩意儿，总之比先前那个锯木头的水平高出一大截。

在她的印象里，弹钢琴、拉小提琴的人总是激情澎湃，披散着头发，拉到兴起，能把自己从高雅的艺术家变成动感的摇滚歌手，脑袋晃荡得越厉害的表演就越好。

这是李明珠不多的艺术细胞能理解的艺术行为。

可陆遥拉小提琴拉得斯斯文文、安安静静，和他本人的性格差了十万八千里。

迎新晚会结束后，还剩下一节晚自习，老师马不停蹄地把学生像赶羊似的往教室里赶，生怕耽误了最后一节晚自习。

众人一听回去还要上课，颓的颓，萎的萎。

“直接回宿舍不好吗？”顾小飞抱怨道。

李明珠走在队伍末尾，听到前面的哀号声此起彼伏，比晚会上大合唱的歌声还真情实感。

操场一共有五个出口，每个出口都有学生会和稽查队看守，一部二部学生会合并之后，裁减了不少部门，还没来得及把新生训练好了提上来用，此时看去，倒先用上了稽查队的人。

稽查队就是从艺术班出来的，以暴制暴的学生组织，组织成员一个两个长得人高马大，十足的校园混混。

漂亮的女生走过去，出口处的几个稽查队男生立刻吹吹口哨，搔首弄姿，媚眼抛得眼皮子都能抽筋。

李明珠低调行事，隐藏在黑暗的学生群中，企图蒙混过关。

二十分钟前，陆遥给她发短信，让她到林荫道等着。林荫道是操场和篮球场中间的小道。

陆遥的指令对李明珠而言，百分之八十都是放屁。

她的眼球系统可以自动过滤和陆遥相关的一切。

李明珠已经低调得不露锋芒了，但是她走到出口的时候，还是被稽查队的人逮住了。

“等一下，你过来，让后面的同学先走。”

李明珠道：“我和他们一起走。”

“别，我们有点儿事和你说。”稽查队其中一人笑道，“别让我们为难呀，学长。”

李明珠想：你们说话阴阳怪气。

稽查队还真敢把李明珠扣下来，等陆遥赶过来的时候，李明珠已经等了一会儿。

陆遥刚从舞台上下来，还穿着西装，脱了外套，身上只有一件衬衫，最上头一颗扣子是解开的，下摆扎在裤子里。他的身材十分匀称，西装套在他身上，愣是让他穿出了T台走秀的感觉。

李明珠不动声色地打量他，给出了评价：骚包。

陆遥是跑着来的，距离李明珠还有一百米的时候，他紧急刹车，端出一副处变不惊、四平八稳的大哥气势，慢吞吞地走过来。

“陆哥，这小子刚才想跑！”抓李明珠的人立刻告状。

李明珠想：腿长在我身上，我想跑就跑。

陆遥把背上的小提琴一把扔进李明珠怀里，这么突然的一个动作让李明珠晃了晃，这样子叫陆遥看见了，心里很是不屑。

“你帮我把小提琴拿回宿舍，顺便去买个饭送过来。”陆遥指使道。

李明珠开口：“你不上第四节晚自习？”她说完，立刻闭了嘴。

艺术班是没有第四节晚自习的，上到九点四十分就结束了，只有创新班有第四节晚自习。

李明珠抬头一看，国际楼上有巨大的时钟，显示时间是八点四十分，也就是说：还有两节晚自习。

但陆遥现在直接回寝室了，李明珠开口：“你又逃课。”

“关你什么事？”陆遥翻了个白眼，“你该不会还以为你能管着我吧？”

李明珠扯出一个皮笑肉不笑的表情，心想多一事不如少一事，这兔崽子吃软不吃硬，越是和他犟，他就越来事儿，遂心平气和地问：“吃什么？”

“你看着办。”陆遥把领带皱巴巴地揉成一团，塞进自己的西装裤里，那处十分没有美感，突出一块，“自己送过来，别给我找人送，我要是开门看见不是你，你就给我等着。”

食堂六点四十分关门，这个点想吃饭只能去西餐厅买。

西餐厅在操场的边上，上一层是咖啡厅，下一层是快餐店，统一刷饭卡，李明珠打包了一份快餐，直接给陆遥送去宿舍。

陆遥住的国际楼，是所有宿舍里面价格最高的。

这栋大楼距离教学楼有一段距离，她为了赶上课时间，小跑上楼。

国际楼分为教学楼和宿舍楼，教学楼是下八层，宿舍楼是上八层，中间十分人性化地建了一个小花园。李明珠穿过花园，又穿过没什么学生的咖啡厅。

她头一回进国际楼，绕了半天没找到宿舍入口，后来还是一位刚好下楼且乐于助人的外教领她找到了国际楼北入口。

李明珠问宿舍阿姨拿了钥匙之后，电梯直上，她跨出门，左右一看，感慨，多交了五千块的宿舍费，这住宿环境不是吹的。

陆遥住的双人间，另一位室友还没搬进来，李明珠推开门，冷冷道："我把东西放门口地毯上了。"

陆遥在里头洗澡，上台的时候化妆老师愣是给他飞了两笔眼线上去，把他原本俊朗的长相勾出一丝狐狸精的妩媚来。

陆遥最硌硬男人化妆，他勉强低下高贵的头颅，忍受这两条该死的眼线在他脸上挂了一个多小时，但现在他回到宿舍，实在不能忍了，钻进卫生间就一并洗脸、洗澡。

当李明珠在外面喊话的时候，卫生间水声哗哗响，陆遥没听见。

第三章 斯德哥尔摩综合征

门是大开的，卫生间就在左侧，李明珠听到水声就知道怎么回事儿了。

她赶时间，不愿意多待，提高了声音拍门：“陆遥，我把东西放门口了，你自己记得吃。”

李明珠买饭的时候，很体贴地带了一瓶水。

她虽然冷面冷心，但照顾人这些习惯镌刻在她的骨子里，十几年如一日，哪怕是面对陆遥这样的小祖宗，她都能事无巨细地安排得当。

卫生间里水声停了，陆遥半裸着身子把门打开，李明珠和他正对眼。

陆遥的身材十分惹眼，有股少年的青涩感，身上肌肉线条流畅，皮肤白得晃眼。

李明珠眼神躲闪一瞬，用她万年不变的死人腔调重复了一遍：“自己吃，我走了。”

陆遥压根儿没打算过来拿，直接吩咐：“你给我送屋里来，放桌上。”

他看见自己的饭被放在白瓷砖上，不知道戳中了这祖宗什么点，他提高声音说：“你放地上喂狗呢？”

李明珠心想：我可不就是在喂狗吗。

陆遥喊过后，身后却没有动静，李明珠也没走进这个门，他的晚饭也没有端端正正地放在桌上，依旧落在白瓷砖上。

陆遥套上黑色的短袖睡衣，衬得他的皮肤宛如一块上好的白玉。

“李明，你耳聋啊，我叫你把饭拿进来！”

李明珠冷冷道：“你的手断了吗，还是腿又想断一次？自己不知道伸手，不会走路吗？”

“给脸不要脸，我说最后一次，把饭给我端过来。”陆遥皱眉。

李明珠心想：什么德行！我非要好好收拾他一顿不可。

她和陆遥遥遥相望，中间隔了整整四米。

李明珠说："你怎么不要我喂你吃？"

陆遥顺杆子嘲讽："你以为我不敢吗？"

说完，他又想了想李明珠这个家伙拿筷子夹菜喂他的场景，活脱脱的一个太监，关键是这么一想，李明珠这张臭脸还挺好看的。他立刻打住想象，骂了一句脏话。

他根本没想过李明珠会答应，结果李明珠说："好啊，我喂你。"

陆遥的心怦怦跳了两下，心想：李明什么意思？真给自己喂饭吃？

李明珠没什么表情，她这张脸一天到晚都没表情，仿佛每分每秒都在为奔丧而准备，也不知道她要去给谁奔丧。

李明珠就用这奔丧的气质缓缓地蹲下来，把筷子拿在手里，在盒饭上面敲了两下。

"陆遥，过来吃饭。"

看李明珠那姿势，那模样，就差站在世界的中心，再吹两声口哨呼唤陆遥了。

李明珠还真敢摆出一副喂狗的姿态喂陆遥。

陆遥："……"

"找死……"他从牙缝里挤出两个字。

李明珠冷笑一声："什么毛病？"

李明珠在陆遥气急败坏地冲到门口之前，就利索地把门砰的一下砸上，然后她从口袋里掏出提前问阿姨要的钥匙，电光石火间就转了两圈。陆遥在里面拧了两下没拧开，就知道李明珠在外头做了手脚。

"李明，你敢锁我！"

李明珠开口："你省点儿力气吧，吃完了就滚上床睡觉，别一天到晚琢磨怎么针对我。"

"你给我把门打开！"

陆遥哐哐哐地砸门，也不知道有没有把地上的饭踩得稀烂。

李明珠想起房东家里养的那只奶狗，牙都没长齐，自个儿一回家就对着自己乱吠。李明珠至今没想明白，她跟这狗结下什么仇了。

她大概跟天下的狗都有仇，否则怎么会招惹上陆遥呢？

李明珠过完今天，不想明天，能活一天是一天。

她暂时把自己狗胆包天锁住陆遥的事情抛在脑后，上完晚自习后，就迈着步子回了家。

李明珠掀开帘子进屋，然后把桌子上还剩一点的白菜拖了出来，又把冷饭用开水泡了一碗，一声不吭地吃完，胃里这才暖和一些。

李明珠环视一圈，这屋子小得可怜，透光也不好，房梁高高的——这是一栋房子的阁楼。

H市有不少城中村，本地人自己圈了一块地建了这些农民房，一共五层楼。李明珠在这个小小的“六楼”住了十几年，房租从五十元一个月，涨到了一百二十元一个月。

这笔钱对普通人家来说，不过是逛一趟超市就能花光的零用钱，对于李明珠来说，却是不小的负担。

五楼到六楼，只有一段小小的铁楼梯连接。

五楼的一户人家租了三间房，几乎把一层楼包下来了，他们理所当然地占用了公共区域，权当客厅，就连外面的阳台也是他们的。

李明珠每次回家，就得经过五楼人家的“客厅”，弄得这户人家很不高兴。

因此，李明珠活在人家屋檐下，年纪还小的时候就签订了很多“丧权辱国”的条约，其中一条就是给五楼人家的一双儿女补课。

李明珠吃完东西，把小小的阁楼中间的一层黑布拉开，她妈妈一天难得安静地躺着睡了一会儿。

李明珠漠然地看了她一会儿，又把帘子拉上。

这样小的房间，就被一层颜色深沉的东西隔绝成了更小的两个空间。

家里唯一的一张床给妈妈睡了，李明珠要睡觉时就铺一张席子直接睡地上，冬天就再加两层棉被，凑合着过。

她每日必须紧赶慢赶地在晚自习的时候把作业全部完成，回来时才能掐上时间给妈妈煮药。

李明珠煮药的动静不敢太大，她越过堆放衣物的箱子，把阁楼东面的门打开，外面是一片约七十平方米的天台，很是空旷。

天台上放了一个太阳能热水器，她住的阁楼像一个镶嵌在大正方形上面的小正方形，走出这个小正方形，右边被切割出一条小小的走廊，角落里搭了一个简易的帐篷，下面就是煎药的药罐。

阁楼里不能煎药，她的房间一半是住的地方，一半是房东放的两个不锈钢大水箱，要是烟熏坏了这银白色的怪物，她们就要被扫地出门，所以她煎药通常都在天台上煎。房东大概是可怜她，对于她在天台煎药这事，也睁一只眼闭一只眼，没管她。

李明珠煮完药已经凌晨了，她把药渣过了一遍，再把黑漆漆的中药放在桌上，才疲惫地打好地铺，准备睡觉。

李明珠往常没有这么累，这学期开学才一个多月，她却觉得身心疲惫。

因为这个学期她除了应对繁杂的功课和作业，还得抽时间和陆遥这个兔崽子斗智斗勇。

陆遥不知道哪里来的时间，对折腾她的事儿乐此不疲，每回气势汹汹地开口要找她算账，算了半天也没见他真动手揍过她。

陆遥和房东家的那条奶狗一模一样，面对李明珠时，它能叫出意大利炮的气势，小小的身体却有大大的嗓门，龇牙咧嘴，好似要把李明珠撕成碎片。李明珠等了它半天，才知道它是光摆个架子吓唬人。

如果李明珠哪天心情好，就会大发慈悲地和这条狗玩一会儿。李明珠撸撸毛，这奶狗立刻丢盔卸甲，把肚子露出来，在李明珠脚边打滚。

这天晚上李明珠就做了这样的梦，梦见陆遥长了两只狗耳朵，软软的，后面还有一条大尾巴，见着她之后尾巴摇得特别欢畅，但凡她走近一点，有尾巴的陆遥就如临大敌，一边虚张声势地大喊，一边光速撤退。

梦里的李明珠想：她有这么可怕吗？

早自习时，李明珠进门坐下，一摸抽屉就摸到了两张粉色的情书。

现在正是学生们情窦初开的年纪，她模样俊俏，有人就爱她冷冰冰的性格，说她是“冰山学霸”，虽然投身去她怀抱的前浪们全死在了腊月寒风里，但是后浪也前赴后继地接上。

李明珠将情书直接往书包里一塞，看都不看一眼，明眼人都知道，她一定会拿去扔掉。

顾小飞羡慕得眼红，干巴巴地开口：“李明，你不看情书啊？”

李明珠没说话，翻出书开始复习。

顾小飞自讨没趣，“嘁”了一声，和二组的人讨论上了。

迎新晚会一过，时间立刻紧张起来，他们迎来了期中考试。

陆遥被锁了一回，老实了几天，有段时间没见到李明珠，又犯起痒来，想着找李明珠麻烦。

他吃过几次亏，心里有了阴影，所以最近他除了上课，也没什么大动静。

李明珠还以为他改邪归正了，结果星期一升国旗时，艺术班几个打架斗殴的学生被通报批评了一番，其中就有陆遥。

李明珠听到陆遥的名字，情绪有了一些波动，打起精神来听了两句。

陆遥具体怎么打架的，政教处主任报得太快了，李明珠根本听不清，就听见他要陆遥上去在全校师生面前做个检讨。

李明珠心想：那不是要他的命吗？

陆遥从艺术班队伍里走出来，完全没有诚恳道歉的态度，一边走一边和同学点头致意。

他一出列，齐整庞大的学生队伍叽叽喳喳起来，隐约听得到一波接着一波的女生压低声音兴奋地讨论，主任拿着话筒喊了几次安静。

陆遥在台上站定，不像来做检讨的，倒像来办粉丝见面会的人气偶像。

就连同班的女生也这样——李明珠看见前面的杨可绞着头发，抻长了脖子往前看。

李明珠茅塞顿开：合着杨可大清早就在教室里打扮，是这个原因！

她再一看，队伍前面扎马尾、戴啤酒瓶底眼镜的好学生代表都不见了，清一色地站着穿了短裙的漂亮女生，显然是偷偷换了位置。

陆遥咳嗽一声，学校的制服穿在他身上，愣是让他穿出了青春偶像剧男主角的气质，好似他真的是来开粉丝见面会的人气偶像。

“尊敬的老师，亲爱的同学，我怀着万分愧疚……”

陆遥的声音明朗清澈。

他是这么念的——

“对于在校翻窗跳楼出去唱歌看电影一事，我……”

李明珠光听到“跳楼”二字，眼皮就狠狠一跳。

她依稀记得，陆遥住在十六楼，这兔崽子如果不是什么超人、钢铁侠，翻窗跳楼出去早成了肉酱，哪还有这么个大活人站在司令台上？

李明珠破天荒地戳了一下顾小飞，问道：“艺术班的怎么回事儿？”

这还是李明珠头一回主动找别人说话，顾小飞受宠若惊片刻，把事情全盘说出。

顾小飞说话颠三倒四，好在李明珠是一个做阅读理解的高手，三两下就把重点提出来了。

艺术班这帮不学无术的大少爷前几天晚上突发奇想，要翻出学校去隔壁的广场K歌、看电影。省一中宿舍门禁是晚上十点钟，大门一关，他们想出去就只能翻墙。

那天晚上，陆遥和他的几个狐朋狗友，跟国际部的几个皮小子约好了一起出去。国际部的管制没有普通学部那么严格，通常十一二点教学楼里面都还有人。

陆遥是从国际部二楼翻出去的。教学楼外面就是环城高速，里面则有一个停放自行车的棚子，陆遥就带领着自己的“猴子猴孙”，先从二楼跳到车棚上面，接着跳到地上。

这事儿他熟练得不得了，要是做得好，那就是天衣无缝。可哪知道，有一个刚追随他的小子业务不太熟练，再加上长得略微福态，跳下来的时候把车棚压垮了，腿跳断了，当场号出了声，引来了宿管阿姨。

事情立刻败露。大晚上的，政教处主任杨发财穿着睡裤就从教师宿舍楼里面追了出来，一看陆遥这帮兔崽子穿衣打扮时髦得很，气就不打一处来。

陆遥开了金口解释两句：“主任，我们就是晚上出来打开水。”

杨发财尖叫：“打开水？十个人一起打开水吗？还戴耳钉，穿着破洞牛仔裤，你们打开水这么时髦吗？怎么不成立个组合出道呢！”

摔断腿的小胖子被救护车紧急拉到了医院，陆遥等人被串成了一串，去了政教处，他们站在政教处门口吹了大半晚的冷风。

李明珠听到这里，脸上难以控制地露出一丝情绪，顾小飞看着李明珠要笑不笑的样子，很是新奇。

“李明，你认识这些人？”

李明珠立刻板下脸：“不认识。”

李明珠想着：天气转凉，陆遥竟然还穿着破洞牛仔裤吹了一晚上风，怕是要感冒。

她转念一想，就算陆遥感冒了也和她没关系，这个小祖宗最好是长病不起，少来折腾她，她才开心，还得放两串鞭炮敲锣打鼓地庆祝。

陆遥在司令台的发言还挺长，裤脚挽了几圈，露出白皙的脚踝，下面是一双干净得出奇的板鞋。

李明珠知道这小子有点儿洁癖，含着金汤匙长大的小少爷，毛病就是多。

裤脚挽得这样高，李明珠搞不清楚他是来种地的，还是来读书的，她想：他还不穿秋裤，十月份气温骤降，这样像什么样子，不知死活，不成体统！

李明珠琢磨着这些，都没意识到自己的心思飘了多远，只是看见陆遥穿成这样子，她就糟心。

陆遥的检讨书越念越偏。

“艺术班缺乏良好的学习氛围，学生自主学习能力不高，经过三天两夜的深思熟虑后，我代表艺术班向校领导正式提出请求……”

李明珠越听越糊涂，不止她，在场的教师和学生都是一头雾水。

怎么这个大少爷上去做个检讨，做到后面跟开大会似的？

教导主任在司令台边上小声喊：“陆遥，你要造反啊！”

陆遥充耳不闻，拿着话筒就是不撒手。他的目光已经不在稿子上，而是穿过人群，正好和操场最北面的李明珠对视。

李明珠心中警铃大作。

陆遥继续道：“我希望校方可以让艺术班的学生旁听创新班的部分课程，或者采用一对一辅导的方式，在辅导艺术班学生的同时巩固学习内容，一石二鸟……”

李明珠想：他还会用成语了。

教导主任忍无可忍，一个箭步上去阻止了胡说八道的陆遥，把他赶了下去。

陆遥一席话，引起了轩然大波。

并不是因为他说的东西让学生产生了多少共鸣，而是学生们打心眼里佩服他，敢和校领导对着干。他下台的时候，不知道哪个兔崽子先起哄鼓掌，最后引得全校学生一起鼓掌，比校长讲完话后的掌声来得还要激烈。

陆遥颇有大将风范，和他们挥挥手，淡定地走回学生队伍。众人热烈欢迎，有人吹起口哨，大声叫好，教导主任连声喊“安静，安静”，但是没用。

艺术班的人全乱了。

“厉害啊，陆哥！”

“我服你了！”

“这是我见过最嚣张的全校检讨，你看吴校长的脸色都青了！”

吴校长是一部的分部校长，一个严肃的、烫着爆炸卷的女人。

陆遥摆摆手，一副宠辱不惊的做派。

林军辉开口：“你怎么编出来的？哈哈哈，和创一班一起上课，吴校长能气死！”

陆遥道：“谁说我是编的了？这是我认真思考过提出的意见。”

“哎呀，陆哥，这儿没外人，你跟兄弟几个还端着呢？”王淼挤眉弄眼。

陆遥高冷地哼了一声，说：“你们觉得我是开玩笑的？”

众人面面相觑，紧接着脸上惨白：“不是吧，哥，你玩儿真的啊？和创一班一起上课？天哪，要我的命啊！”

“等你死了，哥给你买一口好棺材。”陆遥道，“买一送一，还有谁想一起吗？”

孙禹开口：“不是，陆哥，你什么需求啊，杀敌八百，自损一千！”

和创新班的好学生一起上课，无疑是一种折磨，还会折寿。

“家长让你来读书的，还是来干吗？没点儿上进心，我是为了你们好。”陆遥大言不惭地开口，忽视了一帮男同学的哀号。

陆遥看上去心情很好，走路都快飘起来了。

陆遥走回教室的路上，被一干学姐学妹偷偷地瞄着，但他一点儿也不害臊，一边走一边发浪，老道地朝两旁水灵灵的学姐眨眼，姿态风流，好似打马过街的少年郎，春风得意马蹄疾，满楼红袖招摇。

陆遥的名字再一次洗劫了学校BBS灌水区，一半的人吹他的彩虹屁，另一半的人理智甩卖陆遥生活日常照。

顾小飞在下课时间刷论坛灌水，第一页到第五页都在讨论陆遥。

“艺术班那个陆遥什么来头啊？就今年的新生？”杜宇轩发试卷的时候问了一句。

顾小飞像一只闻着肉味儿的狗似的，立刻开口解答疑惑：“你们没听过啊，迎新晚会的时候，他的三围、星座和兴趣爱好已经在BBS屠版了！”

“谁跟你似的天天逛论坛啊！”杜宇轩笑道，“哪儿哪儿都有你！”

“嘿，班长，这是你问我的啊！”

杜宇轩道：“错了，是你抢答的。”

“我听说他初中就挺有名儿了吧。”林夏转过身，撑起下巴加入话题。

她是附中直升一中，和李明珠这种外校空降省一中的不一样，她了解的东西可比李明珠多太多了。

“陆遥以前是附中的？”杨可问道，她显然很关注陆遥的个人问题。

“是啊，他是初一转进来的，不是本地人，长得帅嘛，好像还是附中篮球队的？我记得他打游戏打得特别好。”

“你还关注人家打游戏！”

“哪儿啊！那时候流行打联机啊，手机里不都能看见区排名的吗，陆遥排第一呢！”林夏道，“这人初中就挺受欢迎了，不过他那成绩能考上一中，还真是奇了！”

“人长得帅还要什么成绩啊！我愿意用我六门功课的成绩去换一张

颜值逆天的脸庞！”顾小飞深深地叹了一口气。

“他应该有很多迷妹吧？”杨可驴唇不对马嘴地问了一句。

“别说废话。”预备铃打响，林夏转回去。

杨可不依不饶地问：“一中也有他的迷妹啊？才刚开学呢，你们觉得呢？”

“谁知道啊！杨可，你有点儿学姐的骨气，好不好？”

杨可抓了几本书砸他：“你嘴巴里就不能说点儿好听的东西出来吗？”

“不过我佩服他，敢在全校师生面前检讨时这么和老师叫板。”顾小飞感慨，“他早上说的那什么，和创一班一起读书，亏他想得出这硌硬人的法子，两个班一起，不打起来就是好事了！”

顾小飞嘚嘚地说了半天，自说自答：“你说奇怪吧，陆遥干吗提这么稀奇古怪的要求？难道他有自虐倾向？”

林夏在前面道：“你怎么没点儿浪漫细胞呢？说不定人家是追人来的。”

“我的天，那这也太嚣张了吧？他追的人得有多大面子啊！”顾小飞吐槽道，“你还不如说他是寻仇来的！”

李明珠冷冰冰地开口：“你们说够了没？很吵。”

她一开口，周围便以每秒下降十摄氏度的速度降温，没一会儿就降到了零摄氏度以下。

众人识趣地闭了嘴。

李明珠的手机在抽屉里疯狂振动，备注为“兔崽子”的联系人发来了一条新消息：呵呵，李老师，以后多多指教啊。

李明珠看到这个号码，太阳穴就突突地跳，跳得她脑仁疼。

陆遥这狗脾气，不到黄河不死心，不知道哪儿来这么多精力折腾她。

她直接忽视了这条短信，紧接着，手机再一次振动起来，对方又发来一条消息：喂！别装死！我知道你查看了。

李明珠冷哼一声，心想短信没有已读功能，陆遥纯属诓她。

手机在抽屉里振动，李明珠视而不见，听而不闻，一心只读圣贤书。

后桌的苏晓扯了扯李明珠的袖子。

李明珠回过头，见苏晓兴奋地指了指窗外。

她转头一看，陆遥拿着学校统一发的扫把，大摇大摆地站在后门口，正盯着她。

李明珠浑身一震，立刻正襟危坐地看着黑板，心里却是翻江倒海：

陆遥怎么在这儿？

她正襟危坐没一会儿，手机又振动起来，还是陆遥发来的短信：回头，我叫你呢！

李明珠无视了。

陆遥又发来短信：那我喊人了。

李明珠依旧无视。

半晌后，陆遥吊儿郎当地站在后门口，大声道：“阿咪，你讲这么快谁听得清啊？”

这节课是阿咪的英语课，这位英语老师除了教创新班，这学期还被分派去艺术班教学。

学校就是要用最好的师资堵住艺术班学生家长的嘴。

陆遥在阿咪眼皮子底下混了半个学期，混得无法无天，十分嚣张。

阿咪大喊：“陆遥，你干……干什么呢？”

“我旁听啊，畅游在知识的海洋里，你该不会不让我听吧？你这当老师的也太不负责了。”陆遥一边说一边走进来，拖着他的扫把，从后排拎了一张凳子，就坐在李明珠旁边。

李明珠浑身僵硬。

陆遥十分熟稔地把李明珠的英语书拉过来一半，随后示意阿咪继续讲课，不用管他：“我坐这儿听，你继续上课啊。”

陆遥这派头好似来视察的领导。

阿咪皱着眉头，表面上怒火滔天：“陆遥，你给我出去！出去！”

“我不！”陆遥撑着下巴和阿咪对峙。

阿咪装模作样地说了两声，就随他去了。

陆遥这个小祖宗不服管教，任课老师和班主任都拿他没办法，再加上他的背景，许多老师在面对他时都有点虚。但只要他别太过分，大多老师都选择睁一只眼闭一只眼。

陆遥做事永远都踩在刚刚好的点上，也叫想找他麻烦的老师找不出什么大毛病。

阿咪警告陆遥：“你吵闹的话就给我出去啊！”

陆遥严肃道：“不吵，我是来学习的。”

李明珠阴狠地看了他一眼，他直接无视这个眼神，翻起李明珠的英语书，一边翻看一边指点江山。

周围的学生看见陆遥莫名其妙地坐在李明珠旁边，纷纷惊诧不已。

众人一副“求八卦”的表情看着李明珠，想问不敢问，憋到了中午。

杨可的心小鹿乱撞了整整一节英语课，脑子里翻来覆去过了千万遍台词，在下课的时候终于鼓足勇气开了口：“陆遥，你怎么没上课啊？”

和陆遥搭话的女生，一天没有一百也有八十，陆遥十分自然地回答道：“我吃处分啊，要打扫公共区域一个星期。”

杨可得到答话，心跳得更厉害了，假装不在意地继续问道：“那你不出去扫地啊？”

陆遥突然歪嘴坏笑，撒娇道：“学姐，你帮我扫好不好呀？”

他这一声软得杨可差点儿从凳子上滑到地上，再配上他无辜的小表情，叫她差点儿就真答应了。

李明珠从书包里拿出饭盒，要去操场上吃饭。

陆遥立刻回头，一把拉住李明珠的胳膊：“喂，你去哪里？”

“放手。”李明珠冷冷道。

“我不放。”陆遥瞥了一眼她的饭盒，“你去吃饭啊，正好我也饿了。”

“饿了就自己滚去吃，别来烦我。”

李明珠没给他好脸色，这句话出来，周围的人都变了脸色。

陆遥平时在学校嚣张惯了，一副校霸的做派，普通的学生都不怎么敢和他说话，哪会像李明珠这样和他叫板，简直是不把他放在眼里。

气氛突变，杨可在一旁吓得胆战心惊，赶紧打圆场：“你们是去食堂吃吗？李明他不太去食堂吃饭，都是自己带的，要不……”

陆遥根本没听她说话，长腿一伸，拦住了李明珠：“你手里拿着什么？我也要吃。”

李明珠想：你吃西北风吧。

李明珠的饭盒里面一清二白得可怕，除了白饭就是青菜豆腐，扔给狗，狗都不吃。

在场的人见情势不对，跑了个干净，就连平时留下来复习功课的也蹿到了楼上的图书馆。一时间，教室里就只剩下李明珠和陆遥。

陆遥手长腿长，运动神经特别发达，对付李明珠手到擒来，三两下就夺过饭盒，掀开一看，脸就垮了下来。

“你就吃这个啊！”

李明珠恼羞成怒，被别人看到这菜色，脸上泛起了薄红：“你把饭盒还给我！”

陆遥就着她的筷子尝了两口菜，立刻皱了眉，难吃得吐了出来，就吐在了碗里。

李明珠见了，目瞪口呆，气得浑身发抖："陆遥，你……"

陆遥没点眼力见，他一个大少爷，什么时候吃过这么难吃的东西，遂把饭盒往桌上一扔，勾着李明珠的肩膀就把她往外拖。

李明珠气得呕出一口血，陆遥浑然不觉："你吃的都是什么玩意儿啊，狗都不吃，看你这么宝贝，我还以为是什么山珍海味呢。"

陆遥一脸嫌弃地拎起她的胳膊："难怪你瘦成这样，每天就吃这么点儿东西，没饿死都是好事了！"

"走吧，哥今天开门请客，给你打点儿牙祭！"

李明珠咬牙切齿，不吃嗟来之食："滚！我不去！"

"嗤，李明，你这人挺好笑的，我问过你的意见了吗？"陆遥不分青红皂白，按着她的脑袋，将她拖进了超市。

陆遥在学校里算个名人，超市里人来人往，十分拥挤，偏偏他进来之后，大家就主动让开了一条道路。

陆遥在货架前面挑挑拣拣，无视众人对他们投来的目光，一只手拽着李明珠，不准她跑。

李明珠气着气着，大约是气得走火入魔了，竟然觉察出一丝好笑的意味。

陆遥这小兔崽子的心思她从来没琢磨透过，不知道他这会儿唱的是什么大戏。

陆遥付完钱，提着袋子，抓着李明珠到了操场。

两人坐在看台上，陆遥翻了翻袋子里的东西，把面包、火腿肠一股脑地扔在李明珠怀里。

"吃完了还有。"

李明珠迟疑地看着他，手里拿着面包，没有开动。

陆遥已经撕开包装袋，见李明珠看着自己，纳闷道："你看我干吗？你自己吃啊，要我喂你啊？"

李明珠嘴角一抽，想到了之前和陆遥的锁门之仇。

陆遥似乎也想起了这一点，他冷酷道："李明，你可真厉害啊，你就不怕我揍你？"

李明珠想：咬人的狗不叫，叫唤的狗不咬人。

她原本想说出来，但现在吃人嘴软，自己还拿着人家的东西呢，不好这么说人家是条狗。

李明珠面无表情地把面包塞进嘴里，决定暂时放下自己和陆遥的仇，签订限时一个中午的和平共处条约。

陆遥像狗啃似的，风卷残云地吃完了东西。

他吃完了，又看了李明珠一眼，李明珠吃东西十分干脆利落，一口吞下去之后，才接着吃下一口，和他吃得满嘴巴面包渣子的吃法是不同的。

李明珠这张脸蛋，在她心情好，或者太阳哪天打西边出来的时候，扯一个笑出来，能勾得人神魂颠倒，半晌回不过神。

她长得像她妈妈，又继承了那个便宜爹的一部分基因，模样俊俏干净，就光这么吃东西，都吃得令人赏心悦目。

只可惜李明珠心情好的时候少得可怜，她时常冷着脸，散发着“我不好惹，都给我滚”的气场，导致她整个人看着像一把锋利的刀刃，想要靠近她，势必要付出流血的代价。

陆遥看着李明珠，语言系统不太受自己控制，蹦了一句话出来：“李明，你好娘啊。”

李明珠动作一愣，回答道：“你干什么，现在流行人身攻击吗？”

陆遥后知后觉，咋呼道：“谁攻击你了！”

“我说你娘，你高兴吗？”李明珠冷冷地看了他一眼。

陆遥被噎着了，李明珠又缓缓开口：“我不清楚你到底想搞什么，不过你的花招不要放在我身上耍。”

李明珠吃完了东西，也就把吃人嘴软的道理抛到了脑后，她是一只小白眼狼，怎么喂都喂不熟的：“你别以为一顿饭就能收买我了。”

陆遥被李明珠的嘴炮弄得有点儿蒙。

陆遥和李明珠的较量是从两年前开始的，陆遥从来没占到上风，这事一开始是李明珠做得不对，陆遥只是来“复仇”和“打击报复”的，但是现在受害者陆遥却收到了加害者李明珠的警告。

李明珠的意思是这样的：你别指望我原谅你。

这是什么操作？合着现在是他的错？

陆遥切身感受到李明珠搬弄是非、颠倒黑白的嘴上功夫，这才半个学期不到，就成了陆遥是来“求原谅”的那个人了！

陆遥蒙着呢。

从开学到现在，自己不仅被李明珠踹了一脚，还被李明珠锁在房间里，他怕是被这人迷惑了，才会锲而不舍地围着这人打转。现在，他眼巴巴地送上午餐，可人家吃完之后就翻脸了。

陆遥冤不冤？千古奇冤啊！

这小子分析了半天都没分析出哪里出了问题，李明珠高贵冷艳，哼了一声，拍拍屁股就要走人。

陆遥情急之下，拉住了她，魔怔似的开口：“那两顿饭呢？”

李明珠挑眉：这祖宗有斯德哥尔摩综合征啊？

第四章 小姐脾气

陆遥哑然，触电一般缩回自己的手。

他正好握住了李明珠的手腕，白皙瘦弱，温度却高，差点儿灼伤他的手心。

李明珠是一个做大事的，不拘小节，根本意识不到陆遥的反常，她说道：“陆遥，你吃错药了？”

陆遥好似被戳到脊梁骨一样，噌地站了起来：“你才吃错药了。”

“你没乱吃药，最近怎么对我这么好了，黄鼠狼给鸡拜年？”

“我爱怎么样就怎么样，爱罩谁就罩谁，爱揍谁就揍谁，你管不着。”陆遥反驳。

李明珠做投降状：“好，好，你厉害，你是大哥，你说了算。”她一边投降一边后退，“这样，你怎么样我确实管不着，但是我怎么样，我还是能管得着的。”

陆遥盯着李明珠，李明珠继续道：“你要是想找个人陪你玩过家家，可以，毕竟学校这么大，你找谁我都没义务管，但是别找我，我很忙的，跟你不一样。”

陆遥一句话没说。

李明珠又说道：“我没兴趣跟你玩，你也别来找我麻烦了，好吧？”

“你下午几点下课？”陆遥见缝插针地问了一句。

“你听得懂人话吗？”李明珠皱眉。

“那就是有空的。”陆遥摸着下巴。

“没空，下午我有事，你自己折腾去。”李明珠想了想，补充道，“我要去天城小学。”

“吃面还是吃饭啊？”

“我不吃，我说了我有事。”

“那就吃面好了。”

“面难吃。”

“哦，吃饭也可以。”

李明珠回过神，气急败坏道：“陆遥，你脑子进水了吗？”

陆遥喊道：“我请你吃饭你怎么还这么多毛病啊？”

“谁要你请了？”

陆遥道：“你管得着吗？”

他说完，不给李明珠反驳的时间，迈着长腿就走了：“你别想溜啊，今天吴校长发落我来打扫图书馆，你们班门口，我一天都能盯着。”

李明珠被他气得冒火：“陆遥！”

“你别喊啦，我的耳朵都被你喊聋了，一个大男人说话怎么这么磨叽……”陆遥嘟囔了一句。

李明珠闭嘴了。她和男人还是有本质上的区别，声音压低了还能浑水摸鱼，冒充一下少年音，一旦提高声音，就显得细腻起来。

陆遥前两天抽小风，这两天抽大风，玩起了打一棍子给一颗糖的高端手段。李明珠眼见陆遥对她突如其来的殷勤，被激起了一身鸡皮疙瘩，怎么看怎么有鬼。

一个下午，她除了听课，都在抽时间分析陆遥这两天的反常行为，心想这祖宗怕是从哪里找了一个狗头军师给他出主意，否则她如何会看不透他古怪的行为了？

下午课结束后，陆遥果然站在后门堵人。

顾小飞手脚利索地把书往包里一塞，争分夺秒地扒着桌子问李明珠：“李明，你怎么和陆遥认识的？”

李明珠烦躁不已，开口就答：“不认识。”

“不认识？我看他对你很好啊！”顾小飞道，“你们不是还一块儿去吃饭吗？”

顾小飞对八卦比女人还敏感，自从中午看见陆遥坐在李明珠身边之后，就一直有好奇心。

在他眼里，李明珠这样的冷酷学霸和陆遥八竿子也打不到一块儿去啊！

李明珠从前门走，不理会顾小飞，陆遥从后门跨了几步就堵到前门。

教室里的学生大气都不敢出，纷纷写作业的写作业，看书的看书，搞卫生的搞卫生，实际上他们全部全神贯注地关注教室前门。

顾小飞嘀咕：“他们俩干吗呢？要打不打的。”

“你别看了，万一他们打起来了，咱们班可就李明能把你的平均分拉回来，一会儿还得劝架呢！”杜宇轩小声回答。

“得了吧，你会不会看脸色啊，他们俩要是打得起来，我今天就把物理书全抄一遍！”顾小飞振振有词，“我看着怪别扭的。”

李明珠大概是没有让别人抄物理书的爱好。

陆遥显然也没有，他仗着身高优势，擒贼先擒王，一把扯过李明珠的书包，背上了。

李明珠登时黑了脸色，但由于是公共场合，她不好发作，便压低声音蹦了一句方言：“陆遥，你的脑子拷伤了吗？”

陆遥听了，不懂就问：“拷伤是什么意思？”

李明珠眼珠子一转，淡定道：“就是夸你脑子聪明的意思。”

陆遥学以致用：“哦，你脑子也挺拷伤的。”

李明珠：“……”

她和陆遥说话，暂且不说会折寿十年，还会时时刻刻尝到自作自受的憋屈感。

李明珠咬紧牙，干脆一句话都不说，权当身边绕了团扰人心神的空气。

出了学校大门，李明珠往东走去，走了两站之后，陆遥喊住她：“喂，你要走去哪里啊？”

他心想：这个神经病走这么远的路不坐车，难道这么穷的吗？

他又想到了李明珠中午吃的自带餐，思绪不免飘到了初二那年，李明珠那么受不了他都没有辞职不干，还胆大包天，冒充大学生。他突然停下脚步，好似找到了新的解题思路，心里惊悚道：她该不会真的很穷吧？

李明珠无视他，他的心里像有只小猫爪子在乱挠，一旦得出了一个结论，便想着去证实它。

“喂，你听见我说话了没？你要去哪里？我叫车。”

李明珠低声道：“你不想去就别跟着我。”

她话里话外都没有要打车的意思。

陆遥不动声色地打量了李明珠一眼。

李明珠浑然不觉，认为陆遥这个家伙就是吃饱了撑的，自己早晚有一天要被他气死。

她头也不回地赶路，半天没听见陆遥在耳边讲话，偷摸地用余光看了一眼，身边已经没人了。

李明珠心想：他走了好，省得看着烦人。

她走了片刻，不但没觉得神清气爽，反而更加烦躁了。她一会儿又觉得陆遥是傻瓜，认为他没点儿耐心，说他两句就走了，什么娇惯的小姐脾气！

“小姐脾气”的陆遥突然骑着自行车在她面前一个急刹车，重新出现在她眼里，很是耍酷地单脚踩地，乱抛媚眼：“上来，我带你。”

李明珠吓了一跳，又冷静下来，看了一眼这辆车：景区常见的租用自行车，带后座。

李明珠想：他的脑子果然有病。

李明珠绕开陆遥，陆遥不耐烦了，一把扯住了李明珠的领子：“你要死啊，李明，我跟你说话呢！”

李明珠冷哼一声，心想：你死了我都不会死。

奈何陆遥不会死，他不但不死，还有办法让李明珠死去活来。

李明珠面无表情地坐在车后座的时候，微风吹得她风中凌乱，就跟死去活来差不了多远。

她在心里想：我一定是被迷惑了。

陆遥没有读心术，三两下把李明珠骗上车。他骑着自行车，技术高超得堪称马路杀手，豪车见了都要绕道走：没见过走位这么风骚的骑车路线！

李明珠为了自己的生命安全着想，屈辱地伸出一只手，揪住了陆遥一小片衣角。

“你要去哪儿啊？”陆遥心情大好。

“天城小学。”李明珠阴沉沉地开口。

陆遥对这片地区熟络，骑着车穿过南山路，又穿过河坊街，最后在庆春路上停了下来，这里有一个巨大的购书中心，天城小学就在旁边。

陆遥没问李明珠到这儿来干吗，他双手插兜，就把车停在马路边上，自个儿靠在车前，像一个模特似的，惹眼得要命。

这地方是市中心，人流量特别大，过往的女人把惊羡的目光放在他身上，上下打量着他。

当李明珠把杨欢和她弟接出来的时候，陆遥就像一只花孔雀一样，不知羞耻地站在马路对面胡乱开屏。

陆遥好似有雷达，看见李明珠出来了就招手。

李明珠视若无物，杨欢牵着李明珠的手喊道：“阿明哥，那边有个大哥哥在喊你。”

李明珠道：“你老师没教过你，毒蘑菇都是色彩斑斓的吗？”

杨欢这才上三年级，听不懂李明珠的话外之意，甚至没听懂“色彩斑斓”这么高级复杂的成语，一边走一边若有所思道：“他骑车过来了呀！”

陆遥果然过来了，他把自行车的铃铛按得丁零作响，以表示自己对于李明珠无视他一事很是生气。

李明珠道：“你唱大戏呢？”

陆遥身子前倾，趴在车龙头上，打量了两个小孩儿一眼。

这两个孩子，一个叫杨欢，一个叫杨乐，是五楼那对夫妻的一双儿女，小的才上一年级，大的上三年级了。

夫妻两人都是来打工的外地人，平时忙着上班，没时间照看子女。正巧李明珠缺钱，他们合计一个月给李明珠一点儿照看费，星期一和星期三就拜托李明珠去接送一下孩子。

李明珠对钱向来是来者不拒，一年级的杨乐比姐姐会撒娇，出了校门就表现给老师看，两条腿定时定点地断了，非要李明珠抱。

李明珠吃软不吃硬，最吃不消别人撒娇，一撒娇她就没辙，冷着脸把杨乐抱在怀里。

陆遥开口问：“这是你弟啊？”

“不是。”李明珠回答，“人也接到了，现在你可以走了吧？”

陆遥喊道：“谁说我是来接人的？”他脸上挂起了教科书式如沐春风般的笑容，弯下腰摸着杨欢的脑袋，“你告诉哥哥，你叫什么名字？”

杨欢这丫头长这么大，还没见过这么好看的男生，当即被“狐狸精”哄得五迷三道，找不着北了，顺势就说了：“杨欢，小名叫欢欢！”

嚯！连小名都交代了！

陆遥不那么霸道的时候，周身的气质都很温和，像极了李明珠的一位故人，叫李明珠恍惚了片刻。

他抱起杨欢，继续哄骗：“你想不想吃汉堡包？哥哥带你去吃。”

这个年代，汉堡包在外地打工人员的子女眼里就跟奢侈品似的，只有考试考了一百分，或者逢年过节出去玩儿时，他们才有机会吃上一顿，那是非常高级的食物。

杨欢立刻小脸通红，但还是很有底线地看了李明珠一眼。

李明珠刚想说汉堡包是垃圾食品，就被杨欢脸上期许的表情堵了回去。

陆遥故意道：“你看她干吗，我请你吃，又不请她吃！”

李明珠：“……”

上午是哪个兔崽子口口声声说要请她吃饭的？

陆遥如法炮制早上的做法，擒贼先擒王，把杨欢带走了。

下午放学了，快餐店里却不热闹，大部分的家长都不会带着孩子来吃他们认为的“垃圾食品”。

李明珠在走进门之前，还恐吓了一遍杨欢：“快餐店的母鸡有六条腿。”

杨欢惊喜道：“长这么多鸡腿呀，那我可以吃好多！”

李明珠闻言，无语片刻。

十岁孩子脑子里的奇思妙想，她显然是猜不中的。

陆遥找了一个位置坐下，李明珠像防贼一样防着他，但他直接当作没看见，对杨欢杨乐两姐弟十分大方，大有想吃什么全部点上的架势。

姐弟俩虽然是农村里出来的孩子，但也矜持懂事，陆遥请他们吃饭，两人没有狮子大开口乱点一气，而是腼腆地点了一样自己最想吃的东西。

陆遥眉头一挑：“就这么点儿啊，吃得饱吗？”

杨欢点点头：“谢谢哥哥，这些就饱了。”

陆遥心想：还饱呢，刚才你的眼珠子都掉单子上了。

他去点餐的时候，把姐弟两人看过的东西全点上了。他的记性好，但凡是杨欢杨乐多看了几眼的，他都记得住。

所以食品端过来的时候，摆满了一桌子。

杨欢怯生生地开口：“这么多啊……”

陆遥说：“哦，我想吃。”

李明珠面无表情地盯着这些东西，没说话。

杨欢便又小心翼翼地看了李明珠一眼，直到李明珠点头了，她才小心地拿起自己想要的鸡米花，喂了弟弟一个，自己吃了一个，小口小口地，好似在回味这玩意儿。

陆遥道：“你干吗不吃？”

李明珠道：“我不饿。”

陆遥心想：滚蛋！

他直接打开一个汉堡，塞到李明珠怀里：“你该不会不喜欢吃这个吧？”

李明珠从来没吃过“奢侈品”汉堡包，谈不上喜欢和不喜欢。

陆遥道：“你不是想和我谈谈吗？我现在和你谈谈，你先吃。”

李明珠迟疑地看着他，还是不吃。

陆遥皱眉："我能在里面下毒毒死你吗？"

李明珠："……"

"你能不能成熟一点，陆遥？"

"你少废话，赶紧吃，吃完了和我谈，我可没把那事儿忘记，现在也没打算放过你。"

李明珠看他凶神恶煞的样子，却是一点儿也不怕。

陆遥总是看起来很凶，又因为家世背景唬人，真心和他交朋友的少得可怜。这人还有点傲娇，独来独往惯了，如今心血来潮想对一个人好，也做不出温柔的做派。

李明珠想：这白痴送上来的东西，不吃白不吃。

她就是这样的"俊杰"，知道能屈能伸，也知道识时务。

陆遥不会真的下毒害死她，最近他做事让她捉摸不透，她姑且决定走一步是一步。

吃完了这顿李明珠活了十几年，吃得最奢侈的饭，陆遥坐没坐相，撑着下巴等李明珠开口。

李明珠吃人嘴软的时候，只有吃的那刻嘴软，一旦吃完了，这个道理对她来说就成了空气。

她显然是一个不要脸的"俊杰"。

桌子被服务员收拾干净了，但这回李明珠犹豫片刻，开口道："谢谢。"

陆遥道："吃完啦，那走呗。"

李明珠拽着他的袖子说："等等，你不是要和我谈谈吗？"

陆遥道："边走边谈，亏你还是优等生，你不知道这样提高效率吗？"

李明珠还真不知道："外面太吵了。"

陆遥道："旁边就有个购书中心，里面有咖啡馆，去那儿谈。"

咖啡馆，这也是李明珠平时不会去的地方。

她没有那么高级的做派，写份作业、谈个事情，还要一边喝咖啡一边听歌。

陆遥不等她回应，直接过马路走进了购书中心。

二楼的咖啡馆人很少，旁边就是一排排的书架，陆遥坐下后，示意李明珠坐下。

在这里，不点咖啡是不能坐的。她一看咖啡的价格，顿时觉得自己坐在玻璃碴子上。

陆遥毫不在乎，在菜单上勾选着，点了两杯咖啡，给两个孩子点了大杯的牛奶。

李明珠的思绪跑得很远，她想：这祖宗该不会想放我高利贷吧？

她见过这一套做法，先是大方地请客吃饭，结果回头一转眼就翻脸，要求人还钱，还不上就放高利贷，这方法的社会升级版还加上了“美人计”，俗称仙人跳。

李明珠尚且不知道“仙人跳”是怎么跳的，但是陆遥这么“跳”，让她心惊胆战。

于是，李明珠安静地等陆遥开口，听听他要怎么谈，结果他这时候却无视她了。

咖啡和牛奶都端了上来，陆遥拿起手机开始看电影，过了一会儿又关掉电影，戴着耳机闭眼休息。

杨欢看了李明珠一眼，咽了咽口水，又把目光投向牛奶上面。

“喝吧。”李明珠无奈道。

“阿明哥，我们到这里来干吗？”杨欢喝了一口牛奶，甜腻腻的味道萦绕在她的口腔，她还没喝过这么好喝、这么细腻的奶，几乎要把自己的舌头喝掉了。

李明珠想：我怎么知道？

她虽然不知道，但她有个毛病，就是不肯服输，不知道也端着，叫人看不出她心中没底。

“你管这么多干什么？你的作业呢，拿出来写。”

杨欢、杨乐的父母要晚上十点多才到家，在家里写作业和在这儿写作业都没差，全由李明珠一人辅导。

李明珠既然弄不清楚陆遥得了什么失心疯，干脆随波逐流，见招拆招。她看陆遥跟一个大爷似的坐着，索性也不理他，盯着杨欢写作业去了。

陆遥听了一会儿歌，感到有人扯他的袖子。

此时，他心里想了很多，别说李明珠没弄明白他在做什么，他自己也没搞清楚。

他见着李明珠不吃饭，心里烦躁，好似这一切都是他的问题。

陆遥心想：难不成我是一个圣父？

他要是一个圣父，那不是见谁都要可怜一下？他可没有什么闲心去关注王淼今天吃了什么，有没有吃中饭。

他想了想，觉得自己做这些事肯定是为了报复李明珠。毕竟要报复一个人，仇人插对方一刀，对方可能觉得无所谓，但要是朋友插对方一刀，那真是能让对方痛一年半载。

陆遥想了半天，才找到这么个漏洞百出、不伦不类的理由，杨乐就在这时候扯了扯他的袖子。

陆遥睁开眼，谈不上高兴。

杨乐年纪小，还看不出这些小大人青春期的喜怒哀乐，眨巴眼睛喊他：“大哥哥，你可不可以教我写作业呀？”

陆遥抬头看了李明珠一眼。

购书中心的咖啡馆有沙发，中间隔了一张桌子，李明珠就坐在他对面，低下头认真地辅导杨欢写作业。

李明珠低头的时候，细细碎碎的头发扫在脖子上，她的脖子修长，肌肤雪白，锁骨深陷。

杨乐已经拿出了自己的作业本，摊开来等着陆遥教他。

陆遥强行冷静，喝了一口咖啡，苦味从舌尖传到喉咙，刺激着他的大脑。他不可思议地想：李明竟然是个男人！

这话听着好似一个提醒。

陆遥又想了几遍之后，便看着杨乐的作业本，逐渐平静下来。

李明珠辅导杨欢的同时，余光也在注意陆遥的动作，只看见陆遥醒了之后，颇有大哥风范，给杨乐指导起作业来。李明珠想到他的成绩，顿时忧国忧民起来。

好在杨乐只是一个一年级的学生，那些题目再怎么难，也不至于让陆遥做不出来吧。

李明珠不动声色地瞥了陆遥几眼，陆遥做得风生水起，不像做不出来的样子。

半小时后，杨欢的作业完成了，杨乐也放下笔。

李明珠喝了一口咖啡，苦得她皱起了眉头，偏偏她又要面子，不肯表现出来，于是淡定地拿过杨乐的作业本。

“怎么样？”

陆遥知道李明珠问他，他撩了一把刘海，很是潇洒：“废话，不要太简单好不好！”

做小学一年级的题目，这有什么好自豪的！她腹诽着，却在看到第一题的时候愣住了。

半晌后，李明珠不知道该气还是该笑，神色复杂地看着作业本。

第一大题是成语填空：“夸父（）日，精卫（）海”。

陆遥大笔一挥："夸父找日，精卫跳海"。

第二大题是问答题：早饭不能吃什么？

陆遥答曰：中饭和晚饭。

小朋友怎么做才能长命百岁？

陆遥答曰：保持呼吸，不要断气。

铁是由什么组成的？

陆遥答曰："钅"和"失"。

第三大题组句子，关键词：为、爷爷、我、了、表演、支、孔雀舞。

陆遥组句：爷爷为我表演了支孔雀舞。

他好大的面子！

李明珠看向陆遥，陆遥还挺得意的，嘚瑟地跷着二郎腿。假如给他一根尾巴，现在他一定摇得特别欢畅，等着李明珠看完了，在他脑袋上拍两下，他的狗耳朵准会竖起来。

李明珠一口老血憋在喉咙里，此时此刻她不想拍他的狗脑袋，而是十分想用榔头和锥子把他的脑子撬开，看看这人的脑子到底是不是用钢筋混凝土构成的，还是他在人生的道路上经历了什么奇葩的事，导致他的脑回路和正常人的不太一样。

关键是李明珠看着其中几道题答得还有点儿大智若愚的感觉，又一看陆遥这副求表扬、求夸赞的小表情，原本在心里打包好了的刻薄话终于死在喉咙里，没说出来。

"嗯。"李明珠厚着脸皮，把十几年学到的所有知识在这一刻还给了自己的老师，"挺好的，没什么问题。"

陆遥顿时喜上眉梢："我就说，这种小学生题怎么可能有问题！"

李明珠眉心一跳，继续昧着良心点头："你说得都对！"

陆遥哼哼两声，被夸了之后有点儿别扭，目光转向其他地方，手却敲打着桌子，一下又一下，彰显着他不错的心情。

李明珠把本子收进杨乐的书包里，打算回去改一遍。

"我送他们回去。"

陆遥转过头说："晚自习来吗？"

"来。"李明珠开口，"怎么？"

陆遥道："哦，没事。"

他欲言又止，李明珠问道："你有什么要说的赶紧说。"

陆遥问道："上回我在国旗下检讨时提出来的那件事情，你有印象吧？”

李明珠没有回答他，显然是不把这件事放心上。他憋屈得很，直到晚自习都不敢相信，李明珠竟然敢无视自己！

实际上，李明珠无视了他无数次，只不过今天短暂和平共处之后，叫他产生了“其实我和李明的关系也不是那么差”的错觉，导致李明珠无视他的时候，给他造成的伤害翻倍了。

陆遥坐在后两排，隔两分钟就拿出手机看一看，短信发了十几条过去，却没收到一条回信。

王淼和新认识的学妹聊得火热，挂着一脸笑容，嘿嘿嘿笑得陆遥心烦。

他吃不到葡萄嫌葡萄酸，用脚狠狠地踹了王淼的桌子：“你烦不烦？”

王淼被陆遥突如其来的火气吓了一跳，一脸蒙。

吴城很有眼力见地开口：“陆哥，谁惹你了？”

陆遥阴着脸，吴城脑子一转，想到陆遥这两天和高二那个好学生走得特别近，立刻就想明白了：“是不是李明又作妖了？”

林军辉听了一会儿，放下手机：“最近你们俩不是走得挺近的吗？我还以为你们不计前嫌地和好了。”

陆遥糊了林军辉一巴掌：“好什么？”

林军辉想：得，这是又闹掰了。

陆遥开学了去堵人，结果堵着了也没打那人一顿出气。自从上次两人在医务室聊过一次之后，众人可算看明白了，他哪里是要去揍人的，分明就是去找存在感的！

王淼等人看破不说破，陆遥这个脾气，不太好说破，说破了他就要翻脸，他翻起脸来不认人。

“陆遥，外面有人找你！”罗曼文在讲台上喊了一句，声音挺大，原本闹哄哄的同学都将目光投向前门口。

只见前门口站着一名模样俏丽的少女，她穿着制服裙，头发梳得整整齐齐，像瀑布似的挂在脑后。

“是方小诗！”吴城惊讶地喊了一句。

“谁？”陆遥一脸疑惑。

“陆哥，你开玩笑呢，方小诗你不认识啊？”

陆遥还真不认识。

“我非要认识她吗？”陆遥冷漠道。

吴城想到陆遥跩得二五八万的性格，骨子里又很是清高，像方小诗这样人人追捧的女神，他还真有可能不认识！

“方小诗呀，学生会文娱部部长，我们学校校花，高二的！”吴城迅速给他科普。

陆遥说：“学生会的找我干吗？”

他看着是真的没搞明白，吴城“哎呀”一声，挤眉弄眼道：“谁知道是不是学生会找你啊，人家指不定是打着学生会的旗号单独找你的！”

陆遥漫不经心地扫了一眼门口，方小诗安安静静地站着，没有乱看。

林军辉羡慕道：“这福气……”

吴城说：“方小诗高傲得不得了，还从来没去别的班里找过什么男同学呢！”

“真的假的？那陆哥岂不是拔得头筹了？”王淼言语之间也是羡慕。

陆遥站起来，吊儿郎当地走到门口，问道：“学姐，学生会找我啊？”

方小诗见他出来了，微微一笑，往外头站了些：“不是学生会找你，是我找你。”

她这话一结束，教室里响起了起哄声，一声高过一声。

王淼不怕死地吹了吹口哨，大喊道：“哎哟，学姐，找我们陆哥干吗啊？”

方小诗落落大方，给了他们一个迷死人不偿命的甜笑：“我找你们陆哥谈谈呀。”

“谈什么？”王淼吹口哨吹得更加兴奋。

方小诗也没有反驳，俏皮地说了一句：“你猜啊。”这话模棱两可，吊足了吃瓜群众的八卦之魂。

陆遥开口：“你找我什么事儿？”

方小诗说：“这里不方便说，我们去天台说，好吗？”

陆遥站在原地不动：“不用吧，就在这儿说。”

王淼心想：陆哥这也太不上道了！

方小诗思考了片刻，说道：“好吧，在这里说也可以。陆遥，你这个星期六有空吗？”

陆遥干脆利落道：“没空。”

王淼几乎要拍桌子了，林军辉啧啧感慨：“酷啊！不愧是陆遥！”

“全校大概只有陆遥敢这么甩她面子了！”吴城唏嘘。

赵小欣“嗤”了一声：“够厉害啊，高二的敢直接跑到我们班叫人。”

王淼“嘿嘿”一声，说：“怎么，你吃醋啊？你吃醋你也和陆遥说啊，他理你吗？”

赵小欣瞪了他一眼：“你话很多啊？”

王淼跷着二郎腿，说：“不多啊，我就是随口一说，干吗，戳中你心事了？”

赵小欣转过头，留给他一个背影。

王淼“嘁”了一声，说：“装什么装。”

林军辉道：“你有毛病啊，跟小女生赌气？”

“我就是看她不爽，端什么端，好像谁不知道她喜欢陆遥一样。”

“人家女孩子就喜欢玩这一套。哎，你觉得方小诗有戏吗？”林军辉低声道。

此时，方小诗的脸色已经有点难看了，她大约没有在大庭广众下被拒绝过。

“怎么了，你有什么事吗？我可以等你。”

陆遥不耐烦道：“我……”

陆遥的手机响起了短信提示音，林军辉喊：“陆哥，你手机有短信！”

陆遥这话都没说完，听见林军辉这么一说，自己都没注意自己有多急，三步并作两步走了回去，就留了个背影给方小诗。

方小诗咬着下唇。

陆遥往抽屉里一摸，手机就被拿了出来。屏幕亮起，陆遥手机的锁屏和桌面壁纸全是女明星，屏幕中间跳出来的是李明珠发来的短信：上课不要发短信，很烦。

陆遥的表情瞬间就裂了，他发了十七八条短信过去，隔两分钟就要摸出来看一看，结果李明珠隔了两个多小时才回，还只给他回了“很烦”。

林军辉看到陆遥的脸色以肉眼可见的速度变差了，还以为方小诗哪里得罪他了。

陆遥坐回位子上，咬牙切齿地编辑消息，那架势看着就像要把手机吃进去似的。

方小诗就这么被他晾在了门口。

王淼担心陆遥真的砸手机，连声劝道：“别别别，陆哥，陆哥，你动作轻点儿。”

陆遥发送短信，等了半天都没收到消息，李明珠又无视他！

陆遥皱眉，他一生气就喜欢龇牙，明明是凶狠的表情，却被露出的两颗小虎牙添上了几分可爱。

“还有多久下课？”陆遥开口问。

“哎，陆哥，方小诗走了！”林军辉提醒他。

陆遥现在压根儿没空理会什么方小诗、圆小诗的，没等下课就跑出了教室。

“他去哪儿？”王淼蒙了。

“不知道……”林军辉跟着一起蒙了。

图书楼的创新班，李明珠端端正正地坐着。她不说话的时候自带制冷功能，班上有她在，连纪律委员都不需要。

全校都没下课，校园里安安静静的。

陆遥走到图书楼，站在黑暗里的他觉得自己脑子抽了。从后门这处看李明珠，只能看到她四分之三的背影，他愣愣地看了一会儿，突然觉得烦躁得很。

李明珠这个家伙，从哪个角度看起来都娘得不行，连背影都单薄秀丽，背挺得笔直，过了十几年艰苦的生活，脊梁骨依旧直愣愣地杵着，不肯低头。

陆遥站了一会儿，没站出个什么滋味儿，原先他气势汹汹地来兴师问罪，想问李明珠为什么不回自己短信，结果走到这儿，自己倒是替人回答了：我为什么一定要那家伙回自己短信？

陆遥被激起一身鸡皮疙瘩：难道我疯了？

正在他纠结自己到底疯没疯时，下课铃声响起了。

李明珠坐了一节课的坐姿终于变换了一下，她动了动脖子，拿出水杯，打算到教室后面灌水。

就算是下课，教室里也没有几个学生放松自己，笔都没停，还是唰唰地写着作业。

李明珠灌了水，往回走，走了一半，好似有什么东西一直牵扯她的神经。她莫名其妙地往窗外望了一眼，就看见陆遥坐在教室门口那条楼梯道上，撑着下巴和她对视。

李明珠拿着水杯的手一紧，接着放下水杯，若无其事地走出教室。

陆遥看她走出来，便沉下脸色，走到了楼梯口，听见李明珠问：“你到这儿来干什么？”

“我来看看你的手机是不是欠费了。”

李明珠道：“没欠费，看好了吗？你可以走了。”

陆遥道："我没看呢！"

"我给你看了也一样，你课不上，到这儿来找我有什么事情？"李明珠显然更关注陆遥没上课的事情。

"学校是你家开的啊？"陆遥怼她，"我想去哪里转就去哪里转。"

李明珠早摸清楚了陆遥的脾气，点点头："好，现在请你去艺术楼转转，转回你们班，然后坐下来，把试卷拿出来，你自己数数还有几天就要期中考了？"

李明珠越说越来气，甚至找到了当年教陆遥那会儿的恨铁不成钢之感："书看了？单词背了？错题纠正了？你上学校是来读书的，还是来干吗的？"

陆遥难得听李明珠这个面瘫一次性说这么多话，还全是十分有教育意义的话，听得他耳朵都要出血了。

"你该不会以为当了我两天老师，就能当我爸了吧？"陆遥吐槽，"我爸都没你这么烦！"

"你！"李明珠指着他。

陆遥道："喂，我下午问你的话你还没回答呢，我看你挺关心我的成绩的，怎么，想重操旧业啊？"

李明珠冷笑一声："呵呵。"

陆遥站起来，拍了拍裤子，他站起来时比李明珠高很多，此时又站在台阶上，李明珠下意识后退一步。

"我想和你说的就是这件事，政教处已经同意了我的提议，等期中考试之后，咱们可就要一起上晚自习了。"陆遥笑眯眯地看着她。

李明珠愁得揉了揉太阳穴："陆遥，这里是学校，不是你家，你能不能不要这么胡闹？"

陆遥想：谁胡闹了？

"你不是想当老师吗？我让你当个够，怎么样，够意思吧？"

李明珠道："你以为政教处这么无聊吗？"

"不见棺材不掉泪。"陆遥"啧"了一声，懒得和李明珠讨论这事儿。

他话题一转，提到了期中考之后的运动会："哎，运动会你参加吗？"

李明珠摇头："不参加。"

陆遥轻蔑地打量她："也是，就你这身材，跑两步就散架了。"

李明珠打住他的话："我没空和你在这里说废话，你从哪儿来的回哪儿去，行吗？"

陆遥过来硌硬了李明珠半天，心情好了很多，双手插着口袋大摇大摆地走了。

走之前，他还不忘威胁李明珠："明天中午我来找你……"他转过头，在昏黄的灯光下勾起嘴角，露出一个令人惊心动魄的笑容，"补课。李老师，你要好好教我，期中考试就靠你了。"

第五章 学霸光环

李明珠万万没想到，政教处还真就那么无聊。

不知道陆遥给秃头的主任灌了什么迷魂药，在星期一国旗下讲话时，学校领导果真宣布了这个政策，以后他们不再是全天上课，而是会在晚自习的时候进行一对一补课教学。

创新班给艺术班补课，好班带差班，就安排在星期一、星期三、星期五的晚自习进行。

李明珠听到这个消息时差点儿把手中的笔捏断。

创一班已经闹起来了，咋咋呼呼地说不服。

“我们有什么义务补课啊，又不给我们钱！”顾小飞第一个代表平民发言。

“就是，而且万一我们被盯上了，被揍怎么办？哎呀，你们不知道的啊，校园暴力很可怕的，我不要和混混一起读书。”苏晓说话跟糯米似的，带着本地口音。

“我也不要，学校搞什么鬼？”苏青波附和道。

“好了，政教处那边都定下来了，又不是我们一个班要参加，二部和我们一样的。”杜宇轩拍了拍桌子，“再者，他们都是高一的学生，初中刚毕业，能掀起什么风浪？”

杜宇轩很少做什么决策，他不仅是一个温柔的人，还拥有有趣的灵魂，他此时说这话也是打圆场。

杜宇轩在班上的人缘好，同学们看他说话了，也不好继续抱怨。

只有顾小飞还不死心地嘟囔：“艺术班有两个班呢，谁知道是一班还是二班，要是来的是传媒班就好了……”

一班是美术班，二班是传媒班，顾名思义，一班是培养美术生的，二班则是往影视方向发展的。

往影视方面发展的，那就对相貌和身材有一定的要求了，陆遥就在传媒班。该班早操的时候站在学校最南面，清一色的俊男美女大长腿，虽然成绩差了点儿，但是不耽搁学生们饱眼福。

“你做什么春秋大梦呢，人家传媒班的学妹看得上你？”苏青波翻了个白眼。

顾小飞不服：“你问问他们！你问问他们想教美术班还是传媒班！”他喊了一声，“喂！杨可，你说，你是不是一早就盼着陆遥到我们班来上课了？”

杨可突然被点名，女孩子的脸皮薄，她恼羞成怒：“你脑子有病呀？”

顾小飞被骂了一句，坐下后，嘀咕道：“什么呀……我说的是实话啊。”

杜宇轩比了个噤声的动作，探过身子压低了声音道：“你傻呀，女孩子谁喜欢听实话啊。”

顾小飞找不到共鸣，转头看见李明珠，李明珠的心情不太好——她一天二十四小时心情都不太好，还是个面瘫。

顾小飞一时也看不出李明珠到底是乐意还是不乐意，尽管如此，他还是勇于挑战一下李明珠的冰山气场。

“李明，你怎么看啊？”

他原本不指望李明珠回答，哪知道李明珠竟然回答了。

李明珠将语气压得很低，气压更低：“胡闹！”

顾小飞得到了认可，忙不迭地点头：“就是啊！简直胡闹！”

杜宇轩难得看到李明珠有冷漠之外的情绪，说：“你对这个很有意见啊？”

李明珠对政教处安排什么东西没意见，她主要是对陆遥有意见。陆遥这摆明了是冲着折腾她来的，也不知道他给政教处的领导灌了什么迷魂汤，这狗屁不通的方法竟然真的通过了。

李明珠换了一张试卷，杜宇轩漫不经心地开口：“你要是有意见的话，可以直接和杨主任说，你去说的话他听得进去一点。”

毕竟李明珠的实力摆在这里，那成绩单看着赏心悦目，以后考Q大B大，理科状元，学校都得指望她。如果因为这件事情把她的成绩拖垮了，别说是教导主任了，校长也要三思而后行，斟酌斟酌。

杜宇轩见李明珠实在生气，拍了拍李明珠的后背，安慰道：“你别太有压力，马上期中考了，不要影响心情，咱们这次能不能稳赢二部，还得靠你呢。”

杜宇轩道：“有什么事情考试结束了再说，这事儿我听说也没定下来，没定下来的事情都是有转机的。实在不行，我陪你去一趟政教处吧。”

李明珠听罢，也没听到脑子里去。她是一个薄情的人，薄情的人总不太容易接受别人的好意，而且有一招还玩得特别熟练，那就是把人家的好心当成驴肝肺。

李明珠的戒备心很重，心上加了十几道锁链，不轻易卸下心房，这是她的性格，哪怕杜宇轩这么说了，她也毫无波动，感受不到一丝同学爱。

在得知了这个重大消息之后，同学们就迎来了期中考试。

考试要考两天，考完之后立刻和运动会衔接上。

晚自习的时候杜宇轩把考试安排的具体时间都抄在了黑板上，发了一圈准考证，没发到李明珠的。

杜宇轩比李明珠更早意识到这个问题，还在自己的课本里翻了两三下，可无论怎么抖，也没能抖出李明珠的准考证。

“是不是教务处忘记印了？”苏晓问道。

发准考证的时候，总要出一些杂七杂八的事情，需要学生跑一趟教务处，有时候是漏印，有时候是搞错了学生的学号和姓名。

李明珠站起来说：“我去一趟教务处。”

李明珠刚走到门口，杜宇轩就喊道：“哎，等我一下，李明！”

杜宇轩走下讲台，拿起桌子上的文件袋：“我正好去交一下我们班的资料。”

这时候，李明珠终于勉为其难地捡起了一点同学爱，伸出手道：“你把资料给我吧，我一起送过去。”

实际上，是她不习惯和人走在一起，特别是同班同学，她每天维持自己的秘密都维持得很艰难，确实不太合适和外人过于接近。

杜宇轩笑着道：“一道走呗，我哪儿敢麻烦你啊。”

李明珠刚想说一句“不麻烦”，杜宇轩已经往前走了两步。

她想：一起走路而已，不用大惊小怪，否则会显得自己心里有鬼。

李明珠装男人的这项事业进行了很多年，可以说业务相当熟练，手段相当老道。每当体检、抽血或者来例假等特殊情况发生时，她总有一套圆滑的说辞，见人说人话，见鬼说鬼话，白的说成黑的，颠倒是非的本事可能要成精。

李明珠那张脸虽然随了她的疯子妈，但高智商和缜密心思以及口若悬河的天赋技能，估计就是遗传了她不知道在哪里鬼混的便宜爹了。

杜宇轩和她一同往教务处走，两人路上没有交流，气氛相当尴尬。

杜宇轩试图活跃气氛："对了，你上次月考的物理试卷，最后一大题，你那个解法是怎么想出来的？"

李明珠自有一套运算方法，比任课老师的方法更加简单有效，而且速度快。

她的思路永远是从很特别的角度出发，是传说中的天赋级别的学霸，一般人羡慕不来。

杜宇轩这么问李明珠，李明珠没说话。

杜宇轩以为李明珠不愿意告诉他，毕竟这种算法相当拿分，人家不说是正常的。

他道："你要是……"

"整体法、隔离法、正交分解法……"李明珠字正腔圆地开口，"试卷的题是死的，人是活的，脑子也是活的，我一般用集零为整的方法，明确各个局部的关系，以及各局部综合在一起……"

杜宇轩愣了一下，这才明白过来，李明珠没说话的那会儿是在组织语言，因为她说的这一段话很长。

两人又往前走一小段路，走到了一号楼。教务处就在一号楼的二楼。

两人从楼梯上去，在转角的时候撞见了陆遥。

陆遥显然没有看见他们，他在角落里被人堵住了。

杜宇轩担任学生会主席，眯着眼睛看了一会儿，辨认出这人是文艺部部长方小诗。

陆遥没拿到准考证，本来跑教务处一趟就好，谁知道半路被这个人拦住了。他一直往后躲，跟躲什么妖怪似的。

人家是好女怕郎缠，他是好郎怕女缠。

方小诗还没有动作，就被人打断了。

"同学，自重。"李明珠沉着脸色，抓着她的手。

方小诗没见过李明珠，被后面冒出来的李明珠吓一跳，不耐烦道："你是谁？"

李明珠比她高大半个头，身量匀称，像一个风度翩翩的小白脸。

"文娱部部长方小诗。"李明珠念出了她校牌上的内容，"你做这种事的时候，校牌都不摘吗？好大的骨气。”

方小诗的脸色一下就红了。

李明珠这人嘴巴又毒又损，说的话针针见血，能把人气死。她正经说话的时候，不怒自威，自带一股威严的气势，像个老古板。

“你还不走，等着我给你鼓掌吗？”李明珠皱着眉头。

方小诗扯了扯衣服，说：“你哪根葱啊？”

“让你吃不了兜着走的葱。”李明珠看着方小诗，眼神淡然如水。

方小诗和李明珠对视一会儿，脸色瞬间变了。

虽然陆遥在学校里名声吓人，但方小诗知道这个人单纯得很。但此时她和李明珠对视，仿佛是在和深渊对视，密密麻麻的恐惧感从她的骨子里钻了出来，覆盖了她的四肢百骸。

方小诗惊恐地想：我要是不走，真的会被杀了。

李明珠在社会边缘长大，冷酷又残忍，二十四小时里有二十个小时在和自己反人类的人格作斗争。如果不是她的疯子妈吊着一口气，撑着她走这么多年正路，只怕她一定会成为高智商、反社会的犯罪头子，也有可能是变态杀人狂，总之不是什么好东西。

陆遥被这一变故打得措手不及，他没想到自己会在这儿遇到李明珠，又想到刚才发生的事情，竟然产生了一丝做贼心虚的感觉。

陆遥干巴巴地咳嗽一声，说：“那什么……我是被迫的。”

李明珠冷淡地看了他一眼，往楼上走去。

陆遥急忙追上来：“哎，你干吗不说话？”

李明珠道：“说什么？说我也觉得你还不敢做这事儿吗？”

陆遥被怼得莫名其妙，又追了上去：“喂，你生什么气啊？”

李明珠脚步一顿，在心中诧异：我生气了？

但她又觉得不对：放屁。

“李明！”陆遥提高声音。

此时大家都在上晚自习，他在走廊里喊了这一声，吸引了一些同学的目光。

“你瞎叫唤什么？”李明珠太阳穴一跳。

杜宇轩走上来说：“哎，有事儿好好说。”他打圆场，“是陆遥啊。”

杜宇轩对陆遥友好地笑了笑，陆遥敷衍地露出一个笑容，继续去纠缠李明珠了。

“你冲我发什么脾气啊？”陆遥不依不饶。

他就像李明珠房东家的那条奶狗一样，缠着李明珠的腿，叫她一步都无法往前走。当自己伸手要抽他时，望见他这张脸，她顿时又没了脾气。

她深吸一口气，尽量冷静地开口道：“陆遥，我没生气。”

李明珠转移话题：“你在这里做什么？”

陆遥上一秒还在纠结阴晴不定的李明珠怎么又生气了，下一秒就被李明珠的节奏带走了。

“我没有准考证，来补一张。”陆遥道，“你呢？”

“和你一样。”李明珠开口道。

杜宇轩说：“太好了，我们都是去教务处的，一块儿吧。”

杜宇轩下意识拍了拍李明珠的后背，陆遥多看了杜宇轩一眼。

补办准考证的流程不是很复杂，来补办的人挺多，陆遥走进来时还有小女生窃窃私语。

杜宇轩打趣道：“明星啊！”

陆遥没理会旁人，见李明珠的准考证办下来，教务处老师递过来，手还在半空中，李明珠伸手还没接到，却让陆遥来了个“横刀夺爱”，一眨眼，她的准考证就到了陆遥的手里。

李明珠随他去，双手抱臂，看看他打算作什么妖。

陆遥拿着李明珠的准考证，先是看了一眼照片。这张照片恐怕是李明珠唯一一张证件照，陆遥军训的时候在校宣传板上面见到过。

高中生的证件照基本朴实无华，统一采用“班主任拍照法”。所谓班主任拍照法，就是把各个班主任提拔上来做摄影师，一个班的证件照都交给该“摄影师”的手机来处理。

和班主任关系好一点的，班主任就用美颜相机给你拍，和班主任关系差一点的，你就自己认栽，要是遇到了直男班主任，那就更惨。

用此拍照法拍出来的证件照，各有各的丑法，丑得各有千秋，排名不分先后。但李明珠的照片在这样的拍摄方法下，仅凭自己的颜值拉高了班主任的摄影水平。黑白风格的准考证，打印出来还有些失真，但这无故抹去了李明珠脸上的那点阴沉气，增添了几分惊艳。

陆遥做贼心虚，把目光从照片上挪开，投向李明珠的考场上——食堂二楼。

李明珠的考场和陆遥的一样。

他再看座位号：三排十六。

陆遥自己的座位号：二排十六。

他们俩的座位在同一列。

“看够了吗？”李明珠淡淡开口。

陆遥心情大好，把准考证还给了李明珠。

期中考试高一高二是交叉安排座位，单排高一，双排高二，顺序安排按照考试成绩由高到低分配。这就导致了每年年级前二十的学生都在一个考场，考得好的越来越好，考得差的越来越差，最差的一批就被分到了食堂。

今天不知怎么出了个意外，全校第一的李明珠准考证漏印了，现在去教务处补印，原先安排好的位置就改不了，李明珠只能和最差的那一批一样，被分到了食堂考试。

李明珠拿过准考证，看了一眼就放了进去。杜宇轩看得快，没忍住吐槽了一句：“我的天，你被分到食堂了啊？”

李明珠“嗯”了一声，好似对这个分配并没有不满意。

杜宇轩开口：“完了完了，我怕你一进食堂就被那群学生吃了。”

李明珠瞪了杜宇轩一眼。李明珠的个子比一般男生矮了几厘米，所以从杜宇轩这个角度看去，只能看见李明珠眼角微微上扬，这一眼瞪得十分动情。

当然，她自己不觉得动情，可这双眼却动情得叫杜宇轩僵硬了一下。

“不过在食堂那边考试也有好处，吃饭不用排队，考完了就能吃。”杜宇轩生硬地转移了话题。

陆遥追上去说：“喂，你明天几点到学校？”

“和你无关。”

陆遥和她并排走着：“你帮我带早饭，我不想吃学校的早饭。”

杜宇轩诧异地看了两人一眼，心想：这两人关系这么好的吗？我从来没听过李明有什么朋友啊。

“学校的早饭能……”

“能毒死我。”陆遥抢话，“我吃了就会被毒死，然后就考不了试，考不了试成绩就下降，成绩下降了就上不了大学，上不了大学就没工作，没工作就要饿死，还娶不到老婆。你怎么这么恶毒？”

李明珠一向淡定，可每每遇到陆遥这傻瓜，都能在三秒内破功。

她心想：你娶不到老婆关我什么事？

“七点二十分。”李明珠冷酷地丢下一句话。

“什么？”陆遥问道。

“七点二十分你滚过来吃饭，仅此一次。”李明珠的后槽牙咬得嘎吱响。

陆遥得了便宜，脸上顿时挂上迷死人不偿命的笑容，嘚瑟得尾巴都翘到天上去了：“不要，你送到我寝室来。”

“你别得寸进尺！”李明珠瞪他。

“明天我在国际楼等你，吃不到早饭我就不去考试了！”陆遥一边说一边挥挥手走了。

李明珠捏着拳头，在脑子里默念了一遍《清心诀》，控制住自己想抽人的举动。杜宇轩在李明珠身旁，感受到李明珠滔天的怒气和低气压，他连话都不敢说一句。

李明珠沉默了半晌，缓缓开口道：“你觉得他有什么需求？”

杜宇轩战战兢兢地努力缩小自己的存在感，乍一听李明珠提问，斟酌了好几次才开口道：“肚子特别饿的需求？”

李明珠叹了一口气，说：“小兔崽子，没学到他哥半点儿好处。”

她说这句话的时候，情绪明显平复了下来。

杜宇轩这才问道：“怎么，李明，你和陆遥认识啊？”

实在不是杜宇轩八卦，而是陆遥在学校里面太有名了，李明珠又是个不怎么爱说话、冰箱体质的人，怎么看两个人都打不到一根杆子上去。可现在看来，两人非但打上了同一根杆子，关系似乎也不错。

在高中生眼里，能一起吃饭，互相带个早饭，那就是哥俩好的亲兄弟了。

虽然李明珠这个早餐带得非常具有强制性，但睁眼瞎杜宇轩四舍五入了一下，也算是李明珠给陆遥带早饭了，而且听李明珠的口气，确实和陆遥有点儿什么关系。

李明珠听到杜宇轩的话脑袋就疼，她只要一想起初中那会儿做的缺德事儿，就后悔地想在原地挖个洞钻进去。

李明珠抿着唇，薄薄的下唇抿出了一层水光，杜宇轩无意多看了一眼，心里一惊。

“孽缘，我不想提。”

李明珠不想提，杜宇轩就没问下去了，他一路上都心惊肉跳的，心想：李明这个人奇奇怪怪。

至于李明哪里奇怪，杜宇轩说不上来，他本能地感到一丝危险，却又无法克制自己的本能，去靠近这份危险。

陆遥在晚上睡觉前怕李明珠忘了给自己带早餐，发了十几条短信过去，轰炸般威胁她。她看都懒得看短信，直接关了手机屏幕。

手机再一次振动，这回是支付宝转账提示，头像是个女明星，那个人给她转了五百块钱，顺带把支付宝当作微信用，发了六七条消息过来。

李明珠一看这头像就知道是陆遥。这传说中的校霸，被校园网灌水区的广大女同学弄了一个酷帅狂霸跩的总裁人设。实际上，他是一个设置来电铃声为《爱的供养》的憨憨，初一那年为了看《小时代》，他翘了一天的课，看完了还在空间里发表了一长条伤感说说。

这些是李明珠曾经翻陆遥 QQ 空间时看见的，他的 QQ 空间装饰得花里胡哨。小学时，他喜欢发表生活动态，初中则改成摘抄郭敬明小说里的伤感句子。他崇拜的纸片人叫鲁鲁修——李明珠因此还去百度过鲁鲁修是谁，个性签名很是冷酷，黄钻贵族，就连 QQ 农场这样的游戏他都是满级玩家。

霸道总裁的酷哥也有年少无知的过去，这些都是陆遥的黑历史。李明珠在手机里存了不少截图，难过的时候就拿出来看看，他十一二岁发表的说说能缓解她的压力。

她想起陆遥小时候的事儿，突然来了兴致，便去翻他的空间，果然，动态已经全部删除了。

她无意间点开了对话框，发现陆遥更新了一条签名：心情不错。

李明珠面无表情地锁定了手机屏幕。

第二天，李明珠起了大早，她妈妈今天研究出了新的发疯方法，从五点钟开始就坐在床上，一动不动地盯着她。

李明珠在外面的天台做完饭，药也煎得差不多了，倒药的时候瞥见空了的药材包，她看了一会儿，漠然地把药渣小心收拾起来。

当李明珠进门的时候，妈妈还在盯着她，她把饭拿到床边，伺候妈妈吃饭。

李明珠的妈妈有个好听的名字，姓苏，叫天瑜，意思是美玉无瑕。

李明珠把勺子递到苏天瑜嘴边，苏天瑜死死地闭着嘴，不肯张开。

“张嘴。”李明珠命令道。

苏天瑜别过头，当作没听见。

李明珠把碗顺着她转头的路线递过去：“张嘴，我不会说第三遍。”

苏天瑜看了她一眼，她威胁道：“你再不吃，我就把你从楼上扔下去。”

苏天瑜破口大骂：“小浑蛋！”

李明珠冷笑一声，把碗往桌上一砸，苏天瑜瑟缩了一下肩膀。李明珠直接掐住苏天瑜的嘴巴，强迫她张嘴，快狠准地塞了一口饭进去。

“你吃完了饭，把药吃了。”李明珠冷酷无情道。

苏天瑜疯了半天，叫李明珠教育了一顿，被吓怕了，才肯好好吃饭。吃完饭，她又在李明珠冷冰冰的视线中把药喝了。

李明珠见她终于喝了药，才松了一口气，难得露出一点堪称温柔的表情：“过来，我帮你把头发绑好。”

苏天瑜不知道想起了什么，疯也疯彻底了，露出了一个羞怯的笑容：“我要扎一半，留一半。”

李明珠站在床边，听到她这话，笑了一声：“难看死了。”

她很少笑，此时的笑容是卸下了所有防备的笑容，美好得如同山间清风，可惜无人欣赏。

“好看的。”苏天瑜甜甜地笑，“文林说我这样最好看，他最喜欢我的头发。”

李文林就是李明珠那个口若悬河的便宜爹。

苏天瑜安静乖巧的时候，总要把李文林提出来回忆一下，李明珠所知道的关于她便宜爹的一切，都是在这片刻的宁静中知道的。

李明珠轻柔小心地帮苏天瑜扎好了头发，她嘴上说着难看，却用心地按照苏天瑜的要求，给苏天瑜编好了辫子。

发绳上面的樱桃掉了一个，另一个已经脱了漆，绳子也被磨得坑坑洼洼，有些地方将断未断，李明珠想：要去换一条新头绳。

苏天瑜下半身不能动，一天到晚都待在这四四方方的“密室”里，李明珠把床安排在窗边，苏天瑜清醒的时候，就扒拉着窗框，眼巴巴地看着外面的天空。

她疯是疯了，却还保留了一些本能。

李明珠每天起床都会数一数自己的现金，琢磨着给妈妈买一张轮椅，自己有空的时候推她出去转一转。如今钱攒得差不多了，就差挑个时间去买。

“你不要乱爬，东西我放在老地方，你饿了就吃，少喝水。王姨还是老时间上来，听见没有？”

苏天瑜用手指卷着头发玩儿，在镜子前面照来照去。那面镜子碎了一半，李明珠简单粗暴地用透明胶将那一半粘好了，疙疙瘩瘩的，像她的生活一样难堪。

这时候李明珠的表现和在学校里的她判若两人，她站在苏天瑜床前絮絮叨叨了一番，不管苏天瑜听不听得懂，她说完了，就打招呼："我走了。"

苏天瑜抽空看了她一眼，又开开心心地照镜子去了。

李明珠提着早饭，直接上了国际楼。

她走了一次之后就记着路，找到了宿舍楼，直奔陆遥寝室。

上回她锁陆遥的门是提前问阿姨拿了钥匙，这会儿她过来，看了一眼时间，才六点半，距离早自习还有四十五分钟。

陆遥平时就敢睡到七点起床，更何况今天是考试第一天，八点半的考试，这个点他绝对起不来。

李明珠早有预料，拿了钥匙轻车熟路地打开门。

她虽然没住过校，但也在同班女同学一天到晚的抱怨声中听过男生寝室的二三事。

特别是学生会纪检部的女生，每周还要去男生宿舍检查寝室卫生。每次提起这个，她们都一副苦大仇深的表情，一边夸张作呕，一边抱怨男生寝室简直是大型垃圾场。

有堆了一个月袜子在床下不洗的，有喝完了矿泉水瓶子不扔的（李明珠认为该生大约是要卖钱），还有各种神秘的味道，推开门需要戴防毒面具。

男生寝室被她们形容成了一个地狱级别难度的副本，李明珠每日耳濡目染，表面淡定，内心也唏嘘了一把。

但陆遥的寝室意料之中的干净。

李明珠打开陆遥寝室的门，感到一股凉气袭来，她抬头一看：空调开着。

李明珠的脸色顿时垮了下来，她心想：不要命，现在什么天气了，他还开着空调！

陆遥的房间，窗帘拉得很严实，十分昏暗，除了一开始的凉气，走进来之后鼻尖萦绕一股似有似无的香气。她想到陆遥龟毛的性格，房间多半点了什么熏香，贵得令人咋舌，又叫不出名字。

红木地板相当干净，柜子打开了一半，衣服有些小乱，乱中有序，和乱得恶心的乱法不一样。

床头柜上摆满了手办，宿舍倒是叫他住出了一股生活气息，书桌上是一台高配的笔记本电脑，界面还开着，呈现最新的一款网游。

陆遥大大咧咧地睡在床上，被子没好好盖，被陆遥当成了抱枕夹着。他穿了棉质短袖和中裤，头发埋在几个枕头里，乱糟糟的，好几根呆毛翘了起来。

李明珠原本是来喊他的，她喊人的方法也简单粗暴，就是把被子一掀，直接把人抖到地上去。

李明珠先前就是这么想的，但是站在床边的时候，又改变主意了。

陆遥睡觉时，好似和平时长得不太一样，眉眼都是柔和的。

于是，李明珠掀被子的手在半空中悬了一会儿，改成拍了拍他的背。

“陆遥，起来。”

李明珠喊陆遥的时候，陆遥估计没听见，李明珠只好耐着性子多喊了几声，陆遥这才有点儿意识，软绵绵地哼哼了几声，翻了个身打算继续睡。

李明珠“啧”了一声，说：“陆遥，起床了，听见没？”

陆遥把头埋在被子里，这时候大约清醒了，但还是不肯起床。他像一条垂死挣扎的鱼一样，在床上打滚，拖长了鼻音撒娇：“我再睡——一会儿——”

几个字他说得像绕山路十八弯，尾音都拐了三个调子。

李明珠的手微不可察地抖了一下，满脑子都是陆遥低低的撒娇声。

“起来！什么德行！”李明珠恼羞成怒，实行了之前放弃的计划。她把陆遥的被子一扯，陆遥就滚到了床边。

李明珠冷酷道：“小姐脾气，惯得你，起来！”

她顺手就把空调关了。

空调一关，陆遥在床上哀号一声，跳了起来：“你给我打开空调！”

李明珠冷笑一声，把粥放在桌子上：“做梦。”

“我热死了！”

“我看你冷得很。”

陆遥反抗无果，抓了抓头发，从床上走下来，走到柜子前，他也不避讳李明珠，用手抓住睡衣的领口，往上一提衣服，脱下来了。

他在衣柜里翻了半天，像狂风过境一样，把衣柜翻得乱七八糟。

陆遥火速套完上衣，又拿了一条破洞牛仔裤出来套上。

李明珠皱眉："你的秋裤呢？"

陆遥喊道："不穿！"

她一看这裤子上破那么大个洞就糟心，糟心的时候，她心想：这人什么审美，非得感冒了，躺床上了，才知道好歹？

李明珠沉下脸色，说："这个洞怎么不再破大一点？我看你连裤子也不用穿了，裸奔最好。"

陆遥假装没听见，一边抓头发一边往卫生间走去，不过一会儿，里面就传来了洗澡的水声。

李明珠在房间里站了一会儿，放下书包，习惯性地把他扔得一团糟的衣服整理整齐。

等陆遥洗漱完毕出来时，房间的窗帘已经被李明珠拉开了，被子叠好了。

粥是温热的，放在桌上散发着诱人的香气，但李明珠是冰冷的，站在桌子边上散发着寒气。

陆遥果断无视寒气，坐在桌前，舀着粥吃了起来。他吃东西快得很，加上粥不烫嘴，三下五除二就喝完了。另外还有两个鸡蛋，他吃得急了，被噎到，刚想去接水，一伸手就摸到了一杯温牛奶。

陆遥抬头一看，李明珠漠然地看着他："你多大了？"

她好像特喜欢问陆遥这个问题，好时时刻刻提醒陆遥：你是十六岁，不是六岁。

陆遥咕嘟几口把牛奶喝完，李明珠看到他喝完，打了声招呼就走。

陆遥道："你等我一起走。"

李明珠回头，疑惑地看了他一眼。

陆遥拉开抽屉，胡乱地抓了一把笔塞进裤兜里，连带着准考证和橡皮一起塞。上回他也是这么塞领带的。

李明珠看见了，越发糟心，烦躁地走了两步，伸手把他的笔和准考证拿了出来。

"你没有包吗？"李明珠问道。

陆遥这才回神，结结巴巴，答非所问："干……干吗？什么包？"

李明珠道："放铅笔、准考证的包，你做事什么时候能成熟一点？丢三落四，不知所谓！"

陆遥想：又是这个口气！

"你当老师还当上瘾了？"陆遥指使她，"我的东西放你那儿，你不是有包吗？”

“我们不是……”李明珠话没有说完，突然反应过来，这次由于准考证漏印，自己被分到了食堂考试。

陆遥立刻忘记先前的不愉快，勾着她的肩膀，大摇大摆地走出门：“你帮我拿一下呗，又花不了多少时间。”

李明珠不动声色地挪开，和他保持了一个相对安全的距离：“走路正经点。”

陆遥嘟囔：“老古董。”

李明珠通常都会提前十五分钟到考场，今天因为旁边跟着一个叫陆遥的拖油瓶，愣是等考场已经开放了，她才慢吞吞地走到门口。

食堂二楼。

这里聚集了所有成绩不见起色的学生，艺术班和普通班的后进生独占大头。三楼食堂的男厕里，甚至有考前还抽空吸烟的男学生。

食堂可容纳两百名考生，安排了二十个监考老师来回走动，每个座位之前都用白纸黑字写了号码，考生按照号码和桌上贴好的信息字条找位置。

李明珠和陆遥同时出现在食堂门口。

陆遥本是一个走到哪儿，焦点就聚集在哪儿的人物，他出现后，食堂窃窃私语的人增多了不少，众人的目光一致投向他身上。

陆遥早习惯了众星捧月的场景，在女同学欣赏和倾慕的目光里找自己的座位。

李明珠跟在陆遥后面进来。李明珠进来时，学生们看清楚李明珠的模样后，才爆发出齐整的一句话：“我的天！”

原因无他，李明珠的成绩隔三岔五就被放到校园网上通报一下，某某时间拿了什么全国物理竞赛一等奖、数学竞赛一等奖、联考全省第一等，是全校学渣考前必拜的一中学霸。

小到月考，大到期中考、联考，李明珠的证件照就会被学生从校园网上扒下来，放在微博里，几千名学生转发，曰：考前拜学霸。

这都快成了省一中一种奇葩又另类的风俗了。

而学霸真人此时从神坛走下来，出现在食堂二楼，看着并不是来保佑他们的。

李明珠冷着脸，无视了四面八方投来的震惊目光，坐到了自己的位子上。

她和陆遥果然是同桌。

食堂二楼顿时炸开了锅，闹哄哄得跟菜市场一样。

艺术班的袁老师急忙走了过来，不确定道：“李明？”

李明珠淡定地开口：“是我，老师，你有什么问题吗？”

袁老师诧异道：“你怎么……”

“我的考场在这里。”

李明珠一说完，隔壁一排的学生仿佛看见了救世主降世，看李明珠的眼神都变了，自动给李明珠加上了光辉特效，背后飞起了无数的白鸽，还能听见有人在吟唱。

袁老师说：“这……”

李明珠敲了敲自己的准考证，袁老师拿起来，果然，李明珠的考场为食堂二楼。

紧接着走过来的是杨发财，由于每年考试食堂都是最容易出岔子的地方，校领导一般把最能震慑学生的老师安排在食堂二楼，其中就有政教处主任。

“怎么回事？”杨发财也惊了，他的小眼睛瞪得老大，“李明怎么会在这里？”

八排的学生喊道：“老师，你就让他在这里呗！”

这名学生染了黄毛，后来被强制染回去，变成了黄黑相间的杂毛。

杨发财大喊：“你闭嘴！李明在这里干什么，让你们抄试卷吗？”

黄毛道：“老师，你也太不相信我们了，李同学不让抄，我们能抄得到吗？”

二排三座的罗曼文看了一会儿，在各种讨论声中问道：“和陆遥一起进来的男生是谁啊？”

林军辉才从震惊中回过神：“你不知道李明啊？李明是高二创一班的学生、理科班的年级第一，是需要把九门功课考到满分才能召见的学霸。上次考试，李明差了十分就是满分，轻易不出现在我们这种渣渣中。”

罗曼文惊讶道：“李明长得这么好看？”

林军辉汗颜：“你们女生的关注点怎么这么奇葩？”

罗曼文翻了个白眼：“我实话实说啊，高二怎么藏龙卧虎的，我竟然没见过这个帅哥。”

林军辉道：“你没在校宣传栏看过李明的照片吗？”

罗曼文摇头：“那李明怎么会出现在这里？”

林军辉摸了摸下巴，看了一眼陆遥：“我不知道，可能和陆遥有关。”

罗曼文道：“陆遥的朋友？”她感慨道，“果然帅哥只跟帅哥一起玩。”

林军辉险些跌下凳子：“你的关注点难道不应该在陆遥怎么会认识这种人吗？”

罗曼文诧异道：“帅哥和帅哥认识不是挺正常的，惺惺相惜啊！”

第六章 运动会

上午九点，距离第一门考试——语文考试已经过去了半小时。

李明珠心无旁骛地写着试卷，她的脚下累计已经有八个纸团了。但她视若无物，答完了选择题之后就翻页，翻页的同时，四面八方的同学就抻长了脖子，像一只只大白鹅，铆足了劲儿往她的试卷上瞟。

奈何实在是隔得太远了，众人的视力再好，也不能在这么快的时间里把李明珠试卷上的答案看一遍。她把试卷翻过去时，食堂里明显有一道齐整的唏嘘声。

陆遥老老实实地坐了四十分钟之后，坐不住了，他先是把笔拿在手里转了一会儿，五六分钟后，他又开始在试卷上涂涂画画。他一开始也就自娱自乐，但他玩了一会儿，觉得不满足，野心勃勃地来侵犯李明珠的领地。

大将军陆遥首先派出了一批纸团敢死队，咕噜咕噜滚到李明珠旁边，但被李明珠的胳膊一扫，全部扫去了地上，和其他人扔过来的小纸团一样，死无葬身之地。

陆遥不死心，又用笔敲桌上，发出很有节奏感的声音。他是拉小提琴的，对音乐拍子敏感得很，一支笔让他敲着敲着，竟然敲出了打架子鼓的感觉。

李明珠眉头一抽，白了他一眼。

两人虽然是同桌，中间却隔了一米的距离。

陆遥见李明珠看过来，自己得逞了，露出了一个嘚瑟的笑容。

李明珠叹了一口气，不理会陆遥。陆遥虽然骚扰她，但也知道分寸，没真的打扰到她做题。

当语文考试结束的时候，老师离去，一开始扔纸团扔得最勤快的黄毛推了推桌子站起来，走到李明珠边上坐下。

“李明，你眼睛瞎啊，我给你扔了那么多字条，你没看见吗？”

李明珠无视他，他想拍她的肩膀，自己坐着的凳子却被陆遥踹了一脚。

“你哪位？”

黄毛被踹倒在地上，这才看见陆遥不善的脸色。

原本他因为李明珠无视了他的字条，没给他传答案，窝了一个多小时的火气，好不容易等到考试结束，等老师都走完了，才走过来想给李明珠一点儿教训。

黄毛想着先问候问候李明珠，问清楚到底李明珠为什么不给自己传答案，如果得不到满意的回答，他再出手让她吃一点苦头，叫她知道这事的严重性，然后学乖一点，数学考试的时候给他打配合。

但是黄毛走过来，还没先进行问候这一步呢，就被踹翻在地上了。

黄毛都被踹蒙了，他抬头一看，就看见陆遥站了起来。

“谁眼瞎？”陆遥皱眉。

黄毛是高二平行班的学生，平时在班级里作威作福惯了，做派很是嚣张，但这回踢到了铁板，陆遥比他更嚣张跋扈。

黄毛站起来，眼神忌惮，看了陆遥一眼。

陆遥的名字在学校里倒是很响亮，家世背景不说尽人皆知，但黄毛显然是知道的。

但他只知道陆遥的背景，却不知道自己哪里惹到陆遥了。

黄毛死活也想不到，陆遥是因为李明珠的事情找他麻烦。

“我没说谁眼瞎。”黄毛开口，气势弱了一大截。

陆遥道：“废话，难道是我吗？”

黄毛动了动喉咙，林军辉千里救场：“陆哥，干吗呢？考完试了，还不去吃饭啊？”

陆遥回头，李明珠已经收拾好了准考证，拿上之后就要往外走。

陆遥顿时没工夫管黄毛要干吗了，伸手拦住了李明珠：“哎，你要去哪儿？”

李明珠看了他一眼，好似陆遥和黄毛之间的争吵和她没有半毛钱关系：“吃饭。”

“吃饭？”陆遥心里想：什么饭？不在食堂里面吃，去哪里吃？难道是吃上回那个喂给狗吃狗都嫌的青菜白饭吗？

陆遥眼神古怪，打量了一下李明珠，立刻命令道：“你在这里陪我吃！”

林军辉猛地咳嗽半天，一边咳一边捶自己的胸口。

陆遥故技重施——这人天生不懂怎么用手去叫人，他踢了林军辉一脚："你站着干吗，帮我打个饭，两份。"

林军辉指了指自己，陆遥道："赶紧的。"

他拉着李明珠的手腕不肯松手，林军辉苦着脸去跑腿，他就扯着李明珠往靠窗的凳子上坐。

李明珠就见不得他这个少爷病："你自己腿断了吗，打不了饭？"

陆遥满不在乎道："那不行，我去打饭了，你跑了怎么办？"他眉头一挑，"你敢保证你不会跑？"

李明珠无话可说，她刚才确实想跑，可惜现在自己被陆遥按在凳子上，哪儿都去不了。

"你自己一个人吃不了饭吗？"李明珠冷冰冰地开口。

"嘁，我高兴干吗就干吗。"

他这是不打算给她解释了。

李明珠大部分时间拗不过陆遥，对他的行为默许着。一部分原因是她没必要和智商只有五岁的小孩子计较，另一部分原因则是看在陆遥这张酷似他哥的脸上，叫她无论有多大的脾气，看到这张脸气就能消了一半。

林军辉打饭的速度很快，他打了两份过来，坐在凳子上没走。

陆遥拿起筷子，发现林军辉没走，纳闷道："你坐在这里干吗？"

林军辉听到这句话，简直吐血："陆哥，其他地方没位子了！"

陆遥可没打算跟林军辉一起吃饭，这帮男的吃起饭来是狂放派，看着就没有食欲，哪有李明珠这种婉约派的吃相好看。

他往四周打量一下，果然，现在食堂已经坐满人了。

其实按照他们的考试时间来看，就算陆遥他们打了饭坐下来，食堂也不至于人满为患，打饭的队伍都排到饭桌之间了。

但那个黄毛耽误了一点时间，导致打饭的时候已经晚了，林军辉能这么快打到饭，还是插了队。

陆遥的心情明显不是很好，勉强接受了林军辉和他们同桌吃饭的事实。

结果没一会儿，王淼、吴城等人都坐过来了。

林军辉看见陆遥周身的气压都降低了，赶紧硬着头皮解释道："这个……陆哥，没位置，刚才我去打饭的时候还插了队，就吴城帮忙的……"

陆遥吃的饭还是别人帮忙端的，就算他不乐意，也不能真的把人赶下饭桌。

李明珠已经拿起筷子，细嚼慢咽吃了起来。

既然陆遥这小祖宗自愿给她送吃的，她干吗不吃！

李明珠可不是一个什么性情高洁的人，这么多年来，她为了让自己活下去，除了杀人放火不干，连讨饭的事情都做得出来。

当然，那都是小时候的事，现在她长大了，讲究起自尊了，但讲自尊的前提是要有命活着。

李明珠就这样看得开。

吴城和王淼坐下，长桌上就有五个人了。

吃了没一会儿，众人闻到了一阵芬芳，是和饭菜完全不同的香水味。

方小诗端着盘子，笑吟吟地坐在陆遥边上："陆遥，我坐这儿吃行吗？"

陆遥一看，又是她！

方小诗笑道："前几天不好意思啦，我逗你玩儿呢，你就这么禁不起逗呢？"她娇俏道，自来熟地夹起自己碗里的春卷放到陆遥嘴边，"我给你赔罪好不好？你吃了就原谅我呗？"

陆遥拍开她的手，用了些力，他面露不耐烦："我不吃。"

春卷被拍在桌上，滚了两下，滚到地板上。

方小诗看了，面色不改，继续笑道："好吧，那我只能换个方式求原谅啦。"

吴城看完这一幕，感慨：服了，没见过这么不要脸的！

高一新生只在进校门的时候听说过学校有这么个校花，他们哪知道校花是一个脸皮厚如城墙的厉害角色。

陆遥被她这态度弄得烦躁得很。

林军辉等人尴尬得不知道说什么好，这一头是陆遥，那一头是美女学姐，他们得罪谁也不是啊！况且，他们三个不知道前几天发生了什么事情，单看方小诗这个态度，很可能和陆遥发生了什么，万一人家是打情骂俏呢？自个儿冲上去劝架，最后倒霉的还不是自己。

林军辉笑了一声，说："学姐，你怎么没和朋友一起吃啊？"他努力地转移话题。

方小诗眨了眨眼睛："因为我要和陆遥一起吃饭啊。"

陆遥干脆地放下了筷子，正想说点什么，李明珠忽然开口问道："怎么，你不吃了？"

陆遥看了李明珠一眼，李明珠持的是“任外面吹东西南北风，她自八面不动风”的淡定态度，筷子都没停下来过。

方小诗看到李明珠，惊讶道：“是你啊，刚才我没看见，不好意思啦。”

李明珠连眼神都没分给她。

方小诗又夹了一片腊肉放进陆遥碗里：“你尝尝这个。陆遥，高一的学生都不知道食堂什么好吃什么不好吃，你肯定没尝过。”

陆遥看着方小诗用放进嘴里的筷子夹了一块肉给他，仿佛都能看见上头的口水。

林军辉等人虽然和陆遥相处的时间不长，但也知道陆遥这个人是洁癖癌晚期。别说是一双筷子了，就是面对面讲话站近了些，只要超过了陆遥的安全距离，他都要揍人，因为他认为超过这个安全距离，任何人之间的唾液都会交叉感染，他就是这么龟毛。

方小诗全然不知陆遥有洁癖，还以为是不合陆遥的胃口，自己夹了一筷子尝了尝：“真的挺好吃的呀。”

王淼尴尬地笑了一声，替陆遥解释了：“那个，学姐，陆哥他有洁癖，别人碰过的东西他不吃。”

方小诗诧异道：“啊？我不知道！”她连忙道歉，做了好几个委屈的表情，把那块肉夹出来，“对不起呀，陆遥，我夹出来好了。”

陆遥更不想吃了，他认为这碗饭都中了方小诗的毒。

陆遥硬邦邦地道：“我不吃了。”

李明珠顿了一下，皱着眉头：“你才吃了几口？”

这语气叫吴城吓了一跳，他连忙想要按住陆遥，心想：李明这什么口气啊？就算是陆遥和李明关系好一点儿，也不能这么嚣张啊！

哪知道陆遥对此没什么反应，害得吴城等人虚惊一场。

“我不吃别人碰过的东西，我嫌脏。”他吐出这句话，每句话都带刺。

方小诗就算是脸皮厚，此时也绷不住了，眼里顿时带泪，美人含泪，楚楚可怜，获得了剩下几个大男孩的怜惜。

林军辉自告奋勇：“算了，陆哥，学姐她也是不知道，我再给你去换一份吧。”

方小诗小声道：“抱歉……”她看了一眼窗口，这个时间还能有什么东西，基本是剩下的菜渣了。

李明珠站起来去拿了一个空碗，然后放在桌上。

吴城没弄明白李明珠要干吗，李明珠就当着所有人的面，把自己的饭菜分了一半到那个空碗里。

“现在能吃了吗？”她的眉头依旧皱着，“什么娇脾气，碰一下就吃不得了吗，能毒死你？”

对面的三人“石化”了。

王淼心想：这简直是在作死啊！我敬李明是一条汉子，每逢清明时节，我给您上三炷高香。

结果，就在众人都以为陆遥会掀桌子走人时，更令人震惊的事情发生了。

陆遥道：“我吃饱了！”

“吃饱什么？”李明珠提高声音，带了些威严，“你吃两口就饱了，吃的空气吗？”

陆遥被教训了一顿，想了半天也没想出反驳的话，嘟囔几句，端起碗屈服了，闷闷不乐地扒饭。

这一变故让“石化”的三人干脆被窗外的风一吹，全部随风飘散了。

陆哥，您的洁癖呢？您的暴脾气呢？这个奶里奶气的陆三岁是谁？

中午这一顿饭之后，吴城等人看李明珠的眼神都变了。

除了第一天闹出了一点儿动静，李明珠就这么安然无恙地考完了两天的考试。

省一中的校园论坛灌水区也刷了整整两天，话题围绕着“传说中的学霸怎么会出现在食堂二楼”展开，说法各有不同，分析帝、数据流纷纷上线，热热闹闹地讨论了两天，终于在星期五下午结束了话题。

校园网终于发布了运动会的通知，开幕仪式安排在周六上午九点钟举行。

李明珠早起把苏天瑜安排妥当了，才去上学。只是这时候，班里的同学不是在上早自习，而是在举行一场脱衣大会——字面意思。

“李明，来了啊，这是你的西装制服，你看看合身吗？”杜宇轩眼尖，一下就看到李明珠，把手上这一套写着她名字的西装制服扔了过去。

李明珠接住衣服看了一眼，她一开始就没打算走方阵，她总是找遍理由拒绝参加这类大型集会。

对她而言，这就像把三千只鹦鹉聚集在一起，叽叽喳喳地在她耳边尖叫，无趣，还没独立思考的人格，活像一个疯人院。

奈何她没有报任何运动项目，如果还不参加方阵练习，于情于理都说不过去。

李明珠冷着脸走了半个月的方阵，也就在心里鄙夷了这项重复摆臂迈腿的机械运动半个月。

制服西装是上个星期统一在网上买的，用班费买。李明珠打开衣服袋子，抖落了两下。

杨可已经在卫生间里换好了西装裙，露出白花花的大腿，和班里另一个女同学手挽着手走回来。两人脸上都化了淡淡的妆容，看上去青春靓丽，活力四射。

男同胞们难以自持地往女同学脸上打量了片刻，又像触及了什么这个年纪不该触及的妖魔鬼怪，一个个红着脸，逼着自己把目光投向黑板上。

李明珠找了一个无人的角落，三下五除二就把衣服换好了。她换衣服时，把束胸扣得紧了一些，虽然她前后一样平，但是再怎么平，男女都是有差距的。

十七岁少女的身体柔软动人，腰线蜿蜒诱惑，肤质细腻如上好的羊奶膏，一旦脱了衣服，是男是女，大家一眼就能看出来。

所以李明珠大夏天都穿着秋季校服，把自己裹得死死的。

她穿好了西装，往教室里一站，顾小飞看见了，夸张地喊了一声。

李明珠身高有一米七，是传说中“脖子以下全是腿”的行走画报，一张脸蛋俊俏得雌雄莫辨，侧脸的棱角也不像少女一般柔和，而是像她的父亲一样，带着一股逼人的魄力，细细碎碎的头发乖顺地贴在额头上。

李明珠混到现在，叫别人看不出她是女人的最大原因就是这个：她长得实在是太英俊了。

女人的长相用英俊来形容确实有些不合理，但也确实有这样的人。

毫无疑问，李明珠就是这样的人。

她性格冷淡，正是时下小女生最喜欢的冰山高冷美少年，青涩的躯体套上成熟的西装，赋予了她强大的吸引力。

李明珠无论是坐着还是站着，都笔直得很，不像大多数高中生，坐没坐姿，站没站姿，她在一群站得歪七扭八的人里显得格外出挑。

杜宇轩一瞬间被这闪瞎眼的颜值击中了，捂着脸开口道：“天哪，李明，你这样走出去，给不给我们活路啊？”

顾小飞哀号得更夸张，他长到现在也只有一米六几，比李明珠还矮一些，西装穿在他身上不伦不类的：“我还想运动会的时候多吸引几个学妹呢！”

他喊道：“还好我没走在李明身边！”

从高一到高二，饶是和李明珠做惯了同班同学，甚至也花痴过她的女同学们，此时无一例外脸红心跳加快，偷偷看她。

众人就调侃了两句，毕竟李明珠的性格大家都清楚，班里和她关系不亲近的，可不敢像杜宇轩和顾小飞这样，不怕死地开口。

苏晓指挥两个男同学拿着一个大纸箱进来，打开之后，里面是四十多捧鲜花。

一部的创新班是鲜花队，手拿鲜花。

二部的创新班是国旗队，手拿国旗。

苏晓把鲜花分给众人，杜宇轩又组织起队伍，没等班主任老罗来，大家就自发去了操场。

省一中的操场跑道一圈有四百米，中间是足球场，边上有两个巨大的篮球场，四百二十平方米一个，看台整整围了大半个操场，足够容纳六七千名学生。

众人还没走到操场，就听到了熟悉的《运动员进行曲》。开幕式正在准备，各班级方阵就位，鲜花队、国旗队也已经就位，四个传媒班的主持人已经站在了看台上。

国旗手站在队伍的最前面，后面一个班就是二部创一班，再后面才是一部创一班。

九点整，开幕式正式开始，主持人的声音响起。前面两句念白问候老师同学的，李明珠都敷衍了事，左耳朵进，右耳朵出，思绪不知飘到哪儿去了。

直到第四句念白响起：“金秋十月，秋高气爽，乐曲高奏，彩旗……”

李明珠一愣，一抬头，就看见看台上难得站得有个正形的陆遥。

陆遥是B市人，平时说话喜欢带儿化音，听着吊儿郎当，但此时他说话字正腔圆，清朗明亮。这个年纪的人刚刚变声，低沉的声音从话筒里传出来，刺激得周边没有参加走方阵的女同学捧着脸喊“耳朵怀孕”。

杜宇轩也看见了陆遥，甚至转过头看了看李明珠，见李明珠的神色也复杂得很。

陆遥的主持词不多，就那么几句，但招架不住他长得周正，人气也高，桃花眼跟带电一样，看谁都含情脉脉的。但凡轮到他开口，学生会和校广播台的记者和摄影的同学都比看别人时要活跃，估摸着摄影师是按了连拍，闪光灯没停过。

开幕式足足举行了一个小时，包括后面的扇子舞表演、啦啦队操表演、舞龙和太极等。

十点半，李明珠这才松了领带，鼻尖微微冒汗，坐到了观众席。她的运动会，基本到这里就结束了。

十月，天气转凉，今年省一中的运动会又往后推了推，直到期中考之后才举行，这几天的天气都阴沉沉的。

顾小飞道："李明，你今年也不下去逛逛吗？"

李明珠不回答，其实也算是一种回答了，那就是：不要。

秋季运动会由总校举办，一部和二部少见地混在了一起，操场上人头攒动。

李明珠在学校里认识的人不多，二炮算一个，他们从小就认识，陆遥算一个，这是李明珠自己造的孽。

正因为今年有了陆遥，在看台上的李明珠终于舍得把脸抬起来了。往年的运动会，她往看台上一坐，不是睡觉就是看书。总之下面有多热闹，上面就有多冷清，周围两米以内的气氛都被她带得冷清。

李明珠这个人端得很，就算只有她自己一个人，她都挺端。具体表现在，她明明十分在意陆遥这时候在干什么，却还要装作不在意地打量一圈。

运动会是全校性质的，校园论坛更是一部二部学生混在一起刷，群魔乱舞，早把陆遥那点儿破事刷得底朝天了。

平时两部分得比较开，很少发生串部的情况。二部的学生早在开学的时候就听说，一部来了个颜值逆天的帅哥，微博和论坛上，陆遥的照片贴得到处都是。

二部学姐还没见过动态的陆遥，此时举办运动会，一部还没有什么表示，二部的女同学已经骚动起来了。

广播里播报："请参加高一男子一百米项目的运动员到检录处检录，请参加高一男子一百米项目的运动员到检录处检录。"

片刻后，广播继续播报男子一百米的参赛者："A114 扬程，B116 朱晓飞，B115 张星，A112 陆遥……"

陆遥在几班，这群小姑娘打听得比自己爸妈什么时候过生日都清楚，此时广播播报一遍，看台上顿时沸腾了。

叽叽喳喳的小女生围在一起讨论："陆遥报了男子一百米啊……"

“你昨天没刷论坛吗，传媒班的报名单子不是上传了一份吗？”

“我没看见啊，昨天我去刷微博了。”

“啊啊啊，是陆遥！我好想下去问他要手机号啊！”

“你做梦啊，没看见下面站着那么多女生啊，都是排队给他献殷勤的，轮得到你啊？”

“他长得真的好帅啊……而且听说是……”

“哎，你看你看，那不是啦啦队的队长吗？我的天，这么冷的天就穿一件衣服啊，那腿露得，她故意的吧？”

“你帮我看看，陆遥看她了没，这女的真不要脸啊！”

“我看看……陆遥……陆遥好像在看这里。”

李明珠身边的几个女生突然停下了动作，一个两个娇羞得红了脸蛋：“他好像在看这里！”

李明珠漠然地盯着陆遥，陆遥确实朝自己所在的看台看了半天，好似在找什么东西，直到和自己的目光对视上了，他的眼睛亮了亮，像装了两颗星星在眼里。

他隔得这样远，李明珠又有些近视，看不太清楚，但不等她看清楚，他就直接从检录处走了过来。

李明珠身边的女生兴奋得红了脸，凑在一起，用手指卷着头发，都不敢抬起头，目光却又偷偷地打量陆遥。

“喂，你有吃的没有？”陆遥过来了，趴在栏杆上，没有跨进观众席，这话很明显是在问李明珠。

陆遥看了李明珠两眼，这才发现李明珠今天没穿那件土得要死的蓝白校服，而是穿上了西装，扣子一直扣到了最上面，禁欲感十足。

陆遥愣了一下，说：“你怎么没穿校服？”

“鲜花队。”李明珠直接从班级的零食箱子里拿了一点橘子，扔给了陆遥。

陆遥笑道：“我要吃巧克力！”

李明珠皱眉：“你要求这么多干什么？爱吃就吃，不吃拉倒。”

陆遥突然把橘子扔给了李明珠，在众目睽睽下撑着栏杆翻了进来，然后坐在李明珠身边，撒娇道：“我要吃剥好的，有皮的不吃。”

“我看你的皮也想被剥了。”李明珠冷着声音说。

陆遥跷着腿，无视了周围人的打量，十分任性：“我不管，你剥橘子给我吃。”

李明珠冷哼一声，虽然她嘴上刻薄得要死，手却仔细地剥开了橘子皮，甚至细心地清理了里面的橘丝。

陆遥张着嘴干等着吃，李明珠嫌弃地塞了一瓣橘子给他：“赶紧吃，吃完了就滚。”

陆遥在男子一百米的比赛中轻轻松松就跑了个冠军。他跑完后，略过给他拿矿泉水、递毛巾的学姐，直接往李明珠的方向走去。

好在李明珠看起来是个男同学，如果是个女同学，此时她早就被那些女人刀剑般的目光戳成筛子了。

陆遥一坐下来就抱怨：“累死我啦！”

李明珠当作没听见。

原本他闭着眼睛就等李明珠哄他两句，等了一会儿没等到，便睁开一只眼睛打量了李明珠一眼，提高声音又说了一遍：“累死我啦！”

李明珠面无表情，还是充耳不闻。

陆遥干脆坐直身体，不瘫在凳子上，两只手做喇叭形状放在嘴两边，凑到了李明珠耳朵边上，说：“我说——我累——”

李明珠猛地掐住他的腮帮子，他的嘴被她掐得嘟起来。

这人是熊了一点，长得却是唇红齿白，标致得很。

此时陆遥嘟着嘴，无辜地看着李明珠。

李明珠道：“我听见了。”

“我叫了你三遍你才听见。”陆遥道。

“然后呢？你累死了和我有关吗？”李明珠冷酷地吐出一句话。

“你这人怎么这么冷血无情？”陆遥嚷嚷。

“我和狗讲什么感情？”李明珠回答道。

“你说谁是狗？”陆遥瞪着李明珠。

“谁回答我谁是狗。”李明珠道。

陆遥：“……”

他自顾自地气了一会儿，安静了没几分钟，又开始作妖了。

“我肚子好饿。”陆遥道，“现在几点了？你吃中饭没有啊？”

“哎，我们去外面吃吧？我知道有个地方能翻出去。”陆遥鼓动李明珠。

“不去。”

“我知道有家店特别好吃。”陆遥继续安利美食。

“不去。”

陆遥三番五次被拒绝，少爷脾气上来了，立刻火了：“谁问你去不去了，我让你去你就得去！”

李明珠看了他一眼，说：“你无不无聊？”

“我……”

李明珠提醒他：“你不想到我这里来找气受，就自己利索地滚远一点，下面的小姑娘都排着队想给你捶背、按摩。”

“陆遥，你是不是误会什么了？我是个男人。”

陆遥心里一惊，心想：他什么意思？

陆遥动了动喉咙，没说话。

李明珠依旧淡定，好似天塌下来都不能让她变个脸色。她说完这句话，陆遥就跟被定住了一样。他不开口，她索性也沉默了。

哪知道陆遥一直没有开口，而是古里古怪地走了，李明珠望着他离开的方向，发了一会儿呆。

“嘿，李明！”二炮从后面拍了李明珠一巴掌。

李明珠回过神，看见来人是二炮，缓了缓脸色，温和道：“怎么，有事？”

“没事儿，就是我好久没见你了，过来找你玩儿。”二炮道，“哎，陆遥是不是原谅你了，我看他最近和你走得很近啊！”

“原谅什么，他就是吃饱了撑的，没事儿来撩两下。”李明珠道，“他和初中的时候一样，欠得慌。”

二炮“嘿嘿嘿”地笑了一会儿，这才正了正脸色：“对了，马上到十一月十二号了，那天是星期三，你要请假吗？”

李明珠听到这个日期，恍惚了一下：“时间过得这么快……”

二炮道：“今年我还跟你一起去。”他挠了挠头，“陆老师都走了这么多年……”

李明珠的目光有些空洞，半晌后她才开口：“七年前他大我十岁，现在只大我三岁，过不了多久，我们就一样大了。”

提到陆知，二炮也不知道怎么安慰李明珠，只好拍了拍李明珠的肩膀：“人那啥，固有一那啥嘛，像陆老师那种好人，一定去天堂的。你放心，他过得好得很啊！”

“他要是及时投胎，现在都能下地走路了吧？”李明珠道，“要是他还活着的话，儿子也有三四岁了，他儿子肯定像他，眼睛最像。”

李明珠不知想着什么，二炮赶紧转移话题：“唉，别说了，怪我，我不该提，说点儿别的，中午你去哪儿吃饭啊？”

二炮伸出手在李明珠面前晃了晃：“李明？”

李明珠回过神：“嗯？”

“我问你中午去哪儿吃饭呢，咱哥俩好久没一起吃饭了，我哥最近又赚了一笔。”他拍了拍自己的钱包，“最近我有钱，你想吃什么尽管开口，我请客！”

李明珠笑了一声，说：“得了吧，吃饭的钱我还是有的，少来这一套了。”

“我还能跟你来什么一套啊，走走走，COCO餐厅出了个新的什么风暴炸土豆，我还没去吃过呢，今天中午吃……”二炮勾着李明珠的肩膀，两人站起来，就要往餐厅方向走。

哪知道两人刚走两步，迎面就撞见了陆遥。

陆遥手里拎着盒饭，脸色不太好地看着李明珠。

李明珠觉得，陆遥这种大小姐脾气的人被她气跑了，就没有跑回来的道理，如今他不但跑回来了，手上疑似还拿着给她买的饭，这十分不对劲。

二炮愣了一下，马上就认出面前的人是陆遥了。他看见陆遥的时候，陆遥不善的眼神几乎有百分之八十是针对他的。

二炮被陆遥看得如坐针毡，不知为何，他把自己搭在李明珠肩膀上的手放了下来。

等二炮缩回手，陆遥才开了金口，他看着李明珠，高贵冷艳道：“你要去哪儿？”

李明珠实话实说：“吃饭。”

陆遥道：“我已经买好饭了。”

他把手上的饭盒提起来，显然是叫的外卖。

学校是禁止学生叫外卖的，但是学生总有办法买到这些东西。省一中坐落于市中心，西面是教师食堂，在教师食堂的旁边还有两个篮球场，边上就是栅栏，送外卖的基本从栅栏的缝隙里把外卖送进来。

陆遥上午有男子一百米项目要跑，跑完了之后也没见他玩手机，一直坐在李明珠边上找存在感，李明珠推测道：这多半是别人帮他叫的外卖。

学校里面想巴结陆遥的学生大有人在，李明珠这个推测也合情合理。

但是李明珠这种封建老古板一看到陆遥吃的外卖，眉头就先皱了起来。

陆遥曾经和李明珠相处了一个暑假，李明珠的性格没怎么变，现如今，他一看到李明珠把眉头皱起来，就知道李明珠要说什么了，无非就是教训他外面的东西要少吃，或者再问问吃食堂的饭是不是能要了他的命。

陆遥很有先见之明，把李明珠从二炮身边拉走了。

李明珠的手腕被他桎梏，挣扎两下没甩开，有些愠怒："你发什么疯？"

陆遥充耳不闻，采取李明珠平时对他用的"无视"大法，又把李明珠拽回了原位。

二炮被这一变故搞得措手不及。

那一边，陆遥已经打开了饭盒，诱人的香气冒了出来。他给李明珠塞了一盒饭，然后对自己的饭菜挑挑拣拣起来。

"我不吃番茄。"陆遥把番茄挑出来扔掉。

从小过惯了艰苦日子的李明珠看到陆遥这副浪费食物的可耻模样，当即喊道："扔什么扔！"

她愠怒之下，又拿陆遥毫无办法。陆遥的筷子转了一个弯，把番茄放到她的碗里："哦，你喜欢吃啊，那给你吃好了。"

两人的菜式大多相同，也有不同的，陆遥还没吃，就拿着筷子碎碎念了半天。

"这个肉我也不爱吃，这个我也不吃，这个太多了我不吃。"他看了一眼李明珠的饭碗，好似还有一点能放下鸡腿的空隙，于是道，"鸡腿我也不要……"

他小心翼翼地夹着鸡腿，在李明珠冒尖的饭碗上放上了最后一个鸡腿，再确保李明珠的饭盒一点儿东西都塞不下的时候，他才松了一口气，命令道："吃吧！"

李明珠看着自己的饭碗，哭笑不得："我吃不了这么多。"她瞥见陆遥的碗里基本只剩下白饭了。

这小祖宗似乎还没有感觉，不服道："你每天就吃那么一点，所以才这么瘦，你要是生个什么病，就完了。"

李明珠把鸡腿夹回去："我不会生病的。"她道，"况且，吃鸡腿是小孩子才有的特权。"

陆遥莫名其妙地成了小孩子，又见李明珠夹回了一些菜给他。

“你光吃白饭吃得下吗？”李明珠说这话时，语气都可以说得上是温柔了。

陆遥的性格单纯得像一张白纸，但凡他不喜欢一个人，也光明磊落，不会在背后搞一些偷鸡摸狗的事情，脸上就能明晃晃地写着“我看你不爽”几个字。但是他如果对一个人有好感，那也十分明显。他要是对那人有好感，就会对那人好，好的方式也特别简单，像小奶猫会把自己心爱的小鱼干分一半给铲屎官一样。虽然他不是小奶猫，但这种分食行为也差不多。

李明珠的心情很不错，心想：他也不是很讨厌我。

陆遥的喜欢很单纯。在他眼里，恐怕男女之爱和朋友感情都没有分开，混沌地搅在一块儿，统称为喜欢，也就是传说中的好感。

人们对优秀的人、尊敬的人、玩得来的人，都会有好感，陆遥的喜欢就这样简单。

李明珠便十分喜欢陆遥的这份单纯，没有许多弯弯绕绕，脑子里也没有龌龊的思想。她守着这份干净得如同山间清泉一样的单纯，就像当年陆知对她做的一样。

显然，陆知是眼瞎才会觉得李明珠单纯，但李明珠没有眼瞎，陆遥确实干净得让人心生好感。

李明珠道：“你下午是不是还有一千五百米的长跑项目？”

陆遥吃着饭，点了点头：“有。”

李明珠看他吃得太急了，拧开了一瓶水给他：“你别吃这么急。”

陆遥拿过水猛灌，二炮在边上站着，看着李明珠。

李明珠无奈地笑了一下，对二炮说：“下次吧。”

二炮诡异地看了一眼陆遥，跑了。

陆遥没见着二炮的神情，就看见李明珠对二炮笑了一下，心里面憋屈得很，想着：李明可从来没对我笑过。

李明珠道：“你有长跑比赛，还打算中午就吃这么点儿白饭，不要命了？”

李明珠光看他吃饭，自己倒很少动筷子。

饭吃完了，陆遥的手机响了。准确来说，是从吃饭开始，他的手机就振动个不停，电话、短信跟不要钱似的轰炸他。

李明珠问了一句：“你不接电话吗？”

陆遥拿着餐巾纸在嘴上胡乱地擦了两下，没擦干净。李明珠叹了一口气，只好伸手在他嘴角处抹了一下。

这个动作就过于亲昵了，李明珠下意识地做出来，等回过神的时候，陆遥愣了一下。

李明珠道："干什么，这么大个人了吃饭都吃不好，你的下巴是漏的吗？"

她凶巴巴地补充了一句："接电话。"

来电的依旧是陌生号码，短信也是——

李明珠看了一会儿，看出点端倪来了："怎么都是陌生号码？"

陆遥道："我不认识她们。"

李明珠开口道："二部的？"

"一部二部都有，我都不认识。"

"女生？"

说到这里，陆遥眼神古怪，看了她一眼，慢悠悠道："男生也有。"

李明珠愣了一下，扯着嘴角："是你自己太招摇了。"

"我又没强求他们喜欢我，哎呀，哥这英俊的长相太招桃花了。"陆遥说着，还翘起尾巴来了。

说到这里，李明珠总算明白陆遥为什么不接电话了。八成是他的电话号码又被挂到了那个论坛上，此时打进来的多半是一部二部伸长了小手想要认识他的学姐。

陆遥不常用手机，就让它在边上嗡嗡嗡地振动，李明珠有点强迫症，替他关机了。

关机前她看了一眼手机屏幕，屏保果然是幂幂。

陆遥这口味从初中开始就没变，喜欢"仙剑三"里面傲娇的、扎着双马尾的唐雪见，爱屋及乌，连带着喜欢角色的扮演者，到现在为止，那铃声都是《爱的供养》，听得李明珠耳朵都起茧子了。

"下午我要跑一千五百米，你给我送水。"陆遥命令道。

李明珠等陆遥吃完了饭，才一口一口地吃起饭来，她咽下去一口饭后，道："不去。"

"为什么不去？"陆遥没想到李明珠会拒绝自己。瞧他这架势，就差跳起来质问她了。

"人多，挤，热，吵。"李明珠言简意赅地提出了自己的意见。

准确来说，就是因为陆遥要去跑一千五百米，所以跑道边的黄草地上人才特别多。

上午举行男子一百米短跑项目的时候，校方就注意到了。为了陆遥，校方还特别安排了校纪检队的成员和学生会纪检部的成员配合工作，这可算是省一中建校以来的头一遭。

李明珠吃完了饭，道："上赶着排队给你送水的人这么多，你随便挑一个拿，能累死你吗？"

陆遥理直气壮地反驳："万一她们在给我的水里投毒怎么办？"

"放心，在你单身的情况下，她们暂时不会因爱生恨。"李明珠道。

陆遥还是不干："我不喝，喝了别人的水我就会死的。"

"等你死了我再去给你收尸。"李明珠冷酷道。

"你这人怎么这样？"陆遥叫道，"没有人性！"

李明珠懒得理他，他一天要抽十几次风，要是自己每回都搭理他，他还不上天了？

中午休息时间一过，陆遥就得去准备下午的长跑比赛了。他下去的时候，还愤愤不平地警告李明珠："我到终点一定要看见你，要是你不来，你就等死吧！"

李明珠权当他是空气。

陆遥一下去就不得不面对各种各样的搭讪，好在腼腆的女孩子占大多数，就算有胆子大的，结伴冲上来和他搭讪，他也能三下五除二地打发了。

他实在没心思和女生聊天，一想到李明珠竟然对他这么冷酷，他心里就来气。

十分钟后，广播播报：请参加高一男子一千五百米项目的运动员到检录处检录，请参加高一男子一千五百米项目的运动员到检录处检录……

李明珠在台上听到这条广播，心里动了动。

顾小飞是学生会宣传部的，秋季运动会学生会人手不够，学校便把宣传部的成员也拉到了操场帮忙。他匆匆忙忙地走上看台，又匆匆忙忙地走下去，走到半路，班里同学拦着他问："哎，顾小飞，一千五百米项目咱们班有谁参加啦？"

"杜宇轩吧，一千五百米项目好像是高一高二高三的一起跑的。"顾小飞喊道。

"班长也去啦！"那人喊道，"咱们要不要去给班长加加油啊？"

"你们要去就去呗！记着别去太多人啊，人去太多了学生会要说的！”顾小飞提醒道。

“知道啦！我们派几个代表去，放心，不给你们添麻烦！”

“就是，一千五百米跑完了，万一班长脱水了怎么办？没人扶他，摔地上不是痛死了？我们准备几块巧克力去吧。”

这人的话一说完，李明珠的心动摇得更加厉害了。她猛地想起，陆遥有洁癖，万一别人扶他，他不干怎么办？按照这祖宗的龟毛脾气，这事儿是绝对可能发生在他身上的。

李明珠忽然想起，如果她的记忆没有出现偏差，陆遥初中的时候有低血糖，有……

想到这里，李明珠的脸色猛地沉了下来。她心里有一股火气冲了上来，陆遥有低血糖，还敢去跑一千五百米，他这是嫌自己命太长了，还是怎么样？

李明珠站起来，三步并作两步往下走。

顾小飞看见李明珠往下走，大惊失色，心想：我的天，太阳从西边出来了，李明竟然从看台上走下去了！

他感慨道：“难道李明是听说班长没人扶，终于爆发出了一波同学友爱吗？”

顾小飞喊道：“李明，我带你去吧！”

李明珠完全无视了顾小飞，她心里窝火，直接往检录处走，心想：要是让我抓到陆遥这个不知轻重的小兔崽子，一定要把他的皮都扒掉一层。

哪知道李明珠压根走不过去，她站在人群后面，前面最起码围了五层，化着各种各样精致妆容的小女生挤在一起，一点缝隙都没有。

李明珠站定后，脸上顿时布满黑线。这情形，别说是想进去抓陆遥了，哪怕是一只苍蝇都飞不进去！

女同学们面色激动，活像是看偶像来的，这场景和追星也没差多少。李明珠找了半天突破口，才不得不气急败坏地承认：这局无解。

不过一会儿，枪声响起，随着音乐的爆发，一千五百米长跑正式拉开帷幕。

陆遥在长跑的运动员中十分明显，周围的男同学都穿着背心短袖，恨不得把自己的肌肉全方位地展现给跑道周围的小女生看——虽然大家都知道，这群小女生是来看陆遥的。

而陆遥本人穿着黑白相间的长袖长裤，把自己裹得牢牢的，一点儿福利也不给他的迷妹。

跑道两旁的学生会工作成员拉扯着嗓子喊："各位同学，不要陪跑！不要陪跑！我知道你们都是冲着陆遥来的，但是不要陪跑！你们可以到终点等陆遥！"

李明珠听了都觉得汗颜，一看就知道这学生会小哥饱受折磨，上午还遮遮掩掩地说话，下午就直接扯着嗓子喊"来看陆遥的都去终点站着"了。

学校对这事睁一只眼，闭一只眼，毕竟这种行为，自古以来都是无法克制的一种群体行为。

此时陆遥领先，他每次跑过看台，加油声和尖叫声都要比别人响亮十倍，搞得后面的男同学很没有面子。

李明珠左右为难，但她都下来了，也不好再回到观众席上。于是，她跟随着队伍，在比赛快结束的时候走到了终点线后面。

此时终点线已经聚集了很多人，裁判举起了手枪，目前跑在第一位的依旧是陆遥。

随着他越来越靠近终点线，终点线后的女生的尖叫声也一浪高过一浪。最后，在一片吵闹声中，陆遥不负众望地夺得了第一。

他的速度慢慢地缓了下来，别的选手一到终点不是趴在来迎接他们的同学身上，就是恨不得像死狗一样瘫在地上，只有他慢慢地走着，好似在恢复力气。

陆遥看着不像会虚脱，导致一众等着他摔倒，然后好去占点便宜的女生没法上来。再者，他的身上散发着骇人的气场，不知怎么的，众人都能感受出来：他的心情不太好。

确实，陆遥跑到终点，扫了一圈没见着李明珠，那气压值直接跌破历史最低。

他走了两步，越走越来气，当他要暴起去观众台找李明珠麻烦的时候，一条毛巾落在他身上，同时响起的还有李明珠冷冷淡淡的声音："你把汗擦了，喝水吗？"

陆遥抬头一看，李明珠就站在他前面。他顿时觉得腿软了，酸得难受，头也昏了，气也喘不上来，过度呼吸的肺跟针扎一样难受，两步路都走不下去，软绵绵地倒在李明珠怀里，仿佛刚才那个淡定走过终点线的他只是一个幻影。

李明珠纵使憋了一肚子火，想来找陆遥兴师问罪，此时看他这虚弱的样子，也问不出个好歹，只好放低了声音询问：“你还能走路吗？”

陆遥必须走不了了！

他呜咽一声，像极了一只耳朵、尾巴都垂下去的小奶狗，可怜兮兮地道：“我走不动了。”

李明珠听罢，眉头一皱：“不许撒娇！”

第七章 小王子与玫瑰花

陆遥比李明珠整整高了一个头，此时他赖在李明珠身上，活像给李明珠挂了一个大型人偶。

李明珠只让他靠了十几秒，心肠就由软变硬，开口道："你还想挂多久？下来。"

陆遥当作没听见，头埋在她的颈窝里蹭了两下。

李明珠冷酷道："滚下来。"

陆遥不死心，李明珠冷笑一声，屈起膝盖狠狠一顶，陆遥防不胜防，猛地被顶弯了腰。

"我……天……"他倒吸一口冷气。

"你清醒了吗？"李明珠道。

陆遥喊道："让我靠一下你会死啊！"

"靠一下不会死，靠久了就会。"李明珠冷冰冰地说道，"我看你现在的样子也没什么大碍了。"

陆遥连忙追上去说："哎，别别别，有的呀！"

他灵机一动，抱着肚子哀号："我胃疼……"

李明珠冷笑一声，故意指着他的心口处道："胃在这里，你胃疼捂着肚子干什么？"

陆遥见势不对，赶紧按照李明珠指的位置，捂住了心口："错了错了，这儿疼。"

李明珠"呵呵"一声，转头就走。

陆遥有点纳闷：怎么自己痛对地方了，她还要走啊？

陆遥腿长得很，李明珠走了两步，他走一步就赶上了："喂，我是真的疼啊！"

“我看你的狗腿也想疼了。”李明珠开口道。

陆遥拧开矿泉水瓶，喝了两口水，准备润润嗓子和李明珠好好谈谈。李明珠的口才他是知道的，自己要是不喝口水，再准备一下腹稿，他根本说不过李明珠。

但老天显然没有给他和李明珠谈谈的时间。

一千五百米长跑结束之后，阴沉了一上午的天空终于下雨了。

先是一大颗水珠砸在陆遥高挺的鼻尖上，接着雨水就像断了线的珠子一样，哗啦哗啦地落在地上，沾了一层灰之后，啪的一下碎开了。

原本跟在陆遥后面、想要上前跟陆遥搭讪的女生们被雨水砸得措手不及，比起和陆遥搭话，她们明显更关注自己今天的妆容，叫喊声很是夸张：

“哎呀，下雨啦！”

“我的天，我还化着妆呢！”

“我去躲躲雨，天哪，怎么一下子雨就这么大了！”

李明珠正想抬手遮一下雨，却不料她还没有动手，头上就被罩了一件衣服。

陆遥之前将衣服的拉链拉到了最上面，此时他拉下拉链，脱下运动装，看着也利落干净。

陆遥将整件运动装盖在了李明珠的头上。

大雨倾盆而下，浇在陆遥的身上，他原本汗湿的身体彻底洗了个澡。

陆遥果断连衣服带人把李明珠圈进了怀里，又担心衣服遮不住雨，一只手在李明珠上头挡着，弯着腰，半带着李明珠往教学楼跑。

李明珠甚至没有反应过来，两人就已经到了走廊里。

陆遥抹了抹俊朗的脸，头发贴在额头上，他索性把头发一并抓到了后面，露出好看的额头，显得他成熟了不少。

陆遥拧着自己短袖上的雨水，李明珠回过神，微怒道：“你找死吗？”

陆遥觉得莫名其妙，看了李明珠一眼：“你怎么还要生气？”

他的眼神十分直白，心想：我这么罩着你，你还要生气，真是蛮不讲理。

李明珠被他这么一看，心里更加火大：“你逞什么英雄，我淋两滴雨能死吗？”

陆遥拧干水之后，大大咧咧地开口道：“你不要老是把死不死挂在嘴边，不吉利。”

李明珠气急败坏："现在是跟你说这个的时候吗？"

陆遥甩了甩头发，果断装可怜："好冷啊……"

他搓了搓手臂，李明珠脑子一宕机，立刻把自己前一秒要说什么扔进狗肚子里面去了，急忙把衣服套回他身上。

"你回寝室去换衣服！"李明珠警告他。

陆遥吸了吸鼻子，说："不行，我下午还有……"

"下午还有什么？这么大的雨，你以为运动会还能继续开吗？"李明珠道。

陆遥嘟囔了两句，也没找出理由反驳，只好在口袋里东摸西摸，摸出一把钥匙来。

李明珠一看，这祖宗长跑的时候竟然把钥匙放在口袋里！她两眼一黑，在心里骂道：真是……真是不要命！

李明珠现在连生气都气不起来，她看到陆遥这张脸惨白得很。他刚跑完了一千五百米，又低血糖，淋了一场雨之后，嘴唇惨白得吓人。

"你去寝室换衣服，十月份的天气还耍酷。"李明珠道，"你把裤子给我放下去！"

陆遥就连穿着运动裤都很臭美，他把裤脚挽了好几圈，好似这么穿裤子就要时髦一些。

李明珠最见不得陆遥这个要风度不要温度的做派，见陆遥不肯好好穿裤子，她直接蹲下身，给他把裤脚放了下来。

"裤子挽得这么高，你要干什么，来种田吗？"李明珠提高声音骂道。

陆遥满脸敷衍，一副听不得李明珠说教的样子。他虽然敷衍，但脸色确实算不上好，看着苍白得很。

李明珠半点脾气都发不出来，叹了一口气，说："等雨停了你就回寝室。"

陆遥看了一眼自己放下的裤脚，很嫌弃地走了两步，认为这样土死了。他不喜欢把裤脚放下去，但如果这是李明珠做的，也不是那么难忍。

"我去超市买一把伞再回去。"陆遥道，"我带卡了。"

他说着，又从裤子兜里把卡掏了出来。

李明珠这回没话说了，长跑的时候，敢把钥匙和卡一起塞兜里，这兔崽子能平安无事地活到现在，绝对是因为上帝偏心眼。

陆大少爷摆出了暴发户的姿态，刷卡的时候眼睛都不眨，进去就找超市最贵的那把伞。

他原先想买两把伞，结果在货架面前站了一会儿，看了一眼站在超市门口等自己的李明珠，鬼使神差地就只拿了一把伞。

他拿伞时咳嗽了一声，小声问服务员：“你们这里的伞是不是都很小？”

服务员被问得丈二和尚摸不着头脑，来买伞的，谁不是问哪把伞最大的，这个小伙子长得人模狗样的，怎么一上来问哪把伞最小，省这几块钱，至于吗？

服务员道：“我们这儿的伞都是大的，你放心买，质量有保障。”

陆遥心想：谁要大伞了？

他的右手握了个空心拳，放在唇边，又咳嗽了一声。

“没有小一点的吗？”

“小一点的？”服务员疑惑道。

“对，我喜欢用小的伞。”陆遥面不改色，胡说八道，“精致生活，你懂吧，有安全感。”

服务员：“……”

大哥！大伞才会有安全感吧，您这是什么逻辑？

虽然服务员不停腹诽这个小帅哥，但毕竟顾客才是上帝，上帝就是一切，现在这位长得很是英俊的上帝需要一把小一点的伞，服务员自然在一堆色彩斑斓的伞中给他挑一把最小的。

“喏，这把伞最小。”服务员把伞递给他。

陆遥将信将疑地拿伞过来：“真的最小？”

“真的，我骗你干吗？”服务员信誓旦旦。

陆遥于是就拿着这把伞出来了。

李明珠见他出来，问道：“怎么买了这么久？”

陆遥的瞎话随口就来：“哦，超市里好像没伞了，服务员找了半天，就只给我找到一把伞，没办法，将就一下吧。”

他说得“不情不愿”，颇为“怨愤”地吐槽了一下学校的超市不靠谱。

结果陆遥拆开包装，打开伞，傻眼了——小青蛙王子儿童伞，绿油油的，特别小，上头的图案还很有童趣，画了一只小青蛙，它正和陆遥大眼瞪小眼。

李明珠被这把无厘头的儿童伞吓了一跳。

陆遥嘴角一抽，不合时宜地想起服务员在他付钱时，拍拍胸脯说的话：“伞很小，特别小，真的特别小，不小你来找我退钱。”

他现在看着这把儿童伞，真切地感受到服务员真诚的服务态度。服务员果真给他找了一把全超市最小的伞，怎么这么实诚呢？这把伞别说撑两个人了，这撑一个人都很有困难啊！

陆遥当即要回超市重新买一把伞，结果前脚踏进去，后脚就想起了自己刚才随口编的瞎话：超市里没有伞卖了。

更重要的是，李明珠相信他了。

陆遥此时感受到什么叫作搬着石头砸自己的脚，什么叫作自作自受，他现在这个样子就叫作自作自受。

陆遥缩回脚，干巴巴地开口："那……就这把伞。"

李明珠哭笑不得："伞这么小怎么撑？别说我们俩了，怕是一个人撑都不够。"

这把儿童伞打开了，直径不知道有没有一米。超市外的雨越下越大，两个人一起撑这把伞显然是不现实的。

李明珠开口道："你一个人回去吧。"

陆遥一听这话就不乐意了，开口道："你刚才说了陪我的！"

"刚才是刚才，你考虑一下现实因素，你觉得靠这把伞成吗？"李明珠挑眉，"再说了，陆遥，你多大了，还学人家初中生结伴上厕所啊？"

陆遥看李明珠这个态度，明显就是要让他一个人回寝室了，他想：那怎么行！

他急中生智，提议道："要不我背你吧？"

李明珠被他气笑了，拍了拍他的肩膀，道："别任性，乖，自己回去。"

陆遥一点也不想"乖"。

陆遥见李明珠杵在原地不动，也没走，看这架势是想"目送"他回寝室。他干脆一不做二不休，准备来个先斩后奏。没等李明珠反应，他就突袭了李明珠，扯过李明珠的胳膊，将猝不及防的李明珠扯到了背上。

陆遥干这事儿简直无师自通，十分熟练，两个动作就完美地把李明珠背起来了。

李明珠从来没和任何人这么近距离接触过，很快恼羞成怒，喊道："陆遥，你疯了不成？"

陆遥撑开伞，游刃有余道："你抓稳了啊，别掉下去！"

李明珠双脚都沾不到地，这样主动权不在自己手中的感觉，她还是头一次有，浑身僵硬得跟棺材板儿似的，一动不动。

陆遥蹲下一点，把裤脚扯高了，撑着伞冲进了大雨中。

小青蛙在李明珠眼里跳来跳去，她咬着牙没发出声音。陆遥走得相当快，快得她想拉开两人的距离都不行，两只手挣扎了半天，最后破罐子破摔，一咬牙，环住了陆遥的脖子。

他们这把儿童伞根本禁不住暴雨的打压，跑到一半的时候就彻底报废了，从儿童伞变成了“小破伞”，外面下大雨，里面就下阵雨。

陆遥见状，转了转这把局部地区下阵雨的破伞，不让李明珠淋到雨。

虽然外头风雨交加，但陆遥的心情却好得出奇，走得快飘起来了。

国际部距离普通学部还是有很长的距离，他们穿过发生第一次不愉快的小树林，抄了一条近道，这才看到国际楼的大门。

陆遥走到楼下，李明珠跟被火烫了似的，立刻从他身上跳下来。

她组织了很多语言，一路上从陆遥的祖宗十八代问候到他本人，最后手足无措，还非要端着架子，话卡在喉咙，等了半天，没挑好先从哪句开始骂。

陆遥心情挺好，没注意到这点儿问题，按了电梯就要上楼。

“走啊！”他回头看了李明珠一眼。

李明珠捏着拳头，后槽牙咬得嘎吱响，最后生着闷气走进了电梯。

陆遥上了楼，洗了澡，换了一套衣服。

李明珠除了裤脚有点湿，其他的地方都被陆遥护得挺好，几乎不用换衣服。当然，就算是让她换衣服，她也绝不会在这里换。

李明珠盯着他换好了衣服，又给他冲了一杯姜茶，这才离开。

陆遥没想到李明珠才来，坐都没坐一会儿，就要走了。他委屈巴巴的，想要开口留人，一时半会儿却找不到留李明珠的理由，只能看着李明珠沉着脸色走了。

陆遥最后喊道：“李明，你明天早上来吗？我想吃你那天带的粥。”

李明珠没回答，陆遥撇了撇嘴，心想：肯定没戏了。

结果峰回路转，她走到电梯口，从牙缝中挤出一句话：“最后一次！”

陆遥咧开嘴笑了起来，他得到回答，跑到房间里，在床上抱着枕头滚了一圈，露出滚得乱糟糟的头发，心里不服气地想：她上次就说了“仅此一次”，这次又说“最后一次”，嘁。

陆遥想到最后，又克制不住地想笑。他干脆坐起来，打开电脑登录了游戏，准备打两把游戏发泄情绪。

李明珠说带早餐，第二天早上果然带上来了。

冬天的夜晚时间逐渐拉长，她到陆遥寝室的时候，外面天都还没亮。

李明珠推开门，房间里被黑暗笼罩，一丝光都没有。

李明珠只好打开手机，微弱的光勉强能照明。她怕吵着陆遥睡觉，于是轻手轻脚地把粥放在了桌上，正准备离去时，却听到了屋子里沉重的呼吸声。

李明珠皱着眉，小声道："陆遥？"

陆遥没有答话，李明珠感到奇怪，走近床铺，才发现这家伙这次睡觉用被子把自己裹成了长条，活像一个去侍寝的小妃子。

李明珠被自己心里的这个比喻逗笑了，但是很快，她就笑不出来了。

陆遥睡觉时把自己罩得严严实实的，头藏在被子里，李明珠担心他睡断气，于是动手帮他把被子扯下来一下。结果她刚把他的脑袋扒拉出来，便感受到骇人的温度从指尖传来。

李明珠的脸色沉了下来，伸手往陆遥额头上一探，高温。

她立刻想起昨天陆遥跑完一千五百米之后淋的那场大雨，当即判断陆遥发了高烧，现在这样子恐怕是烧糊涂了。

"陆遥，陆遥。"李明珠推了他两下，"陆遥？"

陆遥虽然被晃醒了，但他的神志还是模糊的。房间里如此昏暗，他只听得到李明珠温柔得不似她本人的声音，如此熟悉，叫他难受得哼出了声。

"什么？"李明珠低下头，试图听清楚陆遥在说什么。

"难受……"陆遥哼唧半天。

"哪里难受？"李明珠的心快速跳了一下，"你起得来吗？我带你去医院。"

"头晕……难受……哥……"他的声音软绵绵的，一声"哥"喊得却如同惊雷一般，在李明珠的耳朵边上炸开。

"陆遥，陆遥……你知道我是谁吗？"李明珠颤着声音说。

陆遥没睁开眼睛，脸颊贴着李明珠冰凉的手，渴望这一点冷气降温。他遵循本能，靠近李明珠，而李明珠正被他那一声"哥"喊得还没回过神。

陆遥小声嘟囔："李明……"

李明珠恍若未闻。

陆遥突然把脑袋靠在李明珠肩膀上。

李明珠反应过来，惊愕失色，伸手想推开陆遥，哪知道陆遥这个病秧子此时的力气大得过分，李明珠推搡未果，反而叫他得寸进尺。

陆遥的脑子彻底烧糊涂了，迷迷糊糊地撒娇道："我难受……"

这个时候，李明珠饶是震怒，也藏着一丝心软，咬着牙问：“你哪里难受？你先让我起来再说。”

窗外的风声，卫生间的水滴声，天花板弹珠跳动的吱呀声，好似都蒙上了一层薄薄的雾。她在水里，声音在岸上，朦朦胧胧，听不真切。

只有陆遥粗重的呼吸声与她的呼吸声交错，一声又一声，不管她愿不愿意，统统灌进了她的双耳。

陆遥虽然半醒不醒，但脑子里有一股神经拧在一起，正在警告他现在松手，否则后果很严重。

除了这个大脑释放的危险信号，陆遥的脊椎神经这时候似乎和大脑产生了一些分歧，闹了点儿不愉快，根本不听指挥，完全想怎么做就怎么做。大脑警告他停手，给了他紧张又刺激的情绪，他的身体却不听使唤，在这充满了危险和致命的情绪拉扯中，他下意识地伸出舌头，舔了舔嘴唇。

李明珠大约是“死到临头”，求生的本能被激发出来了，她伸出一只手，死死地扣着陆遥的手腕。

“陆遥，你找死。”她压低了声音，从牙缝中挤出这几个字，另一只手抬起就要给陆遥一巴掌。

这巴掌挥出来的时候用了十足的力气，却在快要接触到陆遥的脸时堪堪停住。

李明珠不知道骂了一句什么，巴掌却直接落空，手掌捏成了拳头，最后松开，使劲地推开了陆遥。

陆遥到底是生病了，现下力气估计用完了，被李明珠持之以恒地推了半天，终于倒到了一边。

陆遥呜咽一声，蜷缩成了一团，像一只小虾米一样。他可能是冷着了，伸出手，迷迷糊糊地去摸被子。

作孽，作孽，实在是作孽。

她心里一时翻起了无数情绪，让她的神经都跟着拉扯起来，这导致她头疼万分，不得不揉了揉自己的太阳穴。

结果等她揉了半天，也没想好怎么收拾陆遥。

偏偏陆遥这时候可怜得要命，他一改刚才强迫良家美少年的恶霸形象，委屈巴巴地蹭着床单，不停地小声撒娇，一会儿喊“难受”，一会儿喊“哥”。

陆遥大概没想到，他因为喊了他哥的名字，所以才保住了一命。

多年后，陆遥想起这一段，都要在清明节给陆知多烧两大袋子的纸钱。他心有余悸地想，当年要是没有他哥保佑，他大概就在那个早上惨死在李明珠的手里了。

而现在，陆遥不知大难临头，脸上泛着病态的红晕，额头被汗水打湿，头发柔软地贴在耳边。

李明珠就这么站着，不知脑子里想了什么，大约沉默了三分钟，身体才动了动。

陆遥呼吸急促，难受得翻来覆去，李明珠的手握成拳头，松开，又握紧，最后她没能狠得下心就这么走了。

她坐在床边，摸到了陆遥的小夜灯，打开之后，床头柜上放着一本《小王子》。

李明珠坐了一会儿，叹了一口气。

按陆遥这个文盲的品位来看，床头放全套的《小时代》她还可能相信，但是放一本《小王子》绝不是他的作风。

李明珠看着陆遥的脸，陆遥正因为高烧痛苦地皱眉，五官都扭曲在了一起，他的眉眼有七分像他哥。

《小王子》是陆知最爱读的一本童话故事。

李明珠嗫嚅出几个字，伸出手轻轻地靠在陆遥的脸上。

陆遥的神色因为她这个动作缓和一些，他的嘴唇微微张开，无意识地用脸颊蹭李明珠的手。

往往小动物陷入了极度恐慌，或者极度难受的困境时，它们会本能地依靠自己信任的人，这时候也是它们最脆弱的时候。

吃软不吃硬的李明珠这下彻底拿陆遥没办法了。

陆遥皱着眉头，眼睛紧闭，好似还没清醒，李明珠不好干坐着，整理了一下自己的衣服。

李明珠挽着袖子，去卫生间用冷水浸透毛巾拧干了，走回来，等毛巾没有那么冷时，才敢把它放在陆遥的额头上。

陆遥这次高烧来得气势汹汹，现在天色也暗，学校的医务室肯定没开门。李明珠也不知道陆遥会在房间里放点儿什么应急的药物，只能干巴巴地陪伴他直到天明。

陆遥现在躺着，五官美得没有那么凌厉，反而温温和和的，从某些角度看上去就更像陆知。

他躺在床上也不老实，不过一会儿毛巾就变热了。他安静了没多久，又开始折腾。李明珠叹了一口气，将他的四肢重新按平。

好在李明珠照顾“二等残废”很有经验，应付起来也不算生疏。她看了一眼时间，这才五点五十，学校的医务室最早也要六点半才开门。

李明珠坐在床头，扶着陆遥坐了起来。

陆遥此时软绵绵的，随她怎么摆弄，他像一只没有骨头的奶猫，喉咙里发出哼唧声，乖顺地窝在她的怀里。

李明珠就这么坐着，一边给他按摩太阳穴，一边冷酷地开口：“我上辈子是欠你的吗？”

可惜现在的陆遥没办法回答她这个问题。

陆遥就这么安静地睡在她身侧。

天地万物都被时间凝固在了这一刻，李明珠的心从未有过这样安静的时刻。

她提心吊胆地活了十七年，睡都睡不安稳，生怕哪天一起床之后，苏天瑜就悄无声息地死了，留下她一个人活在这个世上。

李明珠最不怕孤独，也最怕孤独，但是她守着陆遥的时候，孤独的情绪就麻溜地滚蛋了。

陆遥这个小祖宗每时每刻都带给她不同的感受，虽然有时把她气得要死，有时候叫她恨得咬牙切齿，可偏偏又是这一切在提醒她，她是一个活生生的、有血有肉的人。

李明珠想：这可不太好。

但凡一个人对另一个人有了情绪，这个人就将过得很不如意。

人是独立的个体，有自己的思想，哪有说拥有就拥有的。所以，这势必是一件很困难的事情，但如果对方恰好也想拥有你，这就成了爱情。

世上分分合合的人中，“分分”的人占大多数，而“分分”之后再“合合”的人占少数，可见恋爱也是一件难事。

李明珠擅长解答各种各样难解的物理习题，却不会解她领域之外的难题。这道题现如今摆在她面前，她显然察觉不到。

陆遥彻底醒过来是在六点半左右，他头疼欲裂，喉咙像卡了鱼身上最长的一根刺那么痛，他张开嘴，嗓子就干得冒烟。

“醒了？”李明珠的声音在他耳边响起。

陆遥“嗯”了一声，动了动身体，发现自己很是小鸟依人地靠在李明珠肩膀上，那个“嗯”还没说完，就变成了：“嗯？”

陆遥噌地坐直了，像一个上了发条的机器人一样，眼睛瞪得有铜铃那么大，他盯着李明珠的目光仿佛是两道动感光波，要把她射穿似的。

“你看我干什么？自己能走路吗？穿上衣服去医务室。”李明珠冷冷道。

陆遥声音沙哑地开口道：“我……你……你怎么在这里？”

他说这话时结结巴巴的，脸上还有些泛红，但是由于发烧，那红晕看不太出来。

李明珠指了指桌上的早餐，陆遥顿时想起来了，他昨天叫李明珠给自己送早饭。

陆遥神色复杂地看了一眼早饭，急急忙忙地背过身脱衣服，脱到一半，突然神经质地双手抱胸，警惕地看着李明珠：“你转过去！”

李明珠：“？”

陆遥提高声音：“你转……转过去！”

李明珠：“？”

她倏地愣了，喉咙憋着一口血。

其实不怪陆遥，这小祖宗早上脑子虽然没清醒，但是潜意识里还记得一些事情，醒来之后，自然而然地把一切当成了梦。

陆遥的脑子一片混乱，他火速穿好衣服，在翻出破洞牛仔裤的时候犹豫了一瞬间，最后换了一条齐整的裤子穿了上去。

李明珠看他终于老老实实地穿裤子了，心里有了些慰藉，这也是她在这个糟心的早上经历的最不糟心的一件事。

她想：还好，这小兔崽子现在改过自新还来得及。

运动会之后，省一中的学生从狂欢中收了心，开始老老实实地读书，准备月考。

当然，大部分学生都能收住心。学校是好学校，要是学生该收心的时候不收心，这学校也办不下去了。

但是再好的学校，学生也不是百分之百能收心的，一部分人的“心”还在操场的跑道上驰骋飞扬，撒蹄子狂奔，另一部分人的“心”就不知道在哪里狂奔了，反正不在学校，也收不回来。

其中症状颇为严重的，就是艺术班的学生。而症状严重的艺术班学生里，收心收不回来、已经到达晚期的，又有一个人更甚。

这人不但是一个学生，还是一个长得帅的学生。该学生人长得帅，心也飞出去最远。

此时，这位“让心灵去旅行”的帅哥两只手都放在桌子下，把手机按得噼里啪啦响。

一部高科技的触屏手机都能让他按出按键手机的声音，可见他用了多大的力气。

而饱受折磨的水果手机的主人，就是陆遥。

陆遥此时咬着大拇指，皱着眉头思考一会儿，在手机界面显示的“百度一下”输入框中输入：为什么会梦见一个自己讨厌的人？

显示结果有：点击就看 ×× 成熟 ××、百万真人 ×××× 在线付费观看、大 × 蕉影院在线观看……

陆遥不慎手滑点进了某个花里胡哨的页面，惊得差点儿把自己的手机扔出去。

他想：我要找的不是这个！

陆遥删除这一行字，思考再三，又输入：为什么会梦见自己的死对头？

这次网页跳出来的东西更加魔幻，仿佛给陆遥打开了新世界的大门，什么 ×× 小 × 求哥哥、找个爱我的和我爱的人好好生活，× 大，八块腹肌，非诚勿扰。

陆遥神色复杂，盯了手机一会儿，默默地关掉了搜索页面，崩溃得捂住了双眼。

一边的王淼看陆遥一上午都神神秘秘地在手机上捣鼓什么，面如菜色，面色惨白，便忧心忡忡地问道：“陆哥，你是不是有心事？”

陆遥被王淼伸过来的脑袋吓了一跳，险些摔在地上。

陆遥强作镇定，摆出一副大哥的模样：“关你什么事？”

王淼摸了一下脑袋：“我随口问问，看你郁闷了一早上，你要是有事儿就和我们说，有什么帮得上的，兄弟一定帮忙。”

陆遥听到这句话，古古怪怪地盯着王淼。

王淼被陆遥盯得起鸡皮疙瘩：“陆哥，你干吗用这种眼神看我？”他大喊，“我对你没想法啊！”

“自恋不死你！”陆遥揍了他一拳。

王淼生得三大五粗，把校服穿得脏兮兮的，不知道下一回洗校服的时候，他母亲还在不在世上。

陆遥心想：不能，至少不应该。

他嫌恶地挥挥手：“你离我远点儿，几天没洗澡了，这味儿熏得我都要吐了！”

王淼道：“没几天哪，我前天才洗过澡！”

王淼不能理解陆遥早上爬起来洗一次澡、晚上睡前洗一次澡的洁癖癌晚期并发症。同样的，陆遥也不能理解怎么会有人两天洗一次澡。

于是，陆遥纠结了一上午，得出结论：都是李明的错！

陆遥双手抱臂，“咝咝”地倒抽冷气，越想越烦躁，一想到李明珠好看的眼睛，长长的睫毛，白得像瓷器的手，凹陷下去的锁骨像一只展翅欲飞的蝴蝶，神情永远都清清冷冷，好似靠近了就能感受到北方呼啸的风。

一个在南方长大的人，身上却有陆遥家乡的寒气。

他的手指很有节奏地敲着桌子，一边敲一边思考自己十六年来遇到的首个人生不解之谜。

他想，也许是李明珠太喜欢教训他了，他做的这个梦之所以对他冲击力这么大，一定是李明珠总是对他摆出一副长辈的姿态，成天教训他不学无术，对他不穿秋裤意见很大。物极必反，所以他才会做这么奇怪的梦。

陆遥搜肠刮肚，几乎要把这十几年上课学到的道理都拿出来了，这才勉强说服自己，这只是一个反常的梦，而且还有正当的理由，所以自己完全不用烦恼。

但陆遥这人找的理由又漏洞百出，你这直接梦见死对头，还乖乖地跟死对头撒娇，这说得过去吗？

显然，这无法自圆其说的一点直接被陆少爷无视了。

陷入死胡同的陆遥一时半会儿没想出什么解决的办法，他自有一套“做题系统”，遇上做不出来的难题，干脆就不做了，绕过去继续往前走。

陆遥现在也遇上了解不开的题，他纠结了一上午也没找到解决问题的方法，中午一到就把问题忘在脑子后面了，立刻打开微信无差别轰炸李明珠的手机。

可此时的李明珠却无暇看手机。

运动会刚过，创一班的同学上了一上午的课。

李明珠将一上午掰成了两半用，一半用来做题，另一半则是破天荒地整理起复习资料。

林夏眼尖，瞥到了李明珠的复习资料，两颗眼珠子瞪得都快落在地上了。

原因无他，李明珠这家伙做试卷、看书学习，从来没有做笔记的习惯，大家也更别想从她这里得到什么学习经验。

她的脑子太灵光了，用不着冗长烦闷的资料，平时大家怯于她拒人千里之外的气场，也不敢上前向她请教。

后来还是班主任提了一句，叫李明珠答完了试卷之后别急着扔，拿去教务处复印几份，需要她那套解题思路的同学就自行去取试卷，这才叫班里的同学能共享一点儿学霸的东西，但也仅仅止步于这里了。

所以林夏看到李明珠拿着黑色的水笔，一板一眼地化整为零、整合教材的时候，大喊了一声："我的天！"

顾小飞道："干吗啦，你的嗓门儿这么大？"

林夏看了一眼顾小飞，悄悄地指了指李明珠。顾小飞抻长了脖子望过来，跟风大喊："我的天！"

两声"我的天"，打破了原本班级里做题的宁静氛围。

杜宇轩停下笔，问道："一个两个干吗呢，复读机啊？"

顾小飞无声地说：李明在整理资料。

杜宇轩一挑眉，表示自己根本没这个默契看懂顾小飞的口型。

顾小飞胆子大，直接问了李明珠："李明，你整理什么资料呢？"

李明珠头都没舍得抬，不过这回倒是赏脸吐出了几个字："理综，知识点，思路。"

这时候班里不少人都停笔了，面面相觑。

杜宇轩道："你怎么也整理起这个啦？"

他的言下之意：学霸，我们有份吗？

在一班同学期待的目光中，李明珠残忍地说出下一句话："高一的。"

顾小飞提高声音："高一？你整理高一的干啥？高一都还没分文理呢！"

"嗯。"李明珠十分吝啬话语，基本是一个字一个字地往外蹦。

杜宇轩思考一会儿，立刻猜到了原因："是学校颁布的那个旁听辅导政策吧？今天晚上高一的学生就要来了。"

李明珠将笔记本翻页："嗯。"

顾小飞一脸震惊地看了看李明珠："你给高一的整理……整理笔记？"

这……太阳打西边出来了？

要不是李明珠还是平时那张死人脸，还是散发着高冷的生人勿近的气息，顾小飞都想冲上去用手背测一测李明珠额头的温度，看看李明珠今天有没有发烧。

李明珠可从来不会做这么多余的事情，在同学眼里，李明珠是一个酷毙了的高冷学霸。

一个拒人于千里之外的大神，怎么会突然这么热心起来了？就因为学校那个一对一政策？可平时学校搞点儿什么活动，第一个跳出来搞个人主义的就是李明珠，这回李明珠怎么就这么配合了？

众人百思不得其解。

而且，同班一年多都没享受过李明珠如此费心整理知识点待遇的同窗们，也彻底意难平了。

作为班级成绩垫底的顾小飞，意难平的心情最是激烈："哇，不是吧，李明，这学校随便弄的东西，你这么费心费力干吗？又不给你颁奖。"

他嘟囔了几句，不甘心地看了几眼资料。

李明珠懒得理顾小飞，将那几张写满了字的物理资料订了起来。

以防资料被别人拿走，李明珠还特别在该资料的最上面端端正正地写了个名字：陆遥。

杜宇轩看见了，笑道："顾小飞，你行了啊，人家帮朋友整理的，你凑什么热闹。"

顾小飞在心里嘀咕：李明能有什么朋友，八成是去讨好什么学妹的。

"学妹"陆遥在教室里打了个喷嚏。

他拧开瓶盖，喝了一口水，外面有人敲门道："陆遥，有人找。"

陆遥喝着水，吴城开口道："是个女生找你。"

林军辉道："找陆哥的女生，一天没有十个也有九个吧，大惊小怪什么？"

吴城眯着眼睛看了一眼那个女生："不是我们部的，她穿的是二部的校服。"

林军辉说："嚯，二部的女生动作这么快啊？陆哥才刚在运动会露个脸呢，她们直接就追到教室来了？"

那个女生在外面站了一会儿，见陆遥没有出来，自来熟地跑了进来。

"陆遥，你干吗不理我啊？"女生从后门走了进来，气鼓鼓地叉着腰，瞪着陆遥。

她的脸肉嘟嘟的，眼睛很大，眨巴眨巴的时候有点儿像某个明星。

陆遥睁了一只眼，不耐烦道："你来干吗？"

女生坐下来，把陆遥桌上的书本都扫到一边，撑着下巴盯着陆遥，原本故作凶狠的样子突然就变了，她甜甜地笑道："我来找你和好的。"

女生道："我想了一个暑假，我不要和你闹别扭了，我们和好吧。"

吴城等人听罢，张着嘴，吃惊地互相看看，第一时间读出了对方眼里的信号。

前排的赵小欣突然站起来，发出巨大的动静，抱着语文书疾步走出去，抽屉里的书噼里啪啦掉了一地。

女同学根本没注意前头走的赵小欣，倒是陆遥因为动静太大看了对方一眼。

王淼无声地说：赵小欣准要去天台上哭了，我去看看她。

王淼偷偷摸摸地从后门溜走。

剩下三个在后面的人走也不是，坐也不是。

女同学显然是娇俏的小女生，一看陆遥不理自己，立刻撒娇道："和好嘛，我知道错了，我再也不动你游戏账号了，真的！"

她说着，伸手要去挽陆遥的胳膊摇晃，陆遥不知怎么的，不动声色地抽走了胳膊。

女同学嘟嘴："你是不是还在生我的气呀？"

陆遥道："没有。"

女同学道："那我们和好吧。"

陆遥果断干脆道："不要。"

吴城等人倒吸一口冷气，在心中佩服陆遥：不愧是陆哥，拒绝得这么干脆，是一匹英俊的好马！

女同学不解，拉长了声音，嗲嗲地开口问道："为什么呀？"

陆遥在心里冷笑一声，幼稚又冷酷地想：因为哥现在只对学习感兴趣。

第八章 冲突

该女生叫孟佳璐，是陆遥的初中同学，二部传媒班的学生。

初中时两人同校不同班。当年一个年级的女生都奋起追求陆遥，陆遥被骚扰得无可奈何，找了一个长得最可爱的女生，晚上送她回家，白天用她挡“花”。

附中的女同学形容孟佳璐是天选之人。

她确实算不上所有女生中最漂亮的，没有什么出色的才艺，成绩也平平，唯独性格开朗，是个自来熟，一双眼睛又大又圆，忽闪忽闪的，很是勾人。

天选之人眼珠子一转，继续道：“你要是拒绝我，那我就重新缠着你！”

陆遥开口道：“别这样，我不答应。”

他说话就是这样任性，在众星捧月的环境下长大的少年，有这个资本任性。

但是没有经历过众星捧月，并且至今还是单身的三人站在陆遥边上，听到陆遥的这番话，心里郁结。

孟佳璐不依不饶：“为什么呀，你有喜欢的人吗？”

陆遥顿了一下，咳嗽一声：“关你什么事？”

少女心思敏捷，诧异道：“你真的有喜欢的人啦？”

陆遥站起身，往教室外面走。孟佳璐拍了拍校服就跟上了陆遥：“陆遥，你等等我！”

陆遥回头冷声道：“你不要跟着我。”

孟佳璐死缠烂打：“你中饭去哪里吃啊，我们去COCO餐厅吃，好不好？”

孟佳璐倒是了解陆遥，这祖宗从来不肯去食堂吃饭，好似食堂的饭菜里面都投了毒要害他。但孟佳璐这次就算错了，她了解的陆遥到底还是曾经的陆遥。

“我去食堂，你别跟着我。”

省一中一部的食堂和二部的食堂是分开来的，但是也有钻空子串部去吃饭的，孟佳璐立刻跟上陆遥：“没关系啊，我去你们食堂吃就好了。”

孟佳璐又惊讶道：“你什么时候开始去食堂吃饭啦？”

陆遥转了个身往后走：“你能不能别跟着我？”

孟佳璐撇嘴：“你干吗躲我啦，我都说了我知道错了，那我和你当普通朋友都不行吗？”

孟佳璐的姿态放得非常低，陆遥多看了她一眼，心里烦躁。

如果没有李明珠，他尚且不会这么烦躁，但是一想到李明珠，他就头疼。

孟佳璐见陆遥没说话，就当他默认了，喜滋滋地跟上前去。

她原本要挽着陆遥的胳膊，被陆遥冷漠地看着，她只好怯生生地把手放下去。

孟佳璐心想：不挽就不挽，早晚有一天我能挽上。

而让陆遥头疼万分的李明珠收拾了桌面。

杜宇轩问道：“哎，陆遥怎么没来找你？”

这几天，陆遥天天骚扰李明珠，一到中午就准时准点地出现在门口，不管李明珠愿不愿意，他拉着李明珠就往食堂跑。

陆遥今天没来，所以杜宇轩诧异地问了一句。

“不知道。”李明珠照常拿出饭盒，补充了一句，“他爱来不来。”

杜宇轩挠挠头，也没话好说。

李明珠嘴上这么说，双眼却盯着教室黑板上的时钟，多等了五分钟。接着她站起身，往操场走去。

午饭时间过后，教室里的人逐渐多了起来。顾小飞是班里吃饭最磨蹭的人，每每到了午休的时间，他才从教室门口走进来。

他成天像一只有着用不完力气的猴子，一蹦三跳地跑进教室。

今天，他跑进来的姿势更加风骚，一边进来一边喊道：“大新闻！”喊完之后，历史重演，没人理他。

顾小飞“哎呀”一声，提高声音：“跟陆遥有关的！”

班里三分之一的女生抬起了头，李明珠的睫毛颤了颤。

“陆遥怎么了？”杨可问道。

“今天中午！”顾小飞抹了抹嘴唇，就差打上快板了，“我在食堂吃饭的时候看见他了，他和二部的一个女生一起吃饭的！”

“二部的女生？”杨可神色不好，“你确定没看错？陆遥从开学到现在都很少和女生一起走。”

“我视力好能看错吗？不然你以为我那么高的分数怎么考出来的！”顾小飞一脸不屑。

“补充说明，你的分数不是很高。”杜宇轩补刀。

顾小飞摆摆手，说：“我是说在普通班里面，哥的成绩已经很拿得出手了好吧，放那班里绝对是前三的水准！”

杜宇轩无奈道：“好吧好吧，活在梦里的你第三。”

杨可砸了一个纸团在他头上：“顾小飞，把话说完啊！”

顾小飞把纸团踢到教室后面：“是你们先打断我的！”

“腿。”杜宇轩开口道。

顾小飞“哼”了一声，对于杜宇轩时常给他补刀的事情司空见惯，他喝了一口水，噼里啪啦地讲了起来。

“是真的，我看得清清楚楚的，是二部的女生！”

“你别造谣啊！”杨可瞪着他。

“你神经吧？我跟陆遥无冤无仇，我造他的谣干吗？你们去看学校灌水区，都刷疯了！二部那女的是附中升上来的，初中就和陆遥是同学。”

杨可还是不信，迟疑地问道：“你从哪儿看出来的啊？”

“我都跟你说了去灌水区看啊，论坛上扒了三轮了！”

“那你说，那女的是谁？”

杜宇轩笑了一声，回头看着李明珠：“我说这小子中午怎么没来找你呢，原来是陪女同学去了，重色轻友啊！”

李明珠“嗯”了一声，放下了笔。

杜宇轩搭话道：“怎么，你写完了？”

李明珠干脆地把资料往桌边自带的小垃圾桶里一扔，写着“陆遥”名字的白纸顿时散开了。

杜宇轩咋舌，干巴巴地咳嗽一声。李明珠翻开自己的书，眼皮都不抬：“你很闲？”

杜宇轩立刻转过头，偷偷摸摸地往后瞄，忍不住道：“你不是整理了一上午……”

李明珠冷淡地看了他一眼，他顿时感到周围十里直接略过秋天，跨进了寒冬腊月。他咽了咽口水，识趣地埋头看书。

李明珠的手机下午都没有振动。

她的手机里只有两个联系人，一个是王妈，另一个就是陆遥。

王妈当然不会一天到晚骚扰她，只有她妈妈出了什么事，王妈才会打电话给她。但是陆遥这个兔崽子闲得没事情做，天天盯着她打游击战。

但是今天，陆遥连游击战都没有打。

直到晚提前，班主任老罗走进来吩咐了一番：“今天值日生打扫干净一点啊，晚上有高一的学弟学妹来我们班补课。我告诉你们，别给我丢人了。”老罗警告众人，“大家都夸我们创一班学习氛围好呢，别人家进来一看，跟垃圾场似的，特别是你！”

老罗喊道：“顾小飞，你给我把桌上的书挪下去，叠这么高干什么，造房子啊？你别以为我不知道你躲后头睡觉，给我把书挪地上去！”

“垃圾桶里的垃圾都倒去后面，满了还舍不得倒，什么玩意儿。知道的人说你那儿一桶垃圾，不知道的人以为你藏什么宝贝呢。”

老罗进门敲打了众人一番，盯着垃圾桶满了的学生把自己脚边的垃圾倒去最后面，再盯着顾小飞把书挪地上。

“动作快点儿，磨磨蹭蹭的。”老罗继续道，“杜宇轩，你一会儿组织一下他们，晚上我在教务处有个会要开，第一节晚自习不在。”他说完，提高声音警告道，“你们别趁我不在作妖啊，你罗哥千里眼盯着呢！”

“哎，知道啦！”众人拖拖拉拉的声音响起。

老罗不知道自己立了个巨大的目标，他前脚刚走，第一节晚自习结束的时候就出事了。

学校施行的政策是让高二创一班的学长给高一艺术班的学生补课，星期一、星期三、星期五补课，对高二的来说是查漏补缺，巩固知识点，对高一的来说，达到了补习的效果。

第一节晚自习下课时，已经有艺术楼的学生慢吞吞地走下来了。

事情就是这时候发生的。

二部高二来了一帮男生，为首的人人高马大，留着洋葱头，很是嚣张地站在创一班门口喊道：“你们班运动会谁坐在C区四十五号的位置？”

班里的人被问得莫名其妙，外面这几个人又实在不像好人。杜宇轩作为班长，站了起来：“怎么了？”

“怎么了？”洋葱头笑了一声，突然抬脚踹翻了最前面的桌子。

那张桌子的主人是个瘦小的眼镜男，吓得尖叫一声，滚到了一边。

来者不善。

杜宇轩的火气上来，说：“你们干什么？”

洋葱头道：“我们干什么？我就问问你们先干什么了！”

杜宇轩懒得说话了，这人一看就是找碴儿，还气势汹汹地找碴儿。他们找碴儿也不给个理由，绕来绕去不说清楚，明显不肯善了。

顾小飞喊道：“你们总要说清楚吧？你一来我们班就掀桌子、踹椅子的，还要问我们班要人，你是政教处主任啊？”

杨可跑上前，把眼镜男扶起来，嘀咕一句：“脑子有病。”

这一句恰好被洋葱头听见了：“你说什么呢？”

杨可被骂了，恼怒道：“你有病啊！”

她的声音尖锐得很，成了一条导火索，洋葱头冲上前两步，杜宇轩见势不对，赶紧拦住，结果这一拦，两人直接扭打在一起。

桌子、椅子被撞翻了大片，李明珠的座位靠前面，洋葱头扯着杜宇轩的领子，直接压到李明珠的课桌上，一直处在事外的李明珠终于动了动。

李明珠的桌子被推翻在地，她冷着脸从凳子上站起来，杜宇轩被洋葱头压着，动弹不得。

就在这时，李明珠拣了一根趁手的棍子，出其不意，往洋葱头背上狠狠一抽。一瞬间，全班都听到他的哀号声。

洋葱头被抽得滚到了一边，还没起身，李明珠板着一张脸，猛地踩上了他的背。李明珠缓缓蹲下，脚下越发用力，喉咙动了动。

洋葱头大喊：“你有病吧？”

李明珠掐着他的嘴巴，脸色阴沉，手上用力一扭，他的下巴直接被卸了，痛得他“咝”了一声，口水从嘴角流下来。

“找死。”她开口道。

杜宇轩咳嗽着从地上爬起来，震惊地看着李明珠，显然是没想到李明珠会打架。

门口跟洋葱头一起过来的兄弟大喊：“你们站着干什么！上啊！”

这一喊，创一班有点儿血性的男生立刻不能忍了，二部和一部一直以来都有隐隐较量的意思，此时对方挑衅到家门口，在自己的地盘上，能让对方完整地走出去吗？

当然不能，二部的人要是敢全来，创一班就让他们走出去的时候只剩一半！

这个想法一冒出头，教室里顿时混战起来。嘶吼声、推桌子砸椅子的碰撞声、女生们的尖叫声、跑步声杂糅在一起，惊动了整个实验楼的学生。

楼上督班的老师听到动静，笔都来不及放下就往楼下冲，一看到创一班这副打群架的场景，两眼一黑，就要昏过去。

老师当然不能昏过去，但是教室里的场面太乱，他在外面吼了十几声，里面的人也都听不见。

作为带头给“敌人”造成重创的李明珠，成了洋葱头那一行人的主要攻击目标。

就算她小时候打架经验丰富，但是双拳难敌四手，又是这么混乱的场景，几个人像疯狗一样上来就咬人，哪怕她躲得及时，背上也挨了两下。

陆遥来的时候就看到这样的场景——创一班陷入了混战状态，大家从教室前面打到了教室后面，李明珠的校服被扯了一半，从窗口看进去，她似乎没站稳，往后踉跄了两步。

洋葱头一瘸一拐地拿起凳子，下了死力气，打算给李明珠的天价脑袋来一下，叫她下半辈子在医院里躺着过。

被愤怒控制的高中生没有理智可言，洋葱头也来不及思考这一凳子下去会造成什么样的后果。

洋葱头拿凳子的动作似乎卡成了一帧一帧的，在陆遥的眼里慢放。

此时陆遥心里涌上一股陌生的情绪，吓得他肝胆俱裂。

李明珠双手往头上一挡，洋葱头的一凳子没砸到她身上，而是直接砸到陆遥手上了。

李明珠原本就没站稳，陆遥这时不知道从哪块土地里钻出来了，活像土行孙，噌地站在了她身边。

陆遥将李明珠往怀里一拉，李明珠只觉得陆遥身上那股冷香铺天盖地地钻进她的每一个毛孔里面，将她浑身的血液都煮热了。

凳子与她擦身而过，砸中了陆遥。陆遥闷哼了一声，抬起就是一脚，正中洋葱头的心窝，洋葱头被踹得直接跪在地上。

陆遥突然出现，班级里不知道谁喊了一句：“陆遥来了！”众人都纷纷停下动作。

洋葱头的下巴被卸了，带病作战，身残志坚，很是悲壮，此时又被陆遥一脚踹翻，缩在地上彻底起不来了，连哀号声都发不出，更加悲壮。

洋葱头的其余几个兄弟原本打算上来报仇，结果不知班里谁号的“陆遥来了”，被他们听得清清楚楚，冲上来的脚步一下子就顿住了。

陆遥在附中的时候名声就很响亮，他上了一中之后，不学好的那几个混混班级谁不知道他背后什么来头。这种天子脚下出生的太子爷，就是校长来了都要给三分薄面。

他们出生于普通家庭，甚至是更差的家庭里出来的普通人，能不能得罪得起陆遥，在心里掂量一下，立刻门儿清了。

一群脸上挂彩的小子互相看了看，看着陆遥阴沉可怕的脸色，心里同时“咯噔”了一下：陆遥怎么会在这里？

李明珠挣扎了一下，企图挣开陆遥的手。

陆遥的眼神带着冰碴子，扫了一圈挑事的几人。

教室后面的垃圾桶被打翻了，里面的试卷和饮料瓶铺了一地，写着“陆遥”名字的资料被推搡中的众人乱脚踩碎，四分五裂，明晃晃地躺在地上。

洋葱头被他的人扶起来，往后退了一步，正巧往资料上踩了一脚，留下了黑色的脚印。

陆遥看了一眼他们的校牌，阴狠地开口：“二部几班的？”

双方僵持住了，对方一看是陆遥，欺软怕硬，不敢上前。

“我问你话呢！”陆遥不耐烦地提高声音，踢翻旁边的桌子，桌角猛地撞过去，狠狠地砸到那帮人中间，把几个人撞得摇摇晃晃。

那群人只是倒吸了几口冷气，沉默地看着他。

刚才还跟菜市场一样吵闹的教室，此时被陆遥的低气压影响，众人大气不敢出。

杜宇轩道：“陆遥，我们找……”

“滚开。”陆遥眼神不善，“我没问你。”

杜宇轩伸出的手僵在半空中，果断地闭了嘴。

“回话！”他这回没踢桌子，而是直接踹上了洋葱头等人，把人踹得踉踉跄跄。

门口的老师终于挤了进来，一看见陆遥，老师的头就更疼了。

原本打群架的事情被老师撞见了，老师就叫苦连天，要是写不出几千字的起因结果，这个月的奖金就跟他无缘。

结果好事没有，坏事成双，他刚才明明没看见陆遥，一进门一看，陆遥怎么在这里！

这祖宗怎么跑这儿来了？

该老师估计是高三创新班的督班老师，不知道高二和高一搞了个一对一辅导政策，死活没想明白，和实验楼隔那么远的艺术楼的学生是怎么跑过来的。

“你们干吗呢？一个个的疯了啊？还知不知道这里是学校？你们要打架回家打！”老师一进门，嗓门就抬高。

他喊道：“你们都给我回到座位上去！”

创一班的学生一看到老师来了，再怎么沸腾的热血也凉了下来。

这位老师姓曾，是楼上高三创一班的副班，今天刚督班没多久就遇到了这件事。

曾副班道：“陆遥，你在这儿干什么？”

陆遥没回答，他转过身，面对着李明珠站好。

李明珠这才察觉到两人站得实在太近，于是拉开一点距离，哪知道她的脚步还没有挪动，陆遥便笨拙地伸手帮她把被扯到半腰的校服穿好，接着把拉链拉到了顶部。

李明珠拍开他的手，说：“行了。”

陆遥被拍得一愣，李明珠冷淡地转头，去扶自己的桌子。陆遥帮忙的时候，被她淡然地推开。

陆遥的手就固定在她身边，最后捏了捏，可怜兮兮地放在了裤腿缝边上。

曾副班转头指着洋葱头一行人——陆遥他不敢骂，但这群找事的熊孩子他绝对要教训教训：“你们几班的？”

曾副班瞥见他们的校牌：“二部的？二部的到一部来干什么？叫你们王主任来！”

王主任是二部政教处主任。

洋葱头伤得最重，此时休战，他才感到尖锐的疼痛密密麻麻地爬上神经，呜呜呜地倒在朋友怀里，“娇气”起来。

曾副班一看洋葱头这样子有些不对，再一看他鼻青脸肿的，下巴也歪了，立刻就知道出事了。

“混账小子，赶紧把人送到医务室去，都站着干吗？”曾副班看到学生受伤，心里急了，“你们班班长呢？”

杜宇轩举手，曾副班道：“你把你们班参与打架的几个学生都给我带到政教处去，我送他去医务室。”曾副班瞪着洋葱头带来的弟兄，“你们也给我滚去政教处！我一会儿找王主任收拾你们！”

杜宇轩咳嗽一声，自己挂着彩，无奈地看着李明珠：“那……要去吗？”

李明珠收拾好桌子，眼神都没分给陆遥，干脆利落地走出教室。

参与打群架的一共十二个人，二部八个，创一班四个，其他补刀的不算，这十二个人是挂彩最严重的。

杨发财气得狂拍桌子，站起来怒不可遏地扫了一圈，看见李明珠，有些恨铁不成钢。

“这么多人我先不骂，第一个就要骂你！”杨发财指着李明珠说，“李明，你太让我失望了！”

李明珠心想：我可没叫你期望过。

“还有你，杜宇轩，你是你们班的班长，同学打架不劝阻不说，还参与斗殴，你想干什么，想造反吗？”杨发财骂的第二个人就是杜宇轩。

杜宇轩配合着低下头。

杨发财揪着两人破口大骂一番之后，该给糖了，语重心长地教育起来：“李明，你自己想想，你现在已经高二了，我知道你的成绩好，但你就应该骄傲了吗？”

他道：“你知不知道人外有人，天外有天？你以为你在我们学校是第一，其他学校就没有比你好的了吗？”

顾小飞喊道：“报告主任，李明的成绩是全省第一！”

“闭嘴！”杨发财吼他。

顾小飞撇嘴，委屈得不说话了。

杨发财警告道：“我一会儿来收拾你！”

他正敲打李明珠，说李明珠这么大的人了要懂事一些，二部的政教处王主任在这时候来了。

王主任是一个大腹便便的中年男人，满脸横肉，不像个教书的，倒像个杀猪的。

王主任一进来，照着二部的那几个臭小子就一顿抽。那几人叫唤得“哎哟”连天，等王主任抽完了，才“心平气和”地骂：“小兔崽子，还敢到一部去找人家麻烦了！”

“我没有，主任，是一部的先——”

“兔崽子还敢狡辩！狡辩！狡辩！”王主任又是两巴掌下去，一巴掌后面跟着一句“狡辩”，抽得很有节奏感。

被揍的人眼泪汪汪，一米八几的大个儿，抱着双臂缩在王主任矮矮胖胖的身躯前面。

杨发财道：“王主任，你说这件事情怎么处理吧。”

王主任叹了一口气，说：“这帮兔崽子不吃点苦头不行，我看非要给他们来个试读协议不成！”

众人一听到试读协议，脸色登时惨白一片，特别是创一班的学生。

试读协议是处分里面最严重的一项，等于剥夺了学生权利，叫你试读观察一段时间，表现不好就退学。

“杨主任，不是吧？明明不是我们的错！”顾小飞急急地开口。

“我不同意。”李明珠跟着冷淡地开口，“我没有错。”

杨发财本来就偏心李明珠，这样优秀的学生，他怎么能不偏心？就算是李明珠要签，他也不给签啊！

但这话从李明珠嘴里说出来，那就扫了他的面子了，他脸色一黑，道：“李明，你怎么说话的，这件事就是你不对，你还敢顶嘴？”

“我没有错。”李明珠重复一遍。

“那还是被你揍进医务室的同学的错吗？”杨发财暴怒。

“本来就是他的错。”李明珠一脸坦然。

杨发财被李明珠如此不要脸的架势惊到了，差点儿一口气喘不上来，就要原地表演心肌梗死给众人看。

这时，政教处门口冒出一个身影，人还没走进来，声音便传过来了：“我同意，这件事李明没有错。”

杨发财定睛一看，门口出现的人不是陆遥是谁。

陆遥慢吞吞地走进来：“人是我打的，先动手的是我，那个什么试读协议拿过来，我签个名就行了吧？”

陆遥说得嚣张至极，好似来给粉丝签名的，硌硬得杨发财内心吐血。

“陆遥，你别过来添乱！”

陆遥站在李明珠边上，认真道：“我没有添乱啊，我是来自首的。”他好像恨不得把所有的过错包揽过去，“人就是我打的，不信你问在场的同学呗。”

陆遥真诚道：“你要是不信，我就去医务室再打一次给你看。”

杨发财怒吼：“陆遥，我看你是要造反！”

陆遥双手插兜，随意地站着，等杨发财骂完了，他才开口：“你说完了吗，主任？”

杨发财拍了拍胸口，陆遥道：“你说完了，我们可以走了吧？”

杨发财怒道：“谁走？谁敢走！”他看着陆遥，心想陆遥这小祖宗不好搞，只好又补充道，“要走你自己一个人走，别在这儿给我添乱！”

陆遥道：“哪儿能啊。”他理直气壮，“我要带李明去医院。”

李明珠看了他一眼。

陆遥将李明珠的手举起来："二部那人把她的手弄坏了，这么大个口子，不去医院消毒容易得狂犬病。"

站在政教处里的二部的残兵败将在心里怒吼一声：我的天！陆遥，你管那叫"大口子"吗？

什么叫睁眼说瞎话，今天大家算是开眼了。

众人一看，只见李明珠的手腕上只有一条不仔细看几乎就能忽略的红痕，都没有见血。

"放……胡扯！"杨发财勃然大怒，"这叫什么伤？"

陆遥道："这么大的伤口啊，主任！"

杨发财忍了忍，决定不和这个小祖宗多说话，以免把自己的心脏病给气出来。

哪知道陆遥还不肯消停，拉着李明珠就要往外走。

杨发财喊："你要去哪儿？"

"去医院啊。"陆遥道。

"你！"杨发财忽然转念一想，指着李明珠，"李明，你要跟他瞎闹什么，回来！"

李明珠看了一眼钟表，从晚自习开始到现在，已经过了三个小时。

校园里，普通班的学生们早就已经回到宿舍休息了，而离创新班的晚课放学时间也只差十分钟。

李明珠折腾了一晚上，倍感疲惫。

"杨主任，我身体不舒服。"她淡淡地开口。

杨发财看着她，又看了看办公室里的其他人，咳嗽几声，说："等我把这件事处理完，我知道这件事不是你的错。"

嚯！刚才他还口口声声地说全是她的错呢！

李明珠虽然没说话，但也没有留下来的意思，她的脾气就是这样犟。

杨发财心里怜惜这个学生，也知道她家里的条件并不怎么好，刚才他在气头上扯了一堆，发了一通火，全是做给二部的王主任看的。他真能给她一个处分吗？那显然是不可能的！

杨发财打开手机看了眼，又退让了几步，开口道："今天晚上太晚了，就算了，我和王主任去看看在医务室的那个学生，你们今天晚上回去给我写一篇两千字的检讨出来，明天给我。"

"王主任，你看时间也不早了，学生明天有课，就先让他们回去吧！

这件事虽然一时半会儿解决不了，但是我们肯定要解决的。”杨发财转头道。

“行吧，我也想说这件事，这么晚了，老师都下班了，也不好处理。”王主任也转过头，对自己的学生骂道，“你们也给我把检讨写清楚了！”

李明珠没心思管后面发生了什么。她的情绪一直处于临界点，她少有不能把控自己情绪的时候，但陆遥出现之后，她的情绪却很少能被自己把控。

所以今天晚上闹了这么一遭，闹得她头疼欲裂。

杜宇轩追出来问：“哎，李明，你要不要拿点碘酒，去趟医务室？”

“不用。”趁她还没开口，陆遥直接帮她回了，“我带李明去医院。”

杜宇轩神色复杂，盯着李明珠的手臂，心里无语：这么个小伤口，不至于去医院吧？

李明珠摇头，话没说，脚步却也没停下。

陆遥走了两步跟上去，他永远慢了李明珠一步。他干巴巴地跟着李明珠，再怎么粗枝大叶，也感受到李明珠突如其来的冷淡。

陆遥一边走一边想：她又干吗了？

他往这个方向想了半天，没想出个所以然，于是换了个方向：我又干吗了？我哪里又惹她了？

“李……”陆遥想不出来，准备直接开口问，名字喊了一半，李明珠就一个“闪现”，走进了教室。

他剩下的话都被自己吞了下去。

李明珠从前门走进去，陆遥在后门等她，她就从前门走了出来，摆明了不想和陆遥一起走。

陆遥火大，说：“喂，你干吗啊？”

李明珠看都没看他一眼，书包单肩背着，只留给他一个冷酷的背影。

陆遥想：莫名其妙！

“李明，你听见我说话没？”陆遥追上去说，“你耳朵聋……”

李明珠冷冰冰地看了他一眼，打断了他的话：“你很烦。”

她这个态度，好似一夕之间回到了刚开学的时候。

陆遥被她看得手脚冰凉，冷水倾盆而下，抓着她校服袖子的手抖了一下，然后松开了。

李明珠板着陆遥常见的死人脸——她一直都是用这张死人脸对着陆遥，但如果陆遥没见过她笑，没见过她放松了的表情，没见过她露出这个年纪该有的狡黠，他一定没有现在这么伤心。

李明珠像风一样，从他面前快速地走过。

人是抓不住风的，用手抓她的时候，她会从指缝间朝着四面八方离去，等你反应过来的时候，人生就像从来没有出现过这场剧烈的风一样。

此时陆遥就有这种感觉，他如果不追上去，李明珠就会像一阵飓风，惹起山洪之后，化为虚无。

李明珠走到校门口，陆遥不甘心，一路跟着她，最后忍无可忍地抓着她。

“你生我的气总得给我个理由吧？”

李明珠眼神凌厉，里面的冰碴子又层层叠叠地堆起来了：“和你无关。”

“什么和我无关，你生我的气怎么就和我无关了？”陆遥万分委屈，“哪有你这样的，生气都不给个预告！”

李明珠盯着他的脸，他这张脸长得很帅气，和陆知有七分像了。

当然，陆知脸上永远挂着温温柔柔的笑容，说话做事自成一派。而陆遥这种小孩子脾气的人，决计和陆知没有半毛钱相像。

李明珠盯陆遥久了，就容易心软，她揉了揉太阳穴，说：“你成熟一点，我没生气。”

“你生气了！”陆遥叫道。

“我没有。”李明珠反驳。

“你有。”陆遥咬牙切齿，“你就是有。”

李明珠道：“好好好，随你，你说什么就是什么，现在你放开我，我要回家。”

陆遥固执地跟着她：“不行，你得告诉我，你为什么生气。”

“我告诉你又怎么样？”李明珠很无奈。

“你看，你还说没有，你就是生气了。”陆遥指着她。

李明珠意识到自己说错了话，果断闭嘴，沉下脸，疾步往前走。

陆遥抓着她手腕说：“我带你去医院。”

李明珠冷声道：“这么小的伤口就要去医院，你脑子有病吗？”

陆遥不听她的鬼话：“你别想骗我，我看见了，你的肩膀撞到桌角上。”

李明珠一怔，陆遥伸出手指戳了戳她的肩膀，疼得她倒吸了一口冷气。

她向来是个打碎了牙齿往肚子里咽的人，小时候因为各种客观因素，她没钱去医院，所以她一旦受了伤，或者生了病，都是咬着牙等免疫系统自动修复。这个习惯，她一直保留到现在。

她在外面受了委屈，告诉苏天瑜，苏天瑜也听不懂，因此她被迫成长，提早学会了把所有委屈和眼泪藏在身体里。

如今突然冒出个陆遥来，不分青红皂白地要把她藏起来的伤痕挖出来，叫她有些恼羞成怒。

“多管闲事！”李明珠骂道，顺便拍开了陆遥的手。

结果李明珠往前走了两步，没听到陆遥的动静，回头一看，陆遥站在黑暗里，委屈巴巴的，像一个被人甩了的衰仔。

陆遥开口：“你就这么生气吗？”

李明珠咬着牙，懒得管他，她在心里想：关我什么事！

想着“关我什么事”的李明珠走了不到五十米，突然记起陆遥在班级里被洋葱头用凳子砸的那一下。

那一下好似没砸在陆遥的手上，而是砸在她的身上，砸得她寸步难移。她只能掉头，气急败坏地走回来，咬牙切齿地说：“你把手给我拿起来！”

陆遥装聋作哑：“啊？”

李明珠心想：混账小子！

“手！”她拉起陆遥的手，把袖子往上一掀，果然，陆遥的小臂上乌青一片，看着十分骇人。这就是陆遥帮她挡的那一下了。

陆遥看到自己的伤口，恍然大悟，脑子里灵光一闪，身子突然一歪，“摔”在了李明珠的怀里：“好痛啊……”

李明珠觉得无语：这兔崽子……刚才她不说的时候怎么不痛？

陆遥痛得很及时，一边痛一边心有余悸地想：还好被砸了一下。

他原本没什么感觉的手臂突然就跟被针扎了一样，李明珠问两句，他就多痛一分。

“你少给我装，那人砸你的手，你的脚还能断吗？给我站起来！”李明珠皱眉。

“连带的呀。”陆遥可怜兮兮道，“手一痛，脚就断了，这是自古以来的道理。”

“什么道理！”李明珠嘴上虽然这么说，但陆遥赖在她身上，她也没推开。

“我恐怕今天晚上就走不回去宿舍了。”陆遥叹了一口气。

李明珠：“……”

果然，陆遥下一秒就说：“要不去你家吧，你家有什么碘酒、红药水之类的吗？”

他说这话的时候，两只眼睛都发了光，耳朵和尾巴竖起来。特别是尾巴，晃得生怕李明珠不知道他的心情好得很。

李明珠家里当然有必备的药品，苏天瑜这副身子，除了下半身瘫痪之外，连带着还有她曾经叫不出名字的并发症。

但李明珠绝不可能带陆遥回去。

“从这里去医务室只要五分钟。”李明珠十分冷漠。

陆遥问道：“不能去你家吗？”

“不能。”李明珠果断拒绝。

“为……”

“你走不动是吧？要求这么多，我现在就让你滚回去。”李明珠警告道。

陆遥绝对相信，李明珠说让他“滚”回去，绝对就有办法让他“滚”。

陆遥退而求其次：“那去医院，这里离市一医院很近。”

他坚持道：“你肩膀上的瘀血不化开来，明天右手写字都有困难。”

“和你没关系。”李明珠道。

“当然有关系，你还要给我补课，要是字都不能写了，怎么教我读书？”陆遥振振有词。

李明珠听他一番颠三倒四的发言听得头疼。

其实陆遥说话很没有道理，但李明珠往往就败在没道理的人手下，她的心肠平时跟铁石一样硬，偏偏对上陆遥，能自己化成一摊水。

最后李明珠妥协了，和陆遥去市一医院急诊部走了一趟。她对自己没有多在意，倒是盯着陆遥老老实实地把药拿了。

陆遥和李明珠分别之前，李明珠还在等着他吃药，见他吃完药，李明珠才拍拍裤腿，头也不回地往家里走。

陆遥看着她走远，在原地站了一会儿才回学校。

陆遥回到宿舍，电脑开着，上面是现下最火的一款网游界面，他的QQ对话框不停地跳动。他点开对话框，是群里的人在问他刷不刷副本。

蓝清水：路哥，刷副本去不？

路遥：不去，今天晚上我有事。

蓝清水：什么事儿啊？对了，今年BS秋季赛你去看吗？我搞到两张票，群里的人都要去！

蓝清水：嘿嘿嘿，仙仙也去。

路遥：看时间。

蓝清水：别啊，路哥，你都上国服前五了，你真没打算去打职业赛？

路遥：没有，我下了。

陆遥随便应付两句，也不管对方还有没有话说，果断地关掉了聊天界面。

他推开电脑，从他万年背一次的书包里掏出了一大堆垃圾。

如果王淼在这里，他绝对震惊得无以复加，陆遥放一堆垃圾在书包里干什么？

陆遥把“垃圾”拿出来，仔细一看，又不是垃圾，只是碎成了几片的废纸。

这一沓废纸，正是李明珠整理的资料，是陆遥在创一班教室里见到的。字迹是李明珠的字迹，扉页还写有他的名字，“陆遥”两个字写得娟秀。他盯着这两个字看了几眼，心里莫名悸动半天。

他以前也没觉得自己的名字有多好看，怎么李明珠写出来的就这么好看？

陆遥摊平了碎掉的资料，什么奇怪的形状都有，他从抽屉里拿出透明胶，顶着昏暗的小台灯，拼拼凑凑，小心翼翼地粘了起来。

第九章 春风不解少年心

第二天早上李明珠到学校时，政教处那边也弄明白二部的人为什么来找一部的麻烦了。

其实就是运动会时发生的小事，对于大人而言，这都是不足挂齿的，但是对于高中生而言，这简直捅破天了。

起因是创一班的某某某在运动会的时候，在二部来闹事的班级的位子上坐了一会儿，结果有人的单反相机丢了。

二部的学生怀疑是一部的同学拿的。

在这个年代，单反相机对于高中生来说算得上一笔巨资了。这笔“巨资”丢了之后，二部的学生一没想着找老师解决这个问题，二没想着去翻监控录像，而是直接找创一班的人麻烦。

结果上午去保安室看监控录像时，他们发现原来放在看台上的单反相机被广播台的记者拿走了，找到那个同学的时候，那记者翻出相机一看，说：“拿错了！”

学生用的单反相机买来买去就这么几个款式，拿错很正常。

这事儿直到中午才彻底解决。

创一班参与打架的学生一人交了一份检讨，二部的学生则是吃了处分。

被李明珠卸了下巴的洋葱头躺在医务室里，身上已经好了大半，听到事情的真相之后，脸色一片红一片白。

再说李明珠，她这人心思缜密到什么程度，从准备动手揍人开始，她就保持着高度的理智，专挑看不出的地方揍。

洋葱头被送到医务室，明面上看着伤得很重，其实一半是为了逃脱责任装的。

医务室的老师将他下巴一拧，就没什么大碍了。他唯一有大碍的地方，还是陆遥补的那一脚。

陆遥可没有李明珠那么狡猾，李明珠往人痛处打，打得叫别人看不出伤痕，陆遥就随自己的性子打。

洋葱头自己先挑事，最后还搞错了人。他也是个要脸的人，虽然和李明珠打了一架，但也坚决不要李明珠和陆遥给钱。

十七八岁的少年就是这样酷，也不知道酷到什么地方，但是脑回路和市侩的大人不同，他们身上还有着一股侠气，特别是校园里当“大哥”的，敢作敢当，也敢承担后果。

李明珠原本都准备忍痛拿一笔存款出来了，结果她就收到了杨主任的这个消息。

“他不要钱？”李明珠诧异道。

她还真是有点儿惊讶，杨主任开口道：“他自己有问题，还好意思要钱？你也反省一下，打人是个什么行为！”

李明珠若有所思片刻。

也正因为洋葱头的这个举动，李明珠才肯去医务室给人道了个歉。

李明珠想：可见这人家里是有几个钱的。

学校处理事情的动作够快，学生还没有收到消息，这次打架斗殴的事情就被压下来了。为了不影响创一班的学习，李明珠就被叫去了政教处一次，之后再也没找她问过话。

但就算这样，李明珠今天在班里受到的关注也足够扰人了。

平时班上就有几个小女生喜欢偷偷打量李明珠，李明珠不是事事计较的人，别人看她两眼，她又少不了两块肉，便随这几个女孩子看。

可是昨天晚上李明珠的表现让人不得不震惊，现在一个班的人都偷偷地往她身上打量，盯得她后脑勺发麻。

她忍无可忍，冷着脸，啪地把笔放在桌上。

“你们看够了吗？”

众人浑身一颤，纷纷盯着黑板。

李明珠收回自己冰冷的目光，放在自己的试卷上。

中午，艺术楼，最后一节专业课。

传媒班不同专业的学生有不同的老师负责授课，有舞蹈特长的就去舞蹈教室，弹钢琴的去钢琴教室，唱歌的就去广播台，传媒班学这三样的学生也比较多，可以集中教学。

陆遥是唯一一个拉小提琴的，教他的老师是学校从外面请进来的，他跟着她拉了一段时间——那老师一上课，就要花十分钟从他这里打听他前任老师的事情。

陆遥师从著名的艺术家傅清寒老师，傅清寒在音乐上的造诣很高，是少年成名的天才女艺术家，在国内国外享有盛誉。

这位傅清寒老师就是陆遥的亲妈，也是现在负责教陆遥小提琴的老师的偶像。

陆遥真是烦死现在教他上课的这个女人了，于是，他上课的时候就不是很用心。

女老师姓周，拉了一段乐曲之后，见陆遥没心思听，立刻谦虚地找自己的错误，说自己在小提琴上的造诣绝对比不上傅清寒，说这个说那个。陆遥左耳朵进右耳朵出，趴在琴房的桌子上，有一下没一下地拨弄着小提琴。

周老师见状，开口道：“陆遥，怎么，想下课啦？”

陆遥没想下课，他正在“想”李明珠。

昨天晚上，他自告奋勇地要帮李明珠擦药，结果被李明珠坚定地拒绝了。李明珠那眼神叫他心里十分不爽，好似他碰一下，就能要了李明珠的命！

周老师看了一眼墙上的钟表，又看了一眼陆遥没什么耐心的模样，只好开口道：“今天就到这里吧，我看你也没心思学了，还有十分钟，我们聊点其他的？”

陆遥很有先见之明，开口道：“打住，别聊我妈啊，我不想聊她。”

周老师脸皮一红，没想到这么快就被陆遥拆穿了，她哈哈一笑，转移话题：“不聊傅老师了，聊聊你怎么样？”

周老师打趣道：“陆遥，你长得这么好看，在学校里是不是很受欢迎？”

陆遥心想：废话！哥什么时候不受欢迎了？

当然，陆遥虽然在心里臭屁，承认这个事实，但也没有这么不要脸地拿到台面上来说。

周老师道：“你跟老师说说。我知道的，你每次来琴房上课，外面都有一大堆来看你的小姑娘。”

周老师狡黠地笑了一声，抬头示意陆遥往窗外看。果然，窗外的大树下，围了一群模样俏丽的少女，她们叽叽喳喳地挤在一起，踮着脚，抻长了脖子往琴房里面看。

“怎么样，外面这么多好看的女孩子，有没有你喜欢的？”她故意揶揄陆遥。

陆遥道："你无不无聊？"

周老师无辜地笑了笑。

陆遥开口道："学校把你聘过来，就让你研究这些的吗？"

周老师不好意思道："陆遥，你这张嘴真是厉害，我开个玩笑嘛。"

陆遥心想：你是没见过更厉害的。

他这么一想，发现自己又想起李明珠了。他这一个上午，已经想了十七八次李明珠了。

而且每次总有一些千奇百怪的理由支撑着他想李明珠，想得尽量"光明正大"一点。

陆遥转过身，周老师识趣地没有继续说话。

陆遥一向不服管教，哪怕周老师教了陆遥半个学期，也依旧认为：陆遥是她见过最难搞的学生。

正当周老师觉得剩下的时间就要在这种沉默中度过时，陆遥又慢吞吞地转回来，慢吞吞地开口。

"你说……"陆遥打了个比方，"我一个朋友老想着另一个人是怎么回事？"

"你喜欢她啊？"周老师新奇道。

陆遥噌地站了起来，差点儿打翻凳子，脸色薄红："谁……谁说是我了？"

周老师心想：这不就是常见的"我有一个朋友"就是"我"的套路吗？

不过她看陆遥反应这么大，也不敢戳破，于是咳嗽一声，顺着陆遥的心意装聋作哑："你仔细说说嘛。"

陆遥气短，坐下来之后不说了。

周老师的好奇心被吊了起来，她除了是个老师，还是个八卦的老师，特别是八卦陆遥。陆遥生得这样好看，又是傅清寒的儿子，在学校里面是个行走的"校园偶像"，活脱脱是从言情小说里跳出来的男主角。

周老师万年没有动过的少女心，被一个比她小了十几岁的少年挑起来了。

"你说出来不就是让我出出主意吗？你说嘛，我帮你参考参考。"周老师好奇道，"你那个朋友，对吧，怎么回事？"

陆遥想了想，憋得太难受，还是开口了，他迟疑道："为什么生气？"说完了之后，陆遥生怕自己说得太明显，欲盖弥彰地补充了一句，"……

我那个朋友。”

“什么生气？”

“莫名其妙地生气。”陆遥想起昨天晚上李明珠拒他于千里之外的表现。

“女孩子莫名其妙地生气，肯定是不开心了呗。”周老师理所当然地把陆遥说的人当成了女生，“你那个朋友是不是做什么事情惹她生气啦？”

“什么都没做啊。”陆遥委屈得很。

“不可能，你再问问你朋友，女孩子生气要不就是因为吃醋，要不就是你朋友忘记什么了。”

陆遥抓住了重点：“吃醋？吃什么醋？”

“很多啊，万一你那个朋友特别受欢迎，有特别多的女生喜欢，特别多的妹子倒贴，你说她会不会吃醋？她要是喜欢你朋友，肯定要吃醋。”周老师肯定道。

“喜……喜欢什么？”陆遥大惊失色，“不可能……我朋友是个男的！”

“男的？”周老师一脸惊讶，她再怎么想也没想到对方是个男的，这下前面的一切都不成立了。

周老师开口：“呃，也许是他暗恋的女孩子暗恋你？”

她只能想到这样恶俗的校园三角恋关系了。

陆遥光听见“李明有暗恋的女生”这一说法，心里就冒火。但他皱着眉，紧紧闭着嘴巴，不肯再说了。

下课铃声响起，陆遥急匆匆拿起小提琴走出了琴房。周老师一脸高深莫测，看着陆遥落荒而逃的背影，心想：校园酷哥也有不为人知的小别扭啊。

陆遥一出门，在外面等了半节课的孟佳璐就凑了上来。今天她穿的裙子又短了些，显然又是去改过的。

孟佳璐抱怨道：“陆遥，你怎么这么慢啊？”

陆遥一见她，脸色就垮下来了：“你来干什么？”

“我来找你吃饭啊！”孟佳璐嘟嘴。

她仗着和陆遥认识早、脸皮厚的优势，从后面的女生中脱颖而出，引得女生们的目光化作了实质刀剑，唰唰地戳到了她的身上。

陆遥这次可没这么好说话，他上回是因为心里烦躁，想理清自己的思路，所以半推半就。但这种事忍一次就够了，他还能忍她第二次吗？

更何况，陆遥现在还有更重要的事情没有解决。

他可没忘记昨天晚上李明珠冷冰冰的态度，还有他在地上捡到的资料。那显然是李明珠特意为他准备的，结果他还没看，这东西就碎得彻底。

陆遥昨天晚上看得一清二楚，那资料是从垃圾桶里倒出来的。既然李明珠给他准备了资料，为什么还没有给他看就直接扔掉了？

陆遥心里既憋屈又难受，一时想找李明珠问个清楚，但又怕李明珠那张比刀子还锋利的嘴说出什么尖酸刻薄的话。

“你别跟着我。”陆遥冷淡地看了孟佳璐一眼。

孟佳璐被他看得心里一跳，他皱眉道：“我说了不要，你听不懂人话吗？”

陆遥不太像个暖男，更不可能是中央空调，对待男女一视同仁，一样冷酷。

他原来的世界里只有喜欢的人和讨厌的人，现在有了新的划分：喜欢的人，讨厌的人，还有李明珠。

真是奇怪。

陆遥甩开孟佳璐，教室都没有回，直接就去了实验楼。

他到了实验楼，走到李明珠班级门口，却没在教室里看见李明珠。

他敲了敲前面的门，开口问：“李明呢？”

前面的同学一看是陆遥——班里的人都知道陆遥和李明珠关系挺好的，虽然众人不知道这两人是怎么凑到一块儿的。

“出去吃饭了。”

“那她什么时候回来？”

“不知道，应该午休吧。”

陆遥“啧”了一声，正要走，又听那人说：“李明今天好像没去操场，徐程来找她问问题，应该在楼上吧？”

陆遥愣了一下：“问问题？”

——李明可不太像乐于助人的好学生。

陆遥本能地升起一股危机感：“徐程是谁？”

那学生道：“隔壁班的……”

他的话还没说完，陆遥已经三步并两步上了楼梯，直奔图书阅览室了。

说起来，徐程和李明珠还有点儿关系。

李明珠现在住的房子就是徐程的房子——徐程是房东的小儿子。

李明珠以前上学的时候偶尔会在楼下遇到徐程，会和徐程打个招呼，两人算是点头之交。

初中之后，两人同时考上了省一中，李明珠以优异的成绩进了学费全免的创一班，徐程则稍微差一点，进了创新二班。

省一中一共有四种班级，创新一班每个年级只有一个，学生大约三十人，几乎囊括了全省所有中学的尖子生。创新二班每个年级有四个，仅次于创一班，每年创二班成绩前三的人，都有机会进入创一班。剩下的两个班级就是平行班和艺术班，平行班一共九个，艺术班两个，整个年级的学生有一千三百人。

徐程是在得知李明珠考上了省一中的创新班时，才和她开始走动。

平时徐程妈妈做点儿什么，他都会端一点到五楼和李明珠分享。对于李明珠家里的情况，他也了解了大半。

他越是了解李明珠，对李明珠的人格就越是钦佩，认为李明珠在如此艰难复杂的环境中还能成长得这么优秀，将来一定是栋梁之材。

李明珠对房东的儿子还算客气，虽然态度冷淡，却也没有拒绝徐程的接近。毕竟人在屋檐下，不得不低头，李明珠深刻地明白这个道理。

徐程往日在学校里很少找李明珠，今天中午他却拿着一套卷子，愁眉苦脸地找到了李明珠。

徐程提议去楼上的图书阅览室聊，李明珠暂时放下了饭盒，心里想着快点儿解决这件事，好下来吃饭。结果没想到，他们这一耽误，竟然耽误了半个小时。

徐程坐在李明珠身边，认真地整理李明珠教给他的解题方法。他用李明珠的方法多试了两遍，果然比他自己平时解题的步骤简单轻松不少。

“李明，我真佩服你！”徐程惊喜道。

“嗯。”李明珠宠辱不惊，从书架上随意拿了一本书下来，徐程埋头解题时，她就在窗边安静地看书。

徐程盯着李明珠的脸，竟然盯得愣神了片刻。李明珠感受到他的目光，淡然地开口道：“还有事？”

徐程回过神，不好意思地咳嗽一声，说：“没……没事。”

他想：李明的皮肤未免太好了，这是男生该有的皮肤吗？

徐程转念一想：可见李明是个天生当明星的人才。

徐程的脑子去九重天跑了一圈，又回到了地上，他提起了另一件事：“对了，你查了期中考试成绩没？今天下午应该就全部出来了。”

李明珠翻了一页书，说：“晚上去看。”

“晚上去看”实际上就是等通知了。

每年期中考试后这几天，班主任几乎会占用整个晚自习来分析考试结果和平均分。

但凡是有点儿野心的学生，特别是创新班的学生，都十分在乎自己的成绩，往往下午才能出来的成绩，学生们上午就心神不宁，三番五次地往办公室跑。

“我们班有人上午就问到成绩了。”徐程开口，“你们班的出来了吗？”

“我们的成绩是分开算的。”李明珠诧异道。

她微微挑眉，那架势就像在质疑徐程，好似徐程不知道一中历年来都是把创新班和普通班的成绩分开算。

省一中的算法和普通高中又有些不同，一部的创一班和二部的创一班进行排名，创二和创二排名，普通班和普通班、艺术班和艺术班排名。

也就是说，李明珠的成绩只算在创一班里面，该关心她成绩的应当是他们班的学生和二部创一班的学生，万万轮不到创二班的人来关心。

徐程一下就听出来了，笑道：“我就是好奇，我也想考创一班。”

李明珠点点头，说：“期末加油。”

创二班的人要进创一班，单独有一套分数计算公式，拿大头的就是期中考试和期末考试的成绩。

徐程一看自己把话聊死了，正尴尬得不知道说什么好，李明珠却是动了动，问道：“下午就能问成绩？”

徐程连忙补充：“其实上午就能问，创一班的成绩应该是最早一批出来的。”

李明珠停了一会儿，才开口问道：“艺术班呢？”

“什么？”徐程以为自己听错了。

“艺术班。”李明珠还在翻页，但明显心思已经不在上面了。

徐程有些纳闷：艺术班的关他什么事？

“这我还真不知道，艺术班的成绩……考了跟没考差不多吧。”徐程笑道，“惨不忍睹。”

李明珠合上书，说：“艺术班的分数校园网能查吗？”

“这个不能吧，好像只能查自己的。”徐程道。

“我如果要查别人的呢？”李明珠问。

“得要学生证号还有名字。”徐程老实回答。

“学生证号？”李明珠在心里冷笑一声，想着：陆遥这兔崽子的学生证恐怕都找不到了吧。

徐程转移话题，显然他对艺术班的“妖魔鬼怪”一点都不感兴趣。

“对了，李明，你晚上有空吗，我想去一趟购书中心买点儿资料。”徐程道，“我不知买什么，你帮我去参考一下。”

李明珠拒绝的话到了嘴边，陆遥帮她说了：“没空！”

李明珠被他的声音吓得一愣，回头一看，他不知道从哪个地方钻出来了。

“你起来。”陆遥命令徐程。

徐程大约是个老老实实的学生，没见过陆遥这样蛮不讲理、凶神恶煞的人，面对“校霸”，他首先在心理上就㞞了一截，愣着神，不由自主地站了起来。

等徐程站起来之后，陆遥气势汹汹，拖着徐程的凳子，刺啦刺啦刮着地板，发出尖锐的响声。陆遥把徐程的凳子拖到桌子尾端——图书馆的桌子是一长条的，李明珠坐在桌头，徐程的凳子现在就在桌尾。

两人之间立刻就隔了五六米。

陆遥指挥道：“你坐那儿，别动！”

徐程一脸蒙。

李明珠眉头一皱，说：“你脑子有病吗，陆遥？”

陆遥还有理了，双手抱臂，原先徐程坐的那个位子他坐上了。他开始兴师问罪：“我中午来找你吃饭，你怎么不在？”

李明珠道：“我有事，当然不在。”

“什么事？”陆遥咬牙切齿，“教这个阴险的四眼仔写作业吗？”

“阴险的四眼仔”徐程：“……”

李明珠放下书，说：“你专门来找碴儿的？”

陆遥当然不是来找碴儿的，他是来找李明珠吃饭的，结果过来饭没吃成，先吃了一肚子火。

特别是刚刚他走到图书馆门口，一眼就从窗户外面看见李明珠和徐程两个人坐在一块儿。

陆遥哼哼两声，不肯好好说话。

李明珠道：“你的舌头打结了吗？”她补充，“没事就给我走开。”

陆遥睁开一只眼睛，立刻从后面的书架上拿了一本参考书下来：“那我也有问题要问。”

“你有个屁问题！”李明珠拿着书就想抽他，“起来，别瞎捣乱！”

陆遥不肯起来，翻开书认真道："我真的有问题要问，我的问题肯定比那个四眼仔的严重，你得先解决我的。"

李明珠："……"

陆遥这人完全不懂什么叫作先来后到，他这个"后到"的人理所当然地霸占了"先来"的人的位置。

徐程在老远处回过神，这才有些恼火。

"那是我的书。"徐程指了指陆遥面前的书。

徐程原本想要提醒陆遥，这是他的书，也是他的位置，好叫陆遥识趣一点，站起来把位置还给他。

但陆遥想了一会儿，说："哦，你把书拿走吧。"

陆遥把书往旁边一推，光明正大地把自己的书放在桌上，赤裸裸地鸠占鹊巢。

徐程……徐程从来没见过这么厚颜无耻之人，瞪大了眼睛，难以置信地看着陆遥。

陆遥龇牙咧嘴，像一只模样俊俏的小狼狗："看什么看，找死啊？"

李明珠开口道："徐程，你先回去。"

陆遥听罢，心情舒畅了，天也蓝了，桃花眼弯成了两座小桥："听见没，李明叫你滚了！"

李明珠继续道："等到家里，我把东西给你送过去。"

徐程其实也没想麻烦李明珠，他道："我直接去找你吧，你晚上在楼梯口等我一会儿，我顺便给你带点东西。"

陆遥瞬间僵住了，他听了半天，听出了一点儿不对劲。

"你和他住在一起？"陆遥脸色难看。

李明珠瞥了陆遥一眼，没说话，收拾了桌面就准备下楼。被陆遥这么一搅和，李明珠不可能继续坐下去了。

徐程不知怎么的，看陆遥吃瘪，心里竟然有点开心，开心的同时，还要补充道："李明，明天早上一起上学吧，我到楼上找你。"

陆遥一听，不得了：这阴险的四眼仔居然和李明珠还是楼上楼下的邻居关系，而且明天还要一起结伴……结伴上学！

徐程说完，心情大好，好似报了陆遥一开始的拖凳子之仇，也没等李明珠回答，哼着歌就走了。

陆遥握着拳头，他原本想把人拖回来抽一顿，结果这边李明珠也要下楼了，他顾不得收拾徐程，先堵住了李明珠。

“你和那四眼仔什么关系？”

“和你无关。”李明珠绕开陆遥。

又是和他无关！

陆遥气得咬牙，又堵着她：“你除了说这句话，还会说什么？”

“很多，你要听吗？”李明珠翻了个白眼。

陆遥喉咙一哽，心里也知道，李明珠要说给自己听的绝对不是什么好话。

他心里不平衡，一时间委屈极了，非要拦着李明珠问清楚。

陆遥从小娇生惯养，什么最好的都是他的。他长这么大，头一回遇到李明珠这种油盐不进、对他冷淡得要死的人。

陆遥初中的时候还不懂李明珠哪里让他上心了，后来才摸到了一点儿痕迹。

其实很简单，问题不出在陆遥身上，而是出在李明珠身上。如果李明珠是个热水瓶，对谁都温温柔柔，陆遥绝不会对她多看一眼。关键李明珠这人是一朵高岭之花，还是开在大片大片荆棘里的花朵，生在万丈悬崖边，想靠近她还得遭受海拔七千米的暴风雪摧残。这样的花，虽然接近她就能要人命，但是她过于惊艳，想摘的人前赴后继。

李明珠就是如此危险又致命的人。

陆遥无意识地被李明珠吸引，而且他还是众多不怕死的人中，被天选中的幸运之人。他不但走到了李明珠身边，甚至李明珠还能给他点好脸色看，这已经比登天还难了。

陆遥便觉得，至少他是与众不同的，李明珠允许他在方圆五米之内打转，还会关心他的衣食住行，他只要不是个白痴，总能感觉得出李明珠对他的特别之处。

这就像得到了一件全世界的人都不能得到的危险品，该危险品在面对他的时候，收起了浑身的剧毒，露出柔软温情的一面。

可今天陆遥上来看着李明珠和徐程，李明珠也不是只对他一个人好，她甚至有个他从来不知道的“同居”朋友！

陆遥心里打翻了一桶味道怪异的水，咬着牙问：“他怎么和你住在一起？”

李明珠看陆遥这副样子，不问个明白显然是不肯善了，于是把事情直接一说。

陆遥迟疑道：“房东的儿子？”他恍然大悟，“你是租房住的啊？”

李明珠想：不然呢？不知人间疾苦的大少爷。

“大少爷”陆遥接下来说了一句让李明珠吐血的话：“那你搬家。”

李明珠的眉头又狠狠地皱了一下，她觉得自己再这么皱下去，都要抽筋了，她道：“你真是无理取闹。”

陆遥心想：谁无理取闹了？

“那个四眼仔一看就不是什么好人！”陆遥不舒服地开口，他发这么大脾气，很大一部分原因就是徐程看李明珠的眼神实在是太不对劲了！

具体哪里不对劲，他还说不上来，但是本能地产生了一股危机感，心里便断定：反正徐程不是什么好东西！

“什么奇怪？哪里奇怪？”李明珠板着脸说，“我们都是男的，他难道对我还能做什么吗？”

陆遥道：“你怎么……”他住了嘴，结果没一会儿，又忍不住开口，固执地重复道，“那你搬家。”

“胡闹。”李明珠懒得理他。

陆遥拉着她的胳膊说：“那你不搬家，我就搬到你住的地方去！”

李明珠道：“你只有五岁吗？”

陆遥开口道：“不行，你离那个四眼仔远一点，他肯定对你有想法。”

李明珠听完这话，神色古怪：“陆遥，我是男的。”

她又提了一遍，好似是在和陆遥反复强调这件事情。

陆遥哑然，很快回过神：“男的怎么了，你长得这么娘，万一……万一他把你当女人呢？”

李明珠觉得无语：“你懂事一点。”

陆遥觉得烦躁，懂事一点，又是懂事一点，李明珠永远把他当小孩子看，叫他心里叠加了十层烦躁的情绪。

“我不管，反正你离他远点。”陆遥威胁道，“不然我就揍他！”

陆遥说完这句话之后，心里舒坦了一些，于是能够心平气和地开口问李明珠：“你吃中饭了吗？”

李明珠看了一眼时间，说：“没时间。”

陆遥便又给徐程记了一笔，他想：都是这四眼仔的错！

陆遥走在她身边，说：“你想吃什么，我给你去买。”

李明珠道：“我自己有。”

“滚蛋，你那个白饭青菜有什么好吃的。”陆遥道。

李明珠随意接话："青菜白饭难吃，也是我自己的选择。"

陆遥嘟囔了一句，还想说两句，阻止李明珠去吃那"狗不吃"的午饭。结果没等他阻止，午休的预备铃已经打响了。

预备铃和正式铃之间只隔了三分钟，李明珠就是每秒咀嚼二十口，也来不及在三分钟内吃完午饭。

陆遥直接开口："你中午别睡了，我们去吃饭吧。"

李明珠采用无视大法，她不可能和陆遥一样翘课。不过为了避免陆遥纠缠不休，她开了金口，解释了一句："我们午休不睡觉。"

"午休不睡觉干什么？"陆遥一脸诧异。

"写卷子。"李明珠道。

陆遥看了一眼创一班，果然，班里面没有人埋头睡觉，几乎都在看书写卷子。

陆遥嘀咕："少写一点卷子也不会怎么样。"

李明珠冷淡地看了他一眼："你该回去上课了。"

陆遥看了李明珠一眼，终于没理由赖着她，只好不怎么情愿地走了。

午休结束，创一班下午第一节课是体育课，十分钟的列队和基本运动做完之后，体育老师直接解散班级。

一部分男生抱着篮球就冲篮球场上去了，女生们则是扎堆围在一起讨论明星和化妆品。

也有小部分的人会把书拿到体育课上看，不给自己一点放松的时间。

而李明珠不属于这其中的任何一类，她体育课的时候通常一个人待着，什么运动都不做，就找一个安静的地方睡一会儿。

但今天的体育课，李明珠睡都没睡安稳。原因是陆遥翘了一节数学课，从班里面跑到篮球场的栅栏处拿外卖，遇到了睡觉的李明珠。

学生们经常在篮球场拿外卖，也正因为点外卖的次数多了，老师也知道，平时就有学生会和纪检队的人在这里抓人。

只要没有老师，陆遥拿外卖的时候都大摇大摆的，学生会和纪检会的人根本管不着他。这天也是学生会的人来这儿检查，正巧那人还是认识他的。那人见他过来，和他相视一笑，便当作无事发生。

陆遥从栅栏外面把外卖拿回来，路过篮球架的时候，就看见篮球架下面坐着一个人，正在打盹。

陆遥所在的篮球场是教师食堂后面的篮球场，一般学生上体育课的地方是操场的篮球场。

教师食堂后面的篮球场人烟稀少，除了适合拿外卖，几乎没什么人会到这边来。

篮球架下面的人屈起一条腿，手臂放在膝盖上，头则埋在臂弯里，看着睡了好一会儿了。

陆遥只是走过去的时候多看了一眼，结果越看越眼熟，然后脚步一顿。

李明珠半梦半醒间，手动了动，好似被风吹得有些冷，皱着眉往后靠了靠，把整张脸露了出来。

陆遥呼吸一窒，从这头走到篮球架下。李明珠没发现有人靠近，她照顾苏天瑜通宵未眠，好不容易抓住空隙睡一会儿，此时也挪不出多余的警惕性顾虑边上有人。

而且李明珠实在太困了，困得睁眼都很困难，身体正在沉睡，意识也清醒不过来，动了这么一下，歪歪扭扭的像要往地上摔了。

陆遥瞪大了双眼，眼明手快，俯身抱住了李明珠。

李明珠倒在陆遥怀里，头一歪，靠在了陆遥胸前。

陆遥一只手扶着李明珠，另一只手艰难地拿着外卖，胸口好似靠着一个定时炸弹，炸得他心脏跳动的声音在耳朵里轰隆作响。

陆遥动了动喉咙，艰难地想：我为什么会这样？

李明珠对他全然没有防备，此时歪在他怀里，睡得比靠在硬邦邦的篮球架上舒服了许多。

陆遥这回一动都不敢动，浑身都僵住了。过了一会儿，他轻手轻脚地放下外卖。

这份外卖里面有两个盒子，显然他点了两份，而另一份是给谁带的不言而喻。

快下课的时候，李明珠都还没醒。她睡得深沉，比起一开始挨着冷冰冰的柱子睡，现在靠着陆遥睡时睡眠质量明显有所提高，提高之后就更难醒了。

陆遥就这么干巴巴地坐了一节课，坐到下课，饭凉了大半，李明珠还是没有要醒来的打算。

他看了一眼李明珠的睡脸，李明珠睡着的时候，总是板着的神情放松下来，像波涛汹涌的深海变成了清澈安静的小溪，眉眼刻上了温柔。

陆遥看了两眼李明珠，手动了动，立刻做贼心虚地移开了视线。

李明珠终于在听见预备铃的时候醒了。她先是动了一下，这才发现自己不是睡在篮球架上，而是睡在一个男生怀里。

李明珠：“……”

她猛地坐直了身体，好似见了鬼一样往后退了两步，脸色惨白，神色慌乱，结果抬头一看是陆遥，便从脸色惨白变成了一脸诧异。

陆遥开口：“你为什么用见了鬼的眼神看我？”他动了动胳膊，“被你睡得酸死了。”

饶是李明珠平时脸皮厚，现在也红了。

“你怎么在这里？”

“路过啊。”陆遥尽量用平静的语气说出这句话，以免被李明珠看出来自己紧张，“我看见你在睡觉，就过来看了看。”

陆遥转了转眼珠子，突然提高声音：“喂，你干吗，翻脸不认人啊？”

李明珠还在思考自己怎么会睡得这么熟，乍一听陆遥这不要脸的发言，咬牙道：“好好说话！”

陆遥笑道：“我怎么没好好说话了，我说的不是实话吗？”

他仗着李明珠睡着了，可劲儿编：“是你先抓着我不放的，我就来拿个外卖，看你睡着了，发挥同学爱关心你一下，结果你一上来就抓着我不放，我想走都走不了，还耽误了我上课。”

李明珠一听就知道陆遥瞎编，闭上眼怒道：“胡扯！”

“怎么胡扯啦！”陆遥嘟囔，“不然我怎么会在这里？”

“谁知道你怎么会在这里。”李明珠站起身，揉了揉睡得酸胀的脖子，“赶紧去上课。”

陆遥伸手把外卖塞在李明珠怀里：“喂，你吃完了饭再去。”

李明珠停下动作，陆遥扯着她坐下：“你不吃中饭能行吗？”

“少吃一顿死不了。”李明珠站起来就想走，却被陆遥按着。

“会死的。”陆遥恐吓她。

李明珠笑道：“等我死了再说。”

她说得像一点儿也不在乎自己的生死，叫陆遥听着不太舒服。

虽然李明珠有时候说话总硌硬着陆遥，但有时候又拧不过陆遥，他一天抽那么几次风，不让他抽完了，李明珠走都走不了。

外卖已经凉了，陆遥盯着李明珠吃完了之后，看了一眼时间：已经上课二十分钟了。

托陆遥的福，李明珠首次迟到了这么长时间，她进班之后发现是阿咪的英语课。阿咪见她迟到，没有多问，直接让她坐到自己位置上了。

下午的课一晃而过，陆遥下午没见着孟佳璐，心里松了一口气，这女的简直像一块牛皮糖一样黏人！

晚提前上课，老罗进门提醒了一句："你们一会儿别忘了去艺术楼，第二节晚自习的时候去，动静小点儿，教学楼都在上课。"

老罗一说，创一班的众人才想起自己还有给艺术班补课的任务。

上回因为打架，原本安排好的补课也被临时取消了。只不过李明珠没想到，学校竟然这么执着，取消了一次补课之后，还想尽办法地弄了第二次！

只不过这次是由创一班的学生去艺术楼给艺术班补课。

原本叫艺术班的学生来实验楼，他们心里就不太舒服了，结果现在还要他们去艺术楼，同学们立刻就抱怨起来了。

抱怨的人大部分是男生，但是他们抱怨了没一会儿，就被女生的声音压下去了。

顾小飞"嘁"了一声，说："不就是陆遥吗，有这么兴奋吗？"

他道："杨可，别以为我不知道，你是不是涂口红了？"

杨可喊道："谁涂口红了！顾小飞你找死啊！"

顾小飞显然很"惜命"，看着不像个找死的，所以立刻闭嘴。

他闭嘴之后，苏晓打趣道："唉，你们知不知道方小诗对陆遥有好感啊？"

"方小诗？"苏青波转头，"那个文娱部部长？"

"对啊，灌水区的人说的，开了好几个帖子，还有陆遥那初中同学，三个人凑一块儿都能演偶像剧了！"

"谁跟你似的天天刷论坛啊。"杜宇轩插话，提醒道，"我告诉你们啊，这两天小心一点，我上回在政教处整理学生名单的时候听见了老师们讲话，这两天有大检查。"

"又来大检查！"顾小飞哀号，他已经惨痛损失两部手机了。

"是啊，这次还用金属探测仪，你们的手机等物品都小心点儿放好。"

顾小飞抬手搭在杜宇轩的肩膀上："哎，主席，透露一点儿呗，先从哪个班开始查？哪天开始查？早上查还是晚上查？"

杜宇轩用两根手指拎起他的手，说："你少来，我告诉你了，好叫你们把手机都藏起来是吗？"

顾小飞一脸谄媚，眨着眼睛，好似一个风情万种的"少女"，"主席"这一声喊得拐了十八个弯。

杜宇轩笑着拿书砸他，班里一片唏嘘。

第一节晚自习下课时，杜宇轩提醒道：“走吧，收拾一下东西，我们上艺术楼。”

李明珠带了一支笔，没怎么准备，先走出教室了。

艺术楼和实验楼隔得挺远，走过去要一段时间。到了艺术楼的时候，顾小飞装模作样地吐槽一句：“艺术楼怎么这么冷啊？”

“是你自己心里有问题。”杜宇轩笑道。

传媒班在四楼的最右边，那里有一处巨大的天台，几乎全属于传媒班。因为没有装灯，晚上天台那儿一片漆黑。

创一班的学生到了四楼的时候，传媒班的学生纷纷往外看。

上课铃声正好打响。

创一班的学生站在外面，传媒班的学生坐在里面，他们像打量外星人一样看着创一班的学生，眼神里没有欢迎的意味。

顾小飞打了个寒战，小声道：“我怎么觉得他们不是很欢迎我们啊？”

“你会欢迎给你补课的老师吗？”杜宇轩道。

两批人僵住了。

第十章 补课风波

艺术班上晚自习没有老师督班，至少现在是没有老师督班的。也正因为没有老师督班，所以创一班的学生一时半会儿也没想好怎么进去。如果有督班老师在，督班老师大可以开门带他们进去。但如果没有老师，学生和学生之间，谁也不比谁高贵，大家都不服管教。更何况好学生和坏学生之间，还有不可逾越的鸿沟。

艺术楼的两个班一直被学校里的学生传得神乎其神，校园论坛上今天扒一扒这个女生，隔一天又扒一扒那个男生。

而传媒班的学生也瞧不上创一班的人，认为创一班全部是不修边幅，只知道学习的书呆子。

这两个班级就像被政教处“乱点鸳鸯谱”，愣是拉扯到一起的仇家。而原先还抱有一丝期待来传媒班看妹子的男同学，此时见了传媒班的样子，也不怎么敢进去了。

传媒班学生的凳子、椅子勉强整齐地排列在一起，桌上化妆品和小镜子堆在一块，桌边还放着叠在一起的白色储物箱，上头放了一两件校服外套。

放眼望去，班里穿校服的学生少得可怜。

顾小飞受不了这么尴尬的气氛，扯了扯杜宇轩的衣角：“哎，班长，要不咱们打道回府？”

杜宇轩苦笑道：“现在打道回府，回头我们怎么向老师交代？”

顾小飞嘟囔：“这气氛能补什么课啊，我怕自己一进去就被打死了！”

“传媒班的人又不是妖怪。”杜宇轩回道，“再说了，哪有长这么好看的女妖怪啊？”

顾小飞嘀咕：“废话，哪个女妖怪长得不好看，我就怕我是唐僧！”

“放心，你还没这个机会当高僧的。”杜宇轩趁乱揪了一把他毛茸茸的头发。

“班长，那我们要不要进去啊？”这回发问的是苏晓。

“进啊，怎么不进。”杜宇轩回答。

“那你带头进去，你进去先和他们说，就说我们来补课了。”苏晓怂恿他。

“你怎么不去啊？”杜宇轩无奈了。

“你是班长嘛。”苏晓笑了笑。

他们在外头左右为难的时候，不约而同地想起了一个人，这个人就是李明珠。

李明珠的存在感很低，她常常把自己的存在感降得很低，有时候是为了保护自己，有时候是避免麻烦。

但是麻烦该是她的时候，她怎么降低存在感都没用。

杜宇轩和其他人的目光立刻投向了队伍末尾的李明珠身上。

“李明，你和陆遥的关系不是很好吗，你先进去嘛。”顾小飞眼睛一亮。

李明珠被几十双眼睛看着，就是铁石心肠也无奈了。

李明珠率先走到前门，敲了敲门板，教室里的同学的目光也投向了李明珠身上。

陆遥装模作样了十分钟，终于等到李明珠走进门。李明珠站在门口的时候，陆遥动了动身子，眼睛却没睁开，塞着耳机——手机里放了什么情啊爱啊的，他一句都没听进去，隔着华语歌星深情的唱腔，愣是突破万难地听到了李明珠讲的话。

李明珠就讲了几句话，公事公办，官方发言，简单地说了下晚上补课。

她模样俊俏，往讲台上一站，颠覆了传媒班的学生对书呆子的印象。

李明珠说完就推了推眼镜，她的校服拉链拉在了最上面，腰细腿长，活脱脱一个禁欲系的“学长”。

传媒班当即有女生大胆地喊：“学长，那你给谁补课啊？”

“学长，你给我补课吗？你给我补课我就学！”

“学长，坐我边上嘛，你是理科班的，给我补数学好不好呀？”

女生们一个两个娇憨活泼，大着胆子抛出了自己的橄榄枝，结果这根橄榄枝没抛到李明珠的手里，被陆遥一脚踢断了。

陆遥这人天生不会用手推桌子，做什么都用脚踢，破坏力十足。他把王淼的空桌子踢出了半米远，铁和瓷砖地板摩擦，发出难听刺耳的尖叫声，以增加自己的存在感。

班级里面立刻安静了。

陆遥跷着二郎腿，看着李明珠。

他那架势，让李明珠猛地回忆起她和他初见的时候。

初中时期的陆遥还没长开，稚气未脱，但这股嚣张的气势已经有了现在的模样。他坐在二楼的书房里，把一双大长腿搭在书桌上，耳朵里塞着耳机，桃花眼一挑，用余光打量着李明珠。

就像他现在一样。

李明珠心想：事实证明，哪怕年纪增长了，陆遥的智商也不会增长的。

她冷着脸，直接在第一排坐下。

陆遥猛地放下跷着的腿，差点儿没收回来，在众目睽睽下，他险些就要滚到椅子下面。

王淼正挪回自己的书桌，一看李明珠竟然在前排坐下了，诧异道："陆哥，她怎么不来教你？"

陆遥心想：我也在想这个问题！

在他眼里，李明珠合该是围着他打转的，绝对没有他在这里，李明珠可以去和别人凑一块儿的道理。

结果李明珠用实际行动证明了，还真有这个道理。

她挑了个离自己近的位置就坐下了，边上是一个扎着单马尾的女生，单马尾女生见李明珠坐过来，喜笑颜开：谁不喜欢边上坐个赏心悦目的帅哥呢！

特别是单马尾女生看了一眼创一班，创一班来的人里就属李明珠最好看。

陆遥沉着脸坐在最后，没人敢去教他。

李明珠耐心地讲了一会儿题，只不过十分钟之后，李明珠就发现不对劲了。无论她讲什么东西，单马尾女生都撑着下巴，眨着眼睛点头，但是目光绝不肯投向习题本上，一个劲儿地盯着她的脸看。

李明珠淡淡道："我脸上有什么东西吗？"

单马尾女生被李明珠介于少男和少女之间的声音撩得浑身酥软，趴在桌上问："学长，你长得很帅啊。"

李明珠淡定地在本子上画了一条线："你这道题有没有算参数？"

单马尾女生的数学卷子干净得可怕，除了李明珠给她画的几条线，就只剩下打印的痕迹。

单马尾女生歪着头，又问了一遍：“学长，你好冷淡哦。”

李明珠用圆珠笔在试卷上敲了敲：“做题吗？”她道，“不做的话换别人来。”

单马尾女生听到这句话，嘟着嘴，十分不满，更加不肯听李明珠讲课了，而是从包包里翻出自己的化妆品，对着小镜子涂起了口红。

陆遥借此空隙，在教室后面猛地咳嗽了一阵。

李明珠熟视无睹。

于是陆遥咳得更加用力了，咳到最后，还真把自己呛到了，换上了一段真实的咳嗽。

李明珠听出不对劲，回头看了一眼。陆遥咳得眼角通红，看样子不是装的，而是作的。

显然，李明珠压根儿没想到这一点，她见陆遥的眼尾发红，还真以为他感冒了。这天气本来就容易感冒，他还是个要风度不要温度的小少爷。

李明珠想到这里，坐不住了。

陆遥咳去了半条命，灌了两口冷水，暂时失去了骚扰李明珠的身体机能，消停了一会儿，准备再接再厉的时候，陆遥一抬头，就看见李明珠站在他面前。

李明珠走过来的时候，大部分人都看见了，班上有男生幸灾乐祸。他们和陆遥的关系不是很好，但比起陆遥，似乎更讨厌没有见过面的、端着好学生样子的李明珠。

其中一个男生道：“找死啊，敢去给陆遥补习。”

“以为自己厉害呗。”另一个男生笑了一声。

然而事情并没有如两人所愿，李明珠走到陆遥面前。

陆遥看着李明珠，李明珠开口道：“凳子。”

王淼经过大半个学期的“洗礼”，早就知道李明珠是什么身份。和班里其他跟陆遥不熟的男生不一样，王淼知道这位创一班的好学生不管是什么身份，在陆遥眼里十分重要就对了，得罪不起。

王淼立刻给李明珠拿了一张凳子过来。

李明珠道谢之后，坐下，翻开陆遥的书，里面一片空白。

她道：“你的笔记呢，做给狗吃了？”

陆遥看见李明珠坐在自己边上，心情就舒畅了不少。

“我不做笔记。”

“不做笔记还好意思说？”李明珠皱眉，“你把卷子拿出来。”

陆遥的卷子发下来的时候就被他扔进垃圾桶里了，这时候上哪儿给李明珠变一张卷子出来。

但李明珠前几天对他不冷不热，今天还和另一个对她有奇怪想法的男人走得这么近，让他产生了很大的危机感。

他现在就算是没有卷子，也非得变一张卷子出来不可。

陆遥咳嗽一声，暗示似的看了一眼林军辉。

林军辉灵光一闪，立刻掏出自己的卷子给了陆遥。

陆遥大大咧咧地把卷子往桌上一摊："你讲……我！"

李明珠拿着本子就给他的后背来了一下，他没防备，被拍了个正着，叫出了声。

教室里补课的人倒吸一口凉气。

在角落里的两个男生又开口了。

"我敬这家伙是条汉子，来年清明我给这家伙烧三炷香。"

"服了，这人怕不是真的是个傻瓜吧，给陆遥补课就够搞笑了，还真敢把自己当根葱了？"

抽陆遥，这是整个省一中想都不敢想的事情。

李明珠不但想了，还付诸了实际行动。她抽这一下纯粹是恨铁不成钢，没用多大的力气，就是书本砸出来的声音听着有点儿唬人。

周边的人下意识地把自己的桌子挪开了一些，生怕陆遥一会儿揍人的时候波及自己。

哪知道他们等了半天，没等到陆遥揍人，只看见陆遥反手揉了揉背，委屈道："你干吗动手啊？"

前桌的罗曼文喷了一桌子水。

班里的人一起石化。

陆遥好似没觉得自己哪里奇怪，背上明明不痛，但就是作得很，哼哼唧唧地叫唤着："痛死了。"

李明珠冷声道："少给我装。"

"谁装了？"陆遥不服，"你让我打一下，你看看痛不痛！"

李明珠瞥了他一眼，他立刻改口："算了，我懒得动手。"

众人心想：陆哥……你揍别人的时候可没有懒得动手这一说啊！

陆遥只有开学那会儿逮住了李明珠是凶巴巴的。

陆遥对李明珠抱有十足的好感，他这样好面子的人，当然不可能去找人咨询。

于是，在搞不清楚自己感情的同时，陆遥模模糊糊地摸到了它的边界，一步一步地往中心走。

李明珠拿起笔，解释道："这题从……"

众人就等着陆遥揍这个好学生一顿，好闹出一点事情来，叫学校政教处的人再也不敢给他们安排什么补习课，结果陆遥不但没有揍李明珠，甚至……软绵绵地撒起娇来！

传媒班一干人在风中凌乱。

不过这个小插曲过了之后，班里终于有点儿上课辅导的样子了。就在补习进行到一半时，教室外面来了四五个老师，领头的是一部校长——吴校长。

吴校长进门后，教务处的程主任开口："你们都站起来，到教室后面去，检查手机。"

面对学校的突击检查，传媒班的学生都蒙了。

他们刚上高一，还没遇到过这种检查，就算是听过，也抱着侥幸心理，认为不一定会落到自己头上，所以几乎什么防备措施都没有做。

相比之下，高二的创新班就好很多，他们相对来说有经验一些。

不过突击检查第一个班就是传媒班，这也是少见的。

传媒班位于学校艺术楼，也就是三号楼，政教处在二号楼最东面，怎么检查都轮不到先拿艺术楼开刀。所以老师们进来的时候，李明珠也跟着愣了一下。

省一中查手机查得很严，学生之间就出现了千奇百怪的神秘方法用于躲避检查。

比如把手机藏在垃圾桶里，把手机藏在内衣里，或者提前把手机放在隔壁班，等检查完自己班级之后再去拿回来，更有一些和老师关系好的，而老师也不怎么管事的，学生甚至会把手机放在信任的老师办公室里。

总之，只有学校想不到的，没有学生做不到的。有一年，甚至有学生买了防水袋，把手机藏进保温壶里。你说老师想得到吗？根本想不到。

早年手机还不是一体机的时候，也有学生残忍地将手机"分尸"的现象，但近两年智能手机越来越普及，分开藏手机已经不现实了。

况且这一回传媒班中了头彩，第一个检查就是他们。

前排的学生已经来不及藏手机了，后排的学生则是不动声色地把手机往隐蔽的地方藏。

王淼暗暗地骂了一声："我的天，真用金属探测仪啊？"

林军辉开口道："那是因为太多的人把手机藏在裤裆里了。"

老师不方便搜你的裤裆，还不能想点儿其他办法来治你吗？

王淼从书桌里拿出手机，说："我的天，我刚买的水果机！"

"我以为你会更担心和小学妹失联的事情。"林军辉说着风凉话。

王淼知道林军辉不靠谱，立刻就问陆遥："陆哥，怎么办？"

陆遥的耳机刚才就拿开了："什么怎么办，收了就收了呗。"

王淼脸色惨白："不是啊，陆哥，手机收了之后要高三才还给你啊，那时候水果六都出来了！"

陆遥好似不在乎手机会不会被没收，倒是李明珠脸色有些不太好。

学生出教室，一般都会把手机带出来。

学校是不允许学生带手机的，如果你的手机丢了，除了违反校规，还损失了一笔财产，就算学校用监控录像帮你找回来了，你也得把手机交上去，还要吃一道处分。

所以众人出来的时候，手机都揣在衣服兜里，个别脑子傻的揣在裤兜里，校服裤子贴着大腿，手机被勒了个四四方方的形状出来，老师一眼就能看得到，连金属探测仪都不用。

李明珠当然不是那种脑子不好的人，她的脑子好得很，但是脑子好的人难免也会倒霉。她的运气一向很好，到现在为止，她这辈子最倒霉的事情，就是假冒大学生给陆遥补课被发现了。

她出生之前的倒霉事都是她的疯子妈遇见的，和她的运气无关。可现在她不得不承认，她又遇上了第二件倒霉的事情。

李明珠出教室的时候自然拿着手机，她的手机要用来联系王阿姨。

王阿姨是一个从外地来的妇人，也是四楼住户，平时在家政公司上班。李明珠给了她一笔钱，所以她每天会抽空去照顾一下苏天瑜，如果苏天瑜出了什么事情，她就会打电话给李明珠，李明珠就会请假回家。

这部手机对李明珠而言确实重要，但是无论怎么重要，今天晚上都要保不住了。

李明珠揉了揉眉心，有些焦躁。

陆遥见状，问道："你带手机了？"

李明珠看了他一眼，意思是：废话。

陆遥伸出手，说："你把手机放我这儿吧。"

李明珠道："干什么？"

陆遥笑了一声，说：“我还能把你的手机交上去啊，我帮你藏起来。”

李明珠说：“你能藏在什么地方？”

“你管我啊，要不然你就等着手机被收上去吧！”

在一旁围观的王淼心想：这妥妥的双标啊！

陆遥见李明珠没动，干脆自己伸手去拿。他的手伸到李明珠上衣口袋的时候，李明珠浑身一震，拍掉了他的手。

“你干什么？”

李明珠好似不太喜欢和别人有身体接触，这是陆遥在最近一段时间里慢慢摸索出来的，所以李明珠打掉他的手，他的反应已经没有以前那么大了。

“拿手机啊。”陆遥再接再厉，这个口袋没摸出来，从另一个口袋里把手机摸出来了。

李明珠不知道他要干什么，但是前面的老师已经检查到后排了。

学生们都在后面站好，排着队等待查手机。

黄黑相间的金属探测仪在学生身上上下一扫，拉链头、皮带扣、发卡，但凡扫到了发出尖叫声的东西，老师都让他们拿出来看一下。

前面老师翻查抽屉：省一中有H市警局开的单子，允许检查学生是否携带危险物品。

这么一扫，扫了七八部手机出来，前面的一检查，找到了十来部手机。

几乎全班的手机都被搜上去了。

检查到陆遥这里，吴校长开口：“陆遥，你带手机了吗？”

陆遥道：“带了。”

吴校长说：“你带了就自己拿出来。”

她对陆遥和对其他学生不一样，这个太子爷，去扫他，他还不乐意呢！

陆遥从自己的口袋里面掏出了一部手机，显然不是李明珠的，而是自己的水果机，黑色的，最新款。

吴校长迟疑道：“这么老实？”

陆遥笑了一声，开口道：“吴老师，我要去拿个资料。”

吴校长见陆遥老实配合，心里宽慰：她还以为要在陆遥这里碰钉子。

陆遥拽了李明珠一把：“走呗。”

吴校长说：“拿什么资料要两个人？”

“李明的资料，晚上补课啊，我过去找不到。”陆遥理直气壮。

吴校长便不过问了，她收了陆遥的手机，心情大好，摆摆手。

李明珠就被陆遥拽出去了。

走到楼下的时候，陆遥从另一个口袋里把李明珠的手机拿出来：“喏。”

李明珠心里有些感动，但是明面上毫无波动，她伸手要拿手机，结果陆遥的手一提，将手机拿得高了些。

李明珠：“？”

陆遥笑道：“我没有好处的吗？”

李明珠：“……”

陆遥看着李明珠，李明珠开口：“你要什么好处？”

陆遥道：“我没想好，等我想好了你再给我好处。”

李明珠点头，陆遥又确定了一遍：“男人说话要算数。”

“行了，算数。”

陆遥听到这话，才肯把手机给她。

两人根本没有什么资料要拿，在楼下转了一圈上去，艺术班的检查已经结束了。

王淼哀怨地看着进来的陆遥，陆遥高冷地转过头。

王淼道：“不同人不同命啊，唉！”

李明珠被他的叹气叹得起鸡皮疙瘩。

没过多久，艺术班的班主任老章拿了两张单子进班。

艺术班的学生纵然嚣张，但是学生都有一个通病，就是怕班主任，艺术班也不例外。

老章进来之后，艺术班顿时安静了，他首先客气地欢迎了一下创一班的同学，接着就说正事。

“期中考成绩出来了，你们下午去问过任课老师了吗？”

班里的人稀稀拉拉地说着没有，也有几声突兀的“问过”在里面。

老章叹了一口气，说：“其实平时我没觉得你们的成绩有多差。”

众人心里有一种不祥的预感。

老章道：“我们班这次第一名是胡靖瑶，胡靖瑶的成绩还算稳定，开学考试的时候也是第一，继续保持。”

“第二名是朱洁，继续加油。”

“第三名是凌菲，保持住。”

全班前三名，全是女生。

赵小欣问道：“老师，后面的人呢？”

老章痛心疾首：“从第三名开始，你们的成绩就呈断崖式下滑，看看，看看，两百分怎么考出来的！我用脚考试分数都比你们高！”

众人唏嘘，艺术班的大部分学生本来就是买名额进来的，那成绩用惨不忍睹来形容都是轻的。

初中到高中又有一个过渡，众人还没从初中的简单模式调整过来，第一次考试发挥不好，人之常情。

罗曼文道：“那二部的艺术班呢？这次我们四个班，第一名在哪个班啊？”

“二部美术班。”老章道，“我们的第一名是他们的第十名。”

胡靖瑶干笑了一声，拿出小镜子若无其事地涂口红。

艺术班的学生可不会因为自己考得比别人差而羞耻，这群人家里谁不比谁有钱，几乎不怎么在乎成绩。

罗曼文“嘁”了一声，突然道：“那年级第一呢？在一部还是二部？”

老章这回更加沉重地叹了一口气，说：“高一的在二部，不然你们以为咱们部为啥突击检查手机啊，校长都被你们气死了！”

高一新生，创新班年级第一在二部，说出去确实没面子。

罗曼文道：“他们考第一的考了多少分？”

“六百九十七分。”老章道。

省一中的创新班从这一届开始，高一就直接分文理班，而创新班是没有文科班的，全是理科班。

“分数这么高，没天理啊！”罗曼文吐槽，“什么脑子啊？”

老章冷笑一声，说：“那是你们没见过分数更高的，我都替你们丢人！”

林军辉在后排嚷嚷：“老章，你拿了两张单子，另一张谁的？”

老章回答：“你们学长的。”

意思就是：高二创新一班的。

此时，原本没抬头的创新班学生纷纷抬起头来。

老章解释道：“你们罗老师开会还没回来，政教处把你们的成绩单发到我这里了，我带过来给你们看看。”

艺术班的学生一听就来兴趣了，纷纷起哄：“老章，念念呗，他们考多少啊？”

老章心累：这群兔崽子是没见过学霸吗？非要自取其辱！

陆遥这时候看了一眼李明珠，开口道：“你考了多少？”

李明珠暗中全神贯注地听着陆遥的成绩，结果老章就提了前三名，陆遥的成绩竟然不提！

此时陆遥问她，她才回神：“我没看。”

孙禹喊：“老章，高二第一名在我们部还是二部啊？”

老章开口：“在我们部，喏，现在第一名就在我们班。”

老章看了一眼李明珠，班里同学起哄地问道：“多少分啊？”

老章抖了抖纸，看到高高挂在榜首的李明珠的名字，后面跟着显眼的数字七：“七百四十分，作文满文，理综扣了十分。”他补充，“单子后面写的。”

班里一片哗然，一时间响起了各种“我的天”“我的妈”“是人吗”“见鬼了”等震惊的叫声。

李明珠淡定地想：成绩稳定。

艺术班的人却突然沉默了。

罗曼文道：“我们班第一名考多少分？”

“三百六十分。”老章捂脸，“你们好歹把分数考到人家的一半啊！”

陆遥听着，忍不住翘起嘴角，嘚瑟起来：看见没，哥的人就是这么优秀！

老章见艺术班的人都在羞愧，就陆遥笑得很是莫名其妙，于是喊道：“陆遥，你笑什么呢？你就考了二百四十分，人家的分数是你三倍多！”

而后面的李明珠一听到陆遥的分数，眼前一黑，险些气得倒地。

陆遥考这么点儿分，不仅不以为耻，还反以为荣。

老章给他报了分数之后，他心里波澜不惊，甚至在想：我这不是考得挺好的吗？

哪知道陆遥一看李明珠，李明珠堪称乌云压境，狠狠地盯着他。

陆遥莫名觉得心虚，好在下课铃声救了他。铃声一响，李明珠抬脚就走。

她要是继续坐在教室里面，不出去吹点儿冷风，想到陆遥这个兔崽子只考了二百四十分，她就能气得吐出两碗血。

李明珠走到天台上吹风，没吹多久就遇见了二炮。

二炮是高二艺术班的学生，早打听了李明珠要到这里补课，下了课就上传媒班找人，结果被告知李明珠出去了。二炮出门左转，就在天台上遇到了李明珠。

“李明！”二炮招呼道，他把手上的垃圾食品分了一半给李明珠。

李明珠摆摆手，说：“我不吃，你少吃点这东西。”

二炮乐道："李明，我老早就想问了，你怎么跟个老头子似的？"

李明珠："……"

二炮嘿嘿嘿地笑，转移话题："我不闹你了，说正事。我来就是问问你，咱们高二还有一次课外实践，你去吗？"

"不去。"李明珠干脆利落地回答。

"我觉得跟着去挺好啊，咱们今年终于不用去花圃园区了。"二炮开口。

省一中高一高二两年都有社会实践，是教育局硬性规定的，学校不能擅自取消。

从附中开始，直升上来的学生每年的课外实践都是步行去花圃园区，参观一下里面的花花草草，然后回来交一篇报告，去得二炮都快吐了。

"你知道今年去哪儿吗？"二炮问李明珠。

"不知道。"

李明珠从来不参加这种集体活动，她连课内活动都不参加，更别指望她参加课外的活动了。

二炮缓缓开口："植物园。"

李明珠笑了一声，说："有什么区别？"

二炮捂着胸口，说："好歹植物园是在景区啊，旁边还有动物园和H市乐园呢！老师不管的，上午八点到下午四点，那么长时间呢，我们可以买门票去H市乐园里面浪啊！"

李明珠对去哪里浪完全没兴趣，她敷衍地点点头。

二炮和李明珠从小一起长大，他深知李明珠的臭脾气，果断地转移了话题，找了个李明珠喜欢的话题聊。

"哎，不说这个了，你期中考成绩出来了吗？"

"七百四十分。"李明珠报了自己的分数。

二炮一听，羡慕得眼睛都在滴血。

"真厉害啊，李明，你怎么考出来的？"

"期中考试的题目简单，高考比这个难上很多。"

"就凭你的水平，高考再怎么难也不可能难住你啊！"二炮感慨，"我看你考个省状元没啥问题。"

"万事都有例外。"李明珠淡淡地回答。

二炮又问："那陆遥呢？我看你在高一班里补课，你给陆遥补的吧？他考了多少分？"

他突然笑了起来："我说你怎么和陆遥这么有缘呢，兜兜转转，还是你给他补课。你要是个女的，我都怀疑你们俩以后要结婚了！"

李明珠扯了扯嘴角，说："胡言乱语。"

二炮自己这么说着，摸了摸下巴，吸了一口气，还真把自己说动了。

"难道你不觉得吗？我真觉得你和陆遥特有缘。你看啊，陆遥那家伙对谁都爱搭不理的，怎么老来黏糊你啊，别说你没察觉啊，我今天晚上仔细一想，有点儿毛骨悚然啊。"

李明珠用手敲了一下他的脑袋："你一天到晚都在想什么？"

二炮道："真的啊，啧啧，太可怕了，还好你是男人，你要是个女人，我真怕他花言巧语地把你骗走了。"

李明珠回敬了一个白眼。

二炮没忘记自己的"初心"，于是绕回了原点："你还没跟我说陆遥的分数呢，你先前给他补课有效果吗？"

"二百四十分。"李明珠虚弱地说出这个分数。

二炮一脸诧异："还不错啊！"

李明珠看了他一眼，说："你考了多少？"

"二百五十分。"二炮老实回答。

李明珠颇有一种独孤求败的感觉。

"不是，李明，是你考得太高了，哪有人考得到你这个分数啊！年级第二都差了你三十多分，你这分数太可怕了。"二炮夸张道。

"考两百多分就不可怕吗？"李明珠眉头一皱，"我都不知道他是怎么考出来的！"

"他不就坐你身边吗？你还能不知道啊？"二炮嘀咕。

李明珠蓦然想起，陆遥那家伙考试根本没用心。他要是能拿出骚扰自己的百分之二十的功力来，绝对不止考两百多分。

"两百多分能读什么大学？"李明珠有些生气，"艺考去年最低也要三百五十分。"

二炮听了，听出一点儿不对劲来。

"你怎么知道去年的艺考分数线？"

这玩意儿不上网查，一般的文理科学生谁关注啊。

李明珠哑然，她还真是专门上网去查的。

二炮疑惑道："你怎么这么关心陆遥啊？你都不关心关心我读不读得上大学。陆遥家里那么有钱，他干什么不好啊，用不着你发愁。"

李明珠听二炮这么一说，暗暗心惊，回过神来发现，她确实太关注陆遥了。

李明珠没心没肺地长这么大，除了苏天瑜，她从来没有在任何一个人身上花费过这么多心思。她总不能因为就给人家教了两天的课，还真教出什么“一日为师，终身为父”的感情吧？

如此薄情的李明珠，决计不会是甘心付出的人。

李明珠警告自己：打住，你不对劲。

这很不对劲，她不该这么关注陆遥的，这超出了她原本定的界线。

“不过你要是多两个朋友也好，虽然我有一种你背叛了我的感觉，但是人年轻的时候，谁还没遇到几个人渣呢？”二炮没等李明珠缓过来，自顾自地开始扯淡。

李明珠先前的震惊被他这一番神奇的发言扫得荡然无存。

“毛病。”

“就是陆遥这人太嚣张了，他对谁都嚣张，对你还好，这种人我觉得不适合做朋友。怎么说呢，我感觉到了差距。”二炮道，“他和我们不是一个世界的人。”

李明珠没说话，挑眉看着他。

二炮害羞地笑了笑：“你是不是觉得我说的话特有哲理？”

李明珠道：“扯淡。”

预备铃响起，二炮挥手，道：“我不跟你扯了，回教室了。明天你有空吗，下午陪我去买点儿东西？”

李明珠想了想，问道：“你买什么？”

“圣诞节礼物呗，我追人呢！”二炮道。

李明珠翻了翻手机日历，说：“离圣诞节还有一个多月。”

“早点儿挑嘛，我想送手工的，要花时间做的！”

李明珠认为这不是一件特别困难的事情，再加上明天下午她确实有空，二炮又是她多年来唯一的朋友，她便点点头，算是同意。

哪知道晚自习下课，李明珠收拾东西准备回家时，陆遥把她堵在校门口：“你明天陪我。”

李明珠：“……”

“我有约了。”李明珠道。

陆遥十分霸道地补充道：“推掉。”

李明珠心想：死开！

“后天。”她折中了一下，无意识地退让了。

陆遥道：“不行，我说明天就要明天。”

李明珠说：“你别任性。”

“我明天生日。”陆遥道。

李明珠冷笑一声，说：“你的生日一年要过几次？”

如果她记得没错，陆遥的生日可不在十一月份。

“我的生日我想过就过。”陆遥道，他看了看李明珠的表情，大概觉得自己今天晚上讨不到好处，于是语气软了一些，“那我明天和你一起，你和谁有约？”

李明珠背着包走着，陆遥紧跟在她身边。

她想：你管我和谁有约。

结果陆遥还是来了。

二炮选的地方是银泰商城，一到约定的地铁站，他看到李明珠的同时，还看到了一脸黑线的陆遥，陆遥不怀好意地站在李明珠身边。

二炮一脸震惊：“陆遥怎么也来了？”

他看着李明珠，李明珠若无其事道：“你要买什么？走吧。”

陆遥一看到二炮不干了。

他命令二炮：“你自己去买礼物，你没有腿吗？”

二炮无辜中枪。

“是我先……”

“什么？我听不见！”陆遥无耻地装聋作哑，顺道还推了二炮一把，“你要买礼物赶紧去买，我们在这儿等你。”

二炮震惊于陆遥的无耻，同时用求助的眼神看着李明珠。

李明珠深感疲惫，叹了一口气，说：“陆遥，懂事一点。”

陆遥虽然该懂事的时候不懂事，但也就发发脾气，最终他还是跟着李明珠和二炮到了银泰商场四楼。

二炮钻进了一家店面装修得十分精致的香味书店，走到里面，左边是书架，右边是供读者休息的小沙发。

李明珠这人不太喜欢逛街，一进门就坐下了，准备坐到二炮把东西买完。

但二炮不知道在里面挑选什么，选了半天都没结果。李明珠坐了一会儿，打算闭上眼休息，结果陆遥突然发起了疯，拉着她要去对面的店看看。

李明珠勉为其难地睁开一只眼，看了看对面的店铺：某化妆品专柜。

虽然她不化妆，但也知道这个牌子，倒是诧异地看了陆遥一眼。她一直以为陆遥这个直男对化妆品毫无概念。

事实上，陆遥对化妆品真的毫无概念，只不过每天待在传媒班里，虽然二十个小时他都戴着耳机睡觉，但在仅有的清醒时间里，还是听了不少班里的女生讨论的东西。

女生围在一起除了八卦明星就是谈论化妆品、包包，这两年突然掀起一股口红热潮，她们的话题又从包包转移到了口红。

陆遥见过那些女生化妆，把颜色看起来都是红色的口红涂在嘴上，换了一个又一个颜色，问周围的人哪个色号好看。

陆遥看着纳闷死了，这不都是一样的颜色吗？

当然，这话他是不会说出来的，不然会显得自己是直男癌，他还是知道什么叫作直男癌的。

他平时不关注女生涂口红，可就在昨天晚上，李明珠低头给他补课的时候，他鬼使神差地想着，如果给李明珠涂上那带着光泽的口红，是个什么风景？

他想的时候还不敢说，这要是换成任何一个人，去叫一个大老爷们儿涂口红，你看会不会挨揍！

但陆遥这个念头就像野草一样在他的心里疯长，一个晚上就长满了，把心里的荒漠变成了草原。

如果用最正的红色，涂上去是什么样的？

陆遥咽了咽口水，无法想象那个模样的李明珠。

大概就像在一幅古典的泼墨山水画上，狠狠地涂上一笔红色，艳丽逼人。

陆遥好似无法控制自己的身体，特别是看到对面有个化妆品专柜的时候，那上头整整齐齐地摆着好几排口红，李明珠就坐在他身边，这让他忍不住产生了一股邪念。

陆遥赶紧上网搜索了一下：让好兄弟涂口红给自己看，他会不会和我绝交？

最佳答案：兄弟，我觉得你应该担心一下你的性命。

第十一章 撒娇的男孩最好命

陆遥果断无视了百度上的这个答案，目光坚定地盯着对面的化妆品专柜。

李明珠挣脱开他的手，说：“自己去。”

陆遥不依不饶，重新拉着她，心想：我自己去还有什么意思？

他的目的是买一支口红给李明珠涂。

陆遥作死之前，根本没考虑过李明珠会不会同意，也没想过自己要用什么骚操作才能把口红涂上李明珠的嘴唇。

陆遥连拖带拽，拽得李明珠无可奈何，后者还是被他拽到了化妆品专柜前。

李明珠就算是脑袋瓜好，也想不出陆遥到化妆品专柜干什么。

她原先是没有这么想的，结果走到店门口，她迟疑了：陆遥要买化妆品？买给谁？

据她所知，陆遥家里只有一个年迈的奶奶，他不是H市本地人。

她立刻想到上回陆遥没来骚扰她，顾小飞蹦跶回教室，说他和他的初中同学一起在食堂吃饭的事情。

李明珠原本忘了，今天不知道怎么的，又想起这件事来了。

陆遥摸着下巴，认真地打量着这些漂亮的口红。李明珠看着，猛地感到有些烦躁。

“要买快买。”

陆遥正在酝酿怎么开口才能叫李明珠同意他的痴心妄想，愁得白头发都出来了，一听李明珠还催他，顿时有些心虚。

他决定曲线救国，先问问李明珠的想法。

“你喜欢什么颜色？”

李明珠随意地扫了一眼口红："不都一个颜色吗？"

陆遥心想：知音啊！

他咳嗽一声，虽然他和李明珠想的是一样的，但是表面上不能表现出来。

"哪能啊，颜色都不一样的。"

陆遥一本正经地拿出口红样品，拧开来示意给李明珠看："这个是红色。"

他放下这支口红，又拿起另一支，装出内行的样子，拧开盖子后，却发现这一支口红的颜色几乎和前一支一模一样！

陆遥顿了一下，紧接着就很不要脸地扯淡："这支口红是跟上一支不一样的颜色。"

李明珠心想：这不是废话吗！

他一连拿了好几支口红，每一支都拧开来瞅一眼。他看口红一眼，又似有似无地看李明珠一眼，好似在比较哪一支口红涂在李明珠的嘴上会比较好看。

李明珠哪里知道他心里这些小九九，不耐烦道："你看好了没？"

陆遥嘟囔："你急什么，我要慢慢挑。"

李明珠在心里冷笑一声：你读书怎么没这个耐心，给女同学挑口红倒是耐心得很。

陆遥拿了其中一支口红问道："你觉得这一支怎么样？"

李明珠看都没看，说："不怎么样。"

"是吗，我觉得还蛮合适你的。"

李明珠猛地转过头，呼吸一窒，看着他。

陆遥一愣，这才反应过来自己说漏嘴了。

两人登时尴尬地僵持着。

好在这时候一直在边上打量两人的服务员凑了过来。

店里面有不少女服务员从刚开始就偷看进来的这两个男生，陆遥和李明珠都生得好看，站在一起不用化妆都能直接去拍广告，自然吸引了不少姐姐的注意力。

"先生你好，请问有什么可以帮助你的吗？"

此时李明珠心情复杂，摆摆手说："不用。"

"等等！"陆遥拉住她，女服务员的眼睛猛地亮了一些。

陆遥道："我要这支口红，还有这个，这个，这个，这个套装。"

他一口气在柜台上点了六七个颜色的口红，有淡淡的粉色，也有传统的大红色。服务员一看这学生模样的小帅哥出手这么阔绰，立马就给他打包好了。

二炮正好买完了东西，在休息区没找着李明珠，往前一看，正看见陆遥和李明珠在口红专柜站着。

“李明，你们到那儿干吗？”

陆遥没心情和二炮说话，李明珠正在因为“陆遥说口红适合她”的事而震惊。

她装男人这么多年，从来不碰女生的东西，哪怕是私底下也没有想过恢复女儿身。

李明珠好似天生没有性别概念，她不喜欢樱桃发卡，不喜欢碎花裙子，也不喜欢足球、篮球、电竞游戏。

李明珠除了对金钱有所需求，似乎没有什么兴趣爱好。但也正因为如此，她对陆遥说的这句话才会有这么大的反应。而且她的第一反应不是“我不要涂”，而是“我被发现了吗”。

一向淡定的李明珠这会儿有点不淡定，她思来想去，都捉摸不透陆遥的意思。看他那样，也不像发现了自己的身份。但如果不这么想，她又想不出他这么做的理由。

李明珠只能把陆遥的行为归结为：他又疯了！

“疯了”的陆遥接过服务小姐打包好的口红，不动声色地拎在手里，也没有出现让李明珠涂抹的行为。

二炮眼尖，看到他的袋子，羡慕道：“你买这么多口红啊，真有钱，送女生的？”

陆遥开口：“不是。”他说完，好似害怕李明珠误会什么，看了李明珠一眼，又补充了一句，“我没有女朋友。”

李明珠听完了，心想：你看我干什么，莫名其妙。

她虽然觉得莫名其妙，但是听到这句话心里竟有些高兴，先前的抑郁一扫而空。

“啊？不是二部传媒班那个女生吗？”二炮大惊。

陆遥道：“什么传媒班的？”

“灌水区都刷疯了，之前还放了你们的照片在论坛里，在首页上飘了两天。”二炮思索片刻，“就是前几天中午。”

陆遥仔细想了想，他对不重要的东西不怎么上心，想了半天前几天中午发生了什么，没想出个所以然来，倒是想到了前几天李明珠对他爱搭不理的，叫他烦了很长一段时间。

想到这里，陆遥不知道是不是被雷劈了脑袋，茅塞顿开。

他猛地抓住李明珠的肩膀，说：“你因为这个生气？”

“什么？”李明珠疑惑。

陆遥的语气称得上雀跃了：“因为那天我和孟佳璐吃饭去了，没去找你，你是不是不高兴了？”

他扬扬得意，嘚瑟得要命。

李明珠听罢，脸色一白，随即说道：“胡说八道。”

“你还生气！”陆遥指着她，“你就是心虚了，你是不是因为这事儿和我闹别扭？”他说完，立刻肯定地补充道：“你就是！”

二炮被陆遥打的哑谜搞蒙了：“啥？你们俩咋啦？”

“他发疯。”李明珠恼羞成怒，甩开陆遥的手，“你的礼物买好了吗？买好了就走。”

二炮连忙跟上李明珠的脚步，追上去道：“哦哦，走吧。”

陆遥的心情好得很，他这会儿终于解开了前几天的未解之谜，走路都是飘的。

李明珠生他气是因为他陪别人吃饭，不陪她。

李明珠以前可从来不在乎他跟谁吃饭，但现在李明珠生气了，这就说明：他在李明珠心里还是有地位的。

且不管是什么地位，反正比那个房东儿子的地位高！

陆遥美滋滋地想着：哥就是这么有魅力。

直到李明珠走得越来越快，陆遥有点儿跟不上了，他才说：“喂，李明，你干吗啊，走这么快，赶着投胎？”

李明珠皱着眉，二炮道：“要不要等等他？”

“不等。”李明珠冷声道。

二炮刚想说，这不太好吧，陆遥已经走上来了。

“你这人怎么脸皮这么薄，随便说两句就要给我甩脸色。”陆遥委屈地嘟囔。

“我比不上你脸皮厚。”李明珠奉还这句话。

“咱们坐一号线回去吧？”二炮开口，“一号线今天有樱花专线，是网红地铁！”

李明珠道：“二号线快。”

“我想去看看全是樱花的地铁，好看的话，下次带我朋友来。”二炮挠挠头，不好意思道，“虽然八字还没有一撇。”

陆遥突然开口：“你自己回去，我和李明还有东西要买。”

二炮“啊”了一声，看着李明珠。

李明珠开口：“我没有……”

“我有。”陆遥霸道地打断她，“你陪我买，你昨天说的，男人说话算话。”

李明珠想：我又不是男人！

但她装男人，姑且也算个男人，一听陆遥旧事重提，只好答应。

二炮买了东西，急着回去做，干脆地挥手道：“那你们俩逛，我先走了。”

一瞬间，原地就只剩下李明珠和陆遥两个人了。

李明珠无奈道：“陆遥，你到底要买什么？”

陆遥果断地把手里的袋子往她眼前一提，遮住了她所有的视线。

为了防止李明珠恼羞成怒揍自己，陆遥还很有先见之明，提前按住了李明珠的双手。

李明珠：“……”

陆遥咽了咽口水，试探道：“你有没有涂过口红？”

来了！李明珠心中警铃大作：“你想干什么？”

“我……”

“做梦！”李明珠还没等陆遥把这句话说完，直接开口拒绝了。

陆遥道：“你还没听我说完呢。”

“你尾巴一翘，我还能不知道你要干什么？”

陆遥挪开袋子，手却还压着李明珠的手：“你让我涂一次吧。”

李明珠的嘴角抽了一下：“你有什么毛病？”

陆遥显然也觉得自己有毛病，不过他胜在不要脸，固执地坚持自己的要求。

他长这么大，还是第一次买口红。

陆遥也说不清楚自己有什么需求，他就是觉得这小小的化妆品抹一点到李明珠的脸上，一定能勾勒出一个精美的艺术品。

李明珠道：“放手。”

“我不放。”陆遥急了，东西都买了，那股想把口红涂在李明珠嘴上的意愿越发强烈。他这时候灵机一动，突然想起昨天晚上帮李明珠藏手机的事情，眼睛一亮，“你还欠我一个人情呢！”

李明珠：“……”

当陆遥说出这句话的时候，李明珠也想起自己手机那回事了。但一码归一码，她不可能真让陆遥把口红涂在自己嘴上。那成什么了，路过的人怎么想？你一个大男人，抓着另一个大男人涂口红，这是什么诡异的画面！

陆遥紧紧盯着李明珠，那双眼睛湿漉漉的，好似一只等着奖励的小奶狗。

“你答应我的……”他这回重复了一句，带了一点儿不易察觉的撒娇和奶音。

李明珠喉咙一哽，看着陆遥这表情，心立刻软了大半，又被他的声音喊得有些动摇，恍恍惚惚、半推半就，叫陆遥得逞了。

等李明珠反应过来，陆遥已经把她拖到了偏僻处供人休息的凳子上，跃跃欲试地拧开了其中一支小羊皮。

李明珠僵硬着身体，想站起来给陆遥一脚，但是她都答应了，现在反悔也太不是人了。

李明珠只好安慰自己：涂口红而已，没什么大不了的。

殊不知，李明珠的底线都叫陆遥踩过去了。她向来不是这么容易心软的人，但是陆遥总有办法一次一次磨得她同意。要是提出这个要求的换成任何其他人，早就被她套个麻袋乱棍打死，抛尸乱葬岗了！

李明珠伸手，在半空中等了一会儿，陆遥拿着口红，没有打算给她的意思。

李明珠：“？”

陆遥动了动喉咙：“我帮你……”

李明珠：“！”

“你别……得寸进尺！”李明珠忍了忍，“拿来。”

陆遥振振有词：“这里又没镜子，你要是画歪了怎么办？”

他说得很有道理，仿佛即将进行的是一场什么神圣的仪式。

李明珠忍气吞声，勉强接受了他这个狗屁不通的道理，咬牙道：“要涂快涂。”

陆遥道：“你把头抬起来一点。”

李明珠想：要求还这么多！

她微微抬头，整张脸就完整地映入陆遥眼里。

陆遥看了一会儿，看得神志有些飘，鬼迷心窍地继续道："你闭上眼睛。"

李明珠皱眉："你的口红要拿来当眼线笔画吗？"

陆遥反驳："你看着我，我画不好，一会儿画歪了怎么办？"

李明珠心想：屁事这么多。

她闭上双眼，睫毛轻轻地颤动着。

她不说话的时候像精致的娃娃，大概得聚集世界上最好的艺术家竭尽所能，花上一生才能雕刻出来。

但是李明珠一开口，精致的娃娃立刻变成巫毒娃娃。

"可以了吗？"她冷酷道，"可以了就快滚。"

陆遥心想：破坏美感。

他看着李明珠，看出了一股违和感，并且还有越来越严重的趋势。平时他就觉得这人娘，如今涂上口红一看，更加娘了！

李明珠肤色瓷白，小羊皮的口红又是大红，反差强烈，叫人挪不开双眼。

陆遥说不上李明珠身上出现的违和感是什么。其实事实很简单：他先入为主地接受了李明珠是个男人的事实，所以李明珠表现得再怎么女生的细节，也只会被他归类到娘里面。

但李明珠本人确实是个女人，天天黏着李明珠的陆遥就生出了违和感。

除了陆遥，其他人看李明珠其实并没有什么特别。

李明珠给人的感觉是个男人，学生证是男的，身份证也是男的，户口本也是男的。官方盖章，证据确凿的事情，没有谁会无聊地怀疑自己同学的性别。

再者，李明珠娘的概念，还是陆遥第一个提出来的。

她长这么大，最多被说过清秀，什么时候有人敢说她娘了！

她可一点儿也不娘，行为作风干净果断，不拖泥带水，叫人赏心悦目，半分看不出娘。

李明珠是个女人，也是个雷厉风行的女人，说一不二，补充一点：她还是个老古板。

陆遥说李明珠娘，纯粹是因为他觉得李明珠太娘了。

所以事实上，李明珠根本不娘，也根本没有人怀疑她性别的真实性，单纯是他自己胡思乱想。

他回过神，李明珠抿了抿唇。

她从来没在嘴上涂过口红，此时嘴上黏糊糊的，叫她开口说话，上下嘴皮子耷拉在一块儿都觉得不舒服。

李明珠立刻就要拿出餐巾纸擦掉口红，陆遥道："你这个纸擦不干净的。"

他盯着李明珠的脸，有点儿挪不开视线，心虚道："我有湿巾，化妆品店送的。"

陆遥从盒子里拿出湿巾，李明珠就让他看了这么一会儿，她作势要擦掉口红。

哪知道不凑巧，遇见熟人了。

"李明？"

李明珠听见有人叫自己，下意识地抬头一看，和徐程的视线对了个正着。

徐程低头的时候认出了李明珠，结果等李明珠抬头的时候，他却有点不敢认了。

因为眼前这个李明珠和平时有很大的区别，平时李明珠做事一丝不苟，认真严谨，而现在的李明珠涂了口红，凭空生出了一丝妩媚。

李明珠淡定地拿着湿巾，在徐程诧异的眼神中把口红一点一点地擦除。

徐程开口："你……这……怎么……"

李明珠道："陆遥买了口红，挑不好颜色，我帮他试。"

徐程："……"

这是个什么编瞎话的操作？

但李明珠的瞎话随口就来，关键是她这人从小就是个撒谎高手，说起谎来面不改色，给人很强烈的信服感，平白无故地叫你相信她。

徐程有些动摇，可李明珠就给他这么一个说辞，再加上他和李明珠也只是普通朋友的关系，实在不好多打听别人的事情。

而且不得不说，李明珠刚才那个模样给徐程的心灵带来了巨大的震撼。徐程还不知道有哪一个男人涂上口红能这么合适……

陆遥看见徐程，起初只是觉得眼熟，还没想起来这家伙是谁，结果看久了，猛地记起来了：这不是那个房东的傻儿子吗，和李明珠住在一起的！

前一条不打紧，后一条足够这人以死谢罪了！

偏偏徐程一点儿都不知道看脸色，他道："这么巧，等会儿一起回去吧？"

"谁跟你回去？"陆遥皱眉，将李明珠拉到自己背后。

徐程看陆遥也不太舒服，他道："我问李明。"

言下之意：关你什么事。

徐程知道陆遥在学校里面十分嚣张，影响力很大，背景也很深，但也不是人人都怕他的。

比如徐程，一个坚信世上皆有公道在，读书就能有出路的青年才俊。

也不能说完全不怕，他在学校还有点儿怕陆遥，但在外面的时候，陆遥还能只手遮天不成？

李明珠道："不用，你先走吧。"

陆遥乐了一声，十分满意李明珠的态度。

徐程道："顺路一起吧，你还要买什么吗？我陪你。"

"你找死啊？"陆遥开口道。

徐程看着陆遥，陆遥眼里明显泛上一股怒意。

他心想：我不过是和李明结伴回家而已，你这么生气干什么？

徐程搞不懂陆遥的态度，但陆遥越是生气，他就越是不服。明明他先认识李明珠的，这高一小屁孩，跩什么跩！

李明珠只知道陆遥一天要抽几次风，没想到今天徐程也跟着抽风了。

"不介意加我一个吧？"徐程笑道。

"介意，快滚。"陆遥很不客气。

李明珠揉了揉眉心，陆遥拉着她就走。

他心想：徐程要是追上来，自己就直接揍他一顿。

陆遥拒绝得如此明显，徐程原先还想跟李明珠说说话，套点近乎，但是现在李明珠直接被拉走，所以他什么都还没说。

徐程也不至于这么厚脸皮，非要跟着，陆遥回头冷冰冰地看了他一眼，好似他是什么妖魔鬼怪。

徐程心想：神经病啊！

李明珠被他扯得手疼，说："你够了没？"

陆遥发起"小姐"脾气来："他怎么对你死缠烂打？"

李明珠心想：一直死缠烂打的到底是谁？

"你能不能懂事一点儿？"

"懂事一点儿——"陆遥和她同时出声，他用了个冷笑作为结尾，"你除了说这句话还有什么？”

李明珠摆摆手，说：“等你哪天真的懂事了，我就不说了。”

陆遥小声嘀咕了一句，李明珠没听清楚他说什么，他便提高声音：“你家在哪里？搬家，不然我就住过去。”

李明珠面无表情地想：傻瓜。

陆遥又提起这个话题：“凭什么那个徐程能住，我就不能住？我和你的关系难道没有你和他的好吗？”

“你是吃不到糖的三岁小孩儿吗？”李明珠呵斥，“学校里有宿舍不住，非要住外面！”

陆遥道：“那你搬到我的宿舍来。”

他越想越有理：“正好我没有室友，一个人住双人间没意思，晚上无聊死了，你住过来我们晚上可以一起打游戏，我带你飞！”

陆遥提起游戏，眼睛都亮了亮：“你玩不玩《勇者传说》？”

李明珠乐得他自己岔开话题，顺势就接了话：“没玩儿过。”

陆遥瞬间就颓了一些，李明珠见势赶紧补充：“我听人说过。”

《勇者传说》是现下风靡全球的一款电竞游戏，三年前成立了职业联盟，现在发展得如火如荼，各大战队的宣传标语在商场明显的地方都能看得到。

李明珠不玩游戏，却也听过这款人气爆棚的端游。

李明珠道：“你以前玩的就是这个？”

她初中毕业的时候去教陆遥，陆遥那时候读初中，游戏就已经玩得很厉害了。他操控的那个小人好像是个剑客，穿着一身极品装备，走位极其风骚，在花花绿绿的界面里几乎所向披靡。

“对啊，竟然有男人不玩这个游戏！”陆遥对于李明珠不玩《勇者传说》表示出了极大的不满。

“我不感兴趣。”李明珠解释了一句。

她虽然不感兴趣，但对于别人的兴趣爱好，她都会给予最大的尊重。

陆遥不再提游戏的事情了，他左手拎着装着化妆品的袋子，里面装满了口红。

李明珠问他还要买什么。

其实他什么都不想买，觉得就这么和李明珠瞎逛也挺有意思的，但是这种话他才说不出口。

陆遥说不出口，李明珠就要扔下他回家，他赶紧道：“我送你回去。”

李明珠果断拒绝："你别把我和你那些女性朋友混为一谈。"她冷淡地看了陆遥一眼，"我不至于娘到要男人送我回家。"

陆遥成天用"娘"这个字形容李明珠，却没想到自己有一天会被李明珠用这个字怼，简直是搬起石头砸自己的脚。

李明珠和他在地铁口分开走，走之前，他拿袋子的手就"拿不住"了。他把整个袋子都塞给了李明珠，李明珠觉得无语："你干什么？"

"送你了。"陆遥理直气壮道。

"你觉得我用得上这个？"李明珠皱眉。

"反正我用不上，你要是不要的话，直接扔掉好了。"陆遥没给李明珠拒绝的机会，干脆地开口。

他有钱，做派潇洒得不行，只要不喜欢就能扔掉。

但是从小到大都过得穷困潦倒的李明珠听到陆遥这番话，恨不得上去抽他两巴掌。

李明珠是看着陆遥刷卡的，就袋子里的这几支口红，一刷就刷了好几千。

好几千的东西，说扔就扔，简直……

"胡闹！"李明珠骂道，她收起袋子，开口道，"我替你收着，等你以后要的时候来找我。"

"送人的东西哪有拿回来的道理？"陆遥叫道。

"口红是送给女生的。"李明珠无奈了，只好和陆遥协商，"等你什么时候有喜欢的人了，我替你给她。"

陆遥一股气憋在肚子里，很不舒服。

"你就这么不想要我的东西？"

"要不起。"李明珠冷漠道，"很贵。"

"那你就当我送给女生好了！"陆遥不耐烦地喊道。

他喊完了，突然回味过来，自己这话好像有歧义。

他一看李明珠，李明珠直接愣住了。

陆遥好似被噎着了，急急忙忙地开口解释："我不是……"

李明珠冷笑一声。

陆遥的解释卡了一半，心想：她冷笑一声什么意思？

可惜李明珠也不想和他解释自己为什么冷笑一声。

陆遥不敢问，并认为李明珠笑得很不合时宜。

地铁正好到站，李明珠前脚跨进去，陆遥后脚跟着进来了。

李明珠看他道：“你不是要回学校吗？”

陆遥心想：当然是搞清楚你为什么冷笑比较重要！

陆遥也学着李明珠冷笑一声，说：“我去哪里和你有关吗？”

李明珠一听他的话，就知道他又犯少爷脾气了，便果断选择无视。

两人沉默无言，等李明珠下了地铁，陆遥也跟着下地铁。

李明珠住的地方离学校不远，是个城中村。下地铁之后走五百米，绕过马路口的菜市场，李明珠走进了一条胡同，胡同两边遍地是菜农、烫串儿的、卖小玩具的。

李明珠走到菜市场的时候，离家已经很近了，陆遥还跟着她，这就有点不妥。

“你为什么跟着我？”

“顺路！”陆遥道，“谁跟着你了？”

李明珠冷冷地看着他。

陆遥被看了一会儿，心虚了，憋屈道：“我跟着你又怎么样？那个什么房东的儿子能到你家去，我就不能吗？”

陆遥对到李明珠家里去特别执着。其实他以前没有这么执着，但是没有对比就没有伤害，一想到有其他男的捷足先登，他心里就不舒服。

而李明珠像一只猫一样，警惕地磨了磨爪子。

陆遥的脾气硬得不行，但他已经走到这里，万不可能叫他打道回府，所以他决定抓着李明珠的软肋：来软的一套。

陆遥撒娇并不是每一次都有用的，特别是在踩着李明珠的底线“跳舞”的时候，他也要掂量一下，在撒娇之前得做点儿准备，俗称：化整为零，逐个击破。

他不提要去李明珠家里的事情，而是眼睛一亮，指着烧烤摊说：“我要吃烧烤。”

李明珠看了一眼烧烤摊，摊主在这里烤了一年多，签子上的肉被红色的热炭烤得噼啪作响，油亮醇香，铁板往下一压，发出长长的刺啦声。

但李明珠目光一转，又看到边上的大垃圾桶，皱眉道：这什么毛病，在垃圾桶旁边烤肉，卫生吗？

她平时懒得管这些东西卫生不卫生，如果什么都管一管，那她就是城管，不是学生。

所以李明珠平时不会注意到摊主在垃圾桶旁边烤肉，不会觉得摊主在做一件多么罪大恶极的事情，只不过今天陆遥要去吃，李明珠便觉得：这个摊主简直罪无可赦。

“不行！”李明珠果断拒绝。

陆遥的眼睛落在烤肉上：“那吃什么？都下午了，你肚子饿了。”

陆遥说话就这样，带着命令的口吻，天生不知道什么叫尊重别人。

李明珠鲜少吃这些垃圾食品，虽然她自己吃的东西也没有多营养，但是绝对比外面的东西干净。

李明珠想说自己回家吃，又怕陆遥旧事重提，非要去她家看看，只好让他到店铺吃。

“去店里吃，外面的东西不干净。”李明珠退了一步。

陆遥摸了摸下巴，开口道：“你以前早上给我带的粥是哪家店的？我想吃那个！”

李明珠：“……”

陆遥道：“你为什么用这种奇怪的眼神看着我？”

李明珠道：“除了这个。”

那粥是她自己煮的，她上哪儿去给陆遥变出个店来？

李明珠向来起得早，前一天下午她就买了菜，凌晨四点半起床后，她就把放了油盐的米泡上半小时，接着用小火慢慢煮，放在里面的蔬菜和肉末都是另外煎的。

哪家早餐店能这么费心费力地给他煮一碗粥？

“你就没点儿其他想吃的吗？”李明珠揉了揉眉心。

陆遥的眼睛又在附近扫了半天，锁定了一家麻辣烫店。

“吃那个！”

李明珠看过去，挑了挑眉：“你能吃辣？”

“不能。”陆遥果断回答，“但是我想吃。”

李明珠评价：吃饱了撑的。

陆遥走进店里，他像个没来过麻辣烫店的新奇小孩儿，拿着夹子和篮子，一个一个地夹起食物问李明珠。

“这是什么？”

李明珠只要回答了，他就会把眼睛瞪得大一些，感慨一句：“这也能煮着吃？”

陆遥显然是十指不沾阳春水的大少爷，七七八八地点了一堆，李明珠赶紧阻止：“别点了，你吃不完的。”

“我才点了三十多块钱。”陆遥一脸不解。

李明珠嘴角一抽，说：“你再点下去，一会儿端上来的就是个脸盆。”

陆遥于是作罢。

陆遥坐在位子上等麻辣烫的时候，撑着下巴百无聊赖地打量过往的人群。

他们坐在靠门的位置，此时正是下午四点多，一个吃了晚饭嫌早，不吃又会饿的时间点。

外头热闹非凡，路面黏着几份菜叶和塑料袋，随处可见刚放学的小学生——脏兮兮的，像风一样跑过，卖鱼的和卖菜的闲聊着。

越到巷子里面，各种各样的小店就越挤在一起，中间只能勉强空出一点儿缝隙来当路走。

陆遥生在大城市，住在别墅里，见识的都是大理石的地面和干净的玻璃门，出门只管往市中心的五星级酒店住，还从来没见过这么泥泞又不堪的巷子，脏乱，却充满了生活气息。

麻辣烫店的对面是个卖零嘴的小店铺，柜面上积了一层灰，上面摆了许多饮料。

李明珠见他盯着小卖店的饮料看，于是打开了座位后面的小冰箱，开口问：“你要喝什么？”

“可乐。”陆遥答道。

李明珠拿了一瓶可乐出来递给他，他开口：“你不喝？”

“我喝水。”李明珠没有喝饮料的习惯。

实际上，她小时候眼馋过这些五颜六色的汽水，但是甜甜的汽水昂贵，而且喝了会上瘾，

最好的办法就是从一开始就不去沾染，便不知道甜味是什么，不至于想得那么厉害。

童年时期的李明珠拿不出多的钱来奢侈，她在这样的环境里，早早地学会了自制和忍耐，而这个习惯一直延续到现在。她认为与其上瘾，倒不如一开始就不知道甜是什么，一直苦着就不会太痛苦。

但她现在的自制力好像不如从前了，一边警告自己立刻住手，一边又放纵自己再多延长一秒。

她实在是太缺爱，太缺陪伴了，偏偏在这时候，陆遥二话不说、强制地进入了她的世界。

李明珠旋开水杯的瓶盖，抿了一口，白开水是没有味道的，一如她

的感情。

陆遥像她灰色的宇宙里突然开出的一朵小玫瑰，脾气又差又任性，还长了四根尖锐的刺，一天到晚要求这个要求那个，要她给他盖个风罩，要她不准养其他的绵羊。

可那又怎么样，她只有一朵这样的玫瑰，他和太阳一同在她的心里出现。她梳理他的叶子时，阳光照在他的花瓣上，让这颗星球都变得独一无二起来。

但李明珠茫然无措地面对陌生的感情，束手无策地站着，也许她会拧瓶盖，拧开之后又拧上，让它变得和以前一样，暂时就能不去处理。

她也用这个“不去处理”的办法处理陌生的感情。

陆遥见李明珠发呆，敲了敲桌子：“你怎么不吃？”

李明珠顿时回过神：“我不吃辣。”

“哦，我知道，好多南方的人都不吃辣。”陆遥恍然大悟，“那你喜欢吃甜的？”

李明珠摇头。

陆遥想：你甜的也不吃，那吃什么？

麻辣烫端上来得很是时候。

陆遥看着上面飘红的辣椒，沉默了。

李明珠见了，眼睛里浮起一丝笑意：“你吃啊，怎么不吃了？”

陆遥抬头看李明珠，果然看见李明珠取笑他。

“我怎么不吃了，我是不知道怎么下口！”陆遥拿起筷子，拨弄了两下汤面，露出里面杂七杂八的蔬菜和丸子。

他吃了两口，眼泪立刻冒了上来。他火速拧开可乐灌了两口，冰过的可乐灌进胃里，勉强解了些辣。

李明珠原本是抱着看乐子的心态看陆遥，结果见陆遥果真吃不了辣，眼睛都红了，这才收了笑意。

“你不能吃辣还点这么辣的！”

陆遥已经灌下去大半瓶可乐，还有再灌的意思，却被李明珠没收了。

“一会儿吃热的一会儿吃冷的，我看你是不想要命了。”她骂道。

陆遥辣得吐出一小截舌头，泪眼汪汪地看着李明珠，看起来可怜得要命。李明珠心软了，“啧”了一声，把自己的水杯拧开，递了过去。

陆遥接过水杯，猛地喝了两口，放下时才发现，这是李明珠平时常用的水杯。

他看清楚水杯的模样时，心脏猛地一跳。

李明珠用汤水将麻辣烫过了一遍，现在它已经没有麻辣了，只剩下烫。

她一出来，陆遥猛地把水杯放在了桌上，动静太大了，还砸出了一声巨响，砸得李明珠都心疼自己的水杯。

“你为什么一副见了鬼的表情？”李明珠把白生生的麻辣烫放在他面前。

陆遥做贼心虚，“嗯嗯啊啊”了半天，道：“什么见鬼，谁见鬼了？”

李明珠拿起桌上的水杯，陆遥像一只小奶狗一样警惕地盯着水杯。

水杯里面已经没水了，李明珠便去饮水机里接了半杯，一边走一边喝着，回到了座位上。

陆遥的目光早已不在食物上，鲜美的丸子他味同嚼蜡。

李明珠擦了擦嘴巴，疑惑地看着陆遥：“还辣吗？”

陆遥收回目光，垂下眼，咳嗽一声，说：“有点儿。”

李明珠拆了一双筷子，夹了一个丸子放进嘴里，尝完了开口：“还好。”

她都能接受的味道，已经称得上是没味道了，道：“已经不辣了，你少给我装。”

陆遥现在根本听不见李明珠说什么，满脑子都是大事不好！

第十二章 李明珠

这顿只剩下“烫”的麻辣烫陆遥吃了将近一个小时，磨磨蹭蹭，直到外面夜幕降临，巷子里各种各样颜色的灯被逐一点亮。

陆遥放下碗，吃得有点儿撑，碗里还剩下一大半没吃完。

李明珠说都说累了，而且这样的小店里，打包也是个不切实际的想法。

陆遥站起身往外走，李明珠跟上，她道：“我带你出去。”

陆遥可不打算出去，他道：“我还要逛一会儿。”

“这里面有什么好逛的？”李明珠道。

“你管我。”陆遥“哼”了一声，走了和李明珠相反的路。

巷子的左右两边，往右越走越深，里头也越来越挤。

陆遥好似走进了这个城市的另一个世界，他一边走一边问：“你从小就住在这里吗？”

李明珠道：“嗯。”

陆遥指着趴在店门口、搬着小凳子做作业的学生，店里放着《宫锁心玉》，孩子的母亲看得津津有味，陆遥就问：“那你小时候也这样写作业吗？”

李明珠回答：“我不会趴在门口。”

陆遥抬头看着巷子上方的天空：连天空也只剩下一条线，隐约能看见几颗星星。

“李明，咱们和好吧！”陆遥突发奇想。

“什么？”

“我说我们和好吧，我不计较你以前的缺德事儿，咱俩扯平。”

李明珠挑眉看着陆遥，像不相信陆遥的鬼话。

陆遥道：“我真心的，我觉得你这人还是不错的，咱俩算不打不相识。”

他说："要不然我怎么会考上省一中，还遇见你了，这是缘分。"

陆遥说得头头是道，把李明珠说笑了。

"我还以为你打算记恨我一辈子。"

"记仇的是你吧？"陆遥嘟囔一句。

李明珠笑了笑，没说话。

陆遥道："我问你呢，李明，我们握手言和，重新做朋友吧？"

李明珠看了看两边的路，开口问："陆遥，你觉得这个胡同脏吗？"

陆遥看了眼自己的鞋，雪白的鞋底被泥点溅成了一幅抽象主义的画，抽了抽嘴角："这不废话吗！"

李明珠开口："茨威格写过一个短篇小说，叫《普拉特的春天》，收录在《一个陌生女人的来信》里。"

"你看书吗？"

陆遥眨了眨眼，实话实说："不看。"

"有机会你可以看看这个故事。"她道，"然后再想想你刚才说的话实不实际。"

陆遥觉得莫名其妙，道："你什么意思？"

李明珠答非所问："走吧，你要走这里也可以，就是要路过一个垃圾场，从那里绕出去，走两百米就是地铁站。"

陆遥没听她后面的话，心想：什么故事？我今晚就非要看不可！

李明珠刻意绕过了这个话题，陆遥心有不甘，心里有点儿生气，气鼓鼓地走了片刻，突然被一道千娇百媚的声音叫住了。

"哎，穿白衬衫的小哥，新来的啊？"

李明珠脸色一黑，陆遥正要转头看谁喊他，却被李明珠呵斥道："不准看！"

陆遥赶紧转过头："怎么了？"

李明珠开口："不要乱看。"

女人柔媚的声音继续响起："干吗呀？小哥，给姐姐看看嘛，我头一次看见你，好眼生呀！"

陆遥伸出指头指了指自己："她在喊我？"

李明珠闭上眼睛，说："多的是人喊你，每个你都要看吗？"

陆遥心想：那当然不是。

"嘻嘻嘻，他害羞啦，还是你朋友不让你看啊？小哥，哎，小哥，你是不是——我的天！李明！"喊陆遥的那个女人突然倒吸一口冷气。

原因是李明珠突然回头，冷冰冰地盯着她。

“你在这儿给我站着。”李明珠命令陆遥。

她快步往后走，走到那家灯光暧昧、打着洗头店旗号却干不正当勾当的店里。

店门口的那个女人穿着艳红色的低领衣服，半个胸部都露在外面，两条丰满的腿裹在黑色的网格丝袜里，高跟鞋和衣服同色，卷着大波浪，化着浓妆。

她见李明珠过来了，惊恐地站起来。

“你很闲？”李明珠脸色阴沉地看着她。

那女人好似和李明珠认识，往后退了一步：“没有。”

“我看你叫得挺欢畅的，我现在过来了，怎么不继续叫？”

女人尴尬地笑了一声，说：“我不知道那是你朋友……”

店里又走出一个短发女人，端着白瓷红底的洗脸盆，搭着一条毛巾，看到脸色阴沉的李明珠，手抖了一下：“哎呀，李明啊，好久没见了，你们俩这是干啥呢？”

穿黑丝袜的女人干巴巴地开口：“有点儿误会……”

“有误会说开了就好，我去给李明倒杯水。”短发女人道，“今天你不上学啊？”

李明珠淡淡地开口：“管好你的嘴，不要随便乱叫。”

“不用给我倒水。”李明珠瞥了穿着黑丝袜的女人一眼，以示警告，之后便走了出来。

李明珠一走，短发女人就砸下脸盆：“你怎么得罪这个活阎王了？”

“谁知道那是她啊，知道是她，我敢叫吗？”穿黑丝袜的女人见李明珠走了，顿时翻了个白眼，“算我倒霉，走路上叫个人都能叫到她的人。”

“你干什么了？”

“我看有个小哥挺帅的，叫了两声，没看见他旁边站的是李明，李明回头的时候吓死老娘了。”穿黑丝袜的女人拍拍胸脯，被吓得不轻。

短发女人心有余悸，看了一眼李明珠离去的背影，小声道：“别得罪她啊，以前得罪她的人都没好下场。这家伙从小心肠就歹毒，她妈被撞断腿都是活该，都是她害的，遭天谴！”

“你以为我想招惹她啊。”穿黑丝袜的女人嘀咕了一句。

而另一边李明珠走回来，陆遥问道：“为什么洗头还要专门开个店？不是有理发店吗？”

“你读书的时候怎么不这么好学？”李明珠冷酷道。

陆遥瞥了两眼店铺，说：“那灯光也太暗了，这样怎么做生意？”

“你管人家做生意干什么，以后见了这种店给我绕道走。”李明珠提醒他。

陆遥沉思一会儿，醍醐灌顶：“我知道了，这是那个……”

李明珠果断道：“闭嘴！”

陆遥脸色薄红，突然弄懂了这个店的含义。他羞赧完毕，突然想到李明珠刚才神态自若地走到店里，好似还和店里的女人讲话。

他的脸色可就红不起来了，而是完全变得惨白。

“你怎么认识她们？”陆遥大叫，“你还和她们说话！”

李明珠捂着耳朵，说：“我听得见。”

陆遥大惊失色，拽着李明珠的手，要她解释清楚：“你怎么会认识她们？你以前是不是……”

“我疯了吗？”李明珠翻了个白眼。

“那你到底有没有？”陆遥紧张地问道。

“没有。”李明珠摆手。

她一个女的，就算是想有点儿什么，也不可能啊！

陆遥迟疑道：“真的没有？那你怎么认识她们的？”那些女人干什么事情的，陆遥心里隐约知道了一些，无非就是干中华传承了几千年的古老事业。

李明珠动了动喉咙，淡淡地回答：“我妈干这一行的。”

陆遥愣住了，他干巴巴地看着李明珠，李明珠对此毫不在意：“你还有什么要问的吗？”

“没有了。”

“没有就赶紧走。”李明珠加快步伐。

陆遥感觉到自己问了不该问的东西，像做错事情的小孩儿一样跟在李明珠身边，迫切地想找一个话题继续聊下去，好证明两人之间没有因此产生隔阂。

但陆遥还没有找到下一个话题，他就发现巷子里面冒出了许多这种洗头店，像断点连成线，起初只有零零散散的几家，后来则是连绵不绝，甚至有穿着宽大衣服的男人穿梭在这些店里。

陆遥想：李明就在这样的环境下长大的吗？那是怎么长成现在这副小古板模样的？

陆遥长了一张拈花惹草的脸，哪怕巷子里的灯光如此昏暗，都挡不住他的荷尔蒙，一路走下来，店里的女人张着血盆大口，仿佛要吃了他。

浓厚的香水味充斥着这条暧昧昏暗的巷子，直到陆遥身上被扔了一条粉色的香帕，李明珠脑子里名为理智的弦“咔”一声断掉了。

她的太阳穴突突地跳，冷酷地把手绢从陆遥身上拿下来，走到店门口，咬牙切齿道：“你再扔一次，信不信我让你把它吃下去？”

李明珠看着不像开玩笑，把店门口的女人吓得咽了咽口水，收起了搔首弄姿的劲儿，像小鸡啄米似的点点头。

李明珠紧接着扫了一眼周围的店，她的目光犹如实体的刀刃，架在所有人的脖子上。

陆遥打了个寒战，心想：怎么有股杀气？

李明珠走回来，陆遥道：“哎，她们为什么都挺怕你的？”

陆遥往店里瞥了一眼，被李明珠扭正了脑袋：“你一个学生，少给我动歪心思。”

陆遥觉得自己受了冤枉。

李明珠见不得这些东西沾染陆遥，她像个长辈一样，对陆遥关心备至，把他当个小孩来照顾。

陆遥对这事懵懂无知，她不能看着陆遥走错路，否则以后她死了，九泉之下都没法儿和陆知交代。

她一闭眼就能想起陆知。当年陆知一笔一画教她写字的时候，曾经提到自己有个调皮捣蛋的弟弟，比她小一岁。陆知是个温柔到骨子里的人，提到自己弟弟的时候，神情就更加温柔了。

那时李明珠还是个萝卜丁小孩儿，因此争风吃醋损过陆遥，像个傻瓜似的问过陆知：“是你那个调皮捣蛋的弟弟聪明还是我聪明？”

陆知果断道：“你比较聪明。”

她因此扬扬得意了许久。

也许是她小时候就这么隔着十万八千里骂过面都没见过的陆遥，所以后来才遭到了报应。

李明珠回过神，面前陆遥的脸和陆知的脸重叠在一起，陆遥道：“你愣着干什么？”

李明珠想：可能是要到陆知的忌日了，所以这两天她才会经常想起陆知，说不定晚上陆知还会托梦过来，大约要她多烧些纸钱。

陆遥嘟囔：“你别光说我啊，我是不会去这些地方的，你也不准去！”

“我不去。”李明珠的神色缓和了一些，顺便道，“一会儿你自己坐地铁回去。”

陆遥一听李明珠竟然还想着赶他走，他万分委屈：“这么晚了，我不能一个人回去，很危险的。我长得这么好看，一定会被拐卖的。”

李明珠：“……”

陆遥越说越入戏：“真的，我听说这几天H市都不太安全，你就忍心让我一个人走吗？”

他说完，眨了眨眼睛，很是无辜。

李明珠狠下心肠，还真是要陆遥走。哪知道上天都和他是一伙的，还没等李明珠开口拒绝他，豆大的雨滴就落在了她的脸上。

陆遥愣了一下，心里狂喜：天助我也！

李明珠皱眉道：“下雨了。”

陆遥点点头道：“还是大雨。”

果真，雨帘瞬间拉了起来。陆遥拉着李明珠跑了一段路，跑到了屋檐下，两人虽然跑得快，衣服上却淋湿了不少。

“怎么办？我回不去了。”陆遥“叹息”道。

李明珠心里无奈，陆遥又看向她，笑道：“你收留我一晚上嘛，我绝对不捣乱！真的！”

十一月，室外的温度已经低至个位数了，雨水把衣服打湿之后，李明珠瞬间感到空气寒冷刺骨。

“这里离你家远吗？”陆遥道。

“不远了。”

“那我们跑回去吧。”陆遥提议，他脱下衣服，一如既往地把李明珠整个人包得严严实实。

李明珠诧异地看着他的动作，随即反应过来，要把衣服还给他：“你疯了，这么冷的天……”

“我不怕冷，你的手比我的手冷。”陆遥道。

巷子里黑漆漆的，陆遥总觉得这个氛围说什么都显得暧昧至极，特别是两边还有紫色的灯光照在地面上，却又照不到两人躲雨的屋檐下。

陆遥开口：“你带路，我们回去吧。”

李明珠坚持要把衣服还给陆遥，陆遥不干，他威胁道：“你要是把衣服还给我，我就背着你走！”

他说完，很是坚决地补充道：“你自己选吧。”

陆遥摸黑走到大门口，李明珠拿出手机，幽蓝色的微弱的光照在锁上，她拧了两下钥匙，打开了大门。

房东就给了她一把钥匙，就是大门这一把。

蓝色的大门推开之后，里面黑漆漆一片，李明珠打开手机电筒，勉强照亮前面一米多的地方。

陆遥的眼睛在黑暗中不太好使，昏昏暗暗的，只看见水泥地板，边上放着一些杂物，头上一部分是夜空，一部分是蓝色的瓦楞板。

瓦楞板下面有一口水井，用厚重的石板盖着，上面装了辘轳，旁边有两个红色的大脚盆，应该是楼下的住户在这里洗衣服留下的。

陆遥从来没见过辘轳打水，好奇地多看了几眼。

李明珠往前走，拐过一楼的公用厕所，那味道难闻得要命，洁癖晚期的陆遥差点儿晕过去。

他想：我必须把李明从这里弄出去。

李明珠又转了个弯，绕过楼下的几家住户，打开了另一扇门，门后还有一扇防盗门，推开防盗门之后，入眼的是布满了灰尘的楼梯。

楼梯又窄又陡，勉强能容纳一个人走，不锈钢扶手上长年累月地堆积着灰尘。墙面因为潮湿，剥落了一大片，没有剥落的墙面全是小孩儿的脚印和涂鸦。

每个楼道中间悬挂了一个小小的铁窗，窗户脏得看不出原来的模样。

李明珠道："一楼的触控灯坏了。"她伸出手，"我拉你一把。"

陆遥摸索着李明珠的手，握住之后才发现，李明珠的手有些秀气，好似连骨头都是软绵绵的。幸亏一楼的灯坏了，要不然李明珠就能看见陆遥的耳朵红了大半。

"你捏这么紧干什么？"李明珠突然开口。

陆遥的手一抖，说："我怕鬼。"

李明珠道："莫名其妙。"

到了二楼，李明珠也没开灯，陆遥见红色的显示器是亮着的，伸手就想去碰一下，被李明珠拦住了。

"这开关漏电。"

陆遥眯着眼睛仔细地凑近了看，果然看见这个开关的外接全部掉在了下面，露出里面千疮百孔的电线。

陆遥道："你怎么住在这么危险的地方？"

“你不想来就走。”李明珠回答。

“你知道我不是这个意思。”陆遥反驳。

李明珠沉默地爬了一会儿楼，才开口：“又不是危楼，怕什么？”

陆遥心想：这是人住的地方吗？

但是他现在很识趣，并没有开口。

到了五楼的时候，陆遥看走到头了，下意识地扫了一圈：“这就是你家？”

五楼的公共用地被改成了客厅，毛巾搭在不锈钢的扶手上。显然，这里的不锈钢扶手一看就是有人每天擦的，五楼整整一层楼的扶手都干净得反光。

陆遥抱着手臂打了个寒战，外面雨还在下，而且没有变小的意思。

李明珠没有在五楼停留，而是走向了客厅最边上，一处外面掉了铁锈，露出猩红色栏杆的楼梯。

那是一架铁楼梯，中间由一层一层的铁板搭建，看着摇摇欲坠。

陆遥愣了一下，因为这架楼梯实在不像给人走的，但李明珠就这么走上去了。

陆遥连忙跟上，在楼梯的最上面，他看到了一块朴素的布帘。显然，李明珠已经进去了。

陆遥心想：不可能吧？

他三步并作两步跨上去，掀开布帘，先看见两个大水箱，直到他把头往左边一转，看到了正往水桶里拧水的李明珠。

这层阁楼小得可怜，分里面和外面两部分，中间拉了一层帘子。它虽然小，但五脏俱全，东西整整齐齐，干净整洁，看得出来房间的主人是个用心在生活的人。

外面靠着窗，窗下是一张小床，铁丝网拉出来的最便宜的床板，用砖头垫着支撑起来。这扇勉强称为窗的物体边上就是一扇门，门外不用说，就是李明珠平时煮药的天台。

陆遥的目光投向那张床上，下面只有一层薄薄的布料，根本谈不上什么床垫。被子叠得整整齐齐，要入冬的天气，那床被子却还没有一指厚。

“你就……就住这里？”陆遥结结巴巴地开口。

李明珠从桌下拎了一个开水壶出来，倒了一碗开水给陆遥：“你把开水喝了，等一下我煮姜汤。”

陆遥捧着开水，冰冷的手心被暖得热乎乎的。

李明珠不理会他的震惊，也不回答他，而是拉开房间里的帘子，他终于得见帘子后面的天地。

里面有一张稍微大些的床，摆在另一个靠窗的地方。床上正睡着一个女人，被褥是李明珠的三倍厚，好似家里所有的被子都堆到这张床上了。

陆遥注意到，中年女人睡的这张床是有床垫的。

李明珠看了一会儿，动手拆了苏天瑜的辫子。苏天瑜常常睡觉也要臭美，不肯解开辫子。

苏天瑜一天里大部分时间都在睡觉，而且睡得很熟，李明珠的动作轻柔，并没有把她吵醒。李明珠做完这一切，最后掖了掖被角，拉上了帘子。

陆遥开口："她是谁？"

答案不言而喻。

"我妈。"李明珠淡然道，"她的腿断了，不能下地。"

"你一个人照顾她？"陆遥压低了声音问。

"嗯。"李明珠脱下了外套，一边打开角落的箱子一边回答陆遥。

"伯母，伯母什么时候……"

"我五岁的时候。"李明珠翻了几件衣服出来，扣上箱子，"她疯到了街上，出了车祸。"

"五岁……"陆遥瞪大了眼睛，"你五岁——"

"废话多。"李明珠皱眉，把箱子里拿出来的衣服塞在他怀里，"和你有关吗？"

陆遥急急道："你就一个人……一个人做这些？"

五岁的孩子，煮饭都还要搭着小板凳，踮起脚——

陆遥五岁的时候众星捧月，要风得风，要雨得雨，穿着昂贵精致的西装，吃着最好的糕点。而李明珠却在那个时候挣扎着活下去。

陆遥来之前思考过，李明珠家里说不定真的很穷，那他就要仗义地帮李明珠找个宽敞明亮的房子，太阳一升起，阳光就能从窗外照进来。但以他贫乏的想象力，真想不到李明珠家里的情况如此艰难。

他的喉咙好似被鱼刺卡住了，堵得难受，心里闷闷的。

而且陆遥看见李明珠淡然的神情时，心里就更加郁闷。

直到李明珠端起了脸盆，看见陆遥还站在原地不动，才挑了挑眉，说："怎么了？"

陆遥嗫嚅了几下嘴唇，开口道："对不起。"

"嗯？"李明珠一脸诧异。

“我说，对不起。”陆遥道，“以前的事情，很多。”

李明珠笑了一声，说：“太阳打西边出来了？”

陆遥见她一副风轻云淡的样子，心里被尖锐的针扎了一下。

李明珠找了一把伞放进脸盆里，说道：“你没见过住这种房子的人吗？”

陆遥开口：“我明天给你买厚一点的棉……”

她打断陆遥，往外一指：“这里大部分人都是住这样的房子。陆遥，你要是对每个人都这么心疼一下，善心大发，很快你就会破产。”

李明珠说：“据我了解，你应该不是菩萨心肠。”

陆遥气道：我为什么要心疼别人？

他开口：“我跟你是朋友。”

“你跟我不是朋友。”李明珠道，“我们只是被学校这个客观条件拉到了一起，让我们看起来在一个世界，其实本质不然。毕业之后，我们就不会再联系了。”

陆遥愣住了，他没想过李明珠拒绝得这么果断。

结果陆遥还没有开始生气，李明珠又说：“你跟我去澡堂。”

陆遥还来不及生气，脸上立刻露出了震惊的表情：“你说什么？去……去哪里？”

“澡堂。”李明珠重复了一遍，“我知道你不喜欢，将就一下，这里不是你家。”

“去……去澡堂干什么？”陆遥喊道，他的声音拔高之后，想起李明珠的母亲正在睡觉，于是又骤然降低。

“当然是去洗澡，不然你去喝水吗？”李明珠理所当然道，“淋了一场雨，你打算就这么睡觉？”

陆遥宕机了。

他咽了咽口水，说：“你……和我去澡堂？”

“不然你一个人去？”李明珠道。

“不行！我和你一起！”陆遥立刻走上来，夺过李明珠手里放了衣服的脸盆，“你也淋雨了，你也要去洗澡。”

李明珠想：废话！

她又想：这小兔崽子洗个澡怎么这么神情激昂？

李明珠完全不知道陆遥在想什么。

虽然陆遥没去过大澡堂，但是他生在北方，上学的时候也听说过澡堂——据说是十几二十个人一起洗，大家都脱光了衣服赤忱相见。

脱光……陆遥抿了抿唇，眼睛往李明珠修长白皙的脖子上看去。

他想：李明应该是一只白斩鸡，除了白，什么都没有！

澡堂就在楼下，走出小巷子，开在窄窄的小路对面。

陆遥和李明珠共撑一把伞，他感到自己和李明珠挨在一起的那条手臂的皮肤，比别的地方的皮肤要热上好几个度。但此时他没心思去理会热不热的问题，越往澡堂里走一步，他的心脏就跳得越猛，几乎快要蹦出来了。

直到李明珠走进了单间。

李明珠洗澡速战速决，穿着衣服进去，换好了出来，只有头发湿漉漉的。

她一出来，就看见陆遥失魂落魄地坐在外面的沙发上，一副“我活着还有什么意思”的架势靠在吹风机边上。

陆遥洗了头，胡乱地擦了头发，没擦干。他脑补了一路和李明珠一起洗澡的画面，甚至脑补出了台词对话，结果到了澡堂，李明珠直接钻去单间，门一关，什么都看不到。

南方的澡堂为什么有单间？陆遥一脸痛恨的表情，这简直是世界上最糟糕的设计！

李明珠直直地走过去，拿下吹风机，调成了热风，往陆遥身边一站，帮他吹头发。

陆遥回头看见李明珠，惊了一下。

李明珠洗完澡之后，浑身热气腾腾，身上是她平时常有的暗香，只是此时那暗香更浓郁了一些，包裹着陆遥的身体。

她的脸被蒸汽蒸得比平时红了些，嘴唇湿润，眼珠子漆黑，穿着白色的棉衣，像一块等着别人下口的白糯米团子。

“你洗好了？”

李明珠抓了一把他的头发，直接上手吹：“洗完澡不吹头发，等着去医院吗？”

陆遥没有吹头发的习惯，他都是洗完了澡就开空调，在房间里打游戏，等它自然干。

但现在李明珠给他小心翼翼地吹干头发，他认为比放纵头发自己干来得舒坦些。

陆遥享受美人服务，让边上的一个中年男人羡慕得眼红：“你们兄弟俩感情真好。”

他的目光投向李明珠的身上，说：“这是你哥啊？长得真好看。”

陆遥莫名觉得不舒服，李明珠摆正他的脑袋，说：“别理旁人。”

谁知道李明珠叫陆遥不去理中年男人，陆遥去拿衣服的时候，中年男人倒招惹起李明珠了。

澡堂里鱼龙混杂，来洗澡的什么人都有，这个中年男人毫不遮掩自己的欲望，打量李明珠的身段，猥琐地笑道：“小兄弟，那不是你弟吧？”

李明珠目不斜视，自顾自地吹着头发。

中年男人嘿嘿一笑，走近了些。他还没说话，后背就被陆遥踹了一脚，惨叫着摔倒在地上。

中年男人“哎哟”地叫唤着，爬起来瞪着陆遥：“你……”

陆遥阴狠地看着他：“你找死。”

陆遥拿件衣服的工夫，一回来就听见中年男人在骚扰李明珠，怒火一瞬间就冒上来。

澡堂老板听见动静过来，一看是两个年轻人和一个倒在地上的中年男人，赶紧问道：“发生什么事啦？不要打架的啦！”

中年男人被踹了一脚，本来打算找陆遥算账，但他个子矮小，跳起来都不一定有陆遥高。再加上陆遥的目光实在骇人，他登时萎靡了，阴狠地看了一眼陆遥，摆摆手落荒而逃。

李明珠放下吹风机，陆遥问道：“他有没有对你怎么样？”

李明珠道：“以后少和人动手。”

“我不动手，难道看着他侮辱你吗？”陆遥气急。

那个中年男人说的话他都听见了，他觉得奇怪：李明为什么不生气？

“这种人我见多了，现在不一样活得好好的？”李明珠道。

“以前是以前，现在能一样吗？”陆遥提高声音反驳。

“有什么不一样？”李明珠从他面前走过。

陆遥心想：现在你是我的朋友，当然不一样！

李明珠不打算让他回答，直接岔开话题：“东西收拾好了吗？等会儿雨又大了，要赶紧回家。”

陆遥还生着气，却也撑着伞。一把伞歪歪斜斜，几乎全部撑到了李明珠的头上。

到家之后，外面的雨果然又下大了，李明珠铺好了床，变魔术似的又拿出了一床被子。

“这张床是你的。”李明珠将被子扔在床上，“你睡外面还是里面？”

陆遥看着这张床，小是小了点，睡两个人的话，偏偏又能从中间空一点缝隙。

他有些郁闷：这张床怎么不再小一点！

就在陆遥可惜这张床不能再小一点的时候，李明珠打开了床边的门。

她拿着陆遥的衣服，陆遥见状问道：“你要去干吗？”

“洗衣服。”李明珠说话简单明了。

陆遥闹了个红脸，上前抢过她手里的衣服：“不用，我拿回家就好。”

他看了一眼衣服，疑惑道：“你的衣服呢？”

李明珠心想：当然是我洗澡的时候就洗了。

像陆遥这样不知人间疾苦的大少爷，不知道利用洗澡时间把衣服洗了，一样的水钱不会高效利用，是阔绰惯了的。

李明珠显然没指望陆遥学会这一点。

陆遥身上穿的是当年李文林的衣服，给陆遥穿还短了一些，他的脚踝露出了大半截，门一开，外面的风夹着雨吹到他身上，冷得他一哆嗦。

李明珠道：“滚床上去。”

陆遥开口：“不行，外面雨这么大，又没伞……”

李明珠开口：“这是你家还是我家？”

陆遥干巴巴地回答：“你家。”

李明珠道：“所以你闭嘴。”

外面虽然刮风下雨，但李明珠拿着衣服拐了个弯，走到了背风区。

陆遥不放心，跟着绕过来，这才发现外面的天台上有一块地方被塑料板遮挡住了，那一处正放着一些水桶，里面盛满了水。

陆遥换下的衣服就这么几件，李明珠利索地洗了。

倒是陆遥——他脸红地站着，盯着李明珠发呆，心里掀起一股可怕的巨浪，他还没想过，一个男人能这么贤惠！

更重要的是，李明珠平时总是板着脸，活像人人都欠她十几亿，是省一中远近闻名的面瘫学霸、高岭之花。又因为没有人在食堂见过李明珠，便谣传该学霸和人类不一样，站在神坛上的学霸都是吸一口仙气就饱了，不需要吃饭。

总之传闻种种，李明珠都是很不接地气的人设。

李明珠翻书写字的手如今在白色的泡沫里拨弄，和她在学校里面的模样差了十万八千里远，反差实在强烈！这事若说给顾小飞听，顾小飞准要把眼珠子抠出来，落到地上滚十圈才肯作罢。

所以当李明珠把袖子挽得高高的，拧干了衣服站起来时，就看见陆遥一副被雷劈了的表情。

李明珠抬头看了一眼天空，纳闷道：没有打雷啊？

李明珠绕过他，他回过神，跟上去，就看见李明珠拿出了一个小暖炉。

这东西估计是给苏天瑜过冬准备的，平时不太用。今天陆遥来了，她才从苏天瑜床下把它扒拉出来，插上电，门口这里立刻就暖和起来了。

房间里只有一个插电的地方，就是李明珠的床边，也正是在门口的地方。小暖炉散发着高温，把李明珠的脸色映成了橘黄色，增添了几分人气。

陆遥乖巧地蹲在李明珠身边，不懂就问："你干吗？"

"你指望下雨天靠风吹干衣服吗？"李明珠淡然道。

陆遥一看外面风雨飘摇，心里想：这不是一个能晾衣服的天气。

李明珠把他的衣服烤了一会儿，翻了个面继续烤。

陆遥安静地陪着李明珠，无聊地等了一会儿，忍不住打开手机一看，已经晚上十点了。

李明珠注意到他这个动作，还以为是他困了，开口道："你困了就去睡觉。"

陆遥道："那你呢？"

"你认为衣服可以自己飘起来烤吗？"李明珠回答。

陆遥心想：那我怎么能睡觉。

"我自己来，你去睡觉。"

李明珠冷漠地看了他一眼，显然不相信他的业务水平："我怕你一把火把我家烧了。"

陆遥听了很不服："我又不是白痴，你起开！"

他二话不说，伸手把湿漉漉的衣服夺过来。李明珠虽然拧过衣服，但衣服依旧潮湿得很，陆遥一拿到手上，就感到一阵彻骨的冰凉。

陆遥懊悔道：她是用冷水洗的衣服。

他刚才就不该发呆，不该让她去碰冷水。

陆遥果断地把衣服扔到一边，做了一件自己认为更重要的事情。

他轻松地就把李明珠的手抓了起来——这双手也是冰凉的，一点儿温度也没有。

李明珠被他吓了一跳，于是挣扎着就要掰开他的手。

陆遥的力气可比李明珠的大得多，李明珠挣脱无果，被陆遥按着送到了暖炉前面。

他学着李明珠的口气教训道：“你还敢说我，你自己不也是‘不要命’吗？”

李明珠的手被他按着，没过多久便开口：“行了。”

陆遥嘟囔：“还冷着呢。”

李明珠无奈道：“不冷，你放手，衣服还没干，你想让我今天晚上通宵吗？”

陆遥立刻就想把衣服踢到一边，他这么想，果然这么做了：“我不要了，你别弄了。”

李明珠：“……”

几千块钱的衣服说扔就扔，也只有陆遥做得出来。

陆遥固执地将李明珠的手搓暖，李明珠除了刚开始感到一丝不妥之外，后来便没有拒绝。

她不喜欢与人亲近，但是陆遥的亲近目的是单纯的，他觉得你手冷，就抓着让你暖和为止。

李明珠因为和陆知相识一场，经常把陆遥当成一个孩子看，所以当陆遥对她做出出格的事情时，别人看着暧昧，她自己倒没怎么觉得。

陆遥不让李明珠折腾这两件衣服，把李明珠手上的温度“热”到了自己满意的程度，顺手把小暖炉的插头拔了。

他推着李明珠上床，说：“睡觉睡觉。”

李明珠拗不过他，只好拿了两个衣架，把衣服挂了出去。等她上床的时候，陆遥已经侧躺在床的外侧。她扯了一床被子，把自己裹得严严实实，靠着墙闭上眼就没动静了。

陆遥在黑暗中开口：“你睡觉也穿这么多吗？”

李明珠没有回答。

陆遥得不到回答，又坚持开口：“你睡了吗？”

李明珠依旧沉默。

陆遥等了一会儿，呼哧呼哧地翻了个身，这下面对李明珠的背，他伸出骨节分明的手指，戳了戳李明珠的棉被。

“喂，你睡了吗？”

“睡了，闭嘴。”李明珠闷闷的声音从被子里传出来。

陆遥笑了一声，开口道：“我上一次跟男生一起睡觉，还是我哥。”

李明珠听到陆遥提起他哥，身体一僵。

她不自然道：“快睡！”

陆遥的眼睛在黑暗里亮晶晶的，李明珠叫他睡，他却睡不着。

夜色遮盖了大部分物质的东西，却让情绪在黑暗中肆意妄为地撒泼。

陆遥的情绪此时撒泼得厉害，他闭着眼，耳朵十分灵敏，只要李明珠有点儿风吹草动，他都能感受到。

外面的雨有越下越大的趋势，风把大颗大颗的雨珠吹到窗户上，敲打玻璃的时候发出噼里啪啦的响声。

陆遥想起了自己头一回和李明珠见面的样子。

那时候李明珠比现在难搞多了，几乎和他水火不容，见了面不是臭着脸，就是教训他。

那会儿陆遥讨厌死李明珠了，恨不得把李明珠打包扔到西湖里，眼不见心不烦。

李明珠平时睡得很晚，这个时间点不是她的睡眠时间，但今天为了照顾陆遥的作息，她早早地躺在了床上。

陆遥在那头睡不着，其实她在这头也睡不着。

李明珠现在后悔也没用，陆遥的呼吸声就响在她耳边，听得她心烦意乱。她只好又往里面挪了一下，心想：这是第一次，也是最后一次。

她心里这么想，却又无可避免地感到一丝慰藉。

陆遥的存在给她枯燥无趣的人生添了不少热闹，这个强行打乱她节奏的人同时给她带来了安慰，她曾经十分讨厌下暴雨的夜晚——

李文林在这样的大雨天离开了苏天瑜，苏天瑜在这样的大雨天失去了两条腿，陆知也在滂沱的大雨中走出了时间。她到现在都记得医院里生命探测仪尖锐冰冷的叫声，把她的灵魂都拉扯下了地狱。

而如今有陆遥陪着她，她倒也不觉得那么可怕了。

原本李明珠今天晚上是不打算睡觉的，她怀揣着巨大的秘密，哪敢在陆遥睡在她边上的前提下睡死过去，万一被发现了什么，她就完了。

但陆遥像一支有助于睡眠的安眠药水，叫李明珠原本慌乱的心情慢慢地舒缓下来，眼皮子开始上下打架，怎么也撑不下去，于是迷迷糊糊地睡了过去。

直到她睡着了，陆遥都还瞪着眼睛，死死盯着黑暗里的某处地方，他不合时宜地想起了王淼和林军辉平时开玩笑说的段子。

可就是那么一点儿段子，现在却在陆遥脑子里来回播放。

他控制不住发散的思维，理智叫自己打住，本能却叫他脑补了十七八集不可描述的动作片。

陆遥在心里提醒自己：我不该这样的！

陆遥就这么睁眼到了天亮，他扮演了大半个晚上的僵尸，直到外面的大雨变成了小雨，晨光从天际乍现，李明珠遵循着生物钟起来，他才放松了身体。

陆遥一感觉到边上有动作，立刻紧闭双眼，爆发出惊人的演技：他开始装睡。

李明珠花了点儿时间醒来，醒来时下意识地一掀被子，结果直接撞到了陆遥。

她这才想起，昨天晚上陆遥到她家来了。

李明珠顿时倒吸一口冷气，心想：我竟然睡着了！

她拍了拍额头，又无奈地想：我竟然真的睡着了……不可思议。

李明珠向来警惕，绝不在任何一刻放松自己，否则这么多年早就露馅了，哪还能瞒得过去。她心思缜密，但这项“特长”唯独在陆遥面前频繁失效。

李明珠翻身下床，动静很小，怕吵着陆遥。

李明珠很少在夜晚睡得如此香甜，早上起来神清气爽，除了洗漱的时候照镜子，发现嘴唇有点儿肿，她多看了两眼，却也没有起疑心。

陆遥躺在床上，身体虽然没动，但是脑子清醒得不得了。一晚上没睡，还造成了他眼下有淡淡的青色。他干巴巴地躺着，像一具木乃伊，一时间没想好用什么方式起床才能显得比较自然。

等李明珠在外面开了火，煮起了早饭，他装不下去了，一咬牙睁开眼，从床上坐起来，活像从棺材里诈尸。

李明珠的小厨房是自己搭的，在外面的天台上，只用简易的砖头砌了一下，下面空出来的一块放了小罐的煤气灶，上面是一口黑色的锅。

煮饭炒菜，都在这口锅里进行。

小厨房就在窗口下面，陆遥一坐起来，她就开口：“你醒了？”

外面的天空才浮现鱼肚白，冬天的白天总是来得晚一些，陆遥点点头，声音有点儿沙哑：“你……”

他还没说完，李明珠道：“衣服在床头，牙刷和牙杯在昨天晚上洗衣服的地方。”

陆遥的话一下子憋在喉咙了。

他抓起衣服换上，匆匆忙忙走到天台后面，牙刷和牙杯果然准备好了，连牙膏都挤好了。

陆遥这时候记起不知道从哪个网站上看到的这么一段话：

有的人天生就是照顾人的操心命，你和这种人在一起容易成为一个行走的“废人”，衣来伸手，饭来张口。

陆遥便觉得，李明珠就是这种操心命。

哪有照顾人照顾到连牙膏都给挤好的，这也太夸张了！

殊不知，这是李明珠十几年照顾苏天瑜带出来的习惯，她平时做惯了，顺手就照顾到了陆遥身上。

六点多，外面的天色又亮了些，四周渐渐地有了人气，楼下已经有叮叮当当收破烂的吆喝声了：“收——冰箱——彩电——空调——洗衣机——”

李明珠在房间里把折叠的桌子摊开，端上了一碗香味浓郁的肉粥，边上还放了两个鸡蛋以及一叠榨菜。

陆遥不言不语，李明珠神情古怪，看了他一眼，看得他心里一震。

李明珠道：“你今天怎么废话这么少？”

陆遥心想：很少吗，不是挺多的吗？

他坐在凳子上，心不在焉地捧起这碗粥，拿着勺子就往嘴里送，一边送一边道：“没啊，我这样你不是挺开心……好烫！”

李明珠“啧”了一声，拍掉了他拿勺子的手，熟练地捏起他的下巴，看着他被烫得吐舌头，道：“你不知道吹两口吗？”

陆遥活像被调戏了的黄花闺女，猛地推了李明珠一把。

李明珠的手一滑，被推得一愣。

陆遥抿了抿唇，移开视线，干巴巴道：“你不要靠我这么近。”

李明珠：“……”

莫名其妙！她想，这小祖宗又发什么疯！

李明珠被推开了也不恼，原因是苏天瑜醒了。

她醒了，眼睛还没睁开，就开始拖长了声音喊：“李明珠！李明珠！我肚子饿了！你给我饭吃！”

李明珠暗道不好。

陆遥见苏天瑜醒了，抬起头看了一眼。

李明珠走过去，苏天瑜已经睁开了眼，她又喊：“你扶我起来，给我梳头，我今天要梳两条辫子，要像上次一样编成麻花辫。”

李明珠应了一声，把苏天瑜扶起来，苏天瑜一坐起来就看到了陆遥。

她看到这个窄小的房间里突然出现了一个陌生男人，当即吃惊地瞪大眼睛，发起了疯，尖叫起来。

李明珠皱眉道：“闭嘴！”

苏天瑜不肯闭嘴，盯着陆遥叫唤得更加惨烈，叫得陆遥浑身发麻，连粥都不敢喝了。

特别是他想到这是李明珠的母亲，脑子在这么紧张的场合不合时宜地跑起了火车，想到了一句和现在差了十万八千里的句子：得罪丈母娘没有好下场。

苏天瑜尖叫：“他是谁？他是谁？他是谁？”

李明珠道：“我同学。”

“你胡扯！你是不是要和他走？你是不是不要我了？”苏天瑜抓起床上一切可以抓的东西，噼里啪啦地朝着李明珠身上砸去。李明珠堪堪躲过几个，剩下几个没躲过的，给砸了个正着。

她拿下砸到自己身上的梳子，瞪着苏天瑜：“不许动！”

苏天瑜被她吼得浑身一震，委屈巴巴地把手里还抓着的夹子，轻轻地砸在她身上。

李明珠威胁道：“我让你不许动，你没听见吗？”

不远处的陆遥都被吼得抖了抖。

苏天瑜撒泼不成，嘴巴一撇，号啕大哭起来：“你个小杂种，你别想不要我……你别想不要我……呜呜呜……你别想不要我……”

苏天瑜哭得肝肠寸断，最后打起嗝来。李明珠的脑袋被她哭大了，又只好温声软语地哄道：“我没有不要你。”

她拍了拍苏天瑜的背，说：“我给你扎李文林喜欢的辫子，好不好？”

苏天瑜虽然疯了，但是疯子也有疯子的直觉，比如她知道李明珠吃软不吃硬，所以李明珠哄她的时候，她哭得更加起劲了，大有孟姜女哭长城的架势，就算哭不倒长城，也要争取把西湖的水哭干。

李明珠哄了两句，没见到效果，本性暴露，皱着眉，提高声音凶道：“你还来劲儿了是吗？”

苏天瑜知道这时候不能哭了，打了个嗝，可怜兮兮地把自己抱成了一团，眼神一转，狠厉地盯着陆遥。

陆遥一瞬间后背发麻，猛地站了起来。

苏天瑜这样看着他，叫他觉得自己好似抢了别人的稀世珍宝一样。

李明珠弯腰捡起地上的玻璃珠子，耐心地给苏天瑜扎了两个麻花辫，打结的时候，她忽然像变魔术似的从手里拿出了两个樱桃发圈。

苏天瑜眼睛一亮，甜甜地笑了起来。

陆遥注意到，这两个发绳是李明珠昨天去银泰下面逛的时候买的，他当时还因为“李明是不是交女朋友了”吃了一会儿醋。

现在他看到这两个发绳都落到了苏天瑜头上，莫名地松了一口气。

李明珠给苏天瑜洗了脸，漱了口，喂了药之后又喂饭，最后把镜子拿给苏天瑜，苏天瑜这才被哄开心了，卷着自己的发梢欣赏新的樱桃头饰。

李明珠终于有空闲的时间，她赶紧坐在桌上草草地吃了两口早饭。

陆遥看完了全程，心里堵得不行。

他问道：“你一直都是这样吗？”

李明珠没回答，苏天瑜看到他们坐得近了，又叫了起来：“李明珠，你不准和他坐得这么近！男人没有什么好东西！他会骗你的！”

陆遥回答道：“阿姨，我不会骗她。”

“放屁！你们男人说话没一个能听的！你就是想把李明珠骗走！你做梦！你做梦！”

苏天瑜骂得起劲，仿佛下一秒就能奋起从床上跳下来，揍陆遥一顿。

陆遥道：“阿姨好像要跳下来打我。”

李明珠笑了一声，说：“你要是能逼得她跳下来打你，赶明儿你就不用读书了，我把你举荐到Q大医科大去。”

陆遥：“……”

李明珠总有一些不合时宜的黑色冷幽默。

陆遥又道：“她看起来不喜欢我。”

“放心，正常。”李明珠给了他一个宽慰的眼神，“她也不喜欢我。”

李明珠后来想了想，又补充：“她也不喜欢人类。”

陆遥心想：你和我能一样吗？你是她亲生的，我不是，而且哪有第一次见面就给别人这么差印象的？

陆大少爷自己还没想明白，他为什么要去在乎一个疯女人对他的印象。这大概就是传说中的“见家长神经紧张综合征”，一旦发病，无药可救。

该病主要症状如下：努力地想要在家长面前表现，其中一点就是讨她欢心，科学证明这一动机是被动，非主动。

陆遥现在就很“被动”，很想提升自己在苏天瑜心中的好感度。

他在提升好感度之前，却又纳闷地问道："阿姨为什么叫你李明珠？"

李明珠一愣，眼眸低垂，谎话随口就来："我妈想要个女儿，取的名字是李明珠，生下来发现我不是，她就疯了。"

李明珠撒谎有极高的天赋，对付陆遥信手拈来。

陆遥恍然大悟，果然信了。

他念了一遍："李……明珠，李明珠，名字挺好的。"陆遥道，"掌上明珠，她一定很重视你。"

李明珠皮笑肉不笑，扯了下嘴角，讽刺道："呵呵，也许。"

李明珠洗碗的时候，苏天瑜警惕地看了她一眼，见她低头没有注意屋里的动静，一脸神秘地对陆遥勾了勾手指。

陆遥指了指自己，苏天瑜神经质地点点头。

陆遥便走过去，摆出了十二分的男神标准微笑，很是热情地开口，做了一遍迟来的介绍，争取把自己的好感度提升："阿姨好，我是陆遥，是李明……珠的同学。"

"嘁，还同学。"苏天瑜冷笑一声，突然眯着眼睛问他，"你和我说，你是不是她男朋友？"

陆遥原本打了一篇八百字加好感度的腹稿，连怎么夸苏天瑜头发丝好看的句子都排列组合好了，结果没想到苏天瑜一开口就这么劲爆，他登时傻了。

陆遥的大脑迟迟转不过弯来，脸上还挂着男神式微笑，冷汗已经滴下来了。他装傻充愣，迟缓道："啊？"

第十三章 社会实践活动

李明珠恰到好处地走进来，打断了苏天瑜的问话。

苏天瑜知道自己惹不起“饲养员”，否则会没饭吃，所以很警惕地推了一把陆遥。

但是陆遥完全不理解苏天瑜怎么一会儿叫他过来，一会儿又叫他走开，此时正一头雾水。

苏天瑜怒目圆瞪，认为陆遥这个傻子不会看眼色行事。

陆遥的脑子跑偏了很远：李明的眼睛和苏天瑜的十分相似，都像一只慵懒的猫，但是凌厉起来，眼锋却卷着沾血的刀刃。

苏天瑜立刻装作无事发生，目光却死死地盯着陆遥。

陆遥心想：虽然哥长得很帅，但是不至于这么盯着我吧？

李明珠道：“你的衣服今天干不了，星期一我给你带到学校。”

李明珠说的衣服，就是他昨天晚上不要的衣服。

陆遥这时候穿的是李文林当年的衣服，虽然款式老土了一些，但是这么多年，除了衣服有些皱，竟然没有任何破损和异味。

可见这几件衣服被保存得十分好。

唯一美中不足的，就是衣服和裤子都短了一截，陆遥穿得有些难受。

李明珠翻出一件羽绒服，看样子是她自己的。

“你穿上它，外面冷。”

陆遥被塞了满怀的衣服，耳根不着痕迹地红了。

他心虚地套上衣服，和李明珠下楼。

今天早上五楼就很热闹，两个小孩儿穿上了自己最好看的衣服，满客厅地跑。

杨欢见到李明珠下来，开心地打招呼：“阿明哥早上好！”

李明珠点点头，杨乐直接扑上来，把李明珠刚落地的大腿抱得牢牢的。

李明珠顺势把他抱起来："今天你们要去哪里玩？"穿得这么好看，肯定要出门。

杨欢道："妈妈回来了，带我们去西湖玩。"

李明珠点点头。

杨父杨母两口子不在一个地方打工，杨父倒是每天都回来，杨母却在一家较远的服装公司工作，平时都住在公司的宿舍里，只有星期天才能回来。

杨母回来，对于两个孩子来说就是一个节日。

杨欢看到后面的陆遥，犹豫了一会儿，怯生生地叫了一声："陆遥哥哥。"

陆遥弯下腰，揉了揉她的脑袋："你还记得我啊？"

杨欢点点头，这么好看的大哥哥，她必须记得！

杨母走出来，看到李明珠，热情地打招呼："阿明今天休息啊。"她看到陆遥，客气地点点头。

李明珠道："这是我同学。"

杨母道："我很少看到你带朋友回家，多交点朋友好。"

陆遥和杨母互相问过好之后，杨母把李明珠怀里的杨乐抱了过来。

五楼楼梯口边上的房间的门突然打开了。

五楼一共五个房间，楼梯口左边一个，隔了一条通向阳台的走廊之后有一个，对面则是一个厨房和一个卫生间。李明珠爬的那架铁楼梯旁边还有一间房，那一间是五楼最大的，是个套间，也就是杨父杨母住的。

五楼除了楼梯口边上的那个小房间没有被杨母盘下来，其他的房间都被杨家一家人住了。

而此时，那个小房间的门打开，里面出来了一个穿着彩虹色袜子，上面烫着爆炸头，下面留着少量头发的女孩儿。这是典型的社会姐装扮，她的脖子上还挂了一串毛衣链，脸上化着浓浓的妆。

社会姐虽然打扮得像社会姐，性格却十分热情。

她从小房间里把箱子拖出来，放在门口，杨母和她做了几年的邻居，立刻问道："艳子今天大扫除啊？"

名叫艳子的女孩只有二十出头，一看就不是H市本地的。她的房间正乱糟糟一团，什么都扔在地上，房间门口还堆了好几摞捆起来的杂志，有《知音》《读者》，还有一些叫不出名字的小杂志。

艳子道："杨姐，我搬家了，以后就不住这里了，今天整理房间呢。"

陆遥的眼睛亮了一下。

"搬家？你住得好好的，怎么就搬家了？"

"我换工作了，不想在那个网吧干了，我叔叔给我介绍了一个超市售货员的工作。"艳子笑了一声。

"哦哦，那个也挺不错的，好好干，以后杨姐去买东西，说不定还能遇到你呢！"杨母也跟着笑。

"是啊。对了，杨姐，我这些书都不要了，欢欢要不要？"艳子问道。

杨欢是个热爱看书的小姑娘，虽然贫困的家庭条件不能让她随心所欲地买书，但H市的小学都有流动书屋，也就是在教室的后面放了书架，有免费的故事书看。杨欢几天就能看完一本书。

小丫头听到艳子要送书，激动得一蹦三尺高："艳子姐姐，我要书的！谢谢艳子姐姐！"

杨母道："你这孩子真不知道谦虚。"

杨欢哪儿还听得到杨母的话，欢天喜地就跑过去拿书了，李明珠动了动，跟着走过去。

杨欢拿书的时候，被她按住了手。

"这个可以看。"李明珠挑了几本《读者》出来，把《知音》和其他爱情小说的杂志放在了另一边，"这些不要看。"

李明珠算杨欢的半个老师，杨欢对她言听计从，乖巧地抱着《读者》，点点头。

艳子道："瞧我大意的，这些书欢欢不能看的，就直接扔了吧。"

杨母道："别啊，留着卖点儿钱也好。"

艳子说："杨姐你要就拿去吧，我懒得卖了！"

杨母道："以后我们要见面就难了。"

艳子笑了一声，说："有机会总能见面的。"

艳子说话底气不足，像她们这种出门打工的外来人员，在这个大城市里面浮浮沉沉，被时代巨变的洪流冲得住在各式各样的农民房里，一分开就是永别，谈不上下次见面不见面的。

陆遥漫不经心地站着，直到艳子收拾完房间，杨父自告奋勇要帮艳子把箱子拿下去，杨母也和李明珠两人打了招呼，顺道就坐车去西湖。

杨欢回去放好了书本，检查房间门确实锁住了之后，朝着李明珠挥挥手："阿明哥，陆遥哥哥，拜拜！"

李明珠挥了挥手。

陆遥站在通往阳台的走廊里，往外面看了一眼。

李明珠道："走了，我送你回家。"

陆遥听到回家，有些不乐意。

他住在市中心西湖景区的别墅里面，风景绝佳，地段绝佳，别墅内部的装修就更别提了。就算把李明珠住的这整一栋房子都卖了，也不一定能买得起那栋别墅的一平方米地。

但是陆遥就是不想回去，那栋别墅里只有一个老太婆，成天在他耳边念叨要他回 B 市，烦都烦死了。

即使他万般不愿意，也只能跟着李明珠下楼。

到了楼下，杨欢他们还没走，夫妇俩带着一双儿女，小儿子坐在父亲的肩膀上，母亲拉着女儿，虽然他们身上的衣服加起来都没有两百块，但幸福得让人眼红。

"他们去哪儿？"陆遥看了一会儿，疑惑道。

"菜市场后面的车站。"李明珠道。

陆遥很少单独坐车，他出行是司机接送，今天和李明珠走在一起，他却很想去坐一坐公交车。

结果李明珠只把他送到车站，连句好听的话都没说，转头就走了。

陆遥脑补的那些旖旎浪漫的送别台词，竟然一句都没说上！

李明珠走了，他便不愿意纡尊降贵坐公交车，打了个电话叫司机来接他。

陆遥回到家后，王奶奶慌慌张张地走出来，哎哟哟地喊道："小祖宗啊，你去哪里啦？"

"我去同学家住了一晚上。"陆遥答道。

王奶奶自己穿金戴银，到了院子里一看，陆遥穿的都是什么破烂玩意儿！

她见陆遥不太像去同学家住了一晚上，好似去外面讨了一晚上的饭。

"快把衣服脱了！哎呀，你看看你穿的是什么啦，难看死啦！"王奶奶老眼昏花，于是戴着老花镜仔细打量陆遥的一身装扮，越看越觉得难看。

陆遥仿佛穿着新手装，脱掉了平时上千上万的外套，朴素到不行。

王奶奶却不喜欢他这一身装扮。

陆遥被推进了浴室，王奶奶逼他洗完澡，等他出来，就看见老太婆指挥着小琳把他穿回来的衣服扔了。

陆遥连忙道："哎，小琳，你别把衣服给我扔了！"

小琳是王奶奶从家政市场找来的保姆，性格十分乖巧讨喜，王奶奶把她当成亲孙女疼。

小琳道："小少爷，可是王奶奶叫我扔。"

"我是你家少爷还是她是你家少爷？你把衣服给我放那儿，不准动！"陆遥提高声音。

小琳吐了下舌头，"哦"了一声，穿着围裙又去厨房折腾糕点了。

陆遥紧张地把李明珠的羽绒服从篮子里拿出来，跟做贼似的抱着它跳上了二楼，拉开衣柜就把它挂进去了。看这架势，他是根本不打算将它还给李明珠。

陆遥一边回味自己的行为，一边眉头一皱，可耻地想着：我是变态吗？

但是过了一会儿陆少爷就把这件事情忘了，继而高傲地想：哼，就是一件羽绒服而已，我买十件还给她！这件给我了，就是我的了！

王奶奶颤颤巍巍地来敲门："遥遥，遥遥呀，在屋里吗？"

陆遥道："我出来了。"

王奶奶走下楼，到客厅等他。

陆遥一下来看见王奶奶这副正襟危坐的架势，就知道王奶奶要说什么，他抢在王奶奶前面开口："我不回去，您别说了。"

王奶奶张了张嘴，没发出声音，最后叹了一口气，说："你总不能一辈子都不见先生……遥遥，你听奶奶说一句，当年阿知的死……"

"您别说了。"陆遥沉下脸色。

王奶奶提高声音："遥遥，你懂事一点，你哥的死能怪在你父亲头上吗？你是他儿子，难道你哥就不是吗？做父亲的真有这么狠心，能看着自己儿子死在异乡？"

"那他当年为什么不来看我哥？"陆遥打断她，"为什么不把我哥带回B市？为什么我哥到死都没能见他一面？"

王奶奶哑然："那是因为……"

"是因为陆兴要竞选那个什么职位！"陆遥冷漠地开口。

王奶奶嘟囔："你也不能离家这么多年……过年都不回去看看……"

"你就让他当我死了吧。"陆遥赌气道，"死一个儿子也是死，死两个儿子也是死。"

王奶奶道："臭小子！"她绷了一会儿脸，接着又缓下来，小声地开口，

“奶奶不提这件事了好不好？你哥的忌日马上就到了，你记得有时间去南山陵园看看。”

“我记得的。”陆遥闷声道。

他站起身，又回到二楼自己的房间。

陆遥打开柜子，取出一个沉重的木头盒子，里面是陆知的一部分遗物。

陆知去世的时候陆遥才 9 岁，他还在 B 市读小学，听到自己哥哥去世的消息，他还当别人在骗他，耍他玩，直到他看到医院给陆知开的死亡通知单。

陆遥沉默地发呆，拾起了一些尘封的记忆。他到现在都想不通：他哥去 H 市好好地读个书，怎么就会在那个城市再也回不来了呢？

盒子里放着陆知在 H 市生活多年的东西，有照片，有笔记本，陆遥因为一直不肯面对陆知死了的事实，这么多年也没翻过他的遗物。

他如果翻一翻，就能在盒子最底下的棕色牛皮笔记本里，翻到李明珠堪堪七岁的照片。

那张照片是陆知偷偷拍的，拍完了还很没面子地被当事人发现了。被发现之后陆知不肯承认，李明珠小小的脸皱了起来，义正词严、奶声奶气地开口：“陆老师，你这是侵犯我的肖像权。”

陆知夸张地捂着胸口，控诉李明珠是一只小白眼狼，自己照顾她这么久，连一张照片都不给拍。

李明珠年纪虽小，但是小古板的样子已经有了雏形，陆知便逗她：“你这样的性格，以后长大了嫁不出去，没有人要，我委屈一点，勉强把你娶回家好了。”

李明珠那时冷笑一声，“残忍”地拒绝了他：“我不要，你太烦了，我会被烦死的，我为什么要嫁给一个烦人精？”

陆知讲不过李明珠，就在她的本子上使坏。彼时他也才 17 岁，和陆遥一样，笑起来有两颗虎牙，他伸出手戳在她软软的脸蛋上，大声埋怨她薄情寡义，不知恩图报。

七年前的事情，早该在记忆里被铺上一层厚厚的灰尘，但当李明珠静下心来时，陆知的样貌好似清晰得能从照片里跃然而出。

2002 年的夏天，天特别蓝，水特别清，她看着陆知，就像从清澈的水里看到他模糊不清的脸，水波纹荡开了一层一层包得严丝合缝的情绪，叫她被针扎了一下，险些落泪。

李明珠收起陆知的照片，重新夹回了被翻得破破烂烂的《小王子》里。

她叹了一口气，无奈地想：陆知兴许就是在地球上迷路的小王子，毒蛇咬了他一口，并不是他死了，而是他回去了。

路太远了，他无法带走这具躯壳。

省一中传说中的社会实践活动终于来了。

H市教育局硬性规定，两天的课外实践观察，一共五分学分，一天二点五。

前两年，学校都安排学生去花圃园区，因为大冬天还顽强开花的景区很少。省一中的校董事会寻寻觅觅，终于找到了这个温室花圃，从此年年去。

每年省一中的学生都去那里浇浇花，班主任还要给学生洗脑：“你们要知足，我们能在温室里面。你看隔壁二中的，没抢到花圃园区，社会实践在植物园，只能观察松树，可不可怜？”

“还有烟海中学，更惨，被发配到山上去做社会实践，除了观察荒山枯树，啥都没有！”

班主任道：“那种地方，我回来叫你们写一千五百字的实践报告，你们能写啥？”

省一中前两年因为抢到了花圃园区而傲视群雄，每次都去公共灌水区嘚瑟，结果这一年天道轮回，花圃园区的实践点叫烟海高中拿走了，现在轮到一中去那个全园只剩下松树的植物园参观。

此条通知一下来，一中学生哀号声一片，纷纷哭喊：“作孽啊！”

星期四中午，老罗叫李明珠到办公室去一趟。

李明珠一进门，老罗就说：“李明，今年的实践活动你一定要去。”

李明珠早就编好了理由，老罗一开口，她就想反驳。

老罗道：“关系到你保送的事情。”

李明珠闭嘴了。

老罗拧开铺了一层又一层黄色茶垢的杯子，喝了一口，语重心长道：“我知道现在说这个，对你来说还有点早，我也知道你的成绩很稳定，当初你考到我们班，我就对你抱有很高的期望。”

“李明，你没让我失望，我的想法是给你争取保送名额，你懂我的意思吗？”老罗压低了声音，“学校上面是打算让你拿个省状元回来，但是我觉得吧，保险起见，干脆直接争取保送名额。”

李明珠的喉咙有些干：“保送哪里？”

老罗好似被李明珠逗笑了："废话，你自己难道没有一所心仪的大学吗？"

李明珠心想：我心仪的大学……不用考吗？

老罗咳嗽一声，推过来一张单子。

Z 省的 CMO 省队决赛名单，位居榜首的就是李明珠的名字。

"恭喜你，进决赛了。"老罗压抑住嘚瑟的表情。

其实当省队决赛名单送过来的时候，老罗就已经楼上楼下跑着，把这事儿炫耀了一遍，几乎把所有高三高二的班主任都得罪了一遍。

但此时他面对李明珠，还是拿出了班主任的威严。

李明珠的心脏怦怦怦直跳。

"我进决赛了？"她有些诧异。

"是，你进决赛了，你表现得很好。"老罗开口，"我们学校进决赛的有三个，另外两个都是高三的，就你一个高二的。"

老罗还想说：就你一个高二的，就你一个是一等奖，那俩高三的渣渣都只有二等奖！

老罗一想到李明珠是自己教出来的学生，就倍感欣慰。

"怎么样，准备一下去冬令营？"老罗道。

李明珠在巨大的惊喜过后，顿时把自己拉回了现实。

CMO 省队面临着更大的问题——她本身就有个巨大的秘密，瞒住它已经是千辛万苦，一旦走出 Z 省，那机遇和危险是共存的。

"我想想。"李明珠冷静道。

老罗点点头，心里对她更加欣赏。

要是换作别的学生，早就撅着腚一飞冲天了，唯有李明珠听到这个结果，还能保持镇定。

老罗完全误解了李明珠的想法，拍了拍她的肩膀道："今年的冬令营是 Z 大主办，在我们自己省，你家里的情况我知道一点，我回去和学校打报告，你去的一切开销都由学校提供，好吧。"

李明珠点点头，眼睛又在单子上留恋了一会儿。

老罗说："你也别紧张，我就是给你提供一个思路，咱们学校有名额，也要看你争不争气啊。"

李明珠道："冬令营什么时候开始？"

"十一月底报名，现在时间快到了，我给你一张单子，你负责填好，你知道该怎么填吧？"老罗从抽屉里拿出一张单子，"你填好了之后等到十一月左右，你就去B大冬令营，到时候能不能签上，还得看你表现，不过我相信你。”

B大，全国考生梦寐以求的象牙塔，此时友好地朝她架起了桥梁。

她做了十几年读好书，念好的大学，找好的工作，给妈妈找个保姆的梦，好似一下子有了织梦的签子。

“你很不错，我就等你的好消息。好了，现在你回去上课吧。”老罗道，“一会儿单子填好了你记得给我，我直接送到学校政教处去，到时候要寄到B市。”

“哎，还有，你今年必须给我参加课外实践，要是保送的一切条件都具备了，你给我绊死在学分上，我非揍你一顿不可！”

十几年来，李明珠头一遭从办公室走回教室走得都能飘起来。

参加CMO，是高一的时候老罗压着她报名的。

当时她初来省一中，又因为是保送上来的外校生，所以一开始的时候是进不了创一班的。

她在创二班读了三个月，第一次期中考的时候，碾压创一班第一名三十分高居榜首。

这搞得各路任课老师纷纷称奇，鞋都没穿好，拿到排名表之后直接冲到创二班来看看这个“李明”到底是何方神圣。

她是唯一在期中考考完后被调到创一班的学生。

李明珠一进创一班，老罗马不停蹄地给李明珠报名了CMO的市区比赛。李明珠也没有辜负老罗的期望，一路过关斩将，顺顺利利地从初赛战到复赛，最后直接杀进省联赛。

学校领导大跌眼镜。

老罗纯粹是凑热闹，让李明珠报了这个比赛，如果能碰运气拿个市三等奖就很了不起了。

她到底只是个高一的学生，往年，省一中的学生到了高二下学期才会去参加这种含金量高、难度堪称地狱模式的竞赛。

哪知道李明珠她是个奇葩啊，一路“碰运气”碰进了省决赛，校领导震惊得下巴都扶不起来。

当时老罗就觉得自己捡到宝了，后续发展也没出乎他的意料，省决赛的结果在十一月中旬出来了。这一次，老罗的目标定在二等奖。

说实话，要是李明珠能拿到二等奖，保送B大的资格就已经有了。

哪知道李明珠实在是太让他惊讶了，这“少年”一次又一次地刷新他的认知。

校董事会看李明珠年纪小，对她的期望也不是很高。结果万万没想到，李明珠一举夺冠，拔得头筹。

一个高二的学生在省联赛拿了一等奖，这是史无前例，从来没有过的事情！

别说是省一中的老师诧异了，连教育局都派了人来问李明珠的情况。

老罗如实交代，顺便渲染了一下李明珠凄苦的身世，叫人听了潸然泪下。教育局那人也是个感性的，只说以后李明珠所有与学习相关的材料都不收钱，都由学校提供。

老罗心想：废话！早就免费了！

李明珠回忆起高一的事情，脚步虚浮地走回教室。此刻教室里的同学们已经从去植物园这个惨痛的事实中坚强地挺了过来。

杜宇轩见李明珠进来了，开口问："老罗叫你干吗？我早上看见他欢天喜地的，活像中了五百万。"

李明珠想了想，也没藏着："让我填单子。"

"什么单子？"

李明珠回答："B 大冬令营申请单。"

"什么？"顾小飞一直在旁边听着，听到了这句话，整个人都跳了起来。

"你保……保送 B 大？为什么？你才高二啊！"顾小飞大喊。

顿时班里所有人的目光都聚集到李明珠身上，震惊的，羡慕的，怀疑的，都有。

李明珠视若无物，杜宇轩哑然，开口道："那你还读书吗？"

李明珠挑眉："你觉得呢？"

"读的吧，你才高二……"

"嗯，读。"她翻出书，"你们不打算读了？"

李明珠扫了周围一眼，把同学们的目光又扫了回去。众人羡慕的同时，又只好拿起书苦读。

顾小飞对李明珠比了个大拇指："你太厉害了！"

等到下午，学校官网上更新了李明珠的竞赛情况，刷官网刷得勤快的学生立刻把这事儿搬到了灌水区。一时间，灌水区又开始一年一度的"拜学霸，瞻仰学霸"活动。当然，这都是后话。

李明珠晚自习下课回家，走在路上想到了另一件事：最近没怎么看见陆遥了？

自从上个星期分开之后，陆遥好似没怎么在她面前蹦跶了。

李明珠回到家，走到楼梯口就看见装修工人从楼上走下来。

杨父估计是晚上起夜到客厅里，撞见了李明珠。

他打了声招呼，说："你回来了啊？"

"嗯。"

杨父又道："哎哟，这几个装修的吵了四天，今天终于走了！"

李明珠顺势看了一眼楼梯边上的房间。

艳子走的那天她就听房东说房子租出去了，而且房东竟然同意租房的人将房子重新装修一遍。

杨父顺带着聊了几句："不知道是谁搬进来，星期一就开始搞装修，从早弄到晚没停过，赶得跟去投胎似的。"

李明珠道："杨叔知道是谁住进来吗？"

"不知道啊，这人也不知道给了房东什么好处，竟然还能装修。奇了怪了，今天我还看见几个家政人员，把房间从里到外打扫了一遍。"

杨父感慨："下午他们没关门，我看了一眼，里面搞得跟皇宫似的。你说这是哪家的千金小姐吃饱了撑的，来体验贫苦的生活？"

李明珠听到杨父这么说，也诧异地想：租房子还搞成这样，莫名其妙。

李明珠又想：不管住进来的是谁，都和她没关系。

说完这话的李明珠在第二天早起下楼上学的时候被打脸了——几天没见的陆遥正斜挎着书包，站姿十分风骚地靠在楼梯口。

李明珠含在嘴里的那口水还没来得及下咽，直接喷了出来。

"陆遥！"

陆遥嬉皮笑脸道："哎，我听着呢！"

李明珠瞪着他，好似要把他瞪出一个窟窿。

陆遥皱着眉嘟囔："你什么态度啊，就这么欢迎你的新邻居吗？"

李明珠心中像排山倒海一样震惊："你说什么？"

"新邻居啊！"陆遥指了指边上的门，甩着手上的钥匙，"我搬家了，怎么样，请你吃乔迁的饭？"

李明珠："！"

李明珠果断无视他，就要走，他连忙拦着李明珠："你好冷淡啊，咱们这关系，你几天不见我，都不想一下的吗？"

"我为什么要想一个烦人精？"李明珠推开他。

“喂！你说谁是烦人精呢？”陆遥怒道，“你等等我，你走这么快干什么？你给我说清楚，谁是烦人精？我哪里烦了？”

李明珠心想：你和你哥一样烦！

陆遥追上来问：“我问你呢，我哪儿烦了？”

李明珠无奈道：“你好好走楼梯，行不行？”

楼梯道本来就窄小，两人挤在一起，推推搡搡，少不了身体接触。

陆遥的脸一红，退开了一些。

李明珠头也不回地往下走。

陆遥委屈地嘀咕了一句话。

李明珠的脚一滑，险些直接滚下楼梯。

李明珠眉头一皱，这才突然直视陆遥的种种行为，这很不对劲啊！

李明珠虽然装成男人，但是男女有些本质的东西是很难改变的。

陆遥对她的种种行为，她丝毫不觉得有何不妥，是因为她认为：他在示好。

为什么示好？

因为陆遥总是对女生示好，读幼儿园就知道和班里长得最好看的女孩子一起午睡，他对女生示好的技能是天生的。

李明珠见识过这家伙的性格，所以坚信陆遥一天不和女生拉扯，就浑身不舒服。

因此，她对陆遥的撒泼打滚都建立在陆遥示好的前提下。

可今天突然不知怎么的，她顿悟了：我是个“男”的啊！

李明珠脚步一停，心想：陆遥为什么对男的示好？

她打了个激灵，眼神古怪地看了一眼陆遥。

陆遥还站在后面委屈呢，光他想李明珠，合着李明珠根本不想他，他当然委屈。

陆遥委屈的模样也好看，可惜李明珠现在好似撞破了一个惊天大秘密。她身体僵硬，搓了搓手臂，头也不回地下楼了。

陆遥见李明珠突然跑得比兔子还快，嘀咕：“她怎么跟见了鬼一样，跑这么快？”

李明珠这一跑，就躲了陆遥两天。

前几天是陆遥不见她，这两天是她躲着陆遥。

两人虽然住到了同一个屋檐下，可见面的时间更少了。

陆遥想找李明珠一起顺路回家都找不到人，直到省一中社会实践活动开展，这个情况才有了些好转。

H市的社会实践活动是一起进行的，各大学校学生分批流入指定地点，为了有组织有纪律，学校一般都要求学生穿校服，统一服装。

所以开展社会实践活动这一天，西湖景区随处可见青春洋溢的高中生。

省一中一大早就安排了车辆停在校前广场，每辆巴士上都写了某某年级某某班，好方便学生们认车。

学生们把实践活动当成春游来玩，书包里除了塞本子和笔，空出来的地方全被零食挤满了。

顾小飞的书包尤为夸张，他用的还不是平时那个耍帅的小书包，而是弄了个黑色的大书包来。

杜宇轩在车上点名的时候，看见他这个鼓鼓囊囊的包，毫不留情地哈哈大笑："顾小飞，你怎么不拖个行李箱过来？"

顾小飞撇了撇嘴，说："我倒是想啊，就是老罗不让啊！"

老罗在前面听见了，笑了一声，说："要包不留人，啊，那个吃的还是要留下的，不准浪费食物啊！"

车内哄堂大笑。

苏晓道："顾小飞，你往年不是最要打扮的吗，怎么今年这么㞞啦？"

林觉鸣迅速接上："今年你不想在其他中学的学妹里找爱慕者啦？"

老罗大喊："兔崽子——当我死了啊！"

顾小飞不服道："那是去年，今年有戏吗？"

杜宇轩调侃道："今年怎么就没戏了？"

"哦——我知道了！"苏晓眨了眨眼睛，"你是说陆遥吧？"

杨可听到陆遥的名字，脸红了。今天她还特别化了妆，希望能碰上陆遥。

"这不是废话吗？这几天外校的学生空降灌水区，一个两个好像八辈子没见过男人，恨不得把陆遥的祖宗十八代都打听出来。"顾小飞叫道。

"哈哈哈，老罗，我举报顾小飞上学带手机！你快搜他的身，他肯定带了手机！"林夏嚷嚷。

"小林子，你血口喷人啊！"顾小飞举高双手以示清白，"老罗，天地良心啊，我上学的时候就把手机交给你了。"

车里的同学起哄："他交的肯定是模型机！肯定是模型机！老罗别

客气，搜他身！”

顾小飞委屈地大喊，又哭又闹地抱上杜宇轩的腰，撒娇告状。

林夏笑道：“顾小飞，你是不是男人啊？成天跟班长撒娇。”

顾小飞十分不要脸道：“你懂什么，这是哥的稳定成绩来源保障。”

车里又起哄什么拖下去乱棍打死，又叫老罗主持公道，说杜宇轩成天包庇犯罪嫌疑人，说顾小飞这家伙太不要脸了！

创一班今天难得出来透口气，又都是十七八岁的年轻人，个个都有些人来疯，沉不住气，激动兴奋的心情都洋溢在脸上。

老罗笑道：“你们可别真把社会实践当春游过了啊！”

顾小飞翻着包里的零食，心想：这不都差不多吗？

大巴排着队，像串联起来的火车。创一班的学生打开了窗，听到了后面不知道哪个班的学生唱起了歌，唱了十分接地气的《老鼠爱大米》，把一班的学生乐得东倒西歪。

两车并行的时候，隔壁车辆的学生叫嚣道：“超过创一班！司机叔叔不要尿！踩油门！超车！超车！”

创一班的也不服了，他们什么时候让人超过了，于是也热血沸腾地起哄司机和旁边的车杠上。

当然，任凭学生们怎么叫板，司机都老老实实地开车，在景区里互相飙车，你以为是《头文字 D》啊！

在热热闹闹的欢呼声中，省一中的大巴车终于颤颤巍巍地停到了景区停车场。

各班级同学在班主任的组织下有序下车，排成了一支长长的队伍。

李明珠在车上没跟着他们瞎闹，而是补了一觉。下车后，她的身体还有些软绵绵的。她一想到陆遥诡异的行为，别说身体软绵绵了，连眼睛都有些发黑。

省一中的班级十分多，传媒班什么时候到老师也不会通知，毕竟老师不会像学生一样对什么幼稚的“校草”“校园恋爱”感兴趣。

虽然老师不给消息通知，但是招架不住道高一尺、魔高一丈啊！

现在要是翻开校园灌水区，会发现全是外校学生的帖子——

省一中的学长学姐到了没啊？吱个声呗，传媒班在哪里？

陆遥来了没啊？陆遥来了没啊？陆遥来了没啊？重要的事情说三遍！

好资源拿出来大家分享啊！省一中的别藏着掖着啊！

二中那个校花是不是和陆遥……

我和陆遥初中同班，你们有什么要了解的都可以来问我！

卖LY照片啦！十块钱一张，需要的进！

这类帖子，五分钟更新一次，层出不穷。

李明珠喝了一口水，往左右一看，能看到穿着红白校服和紫白校服的外校学生。

省一中的校服是蓝白色的，看着十分清爽，但这么多人凑一块儿，还真不好发现陆遥在哪儿。

顾小飞一边刷着论坛，一边走在李明珠边上，一惊一乍地喊："我的天，二中的校花是陆遥初中同学？劲爆！"

"什么什么？"杨可凑过来，"又什么初中同学了？"

顾小飞看了眼在前面走着的老罗，确定他不会突然转过头来收掉自己的手机，这才把手机偷偷地给杨可看了一眼。

"二中的校花楚宁啊，她以前是附中的，陆遥以前不也是附中的吗？"顾小飞道，"喏，还有她在附中的照片，长得有点儿像奶茶妹妹啊。"

"我看看，我看看！"杨可夺过他的手机，"谁说的啊？能信吗？"

杜宇轩等了一会儿，往后走了两步："你们说什么呢？"

"二中的楚宁。"顾小飞道。

"哦，我知道，那个校花学霸啊！"杜宇轩答道，"我之前参加市演讲比赛的时候看到过她，她是当天的主持人。"

"怎么样，她好看吗？"顾小飞花痴道。

杜宇轩回想了一下，说："好看，而且她的成绩很好，家里也挺有钱的。之前她参加H市电视台的《诗词大会》，拿了一等奖。我记得，她读初中的时候还是咱们市少儿频道的小主持人。"

"哪个少儿频道啊？我怎么不知道？"顾小飞震惊道，"活的女神啊！"

"是啊，当时她就是附中的校花，附中的……和陆遥应该认识吧？"杜宇轩一挑眉。

"肯定认识啊。"顾小飞唏嘘。

杜宇轩扑哧一声笑了出来，说："可别是你们造谣的啊！"

他转过头，看着李明珠："哎，李明，你和陆遥的关系不是挺好的吗，你知道他和楚宁什么关系吗？"

李明珠冷淡道："和我有关系吗？"她说完，加快了步子，往前走了几步。

杜宇轩摸了摸鼻子，说："我怎么觉得李明好像有点儿不高兴？"

顾小飞道："你傻了吧，李明什么时候高兴过？"

杜宇轩道："但是刚才李明好像特别不高兴。"

顾小飞扯道："可能楚宁是李明的女神吧。"

杜宇轩笑道："你扯吧，就李明那个外形条件，至于把楚宁当女神吗？"

顾小飞想了想，道："说得也是。哎，你别说啊，我觉得李明长得还挺小白脸的，那啥怎么说的？伪娘！对对对，我觉得他扮女人肯定好看，可以叫女人自行惭愧！"

他越说越觉得有道理，仔细回想李明珠那模样，说："我觉得李明比楚宁好看。"

杜宇轩敲了一下他的脑袋，说："谨言慎行，我看你是嫌自己死得不够快！"

顾小飞立刻反应过来，捂住嘴巴，心有余悸地看了一眼前面的李明珠，生怕她刚才听见了自己这一番"异想天开"的发言。

老罗走在最前面带路，走了半个小时不到，路上已经碰见了不少班级，却唯独没有碰到传媒班。

植物园的旁边就是灵隐路，后面有连绵不断的矮山。

路过灵隐路的时候还能看到许多上山拜佛的香客，老罗领着大家到植物园门口，千叮咛万嘱咐，把下午集合的时间一说，直接让大家解散了。

李明珠是特别喜欢搞个人主义的顽固派，是传说中没有集体荣耀感的单干家。

大家一解散，她自己就背着包做社会实践去了。

除了省一中，还有其他几个中学的学生在植物园观察植物。李明珠走了一会儿，就看到了三种颜色的校服。

等到了中午，李明珠的本子上已经记录了许多植物的特性。她找了一张凳子休息，坐下来时才翻开手机。

这一翻不得了，通知栏显示了十几个未接来电和十几条短信，全部来自一个人——陆遥。

另一头，陆遥从早上开始就一直盯着手机，他不是在打电话就是在发短信，丝毫没有和同学交流的欲望。

传媒班的学生也刷着论坛，看到上面全是求陆遥具体位置的帖子，又转头看到和自己同车的陆遥，心里莫名膨胀了一会儿。

特别是班里的女生，虽然她们也没机会近水楼台先得月，但是外校的那帮女学生连陆遥的面都见不着，一想到这里，众人就颇有一种优越感。

而处在讨论中心的陆遥，完全没有什么自觉，他这两天因为李明珠莫名其妙的冷落和疏远憋了一肚子委屈。

陆遥把自己最近的所作所为都想了一遍，想破了脑袋都没想到自己又怎么招惹到李明珠了！

今天做社会实践，这么好的出来玩的机会，他却连李明珠的电话都打不通，一直到了下车，他的心情都不太好。

传媒班的学生是在九点钟抵达植物园的，他们一下车，立刻自带一股巨星闪亮登场的气场，不停地发光。

周围的学生立刻就注意到他们了：毕竟这一个班的学生颜值都挺高，个个身材挺拔，站在那儿就赏心悦目得不行。

一时间，本校的、外校的在场女同学都激动地咬起了耳朵。

"传媒班的人到了？这是传媒班吧？"

"你们有没有看见陆遥啊？"

"哪个是陆遥啊？今天论坛刷了一天他的名字！"

"哎，你没看照片儿啊？就那个男生！穿校服那个！"

"你这不是说废话吗，谁没穿校服啊？"

"走在队伍后面那个——啊！"

"你叫什么？别拉扯我的衣服。哎哎哎，我衣服被你拽掉了！你别跳了！"

"我看见陆遥了！我看见陆遥了！就最后一个！好帅啊！"

"你赶紧拍照发论坛啊！资源共享知道不？"

"你说我上去问他要电话号码，会不会被拒绝？"

周围窸窸窣窣的讨论声不大不小，叫传媒班的学生听了个遍。

王淼羡慕嫉妒道："陆哥，你这架势都成明星了！"

"没有好看的女生啊，不过被围观的感觉不太好。"林军辉搓了搓手臂。

"陆哥！陆哥！"吴城多喊了两句，"你一大早就在捣鼓手机，干吗呢？"

陆遥的手机就没从耳朵上放下来过，他打了一早上电话，也没见他打通过。

"你打电话给谁呢？面子这么大，一早上都不接。"吴城小声道。

"不会是楚宁吧？"林军辉道。显然，他也看到灌水区的热门帖子了。

“我觉得不像啊，陆遥什么时候对女人上过心？”王淼纳闷道，“我觉得他这个熟悉的表情、熟悉的动作……好像在哪儿见过……”

林军辉和吴城互相看了眼，确实觉得陆遥这个憋屈表情十分眼熟。

两人咽了咽口水，不约而同地交换了一个眼神：陆遥不会是打电话给李明吧？

第十四章 会撒娇的男孩有饭吃

李明珠一脸犹豫，看着手机上的未接来电，还没看一会儿，陆遥的下一个电话又打过来了。

她拿着本子和笔，淡定地等电话自己挂断。

陆遥那头刚挂断电话，紧接着立刻发了一条加了十个感叹号的短信过来：我知道你看见了！给我接电话！

李明珠果断滑掉短信，无视陆遥。

陆遥用电话短信轰炸李明珠，全部没收到结果，气得差点儿砸了手机。

陆哥发火，殃及池鱼。他心情不好，周围一圈人大气都不敢出，生怕他迁怒他们。

好在陆遥虽然是任性的大少爷，但这回也没有迁怒别人，而是收起手机，脸色阴沉地想：难道我没了李明就会死不成？

陆遥气鼓鼓的，双手抱臂。王淼对林军辉使了个眼色，两人谁都不敢上来摸狼尾巴。

最后还是班主任开口让大家解散了，他一声令下，班里的学生就三三两两地挽着手臂蹦跶远了。

“陆哥，你和我们一块儿还是……”去找创一班的那个小白脸啊？

王淼后面半句话没有说出来，但是他相信凭借陆遥的“聪明才智”，一定能意会他想说的话。

陆遥冷酷地“哼”了一声，没做什么表示，但是也没拍拍屁股走人，这就是要和王淼他们一块儿了。

王淼乐道：“那咱们到什么地方去玩儿啊？阿辉，你搜一下植物园附近有没有什么好吃好玩的，我没吃早饭，饿都饿死了！”

植物园在市中心的景区，周围几乎全是美食店。

吴城上网搜这些的时候，很有先见之明，狗腿地问陆遥的意见："陆哥，你要吃什么？"

陆遥推了一把手机，说："我不想吃。"

三人一看陆遥还气着呢，也没继续要陆遥回答。他们讨论来讨论去，也没讨论出吃什么。

"陆遥，你在这里呀。"

就在这时候，众人听到一道甜美的女声。

吴城抬头一看，对面站着一个穿着二中校服的美女，背着单肩包，扎了单马尾，像极了"那些年"里面干干净净的沈佳宜。

陆遥没反应，倒是林军辉反应过来了。等林军辉反应过来的时候，周围认出这位美女是谁的人已经开始激动了。

这不是二中的楚宁吗？

今天，论坛上她和陆遥挂了一天，那照片轰炸得，不认识楚宁的人都记住她这张脸了。

校花不愧是校花，拍出来的照片和本人几乎没差。她笑的时候露出洁白的牙齿，整个人都散发着女神的光辉。

楚宁俏皮地眨了一下眼睛，说："怎么，你忘记我这个老同学啦？"

楚宁的声音温温柔柔，像水似的，一帮青春期的男生纷纷觉得自己的骨头都酥了。

陆遥道："你有什么值得我记住的吗？"

楚宁笑道："你怎么还这么冷酷无情。"她故作委屈，"你就对我没有一点动心吗？"

……

林军辉在心里暗骂了一声：有情况！

林军辉发了一条微信给朋友：你觉得这对话像情侣说的吗？我看倒是像楚宁一厢情愿！

三人不动声色地交换了情报，纷纷表示：绝不插手陆遥的私人感情。

陆遥这人的桃花运旺得过分了，而且还不是烂桃花，甚至一朵开得比一朵娇艳，羡煞了旁人。

陆遥懒得理她，转身就走。

楚宁抬脚追了两步，想起陆遥的脾气，于是识趣地和他隔了一段距离："哎，陆遥，我只是个跑腿的啦，你别这么冷淡嘛。"

陆遥道："有话快说。"

楚宁笑道："贺耀他们说想和你聚聚，结果打你手机一直占线，就派我来找你啦。"

林军辉听到贺耀的名字，心想：那个大少爷找陆遥？

但他转念一想，想到陆遥的身份，于是便不觉得奇怪了。

陆遥干脆地回道："不去。"

"这么冷酷啊，陆哥。"

陆遥话音一落，又有几人出现在植物园门口，他们没穿校服，身上穿着不知道多少钱的高定服装。

来的正是贺耀这帮太子爷。

陆遥见到他们，没有半点儿老同学的感情，而且由于他现在心情不好，说话的语气十分恶劣，脸色也不好。

贺耀好似早就习惯了陆遥的少爷脾气，不气不恼，上前勾着他的肩膀："干吗，谁惹我们陆哥生气啦？"

"手拿开。"陆遥没好气道。

"别嘛，陆哥，我大老远从国外飞回来，一落地就给你来请安了，你就这么对我啊？"贺耀做了个玻璃心破碎的动作，"你听到我心碎的声音了吗？"

楚宁笑着道："这里不好说话啦，我们找个酒店吃饭吧。"

林军辉收起了手机，几人看了看，都知道他们是陆遥以前的朋友，这顿饭也是他们没资格去吃的，于是识趣地退到一边。

贺耀招呼道："走呗，叫校花给咱们选个酒店。"

楚宁娇嗔道："贺耀，你再闹我看看！"

"哦，闹不起，闹不起，我错了，只有咱们陆哥能闹你！"贺耀嬉皮笑脸。

陆遥没心情和他们去吃饭，推开贺耀："你们去吃，我没空。"

贺耀今天第二次被推开，大吃一惊，问林军辉："你们把他惹毛了？"

林军辉被他指着问，茫然地摇摇头。

贺耀挑眉，他很少见陆遥心情这么烦躁，这烦躁又不是他曾经常见的要抽人的烦躁，而像是一种莫名其妙的烦恼。

陆遥怎么看着有点儿像青春期的少男？

这个想法一出来，贺耀立刻打了个寒战。

青春期？陆遥？暗恋？

天哪！这三个词不可能组合起来出现在陆遥的身上！

贺耀和陆遥一块儿混了三年，上一次看到陆遥吃瘪，还是初二那年他遇到的那个什么……长了一副小白脸模样的Q大家庭教师。

贺耀身后的人都是二中的学生，他们虽然认识贺耀，但是对陆遥并不熟悉。

陆遥从B市转到附中读书的时候，来头太大了，几乎没人敢上去和他交朋友。

当时唯一主动的就是贺耀，他们这些人只听说过陆遥的名字，知道点儿陆遥的脾气，奉父母之命来结交陆遥，来的路上贺耀就说了两句话："陆遥脾气不好。陆遥很任性。"

众人在心里默念了两遍贺耀说的话，此时见到陆遥本人，果然看得出来他的脾气确实不是特别好。

最重要的是，他们都听到了陆遥和楚宁的那番对话，除了陆遥，谁还敢对女神这么冷酷啊！

他们在心里唏嘘：可别不是冷酷，是个无性恋吧！

陆遥扫了一眼后面的人，开口："你来吃饭的还是来干啥的？"

贺耀赔笑道："别呀，陆哥，两个人玩多没意思，人多才热闹呀！"

"我还有社会实践活动要参加，没空。你这么喜欢交朋友，你和他们去吃饭。"陆遥冷笑一声。

贺耀心想：你陆遥什么时候老老实实地按学校要求完成任务了？

他连忙道："这有什么好做的。陆哥，你还有多少社会实践没做完啊？我帮你呗。"

"滚远点。"陆遥开口。

敢张口喊贺耀滚的人，放眼整个H市，也只有陆遥大少爷了。

身后二中的学生倒吸一口冷气，却见贺耀没有生气。他早就习惯了陆遥的坏脾气，不至于为这么两句话生气。

"你们愣着干吗？不来帮忙？"贺耀直接命令身后的一帮学生。

这帮人也是平时横行霸道惯了的公子爷，但是地位比贺耀低多了。贺耀叫他们帮忙，虽然这些人不知道要帮什么，人却是全部围了上来。

陆遥忍无可忍道："贺耀！"

"哎，我在呢，陆哥你说。"

陆遥眉头一皱，说："你叫他们哪儿来的，回哪儿去。"

贺耀笑了一声，说："别呀，哥，多交点朋友又要不了什么钱……"

陆遥皱眉道："你找死啊！"

贺耀道："哪有你这么说话的。"

陆遥不是不喜欢交朋友，关键这些人都是冲他爸的职位来的，和他没有半毛钱关系。

陆遥抬腿就要走，贺耀看吃饭的事情算是泡汤了，于是把后面那帮人打发走。

"那你和我吃顿饭总没问题吧？还有楚宁。"贺耀说道，"人家校花从初中开始围在你身边，你真的一点都不动心？"

陆遥的个子比贺耀高一些，腿也长一些，走得就快一些。

贺耀说着说着，就落到陆遥后面了。

楚宁站在后面和他咬耳朵："哎呀，你别说这些，他不喜欢听的。"

贺耀挑眉道："怎么了？"

楚宁咬了咬唇，摇摇头："孟佳璐好像对他也……"

"哦，孟佳璐那个小辣椒啊，我跟你说，你太温柔了，他不喜欢。"

贺耀给她瞎出主意："要不你凶一点吧，但是也不要太凶。你看孟佳璐，她对别人那么凶，但是就对陆遥千依百顺。"

"陆遥就喜欢对他千依百顺的，但是也不喜欢没脾气的，你得好好研究一下。"贺耀笑道。

楚宁拧了他的胳膊一把："胡说八道。"

"谁胡说八道了，我当你是朋友才给你出主意呢，看你这么多年也没个结果。"贺耀唏嘘。

"那你没有胡说八道，你说说陆遥讨厌什么？"楚宁笑道。

贺耀和陆遥一起玩的时间已经算很长了，他自认为对于陆遥的喜好掌握得一清二楚，于是张口就来。

"陆遥不喜欢对他爱搭不理的。"贺耀道，"他这人很骄傲。"

王淼一路跟着他们，一听觉得不对劲啊！

"真的假的，贺哥？"王淼忍不住插嘴。

贺耀一看这是陆遥的同学，自来熟道："你认识他的时间长，还是我认识他的时间长？"

王淼想了想道："你认识他的时间长。"

"那不就行了，陆遥初中就是这副德行了，这么多年也没变，她们小女生就吃这一套。"贺耀道，"你看现成的例子，喏！"

当他们扯淡的时候，楚宁已经不在后面和他们一起走了，而是小跑了两步走到前面，和陆遥隔了一个人的距离，脸上挂起甜甜的笑容，努力地和陆遥搭话。

吴城道："陆遥看起来对爱搭不理的人也没有很讨厌吧？"

贺耀嗤了一声，说："还爱搭不理，别说不理了，你看倒贴成什么样的都有，陆遥都不一定给面子。他绝对不可能倒贴别人，他要是倒贴，我直播吃鼠标！"

"话别说得这么绝嘛，贺哥，人都是会变的。"吴城感慨。

"别人我还相信，他陆遥能变是不可能的！"贺耀信誓旦旦。

林军辉干笑了两声，说："可能他不怎么倒贴女生吧，男生不一定。"

贺耀道："那就更不可能了，这不是扯淡吗，陆遥一贯讨厌那种清高的人。"

他突然想起陆遥初中的那件事情，此时拿出来打了个比喻："你们不知道吧，他初中遇到过一个小白脸，就是那种成绩好，成天板着脸，像个行走的冰箱，一天到晚和他作对。他当时和小白脸闹得可厉害了，从此之后，只要见到这种人，他就生理性厌恶。"

吴城等人听了，越听越耳熟，越听越觉得这个人设熟悉，仔细一想：这不就是李明吗！

林军辉迟疑道："陆遥真的讨厌这类型？我看着不像啊！"

"你们干吗啊，非要反驳我？"贺耀怒了。

"嗐，没有没有，贺哥你说得对，你说得有道理。"吴城赶紧赔笑，"我们就是随口这么一说，随口的，随口的。"

植物园里面不大，陆遥拿着本子东写一笔，西写一笔，心思根本不在植物上面。

楚宁在旁边说了半天，陆遥一句话都没回她。她自己也觉得无趣，便沉默地陪着他，也不敢说话了。

贺耀看了一眼时间，上午已经过去，眼看就到了吃饭的点，他提议："陆哥，找个地方吃饭呗，旁边有家酒店就很好，我叫人打电话过去订好了。"

陆遥看了一眼时间，心里却没想着自己吃饭，而是想到李明珠中午吃什么。

他要是不拉着李明珠出去吃饭，李明珠一准又吃白饭青菜。

他赌了一上午的气，当想到李明珠吃不好饭的时候一阵心疼，瞬间这气就烟消云散了。

陆遥心想：等李明吃完饭了，我继续生气。

陆遥道：“我有事，你们自便。”

吴城倒是一下就猜出来了，陆遥只要到了吃饭的点，就要去找李明珠。

但是吴城他们知道，贺耀和楚宁不知道啊！

贺耀当即就问了：“你去哪里吃，我们一块儿呗？”

陆遥心想：谁要跟你们一起吃饭。

他嘴上说：“不用。”

贺耀却说出了另一件事：“陆哥，去呗，钱桐他们过一会儿就到了，早上下的飞机，就等你呢。”

陆遥一愣，皱眉道：“他从B市过来干什么？”

“多半是陆叔叔派过来劝你回家的。”贺耀说，“你好歹见见呗。”

陆遥“啧”了一声，钱桐和他交情不浅，关键是两人还有一层表兄弟的亲戚关系，他只能停住脚步，问道：“钱桐到哪儿了？”

李明珠等陆遥挂掉最后一个电话，至此已经过了五分钟。

陆遥竟然没有继续发短信轰炸她了。

按道理她该松口气，但她却想：他怎么这么没有毅力？

她皱着眉头，盯了一会儿手机，没把陆遥的短信盯出来，倒是另一个人不合时宜地坐在了她身边。

“李明，好巧啊！”徐程惊喜道。

他这个“惊喜”的表情，在前面的公共卫生间对着镜子练了十几遍，终于练出了一个满意的程度，于是他深吸了一口气，出来“偶遇”李明珠。

李明珠听到他的声音，点点头。

“你吃饭了吗？快到中午了，一起去吃个饭吧？”徐程邀请道，“上回你教我写作业我还没好好感谢你呢，这回我请客，你可不要拒绝我。”

刚想拒绝的李明珠：“……”

徐程盯着李明珠的脸，心里忐忑不安。

他这几天像着了魔似的，在那个下午看见陆遥给李明珠唇上抹的口红后，李明珠的模样惊艳得他日思夜想。

怎么会有一个男人长得这么精致？

徐程以前没仔细注意李明珠，自从上回补课之后，陆遥和他抬杠，意外地给他打开了新世界的大门，看李明珠的眼神顿时“注意”起来。

徐程在仔细观察李明珠之后，越观察越心惊。

李明珠褪去眉间的一股阴狠气势，收敛一身拒人于千里之外的气场，一定是个不可多得的美人。

可惜美人虽美，性格不敢恭维。徐程往这里坐下后的这几秒，就明显地感受到李明珠全身上下散发的攻击信息：给我滚。

徐程心平气和地想：我不能轻言放弃。

他厚着脸皮又邀请道："正好我没伴，你也没有，要不我们凑合一下去吃饭，我正好……"

李明珠没等他说完，站起来就走了。

徐程的手尴尬地停在半空中。

不应该呀！

徐程在心里呐喊，两人再怎么不熟，好歹自己也是房东的儿子，和李明认识也快十年了……李明很小的时候，他就和李明打过照面了，虽然没说过几句话，但也没有这么冷淡吧？

李明……明明对陆遥不是这样的！

徐程不由得想起了李明小时候，他们搬进来的那天，徐程就在楼底下搬着小板凳写作业。

李明那时候才七岁多，帮他们搬家的是一个少男。年代太久远了，远得徐程记不太清楚那少男的模样，只当是李明的哥哥。后来几年那人就消失了，直到现在也没见他来看过李明。

在徐程模糊的记忆中，李明从小就是一张死人脸，对什么事情都提不起兴趣。李明的性格如此古怪，导致周围的小朋友都不和他玩。

现在李明比小时候更难搞。

要是换作以前，徐程早就挥挥袖子走人了，何必热脸去贴冷屁股。

徐程捏了捏手，心想：李明是个男人，我却用看女人的眼光看他，如果被他知道了，我们一定连朋友都做不成。

徐程犹豫再三，最后还是追上了李明珠。

他压根儿没想过，李明珠万一连朋友都不和他做呢？

徐程就是这么自信，认为自己和李明珠好歹是上下楼的关系，怎么可能做不成朋友。

但李明珠摆明了不想理他，可他看不出来。

"哎，你中午去哪儿吃饭啊？"徐程和李明珠并肩而行。

李明珠以为徐程遭了冷遇就该走了，现在看他追上来，心里诧异道：徐程今天吃错药了？

李明珠自认为和他不熟，不熟的人她连话都不愿意说上两句。

徐程见李明珠不说话，于是自己补充了：“你要找陆遥去吃饭吗？”

李明珠不动声色地挪开目光。

徐程立刻补充：“中午陆遥和楚宁他们一块儿去吃饭了，你没刷论坛吗？”

他立志于抹黑陆遥：“楚宁就是二中的校花，陆遥的老朋友，我看外人还是不要去打扰他们了。”

“外人”李明珠目不斜视，好似没听见徐程在说什么。

徐程道：“我找到一个好吃的地方，等一下咱俩一块儿……”

“李明！”顾小飞突然出现，在远处大叫一声，打断了徐程的碎碎念。

李明珠挑眉，顾小飞急得又喊了一声：“李明！这边！这边！”

他匆匆忙忙地走上来，说：“走！帮个忙！苏晓跟人吵上了！”

李明珠道：“你去找杜宇轩，找我干吗？”

顾小飞愁了，说：“我没找着杜宇轩啊！他说去上个洗手间，估计掉里面了，到现在都没出来。”

顾小飞扯着李明珠的胳膊把她往前拉：“嗐，你别问这么多了，赶紧过来帮忙，二部那女的实在太过分了，她诬赖好人啊！”

徐程就这么眼睁睁地看着李明珠被拉走了，一时间，他也顾不得吃中饭的事情，立刻跟着他们一道过去。

李明珠无奈道：“顾小飞，你把话说清楚。”

顾小飞的嘴巴就像一个上了发条的机器人，一下子停不下来，把来龙去脉说了一遍。

起因是苏晓在百草园观察植物，书包放到了凳子上，那张凳子上还放了其他的包，苏晓的包放在最边上，走的时候她就把自己的包拿走，接着去了蜡梅园。

结果，她在去蜡梅园的路上被二部传媒班的女生堵住了，说她拿了她们班一个女生的包。

李明珠一听，问道：“苏晓拿了吗？”

“没拿啊！苏晓拿人家包干什么？”顾小飞怒道，“你知道最气的是什么吗？那包后来都找回来了，但是里面的化妆包丢了，她就非说是苏晓偷了她的化妆品，叫苏晓赔！”

李明珠道：“那你找我有什么用，你觉得我赔得起？”

“呸！谁要赔她！苏晓压根儿就没有拿化妆包好不好，这是莫须有的罪名！”顾小飞喊道。

两人往前走了一段，李明珠重复一遍：“你找我没用……”

顾小飞嘟囔：“怎么没用了，这件事就得找你！”

顾小飞是班里第二个敢对李明珠动手动脚，上手就拉的人，他也算个奇葩，能抗住李明珠的气场，突破重重困难……还真和李明珠的关系比以前凑得近了些。

在去蜡梅园的路上，李明珠终于见到了和苏晓吵起来的女生。

这么一看，二部那女生身后还有几个人高马大的男同学，而苏晓势单力薄，看着就弱势。

难怪顾小飞要把她拽过来，估计是怕一会儿打起来，苏晓被欺负。

自从上一回顾小飞见到李明珠在教室里面揍人那么利索，心里很是佩服，现在就想让她过来撑着场子。

他们一走进这里，就听见苏晓喊道：“你是不是有毛病啊？谁拿了你的包，没证据不要血口喷人！”

那个二部的女生正是孟佳璐，这个小辣椒骂起人来一点儿都不留口德。

苏晓被她尖酸刻薄的话语讽刺，李明珠都听不下去，她的老古板病又犯了，心想：小姑娘说话怎么这么难听。

顾小飞喊道：“你说苏晓拿了你的包，那就去看监控录像啊，叫你看监控录像你又不看！”

孟佳璐翻了个白眼，说：“我不看都知道是这个女人拿的化妆包，买不起就不要用呗，偷人家的用，算什么东西。”

“你说谁偷了？”苏晓气得眼泪都涌了上来。

“说你，我那包里有好几万的化妆品呢，你赶紧拿出来，不然我就报警了，你想吃处分吗？”孟佳璐道。

“我没拿，你要报警就报警！”苏晓别开脸，气得抹了把眼泪。

顾小飞叫道：“欺人太甚！”

李明珠看了半天才开口：“你出去找老罗，在这里吵没用。”

顾小飞道：“我给老罗打了电话，老罗说一会儿就过来。”他补充，“我用公用电话打的。”

蜡梅园这里已经算是后园了，边上就是出口，外面是大马路、酒店等。

李明珠原先是想等老罗过来的，她本身就是个怕麻烦的人，而且十分没有同学爱。被顾小飞拉过来，是她半推半就，想躲开徐程才过来的。

哪知道徐程跟着过来了！

李明珠摆摆手说：“你们自己解决。”

她说完就要走，顺道还警告徐程：“别跟着我。”

徐程脚步一顿，停住了。

孟佳璐正和苏晓僵持不下呢，眼睛一尖，看到了从后门走过的陆遥等人。

孟佳璐欣喜地叫了一声：“陆遥！”

李明珠好似没听见，甩了甩头发，很快继续往前走。

陆遥这边刚刚把钱桐从车上带出来——王奶奶知道钱桐到了萧山机场，直接叫司机把人带到了陆遥身边。

陆遥就在植物园的后门把人等到了。

钱桐一下车就喊道：“表哥，这次我又三顾茅庐来了！”

陆遥道：“你现在可以完成任务滚回去了。”

钱桐乐呵呵地走下来，不但没有“滚回去”，还滚得离陆遥更近了些。

他是认识贺耀的，两人打过招呼，钱桐又看见了楚宁。

楚宁甜甜一笑，钱桐的目光在陆遥和楚宁之间打转，就自以为懂了，邪笑一声：“不介绍一下？”

陆遥冷淡地瞥了他一眼，把他看得打了个激灵。

贺耀尴尬地咳嗽一声，说：“别乱叫啊，钱桐。”

钱桐“啊”了一声，无声道：还没成啊？

贺耀沉重地点点头。

钱桐心想：追我这个表哥的女人多得十个手指头都数不过来，我还真是不敢乱叫。

也正是这个时候，孟佳璐叫了一声陆遥，欢天喜地地小跑过来。她一过来，就看见楚宁的脸色白了。

孟佳璐在心里冷哼一声，挽着陆遥的手说：“早上我打你电话，你怎么不接啊？”

钱桐看到孟佳璐这模样，大惊：难道这个才是表哥的女朋友？

陆遥把手抽出来，说：“你离我远点。”

钱桐面无表情，心想：看来不是。

楚宁的脸色好转了一些。

贺耀一看陆遥的桃花们撞到一起了，赶紧打圆场：“哎，陆遥，咱们要去给钱桐接风呢，就不在这儿耽误了吧？”

孟佳璐道：“你们要去吃饭吗？”她眨巴眨巴眼睛，撒娇道，“带我一个呗，贺耀？”

美女蹭饭，贺耀当然求之不得。

但是这位美女身份特殊，他要是敢答应，楚宁能当场扒了他的皮。

贺耀道：“下次吧。”

另一边，顾小飞正安慰苏晓：“好了好了，你不要哭了，等老罗过来，让他们还咱们一个公道。”

苏晓还是哭个不停，顾小飞纳闷道：合着我安慰不行啊，你等着，我给你找个帅哥。

顾小飞喊住了走远的李明珠：“李明，安慰一下小苏呗，人都哭成这样了。”

李明珠回头看了一眼，挑了挑眉，意思是：我安慰有用？

顾小飞道：“你长得帅，肯定有用！”

苏晓破涕为笑，推了一把顾小飞，嗔道：“顾小飞！”

顾小飞揉了揉她的脑袋，说：“哎哟，不哭啦，哭什么呀，又不是你的错。”

那边的陆遥听到顾小飞喊李明的时候就站不住了，他诧异地往植物园里面看了一眼，忽视了正在说话的贺耀，直接走了进去。

贺耀的话说到一半，陆遥就走了，钱桐道：“怎么了？”

贺耀和他对望，说：“不知道。”

他们跟着陆遥走进去。

陆遥一进去就看见背对着他的李明——他心心念念一上午的人，就这么突然出现在他面前。

陆遥原本有一肚子委屈，结果看到李明珠顿时就没脾气了。

“喂，站住！”陆遥拉住李明珠。

贺耀愣了一下。

李明珠道：“你把手放开。”

陆遥小声问李明珠：“你上午怎么不接我的电话？”

“没听见。”李明珠淡定地回答。

陆遥心想：你现在对我撒谎，都懒得敷衍了吗？

贺耀问道：“陆遥，这是谁啊？”

他的意思是叫陆遥介绍一下。

要是王淼等人一起跟过来，就不会陌生了。这是李明啊！李明是谁？反正是能让你贺耀直播吃鼠标的狠角色。

钱桐看到李明珠的第一眼，却是愣了一下。

李明珠开口：“松手。”

陆遥问道：“中午你去哪里吃饭？”

“和你无关。”李明珠掰开他的手。

陆遥心想：我说有关就是有关。

“我和你一起吃。”

贺耀：“！”

他从来没见过陆遥这么对一个人示好。他掩盖住自己的惊讶，有些好奇地打量着李明珠，道：“行啊，你是陆哥的朋友吧，过来和我们一起吃饭吧！”

李明珠丝毫不给陆遥面子，冷笑一声，说：“陆遥，我给你三秒，把手给我拿开。”

贺耀心想：这男的什么口气？

听到李明珠这句话的楚宁和孟佳璐也愣了一下，毕竟在熟悉陆遥的人中，敢这么和陆遥说话的人是不存在的。

“我要是不拿开呢？”陆遥理直气壮。

“你找死吗？”李明珠吐出一句话。

贺耀听了这句话，立刻喷了，猛地咳嗽起来，心里狂喊：这男的才是找死吧！不想活啦！

他还没震惊得把眼珠子从地上捡起来，陆遥接下来的一句话直接把他的眼珠子一脚踢远了。

只见陆遥熟门熟路地撒娇——他对付李明珠就只有这一招，不要脸，撒娇，死缠烂打，坚持就是胜利！

陆遥道：“我不要，我又哪里惹你生气了？”他委屈巴巴道，“你为什么每次生气都不给预告的？”

贺耀踉跄一步，险些没站稳。

他仿佛吃了十个鼠标，震惊得嘴巴都合不拢。他从来没见识过“陆遥撒娇”，这个可以列为世界第八大奇迹。

李明珠看了一眼陆遥身后的人，扫了一圈，目光停留在钱桐身上。她顿了一下，和钱桐的目光一下就撞上了。钱桐看她时，也保持了一个惊讶的表情。

李明珠心里咯噔一声，立刻把自己藏在了陆遥身后。

陆遥见李明珠突然乖顺起来，心里吃了一惊，接着美滋滋地想：看来撒娇还是很管用的嘛！

钱桐心里的疑问越来越大，甚至别过头想要把李明珠看得仔细一些，李明珠被盯得冷汗落了一滴下来。

——钱桐曾经见过她，在陆知尚在人世的时候。

李明珠与陆遥贴得很近，近到贺耀认为这是一个“不可思议”的程度。

陆遥这人，关系不太熟的，他都有个安全距离，俗称：洁癖界限。

他和陆遥混了这么多年，偶尔靠陆遥太近，陆遥还会皱眉推开他。

可是现在这个男生，不但人靠得近，甚至看起来都要贴到陆遥的身上去了！

贺耀以为陆遥怎么也得表现出一点儿不乐意吧，但是一看陆遥——他整个人都荡漾起来了。

李明珠跟陆遥靠得近，身上好闻的味道全部扑到他的脸上，叫他僵硬着身体不能动，心里却是欢喜的。

“你干什么靠我这么近？”陆遥嘟囔一句，却也没见他推开李明珠。

此时李明珠的心思根本不在陆遥身上，她心中警铃大作，特别是钱桐那目光跟着她走的时候，她心里惊诧道：难道他对我还有印象？

李明珠和钱桐上次见面还是八九年前，那时候钱桐才七岁，多大点儿的小孩子，哪里还能记得住她？

她心里是这么想的，安慰着自己，对方说不定早就把自己忘了。但是钱桐表现出来的模样，又像是记得她。

这边钱桐看李明珠躲躲闪闪的，心里更加纳闷：她躲我干什么？

李明珠难得显出一丝慌乱，道：“我有事先走了。”

她说完，转身就要走，结果被陆遥拉住了。

“中饭你吃了吗？”

李明珠现在哪里顾得上吃不吃饭的问题，她要是再待得久一点，万一钱桐把她认出来了怎么办？

如果当年李明珠是以男人的身份出现在钱桐面前，那她现在也不至于这么心虚。

问题就在于，当年陆知逗她，让钱桐叫了她一个星期的小姐姐。她那时候太小了，再加上陆知是她除了苏天瑜之外最亲近的人，于是她没防备这件事，还真让钱桐跟在身后叫了一个星期的姐姐。

钱桐如今见到她，要是一看曾经的“小姐姐”突然成了“小哥哥”，她那个秘密要保住可就有点儿悬。

“放手！”李明珠急了，她甩开陆遥的手，微微低头，遮住自己的脸，往植物园里面走去。

陆遥还沉浸在刚见面的喜悦里，哪知道李明珠立刻就要走。他当即不干，又拉上去，死活不松手。

“你去哪儿啊？”

钱桐这时候已经走上来了，说：“表哥，这个是你朋友啊？”

他看着李明珠，李明珠无处可逃，硬着头皮和他对视。她抬起头时，深吸一口气，放平心态，叫对方看不出一丝端倪。

陆遥不太想给别人介绍李明珠。

陆遥没说话，钱桐就自来熟地朝李明珠开口：“那个同学，我冒昧地问一下，你家里有没有什么兄弟姐妹之类的？”

李明珠板着脸，犹豫了一会儿，吐出两个字：“没有。”

钱桐听到这个回答，有些惊讶：“真的没有？姐姐或者妹妹……”

“你问这个干什么？”陆遥皱眉。

第一次见面就问人家家里有没有兄弟姐妹，陆遥心想：他要做什么？调查户口？

钱桐移开视线，说：“没什么，我觉得表哥这个朋友有点儿眼熟，可能是我认错了。”

陆遥道：“你眼瞎？”

他语气不太好，活像一只被别人抢了宝贝的奶狗。

贺耀在一旁不停地倒吸冷气，他哪儿见识过这个陆遥啊——这个陆遥简直跟被别人顶包了似的！

钱桐将信将疑地打住了，李明珠却暗暗地松了一口气。

钱桐就算是对她还有点儿印象又怎样，奈何时间太久远了，难不成她十七岁了，还能跟九岁的时候长一样吗？

李明珠瞒住了钱桐，现在就要打发陆遥了。

陆遥可不好打发，他见到李明珠就走不动路，并且此刻还认为周围的人都是多余的，不该在这里。

特别是贺耀，这家伙已经第三次催他吃饭了。

孟佳璐看了很久之后，忍不住开口道：“陆遥，这是你朋友吗？”

陆遥听到孟佳璐的声音，突然浑身一僵，想起了李明珠不久前冷落他的原因，立刻拽着李明珠走。

众人都没想到陆遥会来这么一出，倒是李明珠被拽了一路，反应过来。

“陆遥，你干什么？”

陆遥心虚得眼神乱瞟：“吃饭啊，我能干什么？”

李明珠道：“你表弟来了，你不陪他吗？”

陆遥心想：他有什么好陪的，又不用我喂他吃饭。

“不用，贺耀陪他……”陆遥突然回过神，“你怎么知道他是我表弟？”

今天李明珠出门大约是没有带脑子，被陆遥这么一问，吓得差点儿跌到地上。

钱桐是陆知的表弟，当然是陆遥的表弟，这还用特意去知道吗？

但李明珠现在万万不能让陆遥知道自己认识钱桐。

于是她心惊肉跳，把自己的话圆回来：“我听他们说的。”

陆遥纳闷道：“贺耀说的？他怎么什么都往外说。”

李明珠强装镇定，道：“怎么，不能让我知道吗？”

陆遥道：“没有啊，就是……”

“陆遥，你要吃什么？”李明珠赶紧岔开话题，“你不是要吃饭吗？”

陆遥道：“你和我一起吃吗？”

“你要一个人吃？”

“不要！”陆遥果断摇头。

被无视的贺耀等人：“……”

陆哥，你不是要和我们去吃饭吗？任性也不是这么个任性法啊！

孟佳璐在一旁看了一会儿，虽然李明是个男人，但是从刚才开始，陆遥的种种表现实在是太反常了。她还没见过陆遥对谁这么好，就算是个男人，也叫她看出了一点儿不对劲。

女孩子的第六感永远都是准确的，按道理说，异性相吸，况且李明还是个不折不扣的美少年，她怎么也会怀着欣赏的态度去看，但是她此刻看李明却带了些敌意。

“陆遥，你等等我们呀！”孟佳璐作势上前，就要拦住陆遥。

陆遥道：“赶紧走。”

“走什么？”李明珠觉得莫名其妙。

孟佳璐已经上来了，她当着陆遥的面，看着李明珠，甜甜地笑着：“你好，怎么称呼啊？”

李明珠对陌生人的态度都很统一，统一无视。

再加上孟佳璐刚才对苏晓的态度，两人之间就有了些嫌隙。

现在孟佳璐又拿出了另一副做派，和刚才那个出口伤人的模样完全相反，李明珠尚且能忍，但是顾小飞可就忍不了了。

“谁说要走了！我们要在这里等老罗来！”

顾小飞继续道：“你不是说苏晓偷了你的化妆包吗？刚才没凭没据就随便诬赖人，现在装什么装！”

顾小飞知道李明珠和陆遥的关系十分熟稔，此时就因为陆遥在这里，他才敢大声质问出来。

要不然，就在刚才——孟佳璐身后还有几个人高马大的男生，他顾小飞和李明珠还有徐程三个人，哪里打得过。

如今陆遥来了，孟佳璐带来的二部男生一个两个都像鹌鹑一样缩着脑袋不敢出声，顾小飞不往正路上放的脑袋瓜子立刻转了个弯，好似找到了靠山。

“干吗，你不是很嚣张吗？”顾小飞“哼”了一声。

至于徐程，他从陆遥站到李明珠旁边的时候就一直没出声。

他的目光一开始就落在李明珠身上，没有挪开过，陆遥过来时，他自然也看到了陆遥。

只不过这一看，看得他心里震撼不已。

原因无他，有些东西是圈子里面的人看不出来的，但是站在圈子外的人看得一清二楚。

陆遥对李明珠撒娇，李明珠藏在他怀里，以及他看李明珠的眼神……这一切全部落进了徐程眼里。

徐程咽了咽口水，心里想着：这实在不像对朋友的眼神。

陆遥那双好看的桃花眼看任何人都是冷漠又孤傲的，唯独望向李明珠的时候，里面充满了水汽，凌厉的目光都软化了下来，活像一只乖巧可爱的小奶猫。

但凡别人多提一句李明珠，他眼里的占有欲都能溢出来。

这样的占有欲，你叫徐程欺骗自己，那是对朋友的占有欲，就连他自己也不信！

徐程顿觉自己发现了一个惊天秘密，还没来得及消化，老罗已经慢吞吞地走了过来。

苏晓把事情的前因后果都跟老罗说了一遍，孟佳璐作为当事人，和苏晓还有顾小飞以及二部的那帮男生都去园林的保安室看监控录像了。

顿时，原地就只剩下五人。

楚宁变了脸色，柔声问道：“咱们这饭还吃吗？”

“吃啊，怎么不吃！”贺耀道，“陆哥，叫这个……你朋友和我们一起吃吧？”

陆遥想了想，还是先问了李明珠的意见。

李明珠对和别人一桌吃饭提不起半点兴趣，主要难搞的是陆遥。

钱桐今天到的H市，陆遥怎么说也要给人家接风，他总不能丢下表弟和自己去吃饭吧？

问题是李明珠和陆遥相处了这么久，也算是摸清大少爷的脾气了，她如果不答应贺耀，陆遥这家伙还真的做得出丢下自己表弟的事情。

李明珠只能点点头，陆遥这才道：“酒店在哪儿？”

贺耀报了酒店的地址，就在植物园附近，是一家五星级酒店，包厢订在三楼。

进了包厢，里面已经坐了五六个人。陆遥仔细一看，这五六个人正是被贺耀带过来的那些太子爷，他们上赶着想和陆遥交朋友。

此时他们见陆遥进来了，都站起来打招呼。

包厢内有男的，还有几个化着淡妆的女生，因为没有穿校服，所以不知道是不是学生，也可能是这帮太子爷的朋友。

楚宁一进来就不动声色地坐到了陆遥的边上。

她坐了左边，贺耀便想坐到陆遥的右边。

结果贺耀还没坐下来，陆遥就把凳子踢开，贺耀差点儿坐在地上。

贺耀一头雾水地看着陆遥，半晌后，他看到了站在门口的李明珠，顿时悟了。

一开始贺耀不知道世界上还有制得住陆遥的人存在，现在经历这么多事情之后，他深刻地认识到李明珠的可怕程度。

这是一个能让陆遥撒娇的人物，简直比《海贼王》还伟大！

陆遥边上的这张凳子显然是给李明珠留的，贺耀识趣地坐到了钱桐边上。

李明珠除了认识陆遥，其他人对她来说都是陌生的，她也不想坐在陌生人身边，于是落座陆遥的右边。

楚宁的脸色在李明珠坐下来的时候又差了些。

包厢里的人都是贺耀的老朋友，贺耀在朋友圈里吃得很开，三句话不到就把气氛炒热起来。

钱桐和他们互相吹捧，众人嘻嘻哈哈打成一片，连陆遥都插了几句话。

陆遥一讲话，众人都开始捧他的话，没停过。

十分钟后，菜陆陆续续地端上来。

李明珠自始至终都沉默不语，陆遥偷偷观察了一会儿，想开口和李明珠说点儿什么，却又一时半会儿找不到话题。

贺耀又起哄，叫陆遥喝汽水，服务员立刻弄了一箱碳酸饮料进来。

陆遥从来不喝碳酸饮料，所以贺耀起哄也没用。

李明珠安安静静地坐在位子上剥虾，分明融不进这个热闹的氛围。

她剥好了虾，蘸着醋放到陆遥碗里，做得无比熟练。

一旁的贺耀傻了，他刚想说：陆哥有洁癖……

但是陆遥很快就用实际行动阻止他开口。

陆遥自然地用筷子夹着虾，将虾塞到了嘴里。

第十五章 你犯规

贺耀现在面对这样子的陆遥，已经见怪不怪了。

要是放在今天上午之前，让贺耀相信陆遥会吃别人剥的虾，你就是把他的脑袋拧下来，他都不会相信。

但他的三观在四十分钟之前被李明珠刷新了一遍。

在场的人里，除了贺耀和楚宁知道陆遥有洁癖，其他人都不知道。

他们看到李明珠这动作，只觉得两人的感情很好。但两个男人的感情黏糊成这个样子，又叫他们感到一股违和感。

陆遥端起自己的碗，目光投向眼前的莲子羹上。

楚宁道："我帮你。"

陆遥避开她的手，说："不用。"

他径自盛了一碗莲子羹，热腾腾的小半碗，没放到自己的面前，而是用勺子在碗里搅了两下，递给了李明珠。

陆遥心想：她喜欢吃甜的吗？

事实证明，李明珠不爱吃甜的，陆遥盛的莲子羹她只敷衍地喝了两口，接着就没动了。

李明珠不爱吃的东西不会挑出来扔掉，她会强制自己吃下去，或者放一会儿，做片刻的心理准备，然后再吃。

陆遥自己的碗给李明珠盛了莲子羹，于是伸手去够李明珠的碗，一点儿也看不出"洁癖"的样子。

贺耀目睹全过程，艰难地把惊诧的目光挪开。

他在心里嘀咕：说不定几个月不见，陆遥已经把这个毛病改了呢。

结果不然，他很快就被打脸了。

楚宁见状，伸手夹了一筷子笋放在陆遥碗里。

“我记得你喜欢吃这个。”

陆遥立刻洁癖症发作，默默地推开了碗，又默默地把李明珠的莲子羹拖过来，放在自己面前。

李明珠拍了拍他的手，说：“你自己的碗呢？”

陆遥理直气壮道：“给你盛莲子羹了啊。”

李明珠：“……”

陆遥嫌麻烦，直接用李明珠的勺子舀了两勺莲子羹吃，而这勺子还是李明珠的，贺耀想起这个，猛地咳嗽起来。

楚宁的脸色更加惨白，她眼神复杂地看着李明珠，奈何李明珠根本没注意到她，正自顾自地吃饭。

贺耀开了碳酸饮料，倒了一圈人，没敢给陆遥倒。

钱桐面前也有一杯满的碳酸饮料，陆遥道：“别给他喝。”

钱桐道：“表哥，这你也要管啊？”

陆遥漫不经心道：“我说了不准就是不准。”

他瞪了钱桐一眼，钱桐只好把碳酸饮料推开：“好好好，我不喝，行了吧？”

陆遥不喝碳酸饮料，贺耀也只敢起哄一下。他面前只有一杯热茶。

轮到李明珠，贺耀谨慎地问了一句：“李明，你喝碳酸饮料吗？”

李明珠摇头，说：“不喝。”

楚宁笑道：“李明不喝吗？难得大家开心，喝两杯嘛。”

贺耀也道：“喝一杯就好，咱们今天认识，你当我是朋友，就给个面子喝一杯。”

陆遥看了李明珠一眼，后者依旧没有要喝碳酸饮料的打算。贺耀越说越来劲儿，好似李明珠不喝这一杯就是看不起他一样。

陆遥道：“我替李明喝。”

贺耀笑道：“陆哥，别啊，难不成以后李明的交杯酒也给你喝？”

贺耀随意开的玩笑，却一下戳到了陆遥的心事。

他不自然地停顿了片刻，李明珠开口：“一杯。”

李明珠拿过碳酸饮料，像喝白开水似的，一杯干了，也没有挣扎和难受。

陆遥看着那么大一杯碳酸饮料全部消失在李明珠的嘴唇里，心里诧异。

李明珠喝得面不改色，他心里实在佩服。

一顿饭吃完，陆遥光给李明珠夹菜了，自己没吃几口。他一会儿觉得她吃得太少，一会儿又觉得她光吃不长肉，让贺耀见识了一个“鬼上身”的陆遥。

直到这顿饭吃完，楚宁也没插上一句话。

一下午很快就过去了，陆遥一看就要到集合的时间了，便问钱桐：“你晚上住酒店？”

钱桐点点头：“我找好了。”

陆遥道：“那你自便。”

李明珠推开椅子，神态自若，沉默无声地往门口走。

陆遥连忙追上李明珠，道：“你要先去班里面集合吗？”

李明珠没有答话，她经常这么无视陆遥，或者用意念回复陆遥。陆遥习惯了，也没觉得什么不对。

贺耀还要和他们去唱歌，问了陆遥去不去，陆遥摆手，说：“我有事。”

贺耀算是看明白了，陆遥目前最大的“事”就是绕着李明珠打转。

贺耀不由得多看了几眼李明珠，好像要把李明珠看出一个窟窿来，看李明珠身上到底有什么神奇的特质制住了陆遥。

可惜李明珠走得飞快，根本不给贺耀打量的机会。

两人离开酒店之后，贺耀带来的一帮人憋了几个小时，终于忍不住开口了。

“贺耀，陆遥带来的那个男的是谁啊？他哥？”

“你觉得像吗？”贺耀说道，“陆遥他哥走了都快十年了。”

“不是他哥又是谁？他怎么对这人言听计从，我还以为今天见了一个假陆遥。”那人嘀咕。

“你好奇，我还好奇呢！这人突然冒出来的，我之前听都没听说过李明。”贺耀摸了摸下巴，“怪了。”

“你不觉得陆遥对他太亲近了吗？”楚宁冷不丁地开口，“你见过陆遥对谁这样吗？”

贺耀挑眉：“我说楚大小姐，你这醋吃得也太随便了吧，连个男人的醋都要吃？”他调戏道，“这么小心眼儿？”

楚宁瞪了他一眼，说：“你自己感觉不到吗？”

“可能陆遥和他投缘？你连陆遥朋友的醋都要吃，以后要是成陆遥女朋友了，岂不是要把陆遥锁起来了？”

“而且关系好怎么样，那人怎么看都是男的。”贺耀信誓旦旦，“撑死是一个长得不错的男人。”

楚宁道：“我跟你说了你也不懂，我就是觉得怪怪的。”

贺耀嘲笑她，叫她与其防备陆遥的男性朋友，不如防备一下那个小辣椒，那才是她的竞争对手。

楚宁满怀心事，没接话，望着李明珠的背影若有所思。

李明珠一杯碳酸饮料下肚，好似无事发生，陆遥跟着她走了百来米，也没发现什么异样。

他说：“哎，李明，你是不是走反了？”

李明珠径直走的方向和植物园越来越远，陆遥一开始还以为她要去买什么东西，但她走了一路也没有停下来的架势，而且一句话不说，就干巴巴地走着，十分诡异。

走了半个小时之后，神经有筷子那么粗的陆遥也发现不对劲了。

李明珠越走越远，从植物园的外面穿过灵隐路，走过曲院风荷，接着走到西湖边上，沿着用铁链连起来的石墩，她终于走不稳了。

李明珠走了一公里多的路，走着走着就靠到了大树上。

陆遥见势不对，上前几步，靠近李明珠：“你怎么了？”

李明珠的脸色和平时无异，唯独双眼蒙上了一层迷茫。天色渐暗，景区的路灯微微亮起，人来人往十分热闹，将她眼里的迷茫遮掩住。

再过一会儿，西湖著名的音乐喷泉就要开始了。

陆遥早早地跟老袁说了一声，顺道让他和创一班的班主任带话，说李明珠和自己在一起。

老袁懒得管陆遥这个太子爷想做什么，嘱咐了两句别玩得太晚，然后撒手不管。

陆遥见李明珠行为诡异，心里有了一个大胆的猜想。

李明珠靠着大树，陆遥试探性地叫道：“李明？李明？”

李明珠动了动眼珠子，义正词严道：“你叫我？”

陆遥笑道：“是啊。”

“我不是李明。”李明珠嘟囔，“李明是谁？”

陆遥终于确认了自己的猜想：李明果然迷糊了。

只是这个迷糊来得实在是太迟缓，太延后了。

陆遥不是没见过别人迷糊的模样，但是李明珠迷糊的模样很新奇，他头一回见这样的李明，不免心悸。

“你不是李明，那你是谁？”陆遥逗李明珠。

“我是……我是……”李明珠认真地思考了一会儿，面无表情地吐出一句话，“我是你大爷。”

陆遥：“……”

他嘀咕一句，认命地抓着李明珠的胳膊，想要把人扶正。

陆遥嘴角一抽，说：“喂，你在干吗？”

李明珠不耐烦地喊：“挂机！”

陆遥：“……”

“你都是这么在人家身上挂机的吗？”陆遥转念一想，警告道，“你不准在别人身上这么挂机。”

陆遥想换个姿势，李明珠不让。

“你不许动！”她喊道。

周围的游客见到这一幕，已经有含着笑意的目光打量过来。

陆遥长这么大，虽然经常是人群中的焦点，但还是头一回被这么围观。

陆遥不由得在心中感慨。

迷糊后的李明珠在陆遥身上挂机，挂了一会儿，没力气，挂不动了，渐渐地滑了下来。

陆遥连忙把手穿过李明珠的双臂，把李明珠的腰搂住，往上提了提，顿时感觉李明珠的身体软得像一摊水。

他心想：迷糊的人身体都这么软的吗？怎么跟没有骨头一样？

陆遥道：“李明，你迷糊了，我送你回家。”

李明珠凶巴巴地重复：“谁是李明？”

今天晚上她好像就不要承认自己是李明，打算当一个不肖子孙，不“认祖归宗”。

陆遥想：我不和你计较。

“好吧，你不是李明，我是李明，那你是谁？”

李明珠说：“我……”

“少来，我大爷已经入土为安了，怎么，你要下去陪他吗？”陆遥抢在李明珠之前回答。

“入土为安”四个字不知道怎么戳到李明珠的泪点，她听了一会儿，突然委屈地哭了起来。

陆遥在这一刻浑身都僵住了。

今天晚上他见到的李明和平时见到的李明实在相差甚远，他起初觉得这个软绵绵的李明十分可爱，十分有趣，但他怎么也没想到，李明哭上了。

李明哭的样子也好看，光落眼泪，没动静，间或吸一口气，证明哭得痛彻心扉，扯得他的心脏都在疼。

陆遥慌了手脚，他身上没有带餐巾纸，于是磕磕巴巴拿手给李明珠擦眼泪。

陆遥以为自己说错话了，连忙道歉："好了好了，你是我大爷，是我大爷，好不好？"

李明珠很多年没哭过，上一回哭还是陆知去世的时候。今天晚上她所有的委屈都喝出来了。她哭够了，双手突然啪地拍在陆遥的脸上。

陆遥被李明珠拍得脸颊一痛。李明珠那双眼睛哭过之后是红色的，挂着莹莹的泪光，她茫然无措地和陆遥对视，让他的心脏都少跳了几拍。

这么浪漫的场景，李明珠却很冷酷地问了一句话，立刻把风花雪月的韩剧扭转成了青少年法治在线。

"陆遥，你是不是有喜欢的人了？"

陆遥说："啊？"

李明珠很严肃、很认真地看过来，陆遥的心理防线全数崩塌了。

"我……"他愣愣地开口，"没有。"

李明珠挑眉，突然踮起脚，趁陆遥没反应过来，在他的脸上噌了一下。

她晃晃悠悠地站好，又问了一遍："陆遥，你有没有喜欢的人？"

"我……"陆遥这回真蒙了。

他心想：你犯规。

西湖的音乐喷泉很应景地喷出，水流冲上半空，让空气都湿润了不少。喷泉哗哗的声音遮盖住陆遥雷鸣一样的心跳声，细微的水珠飘到他的脸上，把他的思绪从混沌中拉了回来。

李明珠说完这句话，头一歪，往前踉跄了一步，砸到他怀里更深处。

陆遥下意识扶住李明珠的肩膀，李明珠站也站不稳，她把身体重心都挪到了陆遥身上。他如果松手，她就会从这儿摔下去，然后粉身碎骨。

陆遥抓得死紧，一副看着不像能松开的模样。

陆遥干巴巴地开口："你……你做什么？"

李明珠伸出白生生的指头，戳中了陆遥的胸口，十分无赖。

"我问你话呢，你哑巴了吗？"

陆遥道："这个问题很严肃，要从很多方面来求证。"

李明珠戳个不停。

陆遥捏住李明珠的指尖，顺势裹住了她的手："你戳什么？"

李明珠问道："你是不是有喜欢的人了？"

陆遥犹豫了。

李明珠等不到回答，就权当陆遥默认了，她道："不准早恋，我不准。"

陆遥的脸色霎时白了。

"为什么不准？"

李明珠嘟囔："你哥九泉之下知道了……要……要揍我。"

李明珠嘟囔的音量太小了，陆遥没听见李明珠说的什么，满脑子都是她说的"我不准"。

她为什么不准？

陆遥捏了捏手，心想：难不成你以为我还能喜欢你吗？

他道："我喜不喜欢别人和你有什么关系？"

李明珠的身体轻飘飘的，陆遥扶着李明珠，没费多大力气，他道："你不要太自恋，我还能喜欢你不成？"

李明珠跌跌撞撞地走了两步，和陆遥拉扯不清。

"你不能喜欢别人……"李明珠晕乎乎道，这几乎成了她最近一段时间的心结。

"谁喜欢别人了。"陆遥暗骂一声，"你迷糊了，我送你回去。"

"那你喜欢什么……那个小辣椒……"李明珠歪着头，目光涣散，盯着陆遥。

陆遥正准备说点儿什么，却又觉得自己现在和李明较真，就好比企图和一条狗说话，于是他闭嘴。

李明珠不知怎么的，盯了他一会儿，接着双手并用，扯上他的脸颊。

"陆……陆老师。"李明珠迷迷糊糊地喊。

陆遥心想：什么玩意儿？

“陆老师……”李明珠扯得更用力，又搓又揉，“你怎么越长越年轻了？”

陆遥：“……”

李明珠自说自话：“我要去B大读书，等下个星期我把通知单烧给你，你不是也想考B大吗？我考上了，我厉不厉害？”

陆遥不知道李明珠又抽哪门子风，一口一个“老师”地叫他。

“嗯嗯嗯，厉害厉害，我给你鼓鼓掌。”他敷衍道。

李明珠说着说着，又凶了起来：“什么风和雨……我告诉你……你想用空间说说打发我……你做梦……”

“我不要这些，我要你……”她说得急了，打起嗝来，陆遥连忙给她拍背。她被他拍了两下，忘记自己要说什么了。

她换了个话题，想到哪儿说到哪儿。

“我见到陆遥了。”

“他好烦，他和你一样烦。”

“不对……你比较烦……”

陆遥听她絮絮叨叨地说了一堆，觉得好笑又无奈。

李明珠骗人很在行，而且口才好，撒谎的时候口若悬河，这样的人理应是个话痨。

但李明珠偏偏是个面瘫，只有在她晃点人的时候能看得出来一些她深藏的属性。

结果陆遥今天发现，李明珠迷糊了之后，某些属性也暴露出来了——话比平时多了三倍，而且都是颠三倒四的话，他听不懂。他虽然听不懂，但是不妨碍他喜欢听。

一个人去了解一件自己不懂的事情，就是这样浪漫。

他扶着李明珠，也觉得很浪漫；他不懂她，也很浪漫。

陆遥开口：“李明，你还醒着吗？”

李明珠从自言自语中抬起头，眼前的陆知又变成了陆遥，她纳闷地想了一会儿，一声一声地喊着陆遥的名字。

陆遥期待李明珠多喊两声，然而期待落了空。

李明珠被松开之后，喘了几口气，几乎瘫软下来。

陆遥弯下腰，将她背了起来。她乖顺地趴在他背上，嘀嘀咕咕，像倒豆子一样说起了陈年往事。

陆遥一路听着，配合着她点头。

李明珠每说完一句话，都要晕乎乎地重复："不要用摘抄的句子骗我，你不能走。"

陆遥道："不走。"他逗她，"那你拿棍子赶我走怎么办？"

李明珠的双手收紧了些，抱着他的脖子，认真道："我不会用棍子赶你走。"

"好吧。"陆遥道，"其实我是骗你的。"

他补充："你用棍子赶我走，我也不走。"

陆遥警告道："喂，你醒了不会全部忘了吧？"

李明珠学着他大声道："我不会！"

陆遥的耳朵险些被她喊聋了。

李明珠吼完之后，仿佛用完了洪荒之力，后半段路睡着了，陆遥只好打电话叫司机，送两人到楼下。

这么一通折腾，竟然也没把李明珠折腾醒。

陆遥租下那个房间后，重新装修了一遍，里面的墙被刷得雪白，贴上了浅色的墙贴，瓷砖地板全部换成了红木地板。

房间外面的阳台也翻新了一遍，装上了拉伸的木门，进门后上了个台阶，卧室的地上铺着厚厚的地毯，踩上去十分松软。

这小小的房间在陆遥住进来之后发生了翻天覆地的变化，原本又乱又小的屋子，现在被装修得极具日式风格，活像从淤泥里开出一朵清新的莲花。

陆遥开了夜灯，把李明珠往床上一放。

他放下李明珠后，又往小阁楼上面跑。他拉开了阁楼的帘子，看到苏天瑜睡得正熟，松了口气，学着李明珠，小心地把柜子上的水倒满，方便苏天瑜一起床就能摸到水壶。

他检查完苏天瑜的情况，又蹑手蹑脚地跑回房间。

陆遥回到房间后，给李明珠盖上松软的被子，掖上被角之后，又后知后觉地想：这么睡会不会感冒？

陆遥准备把李明珠的衣服脱下来，结果刚脱了一半的外套，他的手机十分不应景地响起来。

陆遥从口袋里摸出手机，一看来电人，是蓝清水。

蓝清水是陆遥在游戏里的公会成员。

陆遥接上电话，说："什么事？"

蓝清水喊道："路哥，你上游戏没有啊？"

"没，我刚回家。"

"你赶紧上游戏！仙仙要结婚了！"

"结婚？她不是才上大学吗？"

"不是，她在游戏里和别人结婚了！"蓝清水道，"你知道是谁吗？"

陆遥离开床边，拉开电脑桌前的凳子，却道："'勇者'什么时候有结婚系统了？"

"你多久没上游戏了？我看你的排名往后掉了不少。"蓝清水道，"上个星期发了游戏公告，你没上官网看啊？"

最近一段时间陆遥都围着李明珠打转，压根儿没去游戏里转。

"我没看，她结婚你打我电话干什么？"陆遥觉得纳闷。

"这……"蓝清水哑然。

他当然要打陆遥的电话！

不只他要打陆遥的电话，其他人都想打陆遥的电话。

蓝清水口里的"仙仙"，游戏里的名字叫"仙仙思言"，是有名的游戏女主播，也是他们公会的成员之一。

这个仙仙是陆遥的绑定情侣，两个人同一天进的公会，有个什么副本任务都是一起组队。公会里的兄弟开玩笑说他们俩干脆在一起得了，仙仙没开口反对，陆遥懒得解释，两人的关系就被默认了。

结果今天下午，仙仙突然在直播里宣布自己要和另一个人结婚了，那人还是个职业选手。她这一举动，立刻掀起了轩然大波。

BS是这几年的一款大热游戏，职业联赛打了三季，以曾经国服第一大神"沧海为水"牵头的战队拿了两年的冠军。第三年，各路职业战队纷纷成立，仙仙的结婚对象就是今年冠军队里的某个职业选手。

蓝清水听了痛心疾首，为陆遥抹了把辛酸泪，说他被"绿"了。

"'勇者'论坛里面还有个帖子讨论这件事情，估计是人家买的水军，狂黑你又矮又胖又丑，人家郎才女貌、天生一对，轮不到你来反对。"

陆遥挑眉，道："我反对了吗？"

"显然，目前为止你还没有。"蓝清水唏嘘。

陆遥也是国服前五的玩家，平时备受关注。不过他一向比较低调，不像其他几个国服的大神，天天开直播，不能卖脸的就讲段子，讲不了段子的就卖人设，赚了一大笔钱。

陆遥既不缺钱也没时间直播，所以勇者游戏平台找到他开直播的时候，他果断拒绝了。

因为他不肯露脸，所以众玩家对他的颜值猜测纷纷。这回仙仙买的水军立刻往他身上泼脏水，把自己摘了个干净。

陆遥原本在网上有的那么点儿小粉丝，立刻被锤得毫无反击之力。

“玩个游戏还有这么多破事？”陆遥听完后觉得十分无语。

“哎呀，圈子大了什么鸟都有。”蓝清水继续道，“你真没打算去职业战队？苍水战队的经理找过你好几次了吧？”

“我不去，没时间。”陆遥道。

“你有个性，双冠战队的经理被你直接拒绝。”蓝清水说。

“仙仙找了个职业选手，网友狂踩你技术不好，人也长得丑，这个……人长得丑不丑先不提，踩你技术差的事儿能忍？”

蓝清水没见过陆遥，自然不知道他的长相，但是蓝清水知道他的年纪不大，还在上学。蓝清水认为他的潜力完全没有被发掘出来。

陆遥已经坐在电脑前，上了游戏之后，他果然看见公会里都在讨论这件事情。

陆遥关了消息，又点开了“勇者”论坛，果然看见了那个帖子，已经讨论十多页了。

“无聊。”陆遥嘟囔。

他随便看了两页，全是骂他自作多情，脸大如盆，癞蛤蟆想吃天鹅肉的。

蓝清水开口：“哎，路哥，不说这事儿了。我跟你说正事，你来呗，BS 亚洲冬季全明星赛，公会里还有多的票，咱们也可以线下见个面。”

他说道：“全明星冠军可以补一个晋级决赛名额，就在 S 市体育馆，我记得 S 市离你不远吧？”

S 市距离 H 市不远，乘高铁一个小时到达，蓝清水显然是查过时间才说这句话的。

陆遥没有直接拒绝他，说：“看情况。”

“你这也要看情况啊？路哥，全明星赛啊！我有时候真的怀疑，你喜不喜欢这个游戏。”

陆遥道：“我当然喜欢这个游戏。”

他很少用心做一件事情，但是玩《勇者传说》绝对能排上前三。

陆遥是《勇者传说》的内测玩家，他对这个游戏情有独钟，玩了六年也没腻，从小透明慢慢成为大神，在《勇者传说》里面是个知名人物。

也正因为如此，仙仙当年直播的时候才抱了他的大腿，叫他做任务的同时开启直播。

仙仙的传媒公司有意让他们两人捆绑炒热度，当年买了不少通稿炒作。陆遥懒得管这些烂事，在他眼里，只要游戏玩得好就行。仙仙是个玩得不错的奶妈。

蓝清水道："仙仙太不厚道了，这是用完你就扔啊。你知道吗？你俩的粉丝都被水军洗成她的粉丝了，无耻，太无耻！"

陆遥道："和我无关。"

"我说你不生气啊？那个郑华还买水军黑你长得丑，他也不撒泡尿照照自己长什么样！"蓝清水道。

陆遥和每个"勇者"的粉丝一样，对所有职业战队里面的成员都了如指掌，他当然知道郑华长什么样。

郑华是一只皮肤黑黝黝的瘦猴子。

"我真不知道仙仙看上他哪点了，简直是鲜花插在牛粪上！"蓝清水愤愤不平。

仙仙既然做直播，相貌自然是过得去的。

陆遥在电脑上随便逛了一圈，"勇者"里的公会消息闪个不停。

陆遥没点开看，但是猜到了。蓝清水在那边号叫起来了。

"仙仙退公会了！"

"我看见了，你不用重复一遍。"陆遥吐槽。

仙仙退公会之前，冠冕堂皇地说了一堆话，说自己的男朋友在耀灵战队，今年断了苍水战队的连冠——陆遥所属的公会是苍水之下第一大公会，现任苍水战队队长季信然以前就是这个公会的。

仙仙解释了一通之后，公会里面的成员都表示理解，但是对于失去这么一个大美女，大家很遗憾。

有个不长眼的回复道："仙仙，你要是和路哥在一起，就没这么多事儿了，你们俩多配啊，肥水不流外人田呢！"

手机那头，蓝清水暗骂一句。

果然，这个成员把这句话发出来之后，公会的频道顿时安静了。

仙仙打破沉默："我和路遥没什么啦，以后大家不要开这种玩笑了。"

她说完又讲了几句话缓和气氛，大家都卖仙仙的面子，很快这个小插曲就过去了。

不过大公会总是大公会，它既然大，那人也是特别多的。

人多的地方，就容易出乱子。

仙仙退了公会没多久，就有好事者把公会的对话截图放到了微博上。

仙仙的正牌男友郑华一不小心"手滑"点了个赞，他的粉丝和仙仙的粉丝立刻气势汹汹地冲到了这条微博底下，骂了起来。

还好陆遥的微博没有公布，要是陆遥的微博被人知道了，那绝对已经转发几千条骂起来了。

郑华很快取消了点赞，可那条微博下面已经有几百句难听的话打包送给陆遥了。

说来说去还是那么几句话：自作多情，丑男一个，倒贴，不要脸，蹭热度，普通玩家也敢和职业玩家平起平坐，等等。

蓝清水看到这条微博转发到自己的首页，他翻了翻，在手机里道："你别上微博啊，上面吵起来了。"

陆遥不常刷微博，他敷衍了两句。

蓝清水说自己接下来还有活动，挂电话之前又问了一遍："路哥，全明星走起呗，你老一个人去看比赛，多无聊啊！"

陆遥一直都是一个人追比赛，行程追得满满当当，从春季赛到冬季赛，一场不落。

"行，到时候联系。"陆遥回答。

蓝清水得到了肯定的答案，心里一块石头终于落地，挂了电话。

陆遥开着电脑，把账号挂上。

李明珠在床上翻了个身，闹了一点儿动静出来。

陆遥回头看了一眼，电脑顿时留不住他了。

他想：我要上床睡觉。

他坚定地想：我立刻要上床睡觉，刻不容缓！

游戏里，仙仙的私聊发了过来。

仙仙：路哥，你别介意啦，我和他说过了。

仙仙：我知道很突然，这件事情我没和你说过。

仙仙：你以后如果需要我帮忙，我肯定义不容辞地帮你。

仙仙：对了，今天晚上有个四人的副本，我叫我男朋友来，你来吗？

仙仙：你别生我气了，好吗？

陆遥看都没看这对话一眼，满脑子想的是：我该睡觉了。

他关电脑时，飞快地打了一行字：我睡了。

仙仙收到他的回复，愣了一下，看了看桌上的闹钟：九点一刻。

……

九点一刻就睡觉？

仙仙有点蒙。据她所知，路遥是个夜猫子，每次都熬夜打游戏，特别是下副本，每天都等着零点刷新的那一次打，因此她还不乐意了一阵子。

但是今天……九点一刻，这网瘾少年竟然要睡觉了！

仙仙觉得无语：太阳从西边出来了？

郑华从后面抱着她，说："他来不来？"

"不来，说要睡觉。"仙仙回答。

"要睡觉？"郑华不可思议地喊道，"他几岁？断奶了没？"

仙仙道："哎呀，你别，他平时不是这样的，今天不知道怎么了，睡得这么早。"

"哈哈，他不会是失恋了，被我打击到了吧？"郑华笑道。

仙仙心想：今天路遥这么反常，难道真的是因为我谈恋爱了，心情不好？

她在心里哼了一声，又想：他早干吗去了。

仙仙早在很久之前就各种对陆遥示好，打游戏的玩家都会倾慕强者。陆遥玩游戏玩得贼溜，话少又酷，是女生最喜欢的高岭之花类型。

仙仙天天跟在他后面，加上众人都说他们是一对，于是她暗生情愫。

无奈陆遥十分不解风情，她明示暗示一百遍都没用。

仙仙认为自己长得也算好看，怎么陆遥就不动心呢？

她的暗恋拖了两三年，直到现在拖没了。此时郑华又对她穷追不舍，他是职业选手，技术更加没话说，她便想气一气陆遥，看陆遥有什么反应。

她原本不抱什么希望的，并且认为自己和谁在一起，陆遥都不会有反应，结果刚才陆遥给了一点儿反应。

仙仙那颗心有死灰复燃的迹象。

郑华道："可惜了，本来我还想虐他一下，现在没机会了。"

仙仙道："你一个职业玩家和普通玩家较什么真。"

"他可不是普通玩家。"郑华笑道，"苍水战队的经理找过他两次。"

郑华继续道："我想虐他是真的，想试他的实力也是真的。万一他是个好苗子，被苍水那群没下限的家伙挖去了怎么办？"

仙仙撇嘴："拉倒吧，苍水邀请他，他怎么不去？"

郑华嘿嘿一笑，说："你说会不会是他长得太对不起观众了，进了苍水拉低苍水的颜值，觉得自行惭愧？"

仙仙娇嗔："胡说八道。"

不过她转念一想，郑华虽然是随口胡诌的，但苍水战队队员的颜值确实是高，这件事情板上钉钉。

当年爆出队长季信然的长相时，微博上轰动了好久，说电竞耽误娱乐圈人才，能靠脸吃饭的非要靠技术。

战队经理方天也是个人模狗样的斯文败类，西装一穿，往台下一坐，和季信然杵在一块儿看比赛。

知道的说苍水来打联赛，不知道的说他们来走秀都有人信。

"你为什么老是帮他说话？"郑华有些不爽。

仙仙听郑华的口气不高兴了，立刻软着声音哄道："你怎么啦？我没有帮他说话啊……"

当然，这一切陆遥都不知道。

他压根儿没有情绪低落，不但不低落，还十分高涨。

陆遥紧张兮兮地洗完澡，换上睡衣站在床前，做了很久的心理准备。

最后睡在了地上。

李明珠梦见一条巨大的金毛犬从小巷子的深处跑来，欢天喜地地扑倒她，压在她的胸口上，压得她喘不过气。

李明珠就这么醒了，一起床看到睡在地上的陆遥，脑子登时就蒙了。

"我还在做梦吗？"她怀疑人生。

"我怎么会梦见自己和陆遥睡在一间房里？"

李明珠眯着眼睛，在昏暗的小房间里辨认物体，半晌之后，她终于确定这是陆遥的房间。

李明珠头疼欲裂。

而李明珠的记忆也从喝下那杯碳酸饮料后彻底断了，六点之后的记忆在她的脑子里就像一条线，中间被咔嚓一刀剪断，怎么回想都回想不起来。

李明珠挣扎了一会儿，彻底放弃找回记忆。

第十六章 猛男就该织围巾

王淼正在教室后面看里番，课上到一半，后门被砰的一声踹开。

王淼的手一抖，里番本子落到地上，发出啪的一声，却被门砸到墙上的声音遮盖住了。

讲台上的阿咪课讲到一半，听见动静，停下讲话。

“陆遥，你干什么？”阿咪皱眉，仰着头骂。

陆遥把书包一扔，挂在凳子上，闷声不吭地坐下来。

在教室里上课的同学把目光都投向陆遥身上。

陆遥脸色阴沉，脾气不小：“有什么好看的？”

众人又做鹌鹑状，纷纷火速把头转回去。

阿咪道：“上课，上课！”

他懒得管陆遥，用英语书把讲桌敲得震天响，试图把学生们的目光带到黑板上。

奈何没一点用，传媒班的学生要是老老实实地看黑板了，那就不是传媒班的学生了。

该吃东西的偷偷吃东西，该化妆的悄悄化妆，他们上课的时候，除了“上课”，什么事儿都干。

王淼朝林军辉打了个眼色：你去问？

林军辉抹了下脖子，示意他：我是来读书的，不是来找死的。

他的目光转向吴城。

吴城做了个口型：我退出敢死队。

王淼被好奇心怂恿，找不到替死鬼，终于忍不住自己上。

“陆哥，出什么事儿了？”

陆遥冷哼一声。

还能出什么事儿？还不是李明珠的事情！

他能把李明珠早上一脚踹他下床的事情分享给王淼，为他们茶余饭后增添“陆遥不可思议的事件之一”吗？

陆遥道：“你知不知道，小明的爷爷为什么能活到一百岁？”

王淼认真地思考了片刻，答：“因为小明的爷爷不打游戏？”

“打你个头啊！”陆遥用书本捶了他的脑袋，他“嗷”的一声，在桌上翻滚。

陆遥道：“孙禹呢？”

王淼揉着脑袋说：“他失恋了，请假一天。”

王淼道：“所以你的作业本我带过来了。”

王淼从抽屉里把本子拿出来。

“写完了？”陆遥挑眉。

“必须写完。”王淼道，“写不完，他的请假理由就不是失恋了。”

林军辉推了推眼镜，说：“是工伤。”

压迫“孙小白菜”给自己写作业的“陆大地主”完全没有愧疚之情。

“他一天要失恋几次？”陆遥随口一问。

“难说，没有十次也有八九次。”王淼道，“不过这次不一样，这次是他单方面失恋。”

林军辉开口：“陆哥，你玩《勇者传说》吗？”

陆遥动了动眼皮，没有正面回答：“干吗？”

陆遥游戏玩得好，众所周知。

他从来不和同学一起玩，也是众所周知。

众人猜不准他玩不玩 BS，不过能确定“BS 这款游戏太火，陆遥应当了解过”。

“有个玩‘勇者’的游戏女主播，昨天晚上和耀灵战队的郑华在一起了，就那个剑客。”王淼补充，“前段时间孙禹还在这个女主播身上砸了几千块，转头就失恋了。”

“哦，我知道了，你说仙仙？”吴城恍然大悟，“我也关注她了，唉！”

陆遥：“……”

“不过我还是喜欢然哥，那操作神得……你们看 B 站上那个剪辑没？UP 主把他这几年的游戏精彩瞬间都剪到一块儿去了，太帅了！”王淼发散思维。

“视频在首页飘了好几天，我看到了。苍水的训练营不是在招练习生吗，我想去试试看。”吴城嘿嘿一笑。

“你是说，你以被人暴打狗头的技术去当职业选手吗？”林军辉开口，“还是你准备提高档次，被职业选手暴打狗头？”

“什么玩意儿，你要抓着我一次失误说多久？”吴城怒了。

“你若去训练营，书不读啦？”林军辉道。

“我读书这么烂，跟没读有啥区别，还不如搞点儿自己喜欢的东西。”吴城说得振振有词，“况且人家训练营是夏季的，正好是放暑假的时候。”

“你要去青训营？”陆遥突然开口。

吴城愣了一下，说：“我没想好，去试试看，说不定第一把就被刷下来了。”

林军辉残忍补充：“毕竟人家是双冠战队。”

陆遥心不在焉地听着。

阿咪扯了一长段英文，一边讲一边走下来，收了坐在最前排的罗曼文织得欢快的围巾。

罗曼文惨叫一声。

陆遥皱眉，看着阿咪手里红红黄黄的一坨毛线，问：“那是什么东西？”

讨论游戏正起劲的几个人同时停止了讲话。

“据我所见，应该是英语老师。”吴城深沉道。

陆遥踹了吴城一脚，说：“我问的是他手里的东西。”

“哦，那个啊，毛线啊，班里最近兴起编织毛线热潮。”林军辉解释，“上上个星期开始的，女生都在织。”

陆遥冷漠道：“无聊。”

“嘿嘿，无聊才织啊，这玩意儿很打发时间的。你猜她们要送给谁？”

陆遥已经不想听了，他的思绪飘到李明珠身上，愁得叹了一口气。

李明珠说话不算话，明明说了自己不会忘的，早上起来就像个“渣男”一样，把自己昨天晚上说的话都吃到了狗肚子里。

陆遥想：男人的话没有一句可信的。

吴城和林军辉非常快速地交换了一个眼神。

林军辉咳嗽一声，说：“陆哥，你是不是心情不好？”

陆遥冷酷道：“我心情很好。”

他默默转头。

吴城接上话：“陆哥，你把话说出来，哥几个……”

“开心开心？”陆遥面无表情。

吴城心想：KO！

两人悄无声息地凑到了后面。

“陆遥心情不好的时候，嘴巴特别毒，成正比。”

“平时他说话杀伤力没这么大，可见他真的心情不好。”

吴城摸摸下巴，说：“我觉得这事儿可能和李明有关。

林军辉说：“要不是我了解陆遥，我都害怕他是……”

“你说同样是当朋友的，怎么我们的福利和待遇跟人家不是一个档次的？”吴城有点纳闷。

“可能陆遥心中的档次是和颜值挂钩的。”林军辉道。

下课铃响，罗曼文还在哀号，她号得陆遥耳朵疼，烦躁道：“你们谁上去让她闭嘴？”

吴城唏嘘：“你就忍忍吧，陆哥，女人这时候不是我们能惹得起的。”

王淼道：“阿咪不就收了她半条围巾吗，再织一条不就成了？”

林军辉挤眉弄眼：“这你就不知道了吧，罗曼文织围巾是送给心上人的。我听她们说的，圣诞节送围巾，意味着什么什么永恒的爱。”

“扯淡啊！”王淼推了他一把。

“我骗你干什么，我帮你问问。”林军辉喊道，“哎，罗曼文，你的围巾织给谁的啊？”

罗曼文怒火中烧，瞪了林军辉一眼，说：“关你什么事！”

陆遥靠在凳子上，心想：多此一举，这东西哪里买不到。

隔壁桌的男生一听，还没等林军辉回答，就多事地开口：“嘁！谁还不知道啊，就上回给你补课的那个李明呗！”

陆遥噌地坐直了身体。

罗曼文翻了个白眼，说：“干吗，你不乐意啊？”

那男的又“嘁”了一声。

罗曼文道：“我早就打听好了，人家没有女朋友，我为什么不能追？而且论坛上说了，李明喜欢贤妻良母型的……”

陆遥的后槽牙咬得嘎吱响，他严肃道：“这破围巾有什么意义？”

“哦，就是什么戴上的人天长地久啊，要女方织啊之类的，小女生喜欢的东西，就这些了。”吴城道。

陆遥提高声音说：“织得那么难看谁会要？地摊上十块钱买一条的围巾都比这强。还有，织围巾送心上人的那些意义都是网上编出来糊弄白痴的。”

陆遥嗤笑一声，说：“贤妻良母……无稽之谈。”

吴城和林军辉心想：他怎么突然生气了？

中午吃饭时间。

李明珠回味起早上给陆遥的那一脚，有些愧疚。

她当时热血上头，没把持住情绪，仔细一想：陆遥把迷糊的她背回家，还照顾了片刻苏天瑜，盼望她能睡得好一点儿，才把她扶到床上。结果她早上一起来，就那么对待“恩人”。

况且她还是个“男人”，陆遥把她当朋友，两个男的睡一晚上再正常不过。

反倒是自己的反应太大了。

罪过，罪过。

李明珠生平第一次知道愧疚是什么滋味儿，于是中午吃饭的时候，她百年难得一见地来找陆遥。

陆遥心里有鬼，但凡李明珠给他一颗糖吃，他就很没骨气地心软了。

陆遥和她吃饭，吃到一半突然提起：“李明，有没有女生跟你告白？”

李明珠自然地夹走了陆遥不爱吃的菜，嚼了两口咽下去。

“怎么，有人和你表白？”

“太多了。”陆遥用筷子抵着嘴唇，犹豫片刻，开口，“我问你，万一有人和你告白，你接受吗？”

李明珠心想：当然不接受！自己还能耽误人家姑娘一辈子吗？

但是她想起陆遥诡异的行为，心想：他这是什么意思？

她表面上淡定地开口：“看情况，是我喜欢的类型就接受。”

陆遥惊道：“你什么意思？你早恋？”

李明珠无奈道：“你有这个资格和我说这事儿吗？”

陆遥说：“你不能早恋，你要读书。”

李明珠心想：废话。

陆遥吃了两口饭，觉得索然无味。

他撑着下巴又问：“那你喜欢什么类型的人？”

李明珠愣了一下，心想：反正不是你这个类型的。

“温柔贤淑，懂事乖巧，听话善良，成绩优异，最重要的是能持家，最好会做点儿手工活。”李明珠把与陆遥性格相反的词报了一遍。

陆遥顿时想起早上，罗曼文在班里说的话：李明喜欢贤妻良母型的女生。

他在心里怒道：李明果然喜欢贤妻良母型的！这么……这么直男！

“做什么手工活，织围巾吗？”陆遥嗤之以鼻，“这有什么好的，我喜欢性格活泼的。”

不怎么“活泼可爱”的李明珠不自觉地吃味，心想：你喜欢什么类型的女生，关我什么事。

她嘴上呛了一声，说：“是吗，我倒觉得织围巾好，会织围巾的女生一定持家。”

陆遥心想：这又是什么逻辑？

陆遥不服：“围巾什么地方买不到，自己去织的脑子有病吗？你太随便了，别人拿着围巾跟你告白，难不成你还真要答应她啊？”

李明珠呵呵一声，阴阳怪气地道：“我当然答应。”

她补刀：“自己织这么有诚意，那不是爱死我了。”

陆遥：“……”

一顿饭两人吃得不欢而散。

傍晚，下课，毛线店。

来来往往省一中的女生手挽手在店里穿梭，打包心仪的毛线团。

一个戴着口罩和帽子、穿着风衣的少男，遮遮掩掩地从侧门进去。

他像一个地下党一样，火速抓了把毛线团塞在口袋里，悄悄地对老板说：“结账。”

老板看他这架势不像来买毛线的，像来打劫的，吓得一抖，迟迟没有动作。

该“黑衣人”不耐烦地重复一遍：“结账！”

四周的女生用诧异的目光打量这个毛衣店唯一的男生。

老板战战兢兢地收了钱，只盼赶紧送走这个煞神。

结果“煞神”往店外走了两步又折回来，靠在柜台上，压低了声音，咬牙切齿地问：“你们卖毛线的，有没有织围巾的教程？”

在毛衣店里买毛线的少男，就是陆遥。

他想：都怪李明这个直男癌，喜欢什么东西不好，喜欢人家织围巾，毛病！

他嘴上说着“织什么围巾”，身体却诚实地拐进了毛衣店里。

陆遥全副武装，把自己遮得严严实实，买好了毛线后，走出百米才拉下口罩，长舒一口气。

他提起自己买的毛线，晃了晃，看了一眼。

由于他买急了，当时随手一抓，现在一看，什么乱七八糟的颜色都有，仿佛他要织一条彩虹围巾。

他鬼鬼祟祟地四处打量，只要有一点风吹草动都能把他惊得跳起来。

陆遥生怕自己被熟人撞见，他这么要面子，被熟人撞见了，简直就是让他颜面扫地！

陆哥这么酷，这么高冷，来毛线店买毛线织围巾，说出去陆哥自己都不相信。

他火速跑回家里，把毛线团往床上一扔，上晚自习去了。

晚自习时，罗曼文已经重新买了毛线开始织。

陆遥一想到这围巾是织给李明珠的，他就想找碴儿。

“织得难看死了。”陆遥不屑，嗤笑一声。

罗曼文抬头看了一眼陆遥，心里纳闷：陆遥吃炸药了？

王淼道：“陆哥，你干吗人身攻击别人？”

陆遥道：“我有吗？”

王淼小鸡啄米般点头。

“哦，我只是觉得她织得很难看。”陆遥道，“实话实说。”

罗曼文滴了一滴冷汗，绞尽脑汁地想了想，也没想到自己哪里得罪这位祖宗了。

“陆遥，你很过分哦。”罗曼文嘟囔。

陆遥“哼”了一声，十分不爽。

他看罗曼文灵巧的双手上下翻飞，十分不爽。

他看罗曼文织得井然有序，十分不爽。

他想起自己下午连个结都打不起来，更加不爽了！

陆大少爷自己不爽，那势必也要让周围的人一起不爽。

“我说实话而已。”陆遥道。

王淼小声地开口：“陆哥，说实话，我觉得罗曼文织得还可以。”

确实，罗曼文织的围巾花样繁多，而且她的速度很快，上午被收了一条，一晚上的时间，重新织的半条也成型了。

“而且她织得很快，又快又稳，班里的女生都跟她讨教。”王淼补刀。

陆遥戴了十层的“情敌”滤镜，直接把罗曼文的围巾看成了一坨垃圾。

“织得快有什么用。”陆遥冷哼。

“织得快很好啊……”王淼感慨，“以后她要是结婚了，可以给女儿织从小到大的毛衣，多好。”

陆遥：“……”

还……还结婚！

陆遥把桌子一推，桌子里的东西就噼里啪啦地撞在了一起，发出了刺耳的响声。

林军辉看出了一点儿不对劲。

吴城在后面，敏感道：“你觉得他怎么了？”

“很显然，他生气了。”林军辉回答。

“为什么生气？他喜欢罗曼文？罗曼文给人家织围巾，他吃醋了？”吴城问道。

“呵呵。”林军辉高深莫测地说，“你可能搞反对象了。”

“啥？”吴城愣怔道。

林军辉拉长了声调，像一个神棍：“天机不可泄露。”

罗曼文心无旁骛地织毛衣。

她的朋友双手捧脸，说：“哇，要是你们以后在一起了，李明不是有很多免费的围巾啦，我觉得他好幸福哦，你的手真巧！”

陆遥想：围巾有什么稀奇的，哥明天就去批发一千条。

“还好啦，哈哈……我还没告白呢……不知道成不成功。”罗曼文羞涩一笑。

陆遥黑着脸，想起了李明珠中午说的话：我当然答应，她肯定爱死我了。

冷不丁地，他捏碎了晚间餐发的奶油饼干。

“肯定可以啦，我听说李明一直都没有喜欢的人，其实一开始我也挺喜欢他的，学霸男神啊！”

朋友心驰神往，又败下阵来，沮丧道：“不过他太高冷了，收到情书就直接扔了。我们追不到学长，学姐也没追到过。”

陆遥支起耳朵听着，心想：哼，算李明识相。

“所以我这次就不写情书了，老土死了，我要直接告白！”罗曼文笑道。

罗曼文在前面和她的朋友道：“我给他把围巾织好，如果还有剩的毛线，我就再给他织一双手套，半截的那种，还要织帽子……”

陆遥腹诽：你蜘蛛成精啊！

他心里烦躁，晚自习还没下课就气冲冲地走了。

陆遥提早回到家里，没等李明珠下课。

他习惯性地跑上楼，检查了一下苏天瑜的状况，确认没有什么意外之后，才回自己房间，从床上拿起毛线团，研究起来。

陆遥打开电脑，在网上找了一堆织毛线的教程。

蓝清水一看他上线就发消息来，问他下不下副本。

“不去。”陆遥果断回复。

他鲜少有不去副本的时候，蓝清水因此多问了一句。

“怎么，你有事儿啊？”

“嗯，人生大事。”陆遥的眉头皱得死紧，盯着电脑屏幕里的小姐姐织毛线。

蓝清水一听，心想：嚯！什么人生大事儿？

“哈哈，你不会是在追人吧？”蓝清水开玩笑。

“嗯？”陆遥一愣，思考片刻，深沉道，“是啊。”

对面的蓝清水一口茶水喷到了电脑上。

他快速打字：你追人？你追人？兄弟，你不是为了报复仙仙，才随便和人谈恋爱吧？这不值啊！

陆遥花了几分钟想：仙仙是谁？

昨天晚上蓝清水就怀疑陆遥故作淡定，今天晚上陆遥的反应果然证实了他的猜想。

他就说嘛，像仙仙那种大美女，本来和陆遥郎情妾意的，结果一朝不注意，准女友叫别人追走了，怎么可能无动于衷！公会众人昨天晚上替陆遥可惜了一晚上，奈何陆遥内心毫无波动。

蓝清水语重心长地发过来一段话：唉，哥们儿理解你，仙仙她……和你也搭档这么多年了，不动心都不是个男人，你动心也是正常的，所以你也别憋着，想哭的话哭出来就好了，男人哭吧哭吧不是罪……

陆遥心想：神经病。

他眼不见心不烦，关掉了聊天界面。

陆遥就算不上游戏，也习惯把账号挂在游戏里。

《勇者传说》里的雪山秘境是他最喜欢的地图，陆遥把他的剑客停在雪山上，确认周围没什么小怪之后，把游戏界面缩小成二分之一，另一半用来看织围巾视频教程。

“大家好，今天我们从基础开始教大家织围巾。首先，我先教大家怎么起针……”

视频里传来清晰的女声："先把毛线留出一段距离，然后这样捏在手里，再这样拿着毛线针，大家拿毛线针的时候要注意手势，然后把毛线针放在毛线这里……这个孔穿进去，这个孔穿出来，然后绕一圈……"

陆遥一脸蒙。

这什么跟什么啊！什么玩意儿啊！

什么"这里""那里"，什么起针，什么这里进去那里出来，他每一个字都听得懂，怎么组合在一起，就什么都不懂了？

陆遥一脸茫然，一只手拿筷子似的拿着毛线针，一只手握着毛线团，他感受到神秘未知力量的暴击。

陆遥咬了咬牙，不肯放弃，赶紧快退两分钟，仔仔细细地研究到底从哪个孔进去，哪个孔出来。

甚至他因为相信神秘的玄学，还把视频里小姐姐的姿势也学了过来，翘着小指头，艰难地眯着眼睛，寻找下一个穿出去的孔。

然而视频里的女生织起毛线来行云流水，陆遥做起来就磕磕巴巴的，而且没绕几次，他就把线绕成死结。他把两根毛线针死死地捆在了一起，织围巾的毛线被他用成了"捆仙索"。

陆遥沉默地看着彼此相拥、生死不离的毛线针，心想：哥都没追上老婆，你敢在这里缠缠绵绵，胆子挺肥！

陆遥残忍地笑了一声，当即决定棒打鸳鸯。

两根毛线针是一对"苦命鸳鸯"，捆在一起难分难舍，陆遥"棒打"了半天，没拆出来，他没辙了。

陆遥只好拿出剪刀，快刀斩乱麻，把乱七八糟捆在上面的毛线全部齐整地剪断了。

陆遥第一次起针：失败！

陆遥越挫越勇，点开视频开始第二次起针。

视频还是这个视频，小姐姐起针成功。

陆遥还是这个陆遥，陆遥起针失败。

"苦命鸳鸯"还是这个"苦命鸳鸯"，得，又缠上了！

陆遥卒了！

他不信邪，反反复复地试了几十次，剪了几十次，最后看见桌上的毛线团——

陆遥拿着剪刀，心里凄凄然，心想：哥不会最后毛线不是织完的，而是剪完的吧？

他又看了看地上散得乱七八糟的一堆毛线头，再这么剪下去，地上的毛线头都能堆得冒尖了。

陆遥第三十七次把视频拉回“起针”环节，小姐姐被迫说了三十七次：“大家好……”

可是陆遥一点儿也不好。

他这回全神贯注，死死盯着屏幕。

如果眼神能分解视频，该教学视频已经被陆遥分解成一帧一帧。

当陆遥第四十次尝试的时候，终于起针成功，并且阻止了两根毛线缠缠绵绵翩翩飞。

当陆遥完整地织出第一排毛线的时候，他觉得，在这伟大的全人类该瞩目的时刻，他要给自己开一瓶可乐庆祝一下。

陆遥克制住往上翘的嘴角，小心翼翼地把毛线针放到桌上，确认它不会散掉之后，用力地握拳，说：“Yes！”

“这么简单的东西还想难倒哥，哼。”陆遥撩了一把头发，好似自己刚拯救完人类回来。

他打开音响，给自己放了一首——《谁没织过毛衣》。

陆遥高兴得飘起来，从冰箱里拿了瓶可乐，摇头晃脑哼着歌，在屋子里踩着节奏晃荡。当歌手唱到高潮时，他的门突然被人敲了两下。

李明珠站在门口，听到里面的音乐，眉头皱了一下：陆遥搞什么？

“陆遥，在里面吗？我进来了。”她朗声问道。

陆遥穿了一件短袖，开着空调，手正高高地举起来，欢呼自己的胜利，有着薄薄腹肌的肚子露出了一截，腰线十分好看。

他保持着这个奇葩的姿势，听到李明珠的声音，石化在原地：毛线打了一半，孤零零地躺在床上。

李明珠也就是吱一声，根本不打算听陆遥的意见。

她推门而入。

陆遥猛地一怔，从巨大的喜悦中回过神，立刻一个标准的翻滚，一秒完成了起跳、抓毛线、跳上床、藏毛线四个动作。

李明珠站在台阶前，只觉得眼前“嗖”地蹿过去一条黑影，然后就看见这么一个场景——

陆遥的双手双脚在床上摊开，他拿了一本《小王子》，拿反了，但是没察觉，正聚精会神地盯着书。

他听到门口的动静，好似看了很久的书，假装不经意地抬起头，露出诧异的表情。

“嗯？干什么？”

李明珠：“……”

我还想问问你摆出这个“大”字形的姿势是想干什么。

还有，陆遥，你的书拿反了！

“你很冷？”李明珠问道。

“还好。”陆遥咳嗽一声。

李明珠神情复杂地看陆遥“凹”的这个诡异造型。

“你不冷堆这么厚的被子干什么？”她看了一眼空调温度，“空调开得这么高。”

“我体寒！”陆遥面不改色地撒谎。

李明珠往前走了两步，走到床边。

陆遥如临大敌，紧张得结巴起来：“你……你干什么？”

李明珠脚步一顿，眉头一挑。

“你别过来啊！”陆遥灵机一动，“你过来我就喊人了！”

李明珠说：“你多大了，陆遥？”

陆遥噌地从床上跳起来，顺势用脚踢了被子，完美遮盖住“犯罪证据”。

“你来干什么？”陆遥道。

他还记得自己中午和李明珠呛了两句，两人不欢而散的事情。

李明珠来这儿也正是因为这件事。

她下午仔细思考了一下，觉得这事儿有点问题，而且问题出在自己身上。

陆遥当时随口一问，她却无故地发了脾气，这实在不像平时的她。

李明珠心有愧疚，原先想等着陆遥下课，在回家的路上和他好好聊聊，结果没等到他。李明珠到他们班的时候，才得知他先走了。

陆遥听到这里，瞪大眼睛：“你去我们班了？”

“怎么？”李明珠一脸诧异，她还没找陆遥算逃课的账，结果陆遥先炸了，而且还炸得她一头雾水。

陆遥动了动喉咙，别扭地问道：“那你有没有看到我们班的女生？”

李明珠心想：废话，她们都坐在班里，我又不是瞎子，怎么可能看不到！

不过陆遥此时十分古怪，李明珠拿捏不好怎么开口。

她是来和陆遥服软的，一个服软的人，不好开口先凶人家。

所以李明珠斟酌了一下，迟疑道："你觉得我该看到吗？"

陆遥心想：我怎么知道！

陆遥想问的其实是，罗曼文有没有缠着你，说告白之类的话，但是他话到嘴边又问不出口。

这对于李明珠来说多奇怪——自己的一个男性朋友问自己有没有被女生告白。

"以后你少来我们班。"陆遥生闷气，很不乐意地嘟囔一句。

李明珠不动声色道："我不会常找你的。"

陆遥一听，又换了个方式不乐意了。

"你不准不找我，我是说不准去我们班。你要经常找我。"陆遥解释了一下。

李明珠更加觉得莫名其妙。

她换了另一个话题，道："你的作业呢，带回来了吗？"

——陆遥从来不带作业回家，李明珠问到他心虚的地方了，他不自然地挪开目光。

李明珠没等到他回答，而是把目光投向他开着的电脑屏幕上。

电脑上，二分之一的游戏界面正飘着雪，而陆遥的账号正停留在雪山秘境。

李明珠道："打游戏？"

陆遥的心提着，往电脑屏幕上看了一眼，紧急确认有没有落下什么证据，幸运的是织围巾的教程视频被缩小了，最小化了浏览器。

李明珠上课的时候偶尔戴眼镜，平时不戴眼镜的时候是个半瞎，看不清那么小的字。

但陆遥还是惊恐万分，立刻用身体遮住了电脑。

这一遮，他恰好看到了地上的毛线头。

陆遥脸色复杂。

李明珠没注意到他突变的面色，一边往前走，想要帮他关掉电脑，一边道："你多花点时间看书，少……"

走到这里，李明珠只要微微低头，就能看见毛线头了。

陆遥这时候急中生智，猛地拦住李明珠。

李明珠浑身一震，话戛然而止。

"你说得对！"陆遥坚定地点头，拍了拍李明珠的后背，紧张地看着毛线堆，然后给了李明珠一个热情的拥抱。

李明珠："……"

"你发什么神经？"李明珠欲推开他。

趁李明珠的脑袋还被自己摁在肩膀上，陆遥飞快地把所有毛线团都踢到电脑桌下面。

等李明珠愠怒地推开他时，他已经处理好了地上的东西。

"我没发神经，我在看书啊，刚才都在看。"陆遥跨了一步，把床上的《小王子》拿起来。

"你刚才倒着拿书的。"李明珠无情地拆穿了他。

"是吗，那是因为我打算把这本书倒背如流。"陆遥面不改色地胡扯。

电脑里被他关掉的消息又振动起来。

原来是蓝清水不死心，又给他发了个窗口抖动。

"路遥，路哥，你人呢？你不想听仙仙的事儿我就不说了呗。你把游戏里的消息盒子开起来，不要屏蔽，方经理找你找不到，找到我这里来了。你自己跟他说，我快被他烦死了，他怎么这么锲而不舍？

"要不你干脆加入苍水得了，反正读书也没什么意思，你玩得好，现在电竞发展得挺好的。而且从我专业的眼光来看，《勇者》这个游戏再火个十年基本没什么问题，你一年捞一百多万，也足够你过完下半辈子了。"

陆遥眼明手快，叉掉了聊天窗口。

李明珠却看见了："你要打职业赛？"

陆遥道："没，我不去。"

李明珠听罢，点点头："竞技吃的都是青春饭，收入不稳定，你以后找一份正经的工作。"

陆遥嘀咕："小古板。"

李明珠说完，认为自己的语气太专断，于是回味两下，放柔了声音问道："你喜欢打游戏？"

陆遥心想："废话。"

李明珠看了一眼游戏界面。

QQ 消息疯狂跳过之后，陆遥游戏里的消息也跳起来了。

他关掉了个人消息，所以这回跳动的消息是直接出现的对话框，在他周围跳动。

陆遥的剑客停留在雪山秘境，白皑皑的雪山里原本只有他一个人，现在身边却多了一个人。

这个人顶着十分霸气的 ID：全服最 6。

全服最 6：兄弟，有空没，一起下个副本？

陆遥没回答，全服最 6 的玩家就一直在他身边刷文字，刷到上一段文字消失，下一段文字立刻接上来，给陆遥造成了对方会把他的电脑屏幕刷满文字的错觉。

李明珠道："你不回你朋友？"

陆遥压根儿不打算回复对方，这人不是他朋友，但李明珠不知道游戏里的陌生人关系。

李明珠这么说了之后，他把凳子拖出来，示意李明珠坐。

他站着，微微弯腰，双手放在键盘上敲打。

路遥：什么副本？

全服最 6：女巫森林，我要爆一把橙武。

陆遥冷笑一声，骂了一句脏话。

李明珠拍了他一下，说："你不要随便说脏话。"

陆遥委屈得微微鼓起脸颊。

路遥：两个人下副本？

女巫森林是九十级副本，而《勇者传说》的满级也是九十级。

两个人组队下满级副本？这个"全服最 6"如果准备这么做，那他就真的是个傻瓜。

全服最 6：当然不是，两个人怎么可能。

陆遥心想：当然不可能。

全服最 6 继续道：所以我们有三个人。

陆遥一阵无语。

路遥：你找别人吧。

全服最 6：哎，别别别，我真的缺这把橙武。

"你以为下一次副本就能爆到它吗？'勇者'是你家开的？"陆遥一脸不屑。

全服最 6：我有小红手，放心，一摸就能摸出来，掉出来的东西我就要这一把，其他的都归兄弟你！

陆遥听了，有些心动。

再加上他好久没玩游戏，手痒得厉害，一不留神就被传送去副本了。

李明珠见状便站起来："那我先走了。"

陆遥摁住李明珠，说：“不行，你在这里陪我。”

李明珠道：“你只有一张凳子。”

她尽量和陆遥讲点道理。

陆遥虽然不是不讲道理的人，但他是不按套路出牌的人。

“全服最 6”果然没有诓他，两人操控着角色到了副本入口，入口处还有个牧师，上面顶着 ID“全服最菜”。

“我没骗你吧，我朋友和我一起来的。”“全服最 6”开了语音，却用了变声器，声音失真道，“他真的是我朋友。”

陆遥冷冰冰地回道：“我看出来了。”

陆遥跟着“全服最 6”和“全服最菜”，三个人下了一趟女巫森林。

结果到了副本里面陆遥才知道，这个“全服最 6”的名字就是骗人的，这人技术菜得不行，活脱脱是来划水的，不是满地图逃跑，就是在满地图逃跑的途中。

陆遥无语凝噎，只能和“全服最菜”两个人硬生生地把副本扛下来。

出了副本，“全服最 6”感慨：“哎呀，兄弟，我果然没看错你，你的技术太好了！”

陆遥讽刺他：“你的技术也不错。”

“客气客气，比起我，你还略微差一些。”那人谦虚道。

这回连李明珠都一阵无语。

从头到尾都没说话的“全服最菜”突然开口：“你玩的剑客？”

陆遥听到这个声音，觉得有点儿耳熟，一时间却想不起具体在哪里听过。

全服最菜虽然顶着“全服最菜”这个名字，但是操作走位和手速以及意识，都不是普通玩家能够企及的。

没等陆遥把那个呼之欲出的名字说出来，“全服最菜”就开口道：“我是苍水队长季信然，你有没有兴趣来打职业比赛？”

陆遥心想：真是季信然。

陆遥没戴耳机，开的外放，李明珠听见了声音，皱眉道：“季信然？”

陆遥随口一问：“你也知道季信然？”

李明珠点点头。

她虽然不关注电竞圈子，但是这两年国内电竞飞速发展，特别是《勇者传说》这款游戏发展出职业联赛的时候，第二年直接开办了亚洲杯，做得红红火火，宣传纸张在马路上铺天盖地地飞。

她就是不想关注，也被迫听说过季信然的名字。

季信然，苍水战队的队长，当年国服第一剑客。

几年前职业赛刚刚组织，由沧海为水牵头，成立苍水战队。苍水俱乐部老板兼职业战队经纪人方天，是《勇者传说》游戏公司董事长方军的小儿子。

这是一个实力和财力都嚣张得可怕的职业战队，出战两个赛季，立刻拿了双冠，成为书写 BS 历程浓墨重彩的一笔。

李明珠猜测道："这个是季信然，那这个……"

"我是方天。""全服最 6"关了变声器，乐呵呵道，"陆遥，你考虑得怎么样了，我等你两个月，结果你回头就把我拉黑了。"

陆遥心中的猜想被证实，他闷声没有说话，心道：我就知道，这么不要脸的人除了方天，没有其他人了。

方天在那头道："你小子拉黑我就算了，还把消息关了，搞得我把这个陈年老账号翻出来勾搭你，你的面子也太大了。"

"那你就不要找我。"陆遥切了页面。

"那哪成啊，我还等你和然哥来个双剑合璧，给我再拿个冠军呢！"

陆遥开口："我对打职业赛没兴趣。"

"怎么就没兴趣了，你去哪儿玩游戏不是一样玩儿，你到我们俱乐部来，一边玩还能一边赚钱，岂不是两全其美。"方天开启滔滔不绝模式。

"你看你一个大男人，总要做点什么赚钱的事情吧，不然以后怎么把妹，怎么泡妞，就靠你那张脸啊？我跟你说，靠脸吃饭不行，你看季信然，你看他靠脸吃饭……"

季信然咳嗽一声。

方天立刻改口："也不是不行，但是季信然有主了。你呢，你看，当职业选手，会有很多漂亮的女主播倾心你！对了，我听说你上次失恋了，那个仙仙是不是和郑华在一起了？我跟你说，你要是职业选手，仙仙哪儿会选郑华那小子啊！不管是仙仙还是妖妖，肯定都爱你爱得死去活来！"

"不过郑华这家伙最近看我不爽，我早晚要跟他在线下 PK 一把……"方天越说越离谱。

陆遥警惕地开口："我没有失恋，也没有把妹，你别造谣！"

他这句话不知道是说给方天听的，还是说给李明珠听的。

"好吧好吧，就算你没有失恋吧。那你来我们冬训营参观一下总可以吧？”方天道，“时间正好在全明星赛之后。”

“不去。”

方天：“……”

李明珠道：“你不去？”

陆遥侧着头看李明珠：“你想去？”

他随便一问，哪知道李明珠点点头：“想，不过你不去就算了。”

陆遥一愣，猛地朝电脑里吼：“等等！”

方天还在那头说：“你就不能看在我是你亲堂哥的分上，来帮帮你堂哥的生意吗？战队蒸蒸日上，离不开新鲜血液的加入……”

“我去。”陆遥补充，“我和我朋友一起来。”

方天愣了一下，说：“怎么你这次这么听话了？”

陆遥叩了叩桌子，说：“你不乐意？”

方天大笑道：“怎么可能，欢迎欢迎，S 市欢迎你们！”

他补充：“不过我还有一个要求。”

陆遥说：“你说。”

“以后东窗事发，叔父知道我拉你来打游戏，你能不能帮我拦着点儿他？我怕他下手没个轻重，把我打死了。”方天十分委婉地提出了自己的小要求。

陆遥高冷地“哼”了一声。

“我又没说要打职业赛。”

第十七章 生日愿望

方天完成了毕生心愿，倒在季信然身上，夸张地大喊：“此生无憾！”

季信然一阵无语。

“你有这么高兴？”

“必须的！”方天噌地坐直身体，严肃道，“今天你也看到他的操作了，你怎么想的？”

季信然摸了摸下巴，说：“前途不可限量。”

方天哼哼一笑，说：“是吧，我的眼光必须好。”

“你什么时候发现的？”季信然道。

“过年回家的时候。他读初一，我偶然看到他在玩这个游戏，手速很快，走位很风骚，目的很明确。”方天道，“重点是，他的剑客打法和你的剑客打法不一样。”

方天眼中精光一闪，露出了商人的精明来：“把他挖到我们战队来，我晃点他好几年了，死小子精明得很，一直不肯答应我。如今我苦尽甘来，看到了希望的曙光——我都已经把他出道的噱头想好了！”

“他跟你搞个组合，就叫‘双剑合璧，谁与争锋’！”

季信然一阵无语。

“你不怕被你叔父打死？”他一针见血。

方天叹了一口气，说：“风险与利益并存，我想得到什么，就必须付出什么。”

方天哀怨地哭号道：“自——古红颜——多薄命——啊——”

他一边号一边拿季信然的领子擦眼泪，季信然嫌弃地拂袖而去。

而另一边，陆遥关上电脑，纳闷道：“你怎么突然想去看全明星赛？”

李明珠道：“你问这么多干什么？”

陆遥说："你和我一起去的，我当然要问！"

李明珠顿了一下，认为自己没必要瞒着陆遥，她直接开口："我对这个行业很感兴趣。"

陆遥："你也要去打职业赛？你会打游戏？"

李明珠一阵无语。

"我什么时候说我要去打比赛了？"

"你不是对这个行业很感兴趣吗？"

"你们这行只有电竞选手吗？"

陆遥说："还有替补。"

李明珠："……"

陆遥委屈道："你的沉默时间为什么越来越长了？"

"因为对你太无语。"李明珠无奈道，"我上楼了。"

陆遥一看时间，已经快十一点了，他穿着睡衣睡裤，急急忙忙地追出来。

结果陆遥一出门，直接被西伯利亚灌过来的冷风吹得浑身一哆嗦。

陆遥的房间在楼梯边上，和杨家人的房间隔了一条宽一米多、长五六米的走廊。走廊尽头是一扇开启的铁门，外面是杨母收拾干净的水泥地阳台。

陆遥一开门，一跨出来，直接跨进走廊里，这走廊是个通风口，冷风吹得他倒吸一口冷气。

李明珠听见动静，回头一看，气得半死。

"陆遥，你找死啊！"她折返到陆遥身边，把陆遥往屋里推了一把。

房间里的暖气立刻包围了两人。

天气已经骤然降温，陆遥更是早早"娇气"地开了暖气。

一般的打工家庭除非在酷暑的时候开空调，其余时间都不开，冷了就不停地盖棉被。

李明珠当然也不具备开暖气的基础条件，她更差一些，连空调都没有。

陆遥想到李明珠上面那个到处漏风的小阁楼，想到边上冷冰冰的两个大水箱，想到她的铁丝网床，想到她薄薄的棉被……他心里一酸，立刻抓住她的手腕，不让她走了。

"你把被子都给阿姨盖了，你睡什么？"

"睡床。"李明珠言简意赅。

陆遥道："你知道我不是这个意思。"

李明珠便等了一会儿才开口："我知道，谢谢。"她难得给陆遥一个笑容，"冻不死的，这么多年我都睡过来了。"

李明珠示意他松开手，他沉默地放开她，看着她上楼。

结果李明珠在楼上待了没多久，就听到了铁楼梯咚咚咚的声音——有人上楼。

李明珠回头一看，陆遥掀开帘子，抱着一大床松软的被褥上来了。

李明珠吃惊地看着他。

陆遥径直走到李明珠的窗前，把被子往床上一扔，睁眼说瞎话："我想起来了，我房间里还有一床被子，我用不着，就给你拿上来。"

李明珠看着这床刚才还幸福地躺在陆遥床上、现在落到自己床上的被子。

——这绝对是陆遥自己的被子，而且绝对是刚从床上扒拉下来的，现在伸手去摸，都还能摸到余温。

李明珠道："陆遥……"

陆遥跟一阵风一样跑下去，她刚喊完名字，转头就不见他了。

但是没一会儿，陆遥又风风火火地跑上来。

他这回上来，手里还抱了一床厚厚的毯子。

陆遥抱着毯子，无视李明珠，二话不说就往她床上铺毯子，一边铺一边道："我记得你这里有插座的……"

陆遥在边上找到插座，铺好了毯子，插上电源。

"这张毯子一会儿就热了。"陆遥扬扬得意，这是他头一回给别人铺床，他学着王奶奶平时说话的语气道，"电热毯上再铺一床棉被。"

"这床被子很大，你可以睡一半，盖一半，就不会冷。"

陆遥雷厉风行地做完这一切，穿着棉拖鞋，双手抱臂，笑吟吟地看着李明珠。

李明珠缩在黑暗里，被他这么一看，看得心跳如雷。

她飞快地移开视线。

"我不需要。"

"你需要。"陆遥固执开口。

"我不……"

陆遥懒得和李明珠这个小古板辩解，顺势就掀起棉被，把李明珠裹得严严实实的，只把她那张因为片刻惊慌而泛红的脸蛋露了出来。

他嘟囔："我发现和你讲道理讲不通，只能来点儿实际行动。"

李明珠要坐起来呵斥他，他学会了“挟天子以令诸侯”，严肃道：“嘘，小声一点，等一会儿把阿姨吵醒了。”

李明珠屈服了。

结果等李明珠屈服很久之后，陆遥也没走，坐在床上可怜巴巴地叹气：“唉。”

李明珠心中警铃大响。

“从这里走下去太冷了，我能不能……”

“不能，快滚。”李明珠立刻化身小白眼狼，一点儿也不知恩图报，拿了陆遥的家当，翻脸不认人。

李明珠想着想着就头疼，越想越觉得陆遥……该不会真的……

她盯着陆遥下楼的背影，心里咯噔一响。

陆遥如果喜欢男人，她十分害怕自己到九泉之下要被陆知抓着抽一顿。

人家根正苗红的弟弟，跟自己混着混着……

李明珠的眉头皱得更紧，她想起陆遥近期的种种表现，和他们初次见面时的恶劣关系形成鲜明对比。那时候的陆遥可不像现在这般千依百顺，也正因为如此，她才越来越愁。

她宁可陆遥对她凶巴巴的，爱搭不理，记恨她，讨厌她……无论哪种，都比现在这样好。

李明珠有仇报仇，有冤报冤，唯独没学过怎么去回报人家的好。

陆遥对她越好，她心里的不安就越强烈。

李明珠害怕这样没完没了地欠下去，今后她一旦离开陆遥，就会像鱼离开水一样。

这是一件非常可怕的事情。

她愁绪万千，翻了大半个晚上的煎饼，被窝里明明暖烘烘的，但是她的心却凉了半截。

李明珠没睡着，下了楼的陆遥也没老实去睡觉。

不过，他的草履虫大脑可没有李明珠这么多弯弯道道，他没睡觉的原因纯粹是熬夜织围巾。

有人熬夜打游戏，有人熬夜打电话，但是陆哥就比较厉害了，熬夜织围巾。

熬夜织围巾！他在心里吐槽。

陆遥中午可是听得清清楚楚的，这条围巾一定得在圣诞节的时候送出去，其他时候送都不管用。

他盘腿坐在床上，把教学视频下到了手机里，一边看视频一边织围巾。他敢用自己老爹发誓，他当年打游戏抄攻略的时候都没有这么认真。

距离圣诞节还有一个月不到，陆遥的围巾才刚刚开始织，而且他还是个纯粹的小白，织得乱七八糟不说，今天下午才学会了起针。

所以陆大少爷想要在圣诞节把围巾织出来，就只能熬夜织围巾。

陆遥不能像罗曼文等女生那样，在学校上课时光明正大地织围巾。

陆遥要是在班里织围巾……他……他不要面子的吗？

所以熬夜织围巾，是一件不可避免的事情。

陆遥到了早上才睡，开门就等到了李明珠做的早饭。因为晚上李明珠的妥协，陆遥和李明珠的关系缓和了不少。

陆遥熬夜织围巾，白天上课的时候就趴在桌上睡觉。

王淼唏嘘："陆遥都快成睡美人了，一天睡到晚没醒过。"

"他熬夜打游戏了？"林军辉挑眉。

"不然呢？"吴城看了眼班里掀起的织围巾热潮，说道，"难不成陆遥晚上织围巾，哈哈哈……"

吴城开了个玩笑，可玩笑没开完，自己却笑了起来。

林军辉几次没忍住，跟着他一块儿笑得肚子疼，一边笑一边抽气。

"陆遥哈哈哈……"

"织围巾哈哈哈……"

众所周知，即便是发生了世界末日这样可怕的事情，陆遥也绝不可能去织围巾。

事实是，陆遥就是去织围巾了，而世界末日也没有来。因此，有些不可思议的事情其实都是有可能发生的，比如李明是个女人。

在陆遥偷偷摸摸织围巾的这段时间里，他也慢慢地等来了一个悲伤的日子。

十一月二十二日，小雪，陆知的忌日。

陆知葬在南山陵园，从市中心开车过去要一个多小时。

星期二晚上，陆遥的情绪明显不太好。

李明珠的心情没比他轻松到哪里去。

她不放心陆遥，半夜决定下楼看看陆遥，结果发现陆遥的房门开着，她的心猛地往下一坠。

李明珠快步走下楼，朝四周张望，终于在阳台上看到陆遥孤零零地坐着，她才松了一口气。

李明珠深呼吸了几次，才平复了心情，换上了长辈的心态，慢慢地坐到陆遥身边。

陆遥吓了一跳，问："你怎么没睡？"

李明珠认为自己能原谅陆遥今天晚上的所作所为，包括他上阳台吹冷风，还敢只穿两件衣服。

李明珠强行给他裹了一件衣服，说："你睡不着，和我聊聊。"

陆遥嘀咕："没什么好聊的。"

两人沉默了一阵。

李明珠等他开口。

陆遥最后卸下了防线。

"我有个亲生哥哥。"他这么开头的，"我九岁那年的今天，他死了。"

李明珠的手轻微地颤抖着，几次开口都没说出什么安慰的话。

陆遥接下来说了另一件事情，李明珠的心感觉被猛地扎了一针。

"我等他从H市回来给我过生日，他说带了糯米藕。"陆遥叹了一口气，说，"我从生日那天等到了现在，等了八年，也没吃上。"

李明珠哑然："你今天生日？"

时间已过零点。

她想：陆遥竟然没有骗自己。

他真的是十一月小雪出生的。

十一月小雪，陆知也正是在他生日这天，在细细碎碎的雪籽里走出了时间。

李明珠没有睡上一个好觉。

陆遥疲惫地靠着她，把她的半边肩膀都靠麻了。

她深更半夜回到阁楼，后半夜干巴巴地坐着。直到天明，她请了事假，坐上了去南山陵园的班车。

原本打算和她一起去陵园的二炮，因为临时要陪朋友，万分抱歉地把花篮带给了她。

"我去不了了，李明……嗐，你替我给陆老师道个歉。"

李明珠接过花篮，也没怪他。

陆知死了整整八年，这时间太长了，长得足够淡化一切感情。

一个人死了之后，在正常情况下，六十年后就会被人完全遗忘。

李明珠下车的时候想：我这样的人，大概死了之后立刻就被人忘了。

除了苏天瑜，她和这个世界毫无联系。

陆遥早上去南山陵园，李明珠特意挑了下午，和他错开来，避免撞上。

她站在陆知的墓碑前，墓碑上面是他二十岁的证件照，他笑得很灿烂，两颗虎牙尖尖的，这点和陆遥很像。

李明珠半蹲着，仔细看着陆知。

她也快忘了陆知的模样了，每回想起一点就忘记一点，再过不久，她也许会像二炮一样，因为这样那样的原因，抽不出身来看陆知。

因为那些事情都比陆知重要。

每一个活人的事情都会比一个死人重要。

"陆老师，我会保送B大。"李明珠自言自语，"等通知书到了，我复印一份烧给你。"

"陆遥上午来看过你了，你见到他了吗？"

李明珠把二炮的花和自己带来的花放到一起，堆叠在墓碑前。

她蓦然绽放了一个极好看的笑容，不似她平时淡然的笑。

在李明珠这个笑里，隐约能看到她这个年纪该有的轻松。

"陆知。"李明珠把手放在墓碑上，说，"你牵挂的少年已经长大了。"

"他……很好。"

"他比我想象中的好，虽然一开始和我交恶。"李明珠扑哧一声笑了出来，"和你一样，跟我不打不相识。"

"你们兄弟俩挺像的。我以前常常听你提起他……后来想听的时候，没机会了。"

"你知道陆遥哪一点最像你吗？"李明珠道，"你们都喜欢摘抄伤感的句子，这点是陆遥和你学的吧，你别赖啊。"

她叹了一口气，坐在这里。

"我陪你一会儿，你这么爱说话，没人陪你说话，不是要把你憋死。"

李明珠像每一次来的时候一样，絮絮叨叨地说一堆话，连自己一年到头的芝麻小事都拿出来说。

她好像把平时所有没说的话都堆到了这一天说，说到嘴巴都干了才停下来。

天色已经逐渐昏暗，李明珠站起来，说："我走了，陆知。"

"下次我再来看你。"她挥挥手。

李明珠想：下次我来看他，下下次我也来看他，六十年后我死了，谁来看他？

但凡一个人死了，只要过六十年，最后记得他的那个人遗忘了他，他就真的死了。

就像二炮渐渐地不来看陆知，他会把陆知遗忘，自己也会把陆知遗忘。

她甚至偶尔会记不清陆知的模样。

一个普通人有六十年的时间被人记得，李明珠走出陵园时又想：可能我一死就会被人忘记了。

李明珠走到第一盏路灯亮起来，难得哀怨地继续想：也可能我死了都没人知道。

天空开始飘起小雪，好似要附和一下她的心境。

李明珠在这适合拉上一段二胡音乐的天气中感到一丝彻骨的冰凉。

她走了两步，凛冽的寒风就被陆遥的声音扯开了。

“李明？”

陆遥气喘吁吁地扶着电线杆，看上去是跑过来的，跑得很急，浑身都是热气腾腾的。

李明珠诧异地看着他。

陆遥道：“真的是你，我在车上看着背影有点儿像你，就跑下车了。”

李明珠说：“你的车呢？”

陆遥向后示意，一辆豪车停在了几百米开外。

李明珠说：“你不会把车开过来吗？”

“那边不能过来，车子开过来要从隔壁的马路绕一圈，绕完了你都走了，我哪儿能追得上你啊。”

“所以你都没确定是不是我，就跑过来？”李明珠说不上什么感觉，心里是热的，有一股滚烫的血液冲刷着心脏，但她也是生气的，“这么冷的天跑步，一会儿汗水打湿衣服，一凉下来，你等着发高烧吗？”

陆遥笑道：“我的身体很好。”

李明珠想：无可救药！

陆遥像发现新大陆似的，欣喜道：“你是来给我过生日的吗？”

李明珠捏紧的手渐渐松开，说：“嗯，对，不过没有生日礼物。”

“我还可以要生日礼物？”

李明珠对他笑着说：“你想要什么？”

他想了想，没说出来。

“你能不能抱我一下？”

李明珠挑眉：“公主抱？”

陆遥打量了她一下，说：“我认为可行性不高。”又补充，“反过来还是可以的。”

李明珠笑了一声，叫路灯失了颜色。

“陆遥，你过来，我抱抱你。”

陆遥想：事出反常必有妖，这可能是个陷阱。

他提醒自己这是个陷阱，身体却很诚实地抱上了李明珠。

冬天，李明珠穿得厚实，于是胆子大了些，被人抱着也不怕别人发现自己的秘密。

因为她现在十分需要一把火柴取暖，而陆遥很体贴地成了一个小太阳。

李明珠想：可惜他不是我的太阳。

她拍了拍陆遥的肩膀，说：“行了，松手。”

陆遥不肯松手，反而抱得更紧了。

他委屈地嘟囔：“你一年中只在给我过生日的时候让我抱一会儿，我得多抱一会儿！”

李明珠无奈地开口：“两个大男人在大马路上搂搂抱抱像什么？”

陆遥说：“你管别人干什么，我又没抱他们。”

李明珠想：今天是个特殊的日子，我应当答应他的要求。

陆遥抱够了，纳闷道：“你今天怎么这么乖？”

李明珠心想：“你想吃巴掌？”

陆遥果断拒绝！

李明珠说：“因为你今天生日。”

陆遥心想：生日福利这么好？

他猛地反应过来：“哎！不行，那我亏了，我早上都没享受到福利，现在一天都过去三分之二了，我要把时间顺延！”

李明珠不知道怎么的，从今天晚上见到陆遥开始，心就软得一塌糊涂。她知道这很不对劲，但是管他呢！

陆遥难过了一天，现在因为李明珠的出现心情稍微好了一些。

他用手接着雪籽，小雪落在他的手上，一落上去就化掉了。

陆遥不好好走路，非要和李明珠挤在一块儿走，把李明珠挤到了里面去，又怕李明珠摔跤，另一只手牢牢地固定着李明珠的肩膀，把李明珠半搂在自己怀里。

普通的朋友和自己走路，陆遥不会这么搂着对方，这实在是太亲密了。

李明珠知道这一点，但又想忘记这一点。

“你吃晚饭了吗？我肚子好饿！”陆遥抱怨。

李明珠四下一看，周围压根儿没有店，而且昏昏沉沉，不好认路。

陆遥不知道自己这双狗眼睛怎么长的，能在昏暗的路灯下把她认出来。

李明珠问他：“你怎么认出我的？”

陆遥在北方见过不少雪，但直到如今还是对南方的小雪感兴趣。

“我看到你就认出来了，我知道是你。”他拨弄空中的小雪片，拨弄得不亦乐乎。

李明珠想：他是从车上直接跑下来的。

这是李明珠生平第二次感受到被重视的滋味儿。

不过她认为这不是什么好兆头，因为上一个重视她的人已经魂归天际。

她既欣喜又惆怅，简直不像她自己，而像一个患得患失的少女。

但李明珠无论心里想什么，表面上都是一副死人脸，冷酷得很。

陆遥道：“南方的雪太小了，以后我带你去看B市的雪，鹅毛大雪，飘起来很好看。”

“嗯，我听朋友说过。”李明珠回答，“他也说带我去看，可惜没机会了。”

“没关系，我带你去看。”陆遥道，“你想什么时候去看？”

李明珠不说话。

陆遥道：“小雪一落到手上就没了。”

“人也是这样的，”李明珠补充，“死了之后就没了，就像雪化成水，水消失在水中。”

“我也是这样的，陆遥。”李明珠想了想，还是把这话说了出来。

她耐心等待，似乎在求证什么难解的物理大题。

陆遥很快就给了回答：“我不会让你死的。”

他道：“你这么年轻，不会死的。”

李明珠笑而不语，心情愉悦了好几个度。

学习成绩差得一塌糊涂的陆遥，这回说了个李明珠想听的标准答案。

陆遥看李明珠笑，以为李明珠不相信他，于是补充道：“你化成灰我都能认出来。”

“趁我心情好的时候，你赶紧闭嘴。”李明珠做了个打住的手势。

她有些暗藏不住的小得意，也有点儿长辈式的惆怅：难不成他真的喜欢我？

陆遥不知道李明珠弯弯绕绕的心思，他一边走一边思考着让自己的生日福利最大化。

李明珠果然说到做到，今天晚上无论他提出什么过分的要求，李明珠都欣然答应，这叫他有点儿飘飘然。

他路过一家蛋糕店，从里面把现成的生日蛋糕直接拎出来，不大不小，三个人吃刚刚好。

陆遥惦记着回去给苏天瑜分一半蛋糕。他知道李明珠挂念她，所以两人很快就回去了，司机把他们送到楼下，临走时提了一句话。

“小少爷，你多回家看看，王阿姨……”

陆遥敷衍地回答两句，没等司机说完，抓着李明珠就往楼上跑。

回到家里，李明珠把蛋糕切好了，给苏天瑜弄了一块。

苏天瑜吃了陆遥的蛋糕——吃人嘴软，于是立刻看他顺眼起来。她叫他走过来，和他说了些颠三倒四的话。

苏天瑜叫他对李明珠好，以后结婚了不能不要她。

陆遥耐心地听着，偶尔配合着回答两句。等到苏天瑜在床上睡过去，他才端着蛋糕走到楼下。

李明珠问他干什么，他道：“点蜡烛许愿！”

李明珠一阵无语。

蛋糕都挖了一大块了，他才想起点蜡烛许愿，早干什么去了！

李明珠还是下了楼。她看到陆遥已经把房间里的灯都关了，小心翼翼地用打火机把蜡烛点燃。

小小的房间里，微弱的火光在轻轻跳动。

蛋糕放在陆遥的书桌上，李明珠走进来坐在床上。她看陆遥谨慎的样子，哭笑不得。

“你多大了，还相信许愿这一套。”

陆遥道：“心诚则灵，你懂什么。”

他看了一眼时间，十一点五十五分，还有五分钟，他的生日就过去了。

李明珠等着他许愿吹蜡烛，两人都没说话。夜色撩人，四下静谧无声。

陆遥的呼吸有些急促，他许愿时不闭眼睛，反而忐忑地盯着李明珠。

他念出了自己的愿望：“我可不可以抱你一下？”

李明珠听到这话，无动于衷，她像一尊优美的雕塑，眼里藏着陆遥看不懂的情绪。

她直视陆遥，神情在暖光中模糊不清。

陆遥心里忐忑不安，于是决定拿出一点儿“有力证据”来说服李明珠。

但他的有力证据此时说出口，也变得无力起来。

脑神经有大拇指那么粗的陆遥，在这一瞬间感到自己的行为有多么不合理。

因为陆遥是个男人，李明珠也是个男人，他却对一个“男人”说这样的话：我想抱你。

陆遥说完，即便知道自己不对劲，也不肯改口。

陆遥紧张地咽了咽口水，死死地盯着李明珠，生怕在李明珠的眼里看出任何厌恶的情绪。

好在李明珠没有出现明显的反感，她甚至什么表情都没有。

陆遥说话前她是这副样子，说完了之后她也是这个样子，就像没听到陆遥这个愿望似的。

陆遥生怕她耳聋，听不见，又紧张地重复了一遍：“你说的……还有五分钟，我提什么要求你都答应！”

他说到最后，耍起滑头，一双盛满了微光的眼睛盯着李明珠。

陆遥道：“我……我……我可以吗？”

李明珠垂下眼。

蜡烛把芯燃烧殆尽，不用风吹，火光就越来越弱，最后它挣扎了片刻，终于熄灭。

房间里顿时陷入一片黑暗中。

陆遥听到自己的心跳声，听到自己急促的呼吸声，这些声音在黑暗中放大了无数倍，震得陆遥耳朵都聋了。

他和李明珠的距离不过半米。

陆遥在黑暗中静静地等了几十秒，都没等到李明珠回答。

十二点，房间里的数字挂表敬业地报数。

一长段高山流水的音乐之后，机械女声响起：十二点整——到了。

“陆遥。”她提醒，“不能，不可以。”

陆遥手足无措，有点发愣。她说时间到了的时候，语气似乎和平时没什么区别。

李明珠整理完毕，恢复了她平时高冷的模样。

李明珠淡定道：“没事了吧？没事我走了。”

陆遥……陆遥还能让她走吗？

他从床上飞快地转过身，在漆黑中，他准确无误地抓住了李明珠的手腕。

“我没开玩笑。”

李明珠沉默片刻，道：“我看得出来。”

她说：“你的愿望许完了，实现了，还要干什么？”

“我——”陆遥干脆破罐子破摔。

他从床上气愤地跳下来，说：“李明，你少给我装傻，我就不信你什么都感觉不到！”

陆遥委屈得不得了：“你就这么不喜欢我？”

“我没有不喜欢你。”李明珠对他很无奈。

“那你就是喜欢我了？”陆遥小心地问。

李明珠说：“我当然喜欢你，这个喜欢和你要的是不一样的。”

“你怎么知道和我要的不一样？”陆遥赌气地开口，“我就是要你喜欢我，没别的。”

李明珠说：“陆遥……”

陆遥一副可怜兮兮的表情，看着李明珠，李明珠被看得心软，并且确信如果陆遥有一根尾巴，现在一定垂了下来。

她别开脸，生怕自己再多看两眼，就要答应陆遥了。

李明珠警告自己：你应该明白自己的处境。

她身上的秘密太多了，瞒着陆遥的东西也太多了。陆遥还小，还这么不懂事，她不敢私自去决定陆遥的人生。

她始终觉得自己亏欠陆知，所以对陆遥比对其他人都要上心，结果这份上心在陆遥懵懵懂懂的催化下，慢慢变质，成了一份不该产生的情愫。

人生一直都在失去各种珍视之物的李明珠，从来都知道拥有自己不能拥有之物得付出多大的代价。

况且陆遥是一个大活人，她一旦生出了想要得到这人的心思，势必就要过得更加艰苦，这是她从小就知道的道理。

与其注定会失去，倒不如没有拥有，免得失去的时候把灵魂都带走一半。

李明珠道：“太晚了，你可以睡觉了。”

陆遥听到这句话后，眼睛里的光瞬间消失了。

——李明珠没有正面回答他。

她说完这句话，轻飘飘地上了楼，留下陆遥一个人在房间里。

陆遥愣了一会儿才回过神，手指动了动，摸到了藏在枕头底下的织了三四排的围巾。这条围巾一直放在枕头底下，上面还带着两根织毛衣的竹签，方才动静那么大也没有露出来。

要是围巾被李明珠看见了，她肯定又要教训陆遥一通。不过，这人教训完之后，一定又会说他脑子里进水了，扎个窟窿刚好能放点水出来。

不过，刚才黑灯瞎火，两人又做了些分不开心神的事情，李明珠自己心神大乱，倒也没有发现枕头底下藏着的东西。

陆遥看了围巾两眼，气不打一处来。

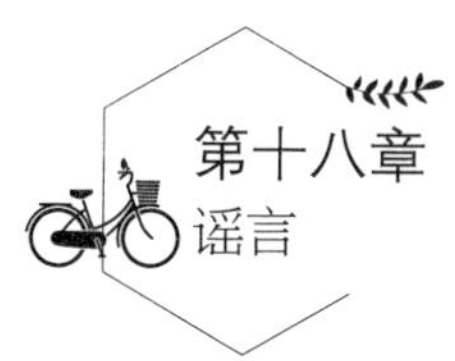

第十八章 谣言

陆遥憋屈了一晚上。

他这么难过的同时，脑子里还能记得织围巾。可见网络传说就跟星座文化一样，能够荼毒青少年的科学思维。

所以他其实是一边憋屈一边织围巾，手里的动作狠厉得仿佛用的不是竹签，而是两把刀。

陆遥织到大半夜，心里极度不平衡，一边克制自己不上楼找李明珠，一边告诉自己：冷静冷静。

陆遥打开电脑，登录游戏，准备去竞技场，简称 JJC，虐两把玩家。

结果人还没走到竞技场，蓝清水的消息就来了。

蓝清水：你还没睡？跟我走一趟副本！

路遥：不去。

蓝清水：干吗？你有其他的事？

路遥：JJC。

蓝清水：你好意思吗，路遥？你去 JJC 虐玩家？大晚上的还让不让别人睡觉了？

路遥：你管这么多干什么，滚。

蓝清水：你心情不好？

陆遥心想：有这么明显吗？

蓝清水接着发了几条消息过来。

蓝清水：我懂的，我知道的，我明白的……唉，其实这件事放在我身上，我也不好过……

陆遥诧异地想：他知道什么？难不成这人还会算命不成？

蓝清水道：失恋嘛……大家都有的，宅男总是失恋得特别快……

陆遥心想：这人还真会算命啊！

陆遥立刻回道：你怎么知道的？

蓝清水开口：我怎么不知道，大家都知道了好吗，网上传得沸沸扬扬的。

陆遥一脸震惊。

网上还传得沸沸扬扬？还……还大家都知道？

这才几分钟啊，这事居然就尽人皆知了！

陆遥的脸都要裂开了，他十分不着边际地想：难不成李明这个“渣男”拒绝自己之后上网发了一条微博，嚣张地昭告天下，李明“甩了”陆遥吗？

一瞬间，陆遥的脑子里冒出了无数部王奶奶平时看的电视剧，还有“渣男欺骗白富美大小姐”“天真烂漫大小姐惨遭感情玩弄”“有图有真相！我是如何骗到白富美的心！”等社会新闻。

他被荼毒得不浅，脑子里有一万只羊驼头顶着这些新闻弹幕呼啸而过。

好在蓝清水趁陆遥天马行空的思维还没发散到上去找李明珠算账时，打出了下一条消息。

蓝清水：路哥，其实这件事情我支持你，仙仙这么做真的有点儿过分了，拉着你炒作个不停啊！

陆遥正想到我被“渣男”欺骗了……结果看到这句话，眉头一皱，回复道：仙仙？

蓝清水道：对啊，仙仙这样做不是把你往火坑里推吗，她说什么……你怎么不理她啊之类的，把你说得跟个渣男似的。”

蓝清水想了想，又补充：虽然你真的没理她。

陆遥觉得莫名其妙：我为什么要理她？

陆遥回道：我失恋和她有什么关系？

蓝清水：你不是因为仙仙下午直播的时候说的那段话才失恋的吗？

路遥：“……”

蓝清水：你不是因为仙仙难受？

蓝清水：不对！你失恋了！

蓝清水：你不是喜欢仙仙吗？

陆遥：“……”

路遥：谁告诉你我喜欢仙仙？

蓝清水：网上都这么说的，我还以为你深受打击，半夜里起来发脾气。

陆遥确实半夜发脾气，不过不是因为仙仙，而是因为李明珠。

蓝清水干脆直接发了语音过来。

陆遥迟疑了一会儿，接上语音："干什么？"

蓝清水心里一颤，他不是第一次听陆遥的声音，但是作为一个男人，每次听到陆遥的声音时，都有一种心灵被净化、舒坦的感觉。

陆遥的声音十分好听，介于少男和男青年之间，朗声说话时清爽干净，压低声音说话时婉转动人。

蓝清水例行感叹："路遥，你真的不打算报个播音专业吗？你这把嗓子不去当主播浪费啊！"

"你要是开游戏直播，我告诉你，不用露脸，你就说两句话，保准收获百万迷妹，我一个男人听到你的声音都要打钱！"

陆遥无情道："你想死？"

蓝清水习惯了这个高中小屁孩的嚣张性格，他作为一个知书达理的读书人士，决定忍一忍。

"别别别，你这人脾气怎么这么差？活该失恋啊！"

蓝清水扳回一局，嘿嘿一笑："不闹了，看在你失恋的分上，我不和你扯。"

蓝清水在那头道："我就是来提醒你一句，别忘了十二月份的全明星赛。我跟你说，这回除了全明星赛，BS 官方还和战队联动，把网上一些有名气的主播都弄到现场搞见面会，你很可能会见到仙仙。"

"到时候你别激动啊，我怕你这暴脾气一爆发，我又拦不住你，你上去揍人了怎么办？"

"毛病。"

"不过我现在放心了，原来你不喜欢仙仙啊，害得我白替你担心那么久。"蓝清水笑道，"男人就要学会失恋，你知道的，自古电竞多宅男，没帅哥……"

蓝清水安慰陆遥。

因为陆遥从来都不在网上放照片，真实信息也少得可怜，所以公会的人都默认他是个肥宅。

毕竟一般只要长得好看的，谁不把照片爆出来？

蓝清水也理所当然地认为陆遥是个矮矬穷，他上一回和公会的人面基后，就深刻地意识到了。宅在家里的男人因为不用出门面对社会，他们真的可以随心所欲地成长。特别是长相……随心所欲得过分了。

蓝清水还在说："我们没有高富帅的命啊，所以得自己打拼，我看你就得去打比赛。我跟你说啊，打比赛能泡妹子，你只要成了职业选手，不管你长得多对不起观众，她们都会夸你好看的……”

陆遥被烦得想直接挂了语音。

蓝清水说：“哎，对了，说到这儿我都忘记正事了，你把照片给我一张，免得到时候到了现场，我找不到你。”

蓝清水生怕陆遥介意自己的长相被别人看到，他认识陆遥这么久，也知道陆遥不喜欢在网上暴露个人信息，所以马上补充道：“我不给别人看。”

不放自己照片的这种人，不是故意玩神秘，就是长得真的很丑，有自卑心理，不太愿意发照片。

然而蓝清水完全猜错了，甚至猜得截然相反。

陆遥不发照片完全不是因为自卑，而是自恋。

这家伙在现实生活中就被众星拱月惯了，要长相有长相，要背景有背景，倒贴他的妹子平均颜值水平全部是八分以上，囊括小家碧玉和高岭之花，心高气傲的千金小姐等类型，他就是人生赢家。

陆遥生活中就被烦得不行，好不容易躲到了网上，怎么可能再自找麻烦。

陆大少爷确实有自恋的资本，所以蓝清水问他要照片的时候，他几乎没有犹豫，直接发了一张生活照过去——反正接下来也会见面，早见和晚见都是一样的。

这是一张非常简单的生活照，陆遥十分敷衍地从校园论坛里截了一张别人偷拍的照片。

照片里，陆遥的额头戴着黑色的发带，头发蓬松柔软，校服系在腰间，目测身高一米八以上，皮肤白得能反光。他抱着篮球，正准备上篮球场。

偷拍陆遥的“作案工具”大概是单反相机，照片清晰到能数清他的睫毛有几根——他的睫毛十分长，但是不翘，安静乖巧地垂下来，在他的眼睑处落下一片阴影。

照片发过去后，蓝清水在那头沉默了二十秒。

当陆遥敲了敲耳机，以为对方把电话挂断了的时候，蓝清水发出了惨绝人寰的叫声。

陆遥险些被他吓出间歇性精神病，猛地摘了耳机，说：“吵死了！”

蓝清水号够了，大声质问他：“路哥，这是你本人？”

陆遥说：“不是我还是你吗？”

蓝清水震惊了：“你……”他突然一拍桌子，发出强烈的撞击声，“哈哈哈，仙仙估计要气死了，哈哈哈。”

“今天下午她还在直播间里抹黑你的颜值，虽然说得很含蓄，但是别以为我没听出来。她带节奏溜得飞起，粉丝跟着在直播间里狂抹黑你，哈哈哈。”

“我已经开始期待全明星赛了，你要是去现场，那场面，那酸爽程度……”

陆遥发了照片，交了任务，就懒得听蓝清水发疯，在他颠三倒四胡言乱语的时候果断地把语音挂了。

他还在失恋中，见到别人开心，他就不开心。

陆遥也因为被蓝清水这么一搅和，打游戏的心思也没了，满脑子又被李明珠占满。

他叹了一口气，把自己摔倒在床上。

陆遥心想：李明大概永远不会理我了。

陆遥颓然道：李明大概会觉得我恶心吧？

结果第二天一大早，李明珠跟个没事人一样，背着书包，笔直地站在陆遥的房间门口。

陆遥睡眼惺忪地去开门，一打开就看见李明珠拿着盛好的粥，她说：“起床吃饭。”

陆遥顿时清醒了，他诧异地看着李明珠。李明珠见他不动，于是推了他一把，把他推进了洗手间。

“你赶紧漱口，我把粥放桌上了。你的书包收拾好了吗？”

陆遥还没反应过来，怔怔地洗漱完毕，吃完了粥，李明珠已经替他叠好被子，收拾好书包了。陆遥收拾书包只会在里面放《火影忍者》的漫画。

李明珠走到楼下，陆遥沉默地跟了一路。

等到了外头的马路边上，陆遥才疑惑地开口：“你怎么还没讨厌我？”

李明珠愣了一下，笑道：“我为什么讨厌你？”

陆遥一句话哽在喉咙哽了半天，决定把它说出来：“因为我晚上……”

李明珠尴尬了一瞬间。

——她原本把这事儿忘记了。

她想要粉饰太平，和陆遥继续做朋友。

毕竟人都是自私的，李明珠又不是神仙，哪儿能控制自己的感情，而是她确实觉得陆遥于她而言是不一样的，陆遥是她珍视的，是她花了时间和心思照顾的、独一无二的小玫瑰。

虽然这朵“带刺的玫瑰”又任性，脾气又差，又招人厌，但是他和花园里其他的玫瑰都不一样。

李明珠想：这是我的玫瑰。

“哦，昨天晚上是你要的生日礼物。”她回答。

陆遥一听，差点儿揍人。他就知道，李明珠打算拿生日礼物当挡箭牌，从而回避自己的感情。

陆遥想：那哪成！

他咳嗽一声，闭上眼，严肃地开口：“你就是不讨厌我了。”

李明珠点点头。

陆遥睁开一只眼，看到她点头，满意地将另一只眼睛也睁开。

李明珠以为陆遥说的是一时逞能的话。

毕竟在这个老古板的眼里，这种事大概和她隔着三个光年那么远。

但是陆遥这样思想开放的年轻人就不一样了，他立刻付诸实际行动，说要追人就要追人。

李明珠长这么大，身边不缺女生向她示好。她对付她们一般是手到擒来，随便两下就把那些追求者打发了。具体方法如下：冷着脸，散发出生人勿近的气息。

识趣的人自然就走开了。

不过这一招对陆遥没有用。

要是只需要板着脸就能让陆遥远离她，那他们估计八百年前就没有交集了。

陆遥的脸皮大约有城墙那么厚，特别是面对李明珠的时候，甚至多建了一道城墙。

所以陆遥说完这句话，心情很好地看着李明珠：“你没有权利拒绝我对你好。”

两股陌生的情绪夹在一起，不停地在李明珠的心里交织，导致她在面对陆遥的时候，无可奈何。

李明珠不能用“制冷”大法来打发陆遥，那就只能用常人用的拒绝方法，企图打消陆遥的念头。

一般人是这么拒绝的，首先夸一夸对方多么多么好，是多么多么优秀的人，然后自己多么多么配不上他。

虽然陆遥这个考二百四十分的学渣在学习方面很不优秀，性格乖张、嚣张骄傲，也算不上优秀，但李明珠要拒绝他，就得找到一点儿他优秀的地方夸一夸。

她想了半天，认为陆遥在打游戏方面还是很优秀的，要是有个什么熬夜打游戏的努力奖，他一定能拔得头筹。

所以李明珠整理了一下心情，按照套路出牌："陆遥，你听我说，你是一个非常优秀的人……"

陆遥打住她："错了。"

他笑起来，露出虎牙，在清晨的阳光里，虎牙比太阳还耀眼。

李明珠怔了怔，用手微微挡了下眼睛。

她听见陆遥说："你才是一个非常优秀的人。"

李明珠被打断了话，一时间想不起后面的套路了。

她叹了一口气，决定不理陆遥，抬脚就走。

陆遥追上去，郁闷道："你怎么不问问我是一个什么样的人？"

李明珠问："我为什么要问？"

陆遥锲而不舍道："你快问！快问我！"

李明珠敷衍道："好吧好吧，你是一个什么样的人？"

陆遥勾着李明珠的肩膀，把李明珠往怀里一带，李明珠被他拽得踉跄一步。

陆遥喊道："我是一个对你非常好的人！"

李明珠脸色薄红，推了陆遥一把："你离我远点儿！"

至此，李明珠渐渐地明白了，陆遥真不是开玩笑的。

这小兔崽子不知道从哪个网站上扒拉下来一大堆恶俗追人的方法，老土得二十年前的韩剧都不这么拍。

李明珠被陆遥的奇思妙想彻底折服了。

她现在上课还要担心自己打开书包会不会看到一大包玫瑰花。

陆遥突然像变了一个人一样，做出了很多不像他本人会做的事情。直到他和李明珠尬聊了几天之后，她忍无可忍，把他逼到墙边。

这时陆遥正在看手中的小抄——有些网上抄下来的尬聊台词太长了，他有时候聊到一半就会忘词。

他看小抄之前，正说了一长段非主流空间的伤感说说，说得李明珠中午吃的饭都漫上了喉咙。

陆遥就这么被李明珠逼到了墙角。

李明珠比他矮一个头，一只手撑着墙，另一只手摊平，放在他的胸口。

陆遥盯着李明珠摊开的手，犹豫了一会儿，低头把嘴里嚼了半天的口香糖吐到她手上。

李明珠一阵无语。

陆遥心想：是这个意思吧？虽然我一边说话一边嚼口香糖是有点儿没礼貌，但是你用得着这么凶吗？

李明珠则是看到陆遥把口香糖吐自己手上后，气得脸都扭曲起来。

陆遥双手抱胸，惊悚道："你干什么？"

李明珠扔了口香糖，顺手拿餐巾纸擦了擦手，凶巴巴地开口："我让你把手机交出来！"

陆遥纳闷道："你要我的手机干什么？"

他嘴上这么说，却是很乖地交出了手机。

李明珠直接指纹解锁，打开网页——她连浏览历史都不用翻查，陆遥昨天晚上看的网页根本没有关。

陆遥看李明珠把自己的网页翻出来，一下子急了，他夺回手机："你别乱看啊！"

李明珠怒不可遏："你这几天就在看这些东西？你的书呢？书看了吗？"

陆遥小声道："也没有都看。"

李明珠冷漠地看着他。

陆遥道："其他的办法我也看了些……"

李明珠摔门而出。

陆遥站在屋里，心想：我又做错什么了？

自这之后，李明珠无视了陆遥好长时间。李明珠再愿意和他讲话，是他用"发毒誓"的方法，保证自己再也不去网上看这些乱七八糟的东西换来的。

李明珠勉强点头，陆遥立刻就得寸进尺。

他虽然没去网上学，但是他做起来更加简单粗暴，很具有陆式风格。

陆知当年和他就有几分相似。

陆遥把四楼的空房全部盘了下来，又叫小林在家具市场买了床和椅子、桌子以及一大堆棉被枕头等床上用品。

他做这些的时候李明珠都不知道，等李明珠晚上回家，发现自己的小阁楼都被搬空之后，才质问他怎么回事。

陆遥十分兴奋地带她去了四楼。

四楼没有直通阳台的走廊，光线比五楼差了很多，但是推开最里面的那扇房间门时，房间里却是亮堂的。

苏天瑜正躺在床上，睡得正熟。

房间里还有一个四十多岁的中年妇女，扎着低马尾，见陆遥进来了，恭恭敬敬地叫了一声“小少爷”。

李明珠道：“你搞什么东西？”

陆遥说道：“让阿姨住得好一点啊，楼上那个阁楼四面都是风，马上就十二月份了，到时候冻都冻死了。”

陆遥说得理所当然，李明珠却手足无措。

她茫然道：“你不要这样。”

陆遥看她神情不对，赶紧收起了一身的随意，道：“我都说了，我是认真的。”

李明珠摇了摇头，说：“你别这样，陆遥，我还不起你的人情。”

陆遥提高声音：“谁要你还了，你就欠着吧。”

李明珠心情复杂，陆遥道：“你要是不想欠我，那就给我补课，我就当交补习费。”

他实在想不到什么办法对李明珠好，还要让李明珠心甘情愿地接受。

陆遥比任何人都知道李明珠的脾气，李明珠不接受无缘无故的好意——虽然陆遥觉得自己对她好，是很有“目的”的。

李明珠再不同意，陆遥只好死缠烂打，磨得李明珠半推半就，勉强接受了他这个说法，重新捡起了给陆遥补课的老本行。

当天晚上，李明珠坐在陆遥的书桌前给他画重点的时候，心里十分感慨：没想到兜兜转转几年，最后她还是来给他补课了。

她和陆遥的相遇就是从一场鸡飞狗跳的补课开始，接着两人的生命线就完成了平行到交叉然后纠缠的转变过程。

陆遥每个晚上都得到了两个小时和李明珠在一起的独处时间，心里美得冒泡，顿时佩服起自己的聪明才智来：他竟然能想到这么一箭双雕的办法。

补课的事要是放在一年前，陆遥绝不相信自己有一天竟然心甘情愿地想要补课，对象还是李明珠。

他白天上课，晚上就等着李明珠来给他补课。

陆遥为此多买了一把椅子，他十分有心，买了有靠背的软凳，李明珠如果困了、累了，还能靠在上面休息一会儿。

他买椅子的时候还特别咨询了一下服务员，长时间坐着会不会有什么不适，得到满意的回答后才付钱买回家。

此时李明珠就坐在这把陆遥千挑万选的凳子上。

李明珠看了眼时间，已经十一点半了。

补课的时间已经结束，她伸了个懒腰，准备离去。

陆遥打开了电脑，照常登录游戏——作业完成了之后，李明珠便不太管陆遥做什么。

他喜欢玩游戏，李明珠偶尔有闲情逸致，还会陪着看两把。

陆遥登上游戏之后，人站起来，从衣柜里拿出睡衣，准备去洗澡。

“李明，你帮我弄一会儿，去主城就好。”

李明珠还没走，听到陆遥的要求，点点头。

上回李明珠就表现出了对电子竞技行业的兴趣，只不过因为时间问题，她一直没机会去查找这方面的相关资料。

如今陆遥的游戏开着，资料就摆在李明珠面前，她来了兴趣。

《勇者传说》这个游戏的发展势头在近几年一路高涨，而电子竞技这一行在国内才刚刚兴起，巨大的市场空白让李明珠动了心。

李明珠的目光投向电脑显示屏上——陆遥的小剑客名字叫作路遥。

小剑客身上穿得十分简单，如果不仔细看，可能会以为这是个新人。

其实不然，点开“路遥”的装备栏，就能让普通玩家感受到高级玩家的可怕之处。李明珠看陆遥玩过几次，她学习能力强，哪怕是游戏也学得很快，此时操控起来得心应手。

李明珠记住了几个简单的操控命令，她就带着小剑客在《勇者传说》的主城地图里到处瞎转。

没转一会儿，李明珠就收到了蓝清水的消息。

自从上一次蓝清水看过陆遥的照片之后，世界观遭到了毁灭性打击，他死活不肯相信玩游戏的宅男能长得这么好看，所以强烈要求和陆遥视频。

陆遥当然不可能答应他。

于是，最近一段时间，蓝清水一直无阶段性地骚扰陆遥。

只不过他这回发给陆遥的消息没骚扰到陆遥，反而被李明珠看见了。

——他们在主城不期而遇。

李明珠很快回复：我不是路遥。

那头的蓝清水诧异地想：不是本人？难道是代练？

不过很快，他就否决了这个想法。

陆遥根本不需要代练，他的等级已经满了，代练的作用无非就是升级、刷副本。

更重要的是，陆遥的这个账号太值钱了，从开服至今，陆遥用的都是这个账号。他的账号里面拥有的稀有材料和活动皮肤、纪念皮肤和武器装备全是成套成套的，甚至有不少绝版的东西。

因此，陆遥不可能随便让代练动他的账号，也不可能把账号随便给别人。

蓝清水很快就推断出来，问道：你是路哥的朋友？

李明珠回道：他有事情，我帮他看一会儿游戏。

蓝清水心想：这么晚了还待在一起，难不成这是路哥的女朋友？

他立刻想起陆遥上回说自己失恋的事情，心里琢磨着：那也不应该啊，难道说路哥把女朋友又追回来了？

蓝清水想了一会儿，忍不住八卦道：女朋友？

两人是在附近聊天的，和蓝清水一起组队的苍水公会成员自然看见了蓝清水的文字泡。

李明珠道：不是。

其中一个牧师道：女朋友？路哥的女朋友不是仙仙吗？

李明珠敏感地抓到了重点，不动声色地问：仙仙是谁？

牧师毫无察觉，没等蓝清水阻止，就跟倒豆子一样把仙仙和陆遥的事情说了。

他们都是蓝清水的朋友，话里话外都帮着陆遥，李明珠一听就听明白了。

陆遥这是在网上被人泼脏水了。

蓝清水道：都是误会，你别听他们瞎说。

主城里人来人往，几人正说到仙仙，没想到说曹操曹操就到了。

仙仙是晚上在固定时间开直播，她从主城出现，便看到了陆遥的账号和蓝清水的账号。

仙仙的直播弹幕里一阵刷屏，说“女神今天晚上倒霉”。

仙仙卖的是温柔人设，见到陆遥“不计前嫌”地问好，更何况还有这么多老公会的人在。

仙仙道：好巧啊，路哥。

她不知道，此时“路遥”的账号操作者不是陆遥，而是李明珠。

蓝清水私聊李明珠：这个就是仙仙。

李明珠用鼠标移动了一下视角，把仙仙看了一遍。

李明珠打字道：我不是路遥。

果然，仙仙看到这句话的一瞬间，也和蓝清水一样愣了一下。

毕竟只要玩“勇者”的，都知道陆遥这个玩家有多万恶，以及这个账号有多值钱。

仙仙道：哦，那你是……

蓝清水道：路哥的……

李明珠淡定地打字：女朋友。

蓝清水：！！！

蓝清水一连打了三个长条的感叹号私信李明珠，以表示自己的震惊。

李明珠：“……”

蓝清水不死心，继续私信李明珠：你不是说你是路哥的朋友吗？

蓝清水：你们这关系进展也太快了吧，两分钟就从朋友上升为女朋友了！

李明珠自认为对付话痨的最好办法，就是彻底无视他。

仙仙尬笑了一声，说：哦，还挺好的。

同时，仙仙的直播弹幕上刷道——

玩家一：修罗场！

玩家二：他不是喜欢仙仙吗？

玩家三：仙仙，怎么回事啊，路遥不是喜欢你吗？

玩家四：路遥不要脸！傻瓜一个！

玩家五：前面的别走，我也觉得是这样。我在公会里见过几次路遥，感觉他是挺要面子的，难道他被女神甩了妄想扳回一局？估计他女朋友也是个丑女。

玩家六：莫不是直男癌？

玩家七：人家一个愿打一个愿挨，犯贱成双，你管得着吗？

弹幕到了这里，就彻底歪成了另一个样子。

仙仙立刻反应过来，赶紧模糊地引导了风向，嘴上说着“大家不要这样”，话里话外却是抹黑陆遥的意思。

蓝清水听到仙仙打太极，三言两语就把陆遥形容成了一个“被女神甩了就去找一个代替品，找回面子的渣男”。

他利索地找到仙仙的微博，打开正在直播的地址，一看弹幕：果然，现在的弹幕已经开始一面倒地针对陆遥。

蓝清水摸着下巴感慨：啧啧，无知愚蠢的人类，你们根本不知道什么叫作美貌！

他抱着看好戏的心情，欣赏着这一出大戏。

而李明珠控制的小剑客站在地图中间，说完了这句话似乎就没有其他要说的了。

仙仙继续尬聊，不过李明珠不打算理她。

李明珠自从打出那句“女朋友”之后，一直沉默。实际上，她对这种人没有好感，没有好感的人她通常懒得理会。但是在外人看来，她这……这就是传说中的正宫气场了。

李明珠这个人平时不说话就自带一股强大的气场，特别是板着脸时，那威压就更加可怕。

这气场似乎被她带到了小剑客身上。仙仙一开始还能自说自话，和蓝清水尴尬地插科打诨，结果后来越说越心虚，越说越没有底气。

小剑客是陆遥自己捏的系统脸，眼神空洞，视角转向仙仙的“圣天使”角色。

系统脸一向是空洞冷漠的，但此时李明珠操控的小剑客，愣是把一张系统脸表达出来的冷漠情绪扭转成了“蔑视”。

仙仙被盯得浑身发麻，最后干巴巴地停止了说话。

蓝清水等公会成员内心唏嘘：我……我的天！正……正宫气场！

李明珠在这时候终于说了第二句话：你说完了吗？

仙仙干笑一声，说：那个……

李明珠点评：遣词造句矫揉造作，你的汉语是日本人教的吗？

仙仙还没见过这么不给面子的人，她的脸色瞬间煞白，惨遭暴击。

李明珠：信你的人用的是脊椎信你吗？把键盘当嘴用，说话没脑子。

李明珠：你和你的粉丝很好地向我证明了一个成语。

蓝清水：什么成语？

李明珠冷酷道：物以类聚。

蓝清水趴在桌上，笑得用右手狂拍桌子。

咸鸭蛋：哈哈哈，嫂子这张嘴牛！太牛了！

霹雳大冬瓜：毒舌！太毒舌了！厉害厉害！哈哈哈，可惜不能看到仙仙的表情，哈哈哈！

柚子星球杯：我开直播了，等一下！我把她的表情截给你们看，发公会群里。

很快，蓝清水右下角的公会群消息亮了起来。

名叫柚子星球杯的公会成员果真把仙仙当时的表情截下来了。

这个公会成员很有当表情包博主的潜质，截的仙仙的图片巨搞笑。

照片里，仙仙的脸色以肉眼可见的速度变得难看，嘴巴抿得死死的，明明气得肺都要爆炸了，却担心直播的时候毁人设，死活要端着一张微笑的脸。

这就导致仙仙的表情像便秘了一样。

苍水公会群里潜水的人都冒泡了，一个两个好奇地问发生什么事情了，怎么突然截仙仙的图片发在群里。

蓝清水能说单口相声的话痨能力此时就显出了非一般的用处。

他三言两语把李明珠和仙仙的对话说给群里的人听，最近看仙仙不爽的人立刻就附和了。

“真的假的啊？路哥有女朋友？我从来没听他说过啊。”

“嘁，我说句实话，别嫌我的话不好听，仙仙做得过分了。她退公会的事儿我们都不追究，但是倒打一耙是不是她的问题？”

“就是就是，以前路哥下副本哪次没带着她啊，明明是她对路哥暗送秋波好不好，真当我们公会的人眼瞎啊。”

“她最近说话都那样，神经病，搞得好像是路遥追她没追上一样……”

“网友不是都在骂路遥吗，我猜今天晚上是人家女朋友看不下去才出来的吧？”

“对了对了，你们刚才是没在现场，路哥那女朋友的气场太可怕了！”

“啥啥啥？你仔细说说，我很好奇什么样的女人才能搞定路哥这种高岭之花！”

陆遥在游戏里出了名的话少、冷淡、技术好，以前也有不少萌妹子求他带着玩游戏，愣是一个都没有成功。

众人到现在才知道，原来不是妹子不努力，而是正宫的气场太可怕！

“我跟你们说，我在现场的，目测嫂子是个御姐！”

“废话，你见过哪个萝莉说话跟嫂子一样连个标点符号都没有啊？软妹说话哪个不带上一长串颜文字的，我看着都头疼。”

一个人就顺势发了一串颜文字。

“上面的你够了……”

聊了半天之后，群里有人问。

“嫂子现在还在吗？我们过去围观一下。”

蓝清水看到这一句，回复道：你们别过来了，她好像下线了。

“嫂子 ID 叫什么？”

“她上的是路遥的账号。”

“路遥在线啊！”

蓝清水“啧”了一声，心想这人真是一个傻子：现在在线的是路遥本人好不好！

这边讨论得热闹，而那边的仙仙被李明珠淡定地嘲讽了一波，气得在沉默中拂袖而去。

陆遥也正好洗完了澡，就围了一条浴巾出来。

李明珠瞥了他一眼，道：“你的衣服拿进去是做摆设的？”

陆遥慢吞吞地套上衣服，磨蹭到电脑前。

李明珠在这之前和众人打了声招呼就离开了，所以小剑客再次动起来的时候，大家都默认这回上线的是陆遥。

陆遥走了两步，发现游戏界面有点卡。

“为什么网速这么差？”陆遥尝试通过转动视角的方式让屏幕画面流畅一些。

他这一转，看出点不对劲了。

“今天人这么多？”

按道理说，“勇者”这个游戏虽然十分火爆，但也没有快十二点了，主城里还有这么多玩家在线的。

但他刚去洗澡，完美错过了李明珠和仙仙的那一段。

好事的网友把李明珠刚才说的几句话都截图放到了微博上，转发了一两千条。大部分都是仙仙的粉丝转发，骂李明珠“没素质”，苍水公会的玩家则是反驳：“嫂子哪儿没素质了，从头到尾有一句脏话吗？要不要给你们放仙仙思言的脏话合集？”

以此为导火索，网上吵了一轮，这下正好吵得水深火热，战火从微博上蔓延到游戏里。

主城这些玩家有从仙仙的直播间过来的，有从微博上过来的，有仙仙的粉丝，有郑华的粉丝，也有八卦群众，他们想看一看路遥的女朋友是个什么样的角色。

李明珠眼明手快，叉掉了游戏界面，顺便叉掉了蓝清水发来的消息。

“这么晚了你赶紧睡觉，别上游戏瞎逛。”

李明珠爱管人，陆遥习以为常，顺从地关了电脑。

“那个……”陆遥开口，“阁楼的东西都搬空了，你的床还没有安装好，这几天你住我……”

李明珠道：“不用，我睡地上。”

她补完课也累了，捶着肩膀，漫不经心地开口：“你在游戏里有认识什么人吗？”

陆遥：“？”

她问这个干什么？陆遥有些雀跃，难道是查岗？

“公会的人，其他的没了。”陆遥斟酌了一下回答。

“哦。”李明珠点点头，也沉默了一会儿，接着说，“仙仙，你不认识吗？”

陆遥的眼睛微微睁大，说：“仙仙？你怎么知道仙仙？”

李明珠看他的反应，在心里嘀咕：哟，还不能让我知道。

“怎么，我不能知道吗？”她不动声色道。

“没有！”陆遥回答，“我不是这个意思！”

他的求生欲发挥了关键的作用。

“谁告诉你的？是蓝清水吗？”陆遥问道。

“没有，我偶然看见的。”李明珠撒谎，她继续问，“你喜欢仙仙？”

陆遥心想：我喜欢谁你还不清楚吗？

他委屈道：“你为什么问我这个问题，难道你心里没数吗？”

李明珠冷酷地想：有数归有数，你的回答归回答，两码事。

但她表面上无动于衷。

陆遥最怕李明珠不说话，毕竟李明珠像一只难伺候又难哄的猫咪，一不小心就容易得罪她。关键是得罪她了之后，他十天半个月都理不清自己是什么时候犯的错。

陆遥吃过几次苦头，所以十分谨言慎行。

他不敢有所隐瞒，干脆把仙仙思言的事情托盘而出。

李明珠很是较真，在心中对比了一下，发现他说的和蓝清水说的基本一致：他没有扯谎骗她。

陆遥着急地辩解：“我真的不喜欢她，从来没有。”

“我知道。”李明珠点头。

陆遥松了一口气，他的头发还有点湿，李明珠招手道：“过来。”

她补充道：“你把毛巾一起拿过来。”

陆遥拿毛巾给李明珠，李明珠接过毛巾，站到陆遥身后帮他擦头发。

她开口道：“以后你洗完澡要把头发吹干，就算开着空调也不行。”

陆遥道："你记着帮我擦就好了。"

李明珠"啧"了一声，轻轻推了一下他的脑袋："我能帮你擦一辈子吗？"

陆遥笑道："这就是我要担心的事情了。"他严肃道，"我正在努力完成这个目标。"

李明珠："……"

陆遥转移话题："对了，我们去S市的时候可能有点麻烦。"

"怎么了？"李明珠揉着他的头发。

"可能会出现有点儿奇怪的人跟着我，不过你放心，不会影响我们看比赛。"

陆遥说完这话，心虚地看了李明珠一眼。

很快，李明珠就知道陆遥所说的奇怪的人是谁了。

全明星赛前一天，陆遥出发去S市时，名贵的商务车里正襟危坐着四名保镖。

方天打电话给他，说道："这不是我要求的啊，我没办法啊！遥遥，你理解一下，我爸知道你要来S市，非要让我给你配保镖，我说在这S市有人能吃了你不成？嗐，他不信啊……"

陆遥小心翼翼地看着李明珠，果断把方天出卖了："方天弄的。"

他说："这和我没有关系，我是清白的。"

第十九章 遥遥快睡

李明珠看见车里四个穿着黑西装的保镖，在心里感慨了一句：有钱人家的大少爷，做派就是高调。

而陆遥见到这四个人十分头疼。

陆行身份特殊，当年陆知死得蹊跷，陆遥就不止一次怀疑是陆行的老对家找人来对付他哥。因此，他恨死了陆行的身份，而陆行在失去了一个儿子之后，对另一个儿子的保护可以说是滴水不漏。

方天的父亲方军听闻陆遥要来，这个老奸巨猾的商人吓得肝胆俱裂，生怕一不小心，老陆的小儿子就在他这里出个什么意外。

陆行最近又往上升了一个职位，前途不可限量，与此同时，官场上的较量也转移到家人身上。

方天被他爸耳提面命地警告了，务必要把陆遥圈起来，最好圈到一个半径只有一米的圈子里，不准陆遥去任何乱七八糟的地方。

方天领了命，一大早就派专车过来，于是就有了上面这一幕。

陆遥道："走吧，我们坐后面这一辆车。"

他出行什么都不带，东西全是李明珠收拾的。

陆遥补充："我让小林过来照顾苏阿姨几天，你要是实在不放心，我们可以早点回来。"

全明星赛举办两天，第一天是开幕式和见面会，第二天是友谊赛。

李明珠说："不用，她死了省得我操心。"

陆遥："……"

李明嘴巴真毒！

他在心里唏嘘，同时想着：李明这家伙阴晴不定的情绪和毒舌技能，看来是无差别攻击的。

上午九点，陆遥抵达S市。

方天在机场等他。

陆遥下车后，一个穿着打扮潮得不像搞电子竞技的宅男热情地走了上来。

“遥遥，给你哥哥一个拥抱！”

“滚。”

方天完全免疫陆遥的少爷脾气，看着李明珠，眼睛一亮。

“介绍一下？”

陆遥老大不情愿地介绍道：“李明，我同学。”

李明珠人模狗样，露出了一个标准的微笑，和方天握手：“方经理，久仰大名。”

方天谦虚：“不敢不敢，李同学。”

方天介绍身后的人：“季信然。”

李明珠点头致意，陆遥打量了一下传说中的“沧神”。

“如果你们想更加了解这位大神，”方天带着他们走，“可以去翻百科，我就不废话了。”

陆遥“哼”了一声，说：“懒骨头。”

方天笑吟吟地道：“怎么，你要不要先去参观一下我们俱乐部？”

“我饿了，要吃饭。”陆遥扯了扯额头上的黑色发带。

早上他照镜子的时候发现刘海长了，于是想起了自己扔在柜子里积灰的运动发带，顺手戴上，把刘海往上撑了下——平时柔软垂下来的头发，此时成了偏分。

今天陆遥穿了件黑色的运动衣，同色系的牛仔裤，裤脚挽得老高，踩了一双七八千的球鞋。此时他走在机场里，相当朝气惹眼，吸引了诸多目光。

“那也行。”方天笑眯眯地答应。

陆遥诧异地看了他一眼，显然是不敢相信这只成了精的老妖怪竟然这么好说话。

果然，方天下一句就道：“去俱乐部吃，我推荐我们食堂的招牌菜。”

“季信然大神代言。”他指向季信然，季信然戴着帽子、口罩，捂得严严实实。

季信然冷漠道：“我没代言。”

方天：“……”

李明珠说：“俱乐部在哪里？”

“市中心，我们开车来的，不堵车的话一个小时左右能到。”

李明珠看了眼时间，已经十一点多了。

陆遥吃过早饭，可惜只能垫肚子，消化到现在早就没了。

好在她早有准备，从包里翻出了充饥用的面包。

方天这才发现，娇生惯养的陆少爷竟然是背包的那个人！

他不由得多打量了几眼李明珠。

陆遥的性格别扭傲娇，是当年堂哥、表姐等人物的第一头疼对象。

方天的感触更深，他看着陆遥长大，知道除了陆知，陆遥谁的话也不听，谁也不搭理。可他今天第一眼看到李明珠，就觉得有些古怪。

等李明珠给陆遥撕开面包，进行日常投喂时，方天终于发现哪里不对劲了。

陆遥……陆遥他怎么变得这么乖了？

这少爷不是从来不吃别人碰过的东西吗？不是从来不肯和人亲近的吗？

结果，刚才陆遥不但吃了这位李同学的面包，还给人背包。

方天在心里唏嘘：这家伙以前连女同学的包都不背吧，怎么现在给男同学背上包了？

李明珠感受到方天灼热的目光，抬头看了一眼。

方天错开目光。

陆遥咬了几口面包，想起李明珠早饭吃得也不多，于是把自己狗啃过的面包分给李明珠一半。

机场B出口还没走到，有几个女生已经雀跃小心地走上来。

“请问小哥哥……”

方天一看这些人的模样，立刻公式化开口：“你们认错人了，不是季……”

几个女生却是对着陆遥开口的：“你是明星吗？”

陆遥：“？”

方天：“？”

方天心想：不是季哥的女粉丝？

他应付这种偷偷跟着季信然行程的狂热女粉丝很有一套。

季信然作为电竞选手，出道的第一年就收获了大批不打游戏纯看脸的女粉丝，让苍水战队拥有了其他战队都没有的甜蜜烦恼：避开女粉丝。

这也成了《勇者传说》职业圈一道亮丽的风景线。

人家战队看台上全是男的，苍水战队看台上全是女的，不仅是女的，还拉横幅，穿应援服呐喊，比男粉丝更疯狂。

因此，方天看到这几个小姑娘上前时，还以为季信然的行踪又被人高价卖出去了。结果人家拥簇上来，竟然是拦住了陆遥。

陆遥微微皱眉："我不是明星。"

几个女生大为可惜，其中一个活泼些的开口："我还以为你是今年才出道的艺人呢，小哥哥长得真好看，不去娱乐圈发展吗？"

她双眼冒星星。

陆遥说："不去。"

方天心想：当然不去，我得把他挖到我们战队。

他促狭地看着季信然，说："哎，你有没有一点儿危机感？"

季信然："……"

方天小声道："以后遥遥来了，估计你的女粉丝有一半要爬墙。"

季信然："……"

方天道："你可不能暗中给我弟穿小鞋啊！"

季信然道："你先想办法辟谣'苍水战队看脸招新'的传言吧。"

他冷笑一声，说："等你弟进来，我们就彻底坐实传言了。"

方天："……"

方天被季信然呛了一回，转身打发围着陆遥的那几个女生。

S 市的机场一天到晚都有明星路过，这几个小女生把陆遥当明星十分正常。当然，主要原因还是陆遥长得太招桃花。

女生们正准备离去，李明珠突然发难，抓住了其中一个微胖女孩儿的手。

她吓了一跳，惊恐地看着李明珠，说："你干什么？"

李明珠皱眉，表情不悦："手机，照片删了。"

"什么……什么照片？"

"你拍的照片。"李明珠的脸色黑了下来，"要我动手吗？"

胖女孩儿身体一抖，方天道："怎么了？"

李明珠道："删了照片，我看着你删。"

胖女孩儿被李明珠骇人的气势吓住了，哆哆嗦嗦地拿出手机，打开相册。

果然，相册的最新几张照片都是刚才她偷拍的陆遥。

陆遥惊讶地看了一眼。

直到胖女孩把照片全部删了，李明珠警告的眼神才收回了一些。

陆遥道："她什么时候拍的？"

方天唏嘘："你不要低估女粉丝的手速好吗？"

李明珠道："以后自己小心点。"

陆遥心想：我被别人拍的照片那么多，也不差这几张。

但是他看到李明珠这样子，心里就暗爽。

陆遥的心跳快了几拍。

方天带他们坐上了车，上车之后说道："你们关系挺好的嘛，李同学也打游戏吗？"

陆遥替李明珠回答："不打，李明过来看比赛的。"

方天道："哟，不打游戏，喜欢看比赛啊？怪事儿！"

李明珠暂时还不想透露自己对电竞圈行业的想法，她报以微笑，安静地坐着。

方天道："酒店订在俱乐部边上了，你们这几天就住在这里。"

"全明星比赛的场地离这里不远，到时候我顺路带你们过去，遥遥也好熟悉一下你未来的队友！"方天兴奋道。

他似乎特别执着把陆遥挖到自己的战队里来。

陆遥冷酷拒绝："不来。"

方天被拒绝得多了，已经逐渐淡定。

"话不要说得太早了，现在你说什么都还不准嘛。"

陆遥懒得理他，又把目光投向了李明珠身上。

李明珠正在发呆，不知道她在思考些什么，陆遥想开口问，开车的方天又道："对了，你和那个仙仙怎么回事？"

提到仙仙，李明珠蓦然回过神来，陆遥愣了一下，立刻对李明珠道："我不知道。"

方天以为陆遥是回答他的，笑了一声。

"你没上微博看啊，那女主播在网上可劲儿黑你，我这个不关注直播圈子的人都知道了。"

"主要是我们战队昨天还在聊这件事儿，我看他们就是太闲了，什么八卦都要去打听一下。"方天继续道，"也可能是因为我透露了你会来我们战队，他们就想要通过八卦来了解新成员。"

陆遥说："我和她没关系。"

"哈哈，我当然知道。"方天开口，"那女主播的长相就不是你的菜，你不是喜欢那谁，那谁来着，唐雪见？”

陆遥喊道：“黑历史不要提！”

方天哈哈大笑，笑得肩膀发抖，季信然扶了他一把，说：“专心开车。”

方天笑得喘不上气，说：“哎哟，我歇会儿，我看过仙仙的直播，一看她就不是我们遥遥喜欢的类型。”

他故意冲着季信然揭陆遥的老底：“我弟喜欢小辣椒类型的，要活泼可爱那种，这女主播是个绿茶派的……”

陆遥急了：“谁说我喜欢小辣椒了？”

李明珠岿然不动。

陆遥赶紧补救两下：“我喜欢性格文静的、成绩好的、不说话的、高冷的女生。”

方天挑眉：“不是吧，这应该是你最讨厌的类型吧？”

“怎么可能！”陆遥骂道，“你闭嘴！”

方天看他脾气上来了，识趣地闭了嘴。

下午几人去吃了饭——方天当然不是真的带他们去俱乐部的食堂吃饭，一行人在当地有名的餐厅吃完饭后，方天和季信然因有事就回战队了。

他回去之前还和陆遥磨了一会儿，陆遥最后也没答应晚上去战队看看。

陆遥的小算盘打得噼里啪啦响，他好不容易和李明珠出了趟远门，有单独相处的时间，怎么可能浪费宝贵的时间去战队。

两人上了十五楼，各自回房间。

李明珠刷开房门，却被陆遥堵在门口。

他神情可疑，犹豫了一会儿，提到下午的事情。

“方天乱说的，我不喜欢小辣椒类型，我喜欢高冷的学霸。”

陆遥紧张地解释了一通。

李明珠压根儿没记得这回事儿，但是她此时看陆遥这模样，便觉得他十分有意思。

李明珠笑出了声，说：“你为什么要和我解释这个？”

陆遥郁闷道：“我怕你误会。”

李明珠愣了一下。

陆遥强势地靠近了她些，说：“你就没什么想和我说的吗？”他甚至有点儿委屈。

李明珠想了想，便开口：“那你加油！”

她慢慢地关上门，却在门关上的最后一瞬间，学着方天的叫法，笑眼弯弯地喊了一句："遥遥。"

李明珠叫完了——她原本是想逗一下陆遥，但很快就自食其果。

陆遥听后，愣了一下，抢在她关门之前抵住了门。

李明珠推了两次，门都没关上。

陆遥和她打起了拉锯战，顺便把门缝推开得更大一些。他脸色微红，还要故作恼怒："你为什么突然这么叫我？"

李明珠道："怎么，我不能叫吗？"

李明珠说话大约是有个模板句式能套的，她擅长用反问句和踢足球式问法，把陆遥抛给她的问题原原本本还给他。

陆遥别扭地沉默一会儿，他想着也不是不能叫，但是"遥遥"叫起来，总让他觉得李明珠在哄小孩儿。

谁要当小孩儿了？陆遥是个又酷又帅的少年，还有点儿傲娇，当然是想听心仪对象叫自己"哥"的，叫小名儿是什么鬼？太没尊严了！

李明珠促狭地打量他，没忍住，扑哧一声笑出来。

她这回笑得肆无忌惮，陆遥从没见她笑得这样痛快。

李明珠用手撑着门框，笑得直不起腰。

关键是她的嘴还特损，陆遥的别扭就写在脸上，她还偏偏要一边笑一边喊"遥遥"，大有"我就是喊了，你能怎么办"的无赖架势。

陆遥挑眉，很酷地想：哥一定是太宠李明了。

"有这么好笑吗？"陆遥问道。

李明珠的笑声戛然而止，她本能地感到了一丝危险，她收起笑意，用力压房门："没有，你快去睡吧。"

她不笑陆遥，放过陆遥了，但显然，现在陆遥没打算放过她。

李明珠和他对视。

陆遥眼神危险，李明珠心中警铃大作，赶紧板着脸，换上了常用的死人表情，冷酷道："去睡觉。"

"我不要。"陆遥逼近她，"你这是只许州官放火，不许百姓点灯。"

李明珠心想：你还会用俗语了，有进步。

"陆遥，你靠得太近了。"李明珠伸手挡在自己和陆遥之间。

"你占我便宜的时候怎么没想到这些？"陆遥嘟囔。

"谁占你便宜了？"李明珠理直气壮，且十分淡定，"我没有。"

陆遥心想：这个便宜我得占回来，于是开口："你让我抱一下，我就回去。”

李明珠愣了一瞬间，暗暗用力关门，叫陆遥感受到这事儿“不可能”。

陆遥撒娇：“就一下！”

李明珠指着边上的墙壁说：“你看到这扇门了吗？”

陆遥看过去，只看到了墙壁。

“没有。”

李明珠点点头，说：“那还不滚？”

陆遥猛地理解了李明珠的意思。

他突然咧嘴坏笑一下，学着李明珠的动作，往另一个地方指了指：“那你看见这里的门没有？”

李明珠望过去，也只看到了一面白墙。

她无语地转过来：“你多大……”

陆遥跑得飞快，一蹦三跳，跳回了自己的房间，然后砰的一下关了门，连着落了两道锁，生怕李明珠提着砍刀过来收拾他。

李明珠站在门口，气急败坏地把陆遥的衣服从脑袋上扯下来，咬牙切齿道：“混账小子……”

“混账小子”陆遥心情大好，把自己摔在酒店柔软的大床上。

他哼着小曲，摸出了手机。

手机屏幕上全是苍水公会的群消息。

群里热火朝天地讨论着面基的事情，纷纷互相打听人都到哪儿了。

柚子星球杯：大家到哪儿了？到哪儿了？”

霹雳大冬瓜：我在S市了，大家都到了吧？

波点睡裤：我到了。哎，你们看仙仙新发的微博了吗？

陆遥往上滑着聊天记录，看到了他们截图的仙仙微博。

仙仙晚上八点到的S市，住在市中心的某个酒店，拍照发微博时定位了，照片是她和郑华的合照。

照片看得出来用心修过，毕竟连窗户框都P歪了。奈何下面的粉丝滤镜十层厚，狂喊“女神好美！”“女神嫁我！”，几个黏着陆遥的黑粉在下面发表了几句高见，日常抨击一下陆遥的“矮矬穷”和“肥宅废”。

霹雳大冬瓜：下面那评论太过分了吧？现在还喷路哥？人家都有女朋友的好吗！

霹雳大冬瓜：啧啧，非要发个酒店定位，生怕别人不知道她住的是五星级酒店，我早觉得她这人虚荣了。

尼那贝贝：路哥到了没啊？

仔小忘：前几天我还看到她带节奏黑路遥呢，她没完没了是吗？黑我们公会的人有钱拿吗？

蓝清水：路遥今天下午到的，晚上应该到酒店了吧？

牧羊少年：路哥住哪里啊？晚上出来聚聚呗，我们在市中心这里。@路遥。

蓝清水：@路遥 @路遥 @路遥，重要的事情艾特三遍！

陆遥翻完了聊天记录，姗姗来迟：酒店定位：S 市外滩 ×× 酒店。

酒店名字一出来，蓝清水闲得无聊，上网搜了一下，立刻喷水。

他切换回群里，发现群里已经先刷了屏。

波点睡裤：路哥有钱！这酒店五千块钱一晚上！

霹雳大冬瓜：路哥难道是隐藏的富二代？

陆遥虽然在网上话少，但是不妨碍众人对他的钦佩。

毕竟在网游的世界里，谁的技术好，谁就是大哥。

众人的话题一下子就从“出来吃饭”转移到陆遥住的酒店上面。×× 酒店是 S 市排名第一的酒店，方天怕陆遥大少爷脾气犯了，住不惯小酒店，于是十分土豪无脑地在网上搜最奢侈的酒店是哪家，搜到最贵的之后，再按照陆遥的喜好挑了高层和靠江的，然后一键下订单。

群里的人还十分坏心眼地把仙仙的截图拿出来嘲讽了一波，说她自以为住的什么好酒店，跟陆遥的酒店一比，简直不值得一提。

陆遥虽然有钱有势，但是他有钱惯了，所以没有任何喜欢和别人攀比的心理。

他穿贵的衣服，是因为贵的穿起来舒服。

陆遥可以吃几千块钱的高级点心，也可以吃李明珠在路边买的几块钱面包。

方天老提他少爷脾气，都是开他的玩笑。他除了有点儿洁癖，吃的、住的只要干净就行，他对价格和奢侈品一向没有什么概念。

所以陆遥对于他们拿自己对比仙仙的行为，并没有产生什么打脸的快感，他和众人的思维不在一个层面上。

蓝清水似乎也觉得拿陆遥的酒店吹嘘有些尴尬，毕竟这是陆遥的东西，又不是公会的东西，他在群里道：好了，别聊这个了，人住哪儿和我们有什么关系啊？你们先把时间记好了，地址查好了，明天在 S 市体育场门口集合啊，早点儿来，开幕式之前好像有主播见面会的活动。

《勇者传说》这个游戏风靡全球，除了仙仙，每个直播平台都有自己的“顶梁柱”主播，明天开幕式之前，他们都会到现场来和粉丝见面。

众多主播里，当然也有群里小伙伴喜爱的主播。

下面的人纷纷发言。

陆遥没多久就关了手机，最后一条信息是蓝清水发过来的地址，前面一条是方天给他安排的司机的电话。

他看了一眼消息就直接去洗澡，洗完澡出来，伸了个懒腰，坐在床边发呆，想起了李明珠。

陆遥叹了一口气，瞧见床头柜边上十分风雅地插了一朵花，他顺手一摘——这花竟然是真花。

他气呼呼地揪光了花瓣，结果还是气不过，一想到李明珠老古板的思想，他睡也睡不着，干脆坐起来给李明珠狂发消息。

洗完澡后的李明珠从卫生间出来，就看见自己的手机在桌上疯狂地振动，一路抖啊抖，险些就要从桌上抖到地上。

李明珠满脸黑线，按着手机键盘：你脑子有病吗？

陆遥秒回：我脑子里有你。

李明珠冷笑一声，说：你是骂我有病的意思？

陆遥：我没有！

李明珠回了个再见的表情。

她发出去的表情笑得很是牵强，但和陆遥聊天时，她嘴角的笑意温柔极了。

陆遥：不准发省略号！

正在打省略号的李明珠：“……”

陆遥发了好几个小猫亲亲的表情，李明珠脑子里浮现陆遥露出两颗小虎牙的脸，和眼前这只白色的小奶猫渐渐重叠。

她心里一软，想着：他怎么这么黏人？跟猫似的。

李明珠正想回答，陆遥的电话来了。

她接通电话。

“隔得这么近你还打电话，钱多吗？”

陆遥闷声笑了一下，他的声音压低了从手机里传过来，让李明珠的耳朵酥酥麻麻的痒：“你是邀请我去你的房间吗？”

李明珠冷漠道：“你可以过来试试。”

言下之意：你陆遥敢全须全尾地过来，我让你只有一半能回去。

陆遥嘟囔："算了……我怕自己今晚回不来。"

李明珠用耳朵和肩膀夹着手机，掀开了被子，上了床。

陆遥听到被子和衣服的摩擦声音，问道："你要睡了吗？"

"明天要早起，你也赶紧睡。"李明珠提醒道。

"我睡不着。"陆遥翻身。

"需要我过来友情赠送你一棍吗？"李明珠道，"保证两秒睡过去，我的业务很熟练。"

陆遥委屈巴巴道："你怎么这么凶？"

李明珠打断他："你迫不及待想死吗？"

陆遥识趣地不再提这件事。

时间不早了，李明珠兴许有些困，说话的声音软和不少："我睡了。"

陆遥听到她带着困意的声音，有些沙哑，有些黏糊，从手机传到耳朵里，听得陆遥浮想联翩。

"我睡不着。"

"快睡。"

陆遥得寸进尺，撒娇技术炉火纯青："你喊我一声哥，我立刻就睡着了。"

李明珠："……"

陆遥当然知道这几乎不可能，所以他也没指望李明珠喊。

结果当陆遥把手机放在耳边，趴在枕头上，迷迷糊糊快睡着的时候，听到了李明珠又哑又软的声音，和她平时的清冷调调截然不同。

李明珠带着笑意哄道："遥遥快睡。"

陆遥彻底清醒了。

陆遥后半夜才睡着。

李明珠第二天早上起床跟没事人似的，淡定地坐在餐厅里打招呼："早，你的东西都带上了吗？"

她神清气爽，穿着黑色的卫衣，显得皮肤更白。

反观陆遥，熬了大半个晚上，眼下都有一层淡淡的青黑色。

方天一早来的酒店，看到陆遥，夸张地叫起来："你昨天晚上做贼去了？"方天打趣道，"采花贼？"

陆遥道："滚！"

方天拖开凳子，乐呵一声：“你没睡好？现在距离开幕式还有几个小时，要不你睡一会儿回笼觉？”

陆遥心想：我难得和李明有一起出来的时间，直男才回去睡觉！

陆遥坐下来，用勺子搅了几圈白粥，立刻挑三拣四地嫌弃道：“不好吃。”

方天习以为常：“不好吃就换……”

李明珠打断他：“你吃都没吃就说不好吃。”

陆遥道：“白粥啊，没味道。”

“粥要什么味道？”

陆遥一脸不情愿，嘀嘀咕咕，却老实把粥喝了。

方天心想：这个小祖宗今天变了个人吗？

早饭结束，方天转了圈车钥匙，说：“我就不送你们了，战队还要准备全明星赛的开幕式，老李一会儿送你们过去。”

李明珠往后一看，除了司机，还有先前那四个保镖。

“安全保障。”方天无奈道，“这是我爸说的，不赖我。”

四个保镖穿得不像电影里那么吓人，虽然没戴墨镜，但是穿着一身的黑西装，站在人群里也足够惹眼了。

陆遥显然习惯了这种场面，他担心李明珠不习惯，特意问了一句：“你觉得怎么样？”

李明珠摇头。

陆遥道：“那我也没问题。”

方天对李明珠越来越好奇。

“你们关系不错啊。”方天做个了“哎哟”的贱表情，“我还没见遥遥对谁这么听话过。”

“遥遥”两个字戳中了陆遥，他想起了“渣男”李明珠的所作所为，骂道：“现在你见到了，快滚！”

方天欢乐地滚远了。

早上八点。

苍水公会的会长叫“之风华”，一个三十多岁的男人，是一名公司职员。

他看着就有老大哥的感觉，所以公会人员到了之后，都听他的指挥，聚在了约定的地点。

蓝清水来的时候，体育场外面已经搭建起了不少台子，一会儿主播见面会就在台子上举行。

蓝清水一到，之风华就打招呼：“清水，这儿呢！”

蓝清水一眼望过去，看到了和他招手的之风华。

因为他们先前互相交换过照片，所以认出来不难。蓝清水笑道：“来了！”

大家见面之后，互相打闹片刻，来的人纷纷自我介绍，很快，蓝清水就把一群成员对上号了。

短头发的妹子是霹雳大冬瓜，仔小忘是个皮肤很白的青年，波点睡裤的脸很尖……他按照个人特征看了一圈，没看见陆遥。

冬瓜说道：“还有很多人没到呢，这会儿就来了一半。”

苍水公会是大公会，参加面基的人就算是来了一半，数量也很可观。

这群人里面有参加了工作的，有学生，有宅男，也有萌妹。

到了约定时间后，陆遥来了。

此时众人找了一把遮阳伞进去坐，伞下为观众专门提供了看全明星赛的凳子，整整齐齐一排又一排，好方便让他们休息。

之风华看到马路边上靠过来两辆价格不菲的商务车，提了个话题：“我的天，有钱人啊。”

蓝清水顺着他的目光一看，也看到那两辆车。

男生的话题总离不开车和游戏，游戏讨论完了，现在看到车，又以此为开头，讨论起国内有什么新出的跑车了。

后面的保镖先下车，给陆遥开了门。

陆遥下车之后，休息处这边发出了一些窸窸窣窣的感慨声。

显然，不只他们这群面基的人闲得无聊，去观察人家的豪车，后面的人也注意到这两辆豪车了。

令人惊喜的是，豪车里竟然走下来一个帅哥，这偶像剧的一幕让公会的妹子春心萌动。

“这年头竟然还有长得这么好看的富二代！”

“是个小帅哥，来看全明星赛的？我又相信爱情了！”

“你够了啊，人家说不定是陪女朋友来看比赛的。”

这边讨论得正欢快，那边李明珠也跟着下车。

休息处众人再一次倒抽一口气。

“今天我这什么运气，又来一个帅哥！”

“我对这个看脸的世界绝望了，帅哥都和帅哥一起玩儿的吗？”

“我相信电子竞技是有爱情的！我相信打游戏的人里是有帅哥的！”

蓝清水觉得这人熟悉，眉头一挑：“我怎么看着这人有点儿眼熟？”

“哎哟，这就攀上交情啦？”波点睡裤挤眉弄眼。

蓝清水的手机铃声响起，来电人：路遥。

他接通电话后，陆遥在那头问道：“你们在哪儿呢？”

蓝清水迟疑地看着下车的那个少年，一边拿着手机打电话，一边东张西望。

公会的人因为休息，所以远离了先前约定的位置，陆遥下了车没找到他们，只能给蓝清水打电话。

蓝清水心里有些不确定，道：“路哥，你是不是站在电线杆边上？”

那少年果然转头看了一眼电线杆，回答：“是啊，你在哪儿？”

蓝清水确定了——刚才由保镖开门，从车上下来的这个非富即贵的少年，就是和他打电话的陆遥。

蓝清水确定的这一瞬间，想着：路遥这家伙太低调了吧，长得帅就算了，还是个富二代啊！给不给我们活路了？

他无奈地开口：“我们在红色帐篷下面，对，休息处这里，你过来就能看见了。”

陆遥挂了电话，李明珠站在他身侧。

“你找到他们了吗？”

“找到了，红色的帐篷。”

两人找好了位置，径直朝着休息处走来。

霹雳大冬瓜问道：“我是不是产生了什么错觉？我怎么觉得他们离我们越来越近了？”

仔小忘：“我好像也产生这种错觉了，他们是不是朝我们走过来了？”

蓝清水高深莫测道：“你们没产生错觉，他们确实朝我们这边走过来了。”

陆遥自带人群焦点，一路走来吸引了不少路人惊羡的目光。

陆遥在蓝清水面前站定，对暗号似的说：“蓝清水？”

“路遥？”

陆遥点点头。

蓝清水身后一干围观群众满脸疑惑。

先反应过来的是之风华，作为一个三十多岁的成功男士，他不能像小姑娘一样被美色迷惑了双眼。

“之风华。”

陆遥和他握手：“会长好。”

之风华干巴巴地感叹：“我没想到你这么年轻，还是个小朋友啊！”

蓝清水依次向陆遥介绍了公会里面的朋友，公会好友十分热情，特别是妹子，更加热情。

蓝清水笑道：“诶诶诶，你们别跟八百年没见过男人似的啊，人家还是个高中生，你们当阿姨的也不矜持一点儿！”

妹子不服，反驳道：“我才工作三年好不好，怎么就叫阿姨了？你问问路遥。路遥，你觉得我是阿姨吗？”

她故意找话题和陆遥聊天，奈何陆遥面对投怀送抱的妹子，永远都不解风情。

他敷衍地点点头，叫明眼人都看得出来他的冷淡。

众人看了也不觉得奇怪，毕竟陆遥从那种豪车里下来，模样又长得这么好看，一个有钱又好看的富二代，脾气总是和普通人不同的。

妹子们的热情很快就在陆遥的敷衍中消散了，虽然她们还欣赏陆遥，却也没上来攀谈。

一行人分了全明星赛开幕式的票，公会里一个男生开口：“诶，你们去不去看主播的见面会啊？要去的报名哈，不去的举手，我帮你们带签名儿！”

一人又看着陆遥，促狭道：“路遥，你不去看看仙仙吗？”

蓝清水觉得无语：这家伙是看热闹不嫌事大，哪壶不开提哪壶啊！

“仙仙和他有什么关系，你别乱扯啊！”

那人道：“我替路哥火大啊，仙仙那女人在网上把路哥黑成什么样了，就仗着有个键盘可以随便血口喷人，你们说是不是？今天我要是没见到路哥本人，还真以为他像仙仙说的那样，是个死肥宅呢！”

蓝清水道：“人家说什么就是什么啊，说你宅你就宅啊，路遥至于和她过不去吗？”

说到这里，公会众人对陆遥的好感度又上升了不少。

仙仙思言这半个月在网上没少带节奏黑陆遥，陆遥从来没有开口反驳，导致大家都以为仙仙思言说的是真的了。

结果今天他们一看到陆遥，顿时来了个大反转。就凭陆遥的颜值和身家，至于去倒贴仙仙那种女人吗？他被黑得这么惨，还这么低调，于是赚足了好感度。

陆遥一路上都在注意李明珠。一开始，公会里也有几个女人蠢蠢欲动，对李明珠表示好感。

可惜李明珠是个自带制冷功能的高岭之花，看着就不好接近，胆子再大的妹子被她冷冷地瞥一眼，也收回了手。

陆遥道："开幕式很快就开始了。"

李明珠道："门票上有时间，我没瞎。"

陆遥没话找话聊："你肚子饿吗？"

李明珠道："你不去看仙仙？"

她颇有调侃的意思。

陆遥："……"

刚才提起仙仙的那个人就说了这么一句话，陆遥一直没表示，他也识趣地闭嘴了。没想到李明珠这么小心眼，给他记了一笔。

陆遥在心里喊冤。

众人开始聊起游戏里的事情，也有一些人结伴去参加自己喜爱的主播见面会。

陆遥没什么喜欢的主播，于是留在原地。李明珠四下观察现场的布置，暗暗记了些有用的东西。

还有一小部分年纪不大的女生，看着对陆遥很来电，一直坐在他的不远处，试图找几个话题和他聊天。

主播见面会很快就开始了，原先安静的台子前，此时已经围满了人。

陆遥干坐着等开幕式，无聊之余，他别过头研究李明珠的睫毛。

他手痒，往李明珠的眼睛上戳了两下。李明珠拍开他的手，他不死心，抓着她的手去戳。

后排的女生压着声音说话，一会儿就兴奋地尖叫起来。

陆遥心想：她们怎么叫得怪怪的？

前方的台子人满了之后，座位不够，后面就站了一圈又一圈，站到了休息处的前面。

不少站累了的玩家直接坐到休息处里头。

十几分钟后，一阵嘈杂的音乐响起，主持人念完一长串雷同的开场白，终于介绍主播出场。

前面几个主播陆遥都不认识，直到第六个主播出场时，游戏里仙仙思言熟悉的声音响起："大家好，我是主播仙仙思言。"

第二十章 她的小玫瑰花

仙仙思言在和郑华搞到一块儿之前，一直和陆遥一起下副本。

她作为女主播，声音动听，所以下副本的时候也不喜欢打字，而是用语音。

陆遥听得多了，对仙仙思言的声音有些熟悉。

李明珠抬着眼皮看了他一眼。

陆遥道：“你为什么看我一眼？”

“不能看吗？”李明珠淡然道。

“能。”陆遥嬉笑道，“你多看几眼，免费的，不收钱。”

李明珠心想：陆遥的脸皮越来越厚。

片刻后，六七个穿着红色工作服的工作人员拿着箱子穿梭在粉丝中。

“这是什么？”一名粉丝发问。

“好像是一会儿有观众互动活动，里面是号码牌吧。”

“号码牌？哟，要抽幸运观众吗？嘿，还真是号码牌！”

“那我要赶紧去转发锦鲤，拜托抽中我抽中我！我想和仙仙互动！”

“这儿这么多人，你哪儿来的勇气觉得能抽中你啊？”

……

抱着箱子的工作人员走到了陆遥前面。

“我不是粉丝。”陆遥果断拒绝，他见工作人员又去盯李明珠，赶紧补充，“他也不是。”

工作人员笑道：“没事儿，号码牌多，你抽一张也可以。”

陆遥：“……”

工作人员对陆遥好似特别有耐心，陆遥不抽号码牌，他就在一旁说好话。

其实道理很简单，这名工作人员也是个聪明的人，主办方搞这个主播活动最重要的目的就是吸引粉丝的眼球。

除了抓住粉丝的眼球，还要抓住普通观众的眼球，而一般最能抓住人眼球的，就是颜值了。

见面会现场都是游戏玩家，虽然不能用“游戏玩家全是死宅和肥宅”这种理由一竿子打翻一船的人，但是在场的人里确实肥宅和死宅比较多，大部分长得平凡普通。当然，歪瓜裂枣也不少，就是唯独缺少好看的。

普通玩家上去和主播互动，粉丝们当然看得开心，但如果是个帅哥上去和主播互动，那路人都会看得特别开心的。

工作人员深谙这个道理，所以在看到陆遥的一瞬间，立刻动了心思，甚至想要暗中操作一下，务必要把陆遥搞到台上去，吸引一些女粉丝的眼球。

他都想好了，录视频，传微博，买热门，营销一条龙，把自己的直播平台宣传出去，然后上报老板，就等着领奖金。

当然，如果能把陆遥挖到自己的直播平台就更好了，技术重不重要是其次，到时候找个人带打，他只要露个脸就成。

哪知道他走第一步就碰了壁。

坐在这里的帅哥，压根儿不是什么粉丝！

他不但自己不抽号码牌，还不让自己边上另一个帅哥抽号码牌，还有没有天理了！

工作人员不死心，笑道：“抽一张号码牌吧，抽了也不一定能上台，就当抽着玩儿？”

他一直游说陆遥，大有陆遥不抽号码牌，他就要在这里扎个帐篷安家，说到陆遥肯抽号码牌为止。

陆遥被他烦得头疼，干脆如他所愿抽了一张号码牌。

工作人员看到陆遥拿到一张号码牌，打开之后，他貌似不经意地问：“怎么样，抽到几号了？”

陆遥没什么防备，直接拿号码牌给他看：六十五号。

工作人员笑道：“这个号码好啊，哈哈！”他转过头，抱着箱子，把目光投向李明珠身上，“这位帅哥要不要也来抽一张？”

毕竟两个帅哥的噱头肯定比一个帅哥的强。

但李明珠显然比陆遥难搞。

陆遥不乐意只会黑着脸，李明珠就不了——她不乐意，不舒服，也不会让身边的人舒服。

工作人员很快就明白什么叫“让别人不舒服了”，他被李明珠冷冰冰地怼了几句，尴尬地抱着箱子走到下一处粉丝区。

李明珠道：“下次你不要抽这些奇怪的号码牌。”

陆遥摸着下巴道：“你吃醋？”

“你找死？”

陆遥笑道：“放心，抽到了也不会叫到我的，这么多人呢，况且——”他厚颜无耻道，“哥长得这么帅，上去能丢了你的脸不成？”

李明珠：“……”

抽号结束。

陆遥他们坐在后面，只听到主持人说了一长串规则，而其他的声音全部被尖叫声掩盖过去。

陆遥他们再一次听到主持人的声音时，一个短暂的和观众互动的环节即将开始。

主持人道：“大家都拿到号码牌了吗？”

陆遥随意地折了一下号码牌，打算扔了。

主持人道：“让我们看一下我们的主播都抽到了什么号码牌。”

原来，号码牌是成对的，上面的主播抽一套，下面的粉丝抽一套，如果抽到一样的号码，则是粉丝作为幸运观众走上台和主播互动。

台上长得好看的女主播不少，这个直播平台今年又签约了不少美女新人，而今年力捧的主播就是仙仙思言——其中很大一个原因是仙仙思言和职业选手郑华在一起。

所以先前轮到主播抽号码牌时，抽到仙仙这里，负责拿箱子的工作人员偷偷塞给她一张号码牌。

仙仙一脸疑惑。

工作人员不动声色地走远了。

这个聪明会来事儿的女人站在原地想了一会儿，就想明白了：既然公司今年在捧她，那肯定是做了一些对她有利的事情，她不必想东想西，只要听从安排就好。

果然下一秒，仙仙的耳麦里就传来了主持人的声音。

主持人在后台用耳麦和她交流：“仙仙，一会儿给你安排一个观众，是上面选的，长得还可以，你和他尽量多一点肢体接触，我们要宣传造势。”

仙仙听罢，面上带着微笑，心中了然。

主持人通知完毕，拿起外放的话筒说：“那我就不多嘴啦，让主播们自己报出幸运观众好吗？”

一片叫好声响起。

前几个主播每报一个号码，下头就欢呼一阵。抽到号码牌的粉丝会被其他人起哄，如果是被美女主播抽中的，旁边的人就起哄得更厉害。

仙仙拿着话筒道：“我的是六十五号呢。”

陆遥：“……”

李明珠看了他一眼，冷笑道：“不会选中。”

陆遥道：“我撕了号码牌，他们会不会重选？”

台上的仙仙重复了第二遍：“六十五号没有吗？”

主持人重复道：“六十五号！六十五号幸运观众在吗？”

仙仙见自己叫了几遍，那个六十五号粉丝还没上来，心里便有些不满。

她本来就不太乐意和男粉丝互动，自己的男朋友会不开心不说，上来的粉丝……就算主持人说好看又怎么样，玩游戏的宅男有什么好看的！还要她和这个宅男肢体接触，亲密互动，她早在心里翻了十几个白眼。

台上的仙仙不愿意，台下的陆遥更不乐意。

他跷着二郎腿，丝毫没有上去的意思。

边上刚才看着陆遥抽中六十五号的粉丝羡慕道：“哎，仙仙叫你呢，你怎么不上去啊？”

“不上去。”陆遥补充，“我喜欢的人会吃醋的。”

李明珠：“……”

那人看着陆遥，心想：这么一个大帅哥，有女朋友也是正常的事情，但是叫他的是仙仙啊！那个超有名的美女主播！这家伙也太不懂得男人的泡妞之道了吧，谁会嫌弃自己身边美女多啊？

但显然，陆遥不是普通的男人。

那人道：“那可是仙仙啊，很有名的美女主播！兄弟，你真的不上去？这是飞来艳福啊！”

陆遥心想：她长成那样还能叫好看？

他别过头，看了一眼李明珠流畅的面部曲线，她表情缓和的时候，五官好似一幅名贵的画。

陆遥又想：李明比仙仙好看多了。

李明珠目视前方，说：“你看我干什么？”

“上面叫了你好几遍，你不去？”

“我不去，等叫了几遍之后他们就会放弃的。”陆遥十分天真。

李明珠笑了一声，说：“你信不信他们会叫到你上去为止？”

“为什么？”陆遥直起身体，有点纳闷。

李明珠摇头道：“你上去吧，否则会引起很多不必要的麻烦。”

李明珠都开口让他上去了，他却还有点儿不情愿。

“我在下面等着你。”李明珠道，“我哪里也不去，行了吧？”

陆遥这才闷闷不乐地准备上台。

另一边，主持人报了十几遍号码，六十五号的幸运观众依旧没有上来。

台下的粉丝起哄：“要不重新抽吧！”

“是不是根本没六十五号这人啊？”

“别喊了，那人上不来的，重新抽！”

“说不定人家不愿意上来，要当活雷锋，把和仙仙亲密接触的机会让给我们呢？重新抽呗！”

在一片重新抽的叫喊声中，陆遥慢吞吞地走到台上来。

起哄的众人顿时鸦雀无声。

主持人看到陆遥上来，愣了片刻。

陆遥拿着号码牌道：“六十五号。”

仙仙惊得瞪大了眼睛，捂着嘴往观众席看了一眼，脸上羞得通红。

片刻后，排山倒海的起哄声音卷土重来。

合着六十五号姗姗来迟不是因为长得对不起观众，而是长得太对得起观众了！

主持人调侃道：“我的天哪，这上来的是哪个明星吧！”

他挤眉弄眼，看着仙仙说：“仙仙，怎么样，有没有动心？”

仙仙压下惊喜的心情，目光克制不住地往陆遥身上打量。

主持人当时确实和她说过六十五号的幸运观众长得比较好看，可是也没仔细给她形容过啊！

仙仙看向主持人，主持人对她耸肩，表示自己也不知道工作人员去哪里找来的粉丝。

工作人员安排陆遥坐到仙仙旁边的座位上，准备开始游戏互动环节。

他甫一坐下，仙仙就搭话：“怎么称呼？”

她眨了下眼睛，十分有风情。

然而陆遥没理她，撑着下巴发呆。

仙仙：“……”

“互相了解一下吧，一会儿我们还要一起做互动游戏的，要是连名字都不知道，岂不是很尴尬？”

陆遥挑眉看了她一眼。

仙仙露出了一个十分好看的笑容：“你不想告诉我也可以呀，只要一会儿别手忙脚乱的就好啦。”

陆遥终于卖了个面子，开了金口：“我姓陆。”

仙仙十分熟稔道：“陆小哥哥，有缘认识啦。”

她却在心里嘀咕：怎么这个声音有点儿耳熟？

主持人没等仙仙和陆遥交流更多，很是不解风情地宣布了游戏规则，接着就叫主播和幸运观众一起上前做游戏了。

第一个游戏就是套路的抓瞎游戏，把一些和“勇者”游戏相关的周边放在箱子里，观众可以看到透明箱子里的东西，上面的玩家什么都看不到，只能凭借自己双手摸到的东西来判断箱子里放了什么。

只不过不同于广泛的一人抓瞎，直播平台为了给粉丝发点儿福利，安排了两人抓瞎——也就是一个箱子两人一起抓，抓的过程中有很大的概率摸到对方的手。

这时候，和美女主播分到一起的男粉丝就显得十分激动了。

同时，这个游戏也有点儿竞争的意思，两个人虽然同时抓瞎，但是要看谁先摸出这东西是什么。

游戏开始前，允许主播和粉丝互相放狠话。

前面几对主播和粉丝玩得都挺开心，终于轮到陆遥和仙仙这组——仙仙上去时，还有些期待。

主持人调侃：“这是我们今天颜值最高的一组选手，成绩都无所谓了，大家只要看脸就够了，哈哈！”

下面的手机、单反相机、录像拍成一片，粉丝比之前热情了十倍。

主办方十分满意，看来把陆遥这个颜值高的粉丝弄上来是个正确的决定，而且也确实起到了吸引观众的效果。

主持人道：“那么和之前一样，你们抓瞎之前，先互相放放狠话吧！”

仙仙撒娇道：“一会儿你可不可以让我一下啊……”

主持人笑道：“仙仙，不能仗着颜值高撒娇啊，你这是放狠话吗？你因为人家长得帅就放水，郑华要生气了！”

台下粉丝哄笑，吹口哨，起哄声一阵高过一阵。

毕竟是帅哥美女搭档，养眼啊！

轮到陆遥放狠话，他比仙仙更不按套路出牌，并且很好地解释了什么叫作不讲道理："你不要抓到我的手。"

主持人没听出他的话外之意，笑道："怎么，大帅哥害羞啊？"他道，"你是不是因为和仙仙不熟？没关系，玩几把之后，保证你和她熟得不行，地位仅次于她男朋友！"

仙仙红着脸跟着娇笑。

陆遥道："不是害羞，是我喜欢的人会生气。"

主持人："……"

仙仙："……"

陆遥淡定道："而且我和她挺熟的。"他补充，"游戏里。"

主持人挑眉，内心诧异道：套近乎？

"游戏里和仙仙很熟的人多了去了，大家都知道仙仙人缘好呀！"主持人熟练地踩一捧一，踩了陆遥自作多情往脸上贴金，捧了仙仙性格好人缘好。

他问完了，这才想起还没问陆遥怎么称呼，于是补充："小哥的游戏名字是什么？我们的奖励是稀有材料，一会儿你要是赢了，就由仙仙将稀有材料转送给你。"

这就是双重奖励了，又和主播加上了好友，又拿了稀有材料。

陆遥把手放进箱子里，开口道："路遥。"

仙仙听罢，几秒后，她的笑容渐渐凝固，神情一僵，随即像想起了什么，脸色一片惨白。

陆遥淡定道："还要互动吗？"

"路……路遥？"仙仙的脸色只惨白了片刻，很快就强行恢复。

陆遥说完了这句话，就没继续开口。

主持人和仙仙是同一个直播公司的，对于仙仙最近在网络上闹得沸沸扬扬的事情略有耳闻。

公司更是利用了郑华和"路遥"的名声给仙仙造势。

所以主持人听到陆遥的名字，和仙仙一样，脸色很快就变了。

台上的人脸色不好，台下的观众却是安静片刻后，立马像煮沸的开水一样翻滚起来。

"路遥？哪个路遥？国服大神路遥？仙仙的那个追求者？"

"不是说他是个肥宅吗？你告诉我肥宅长这样？我也想当肥宅了！"

"不是说他是渣男吗？追仙仙不成功，然后找个女朋友当幌子，这……"

“长这样的人会缺少追求者吗？还在网上搞网恋？”

陆遥顺势就把外套的拉链拉到了下巴，十分不给面子地把帽子一戴，就露了一双眼睛出来。

下面很配合地响起了尖叫声，其中妹子的声音尤为突出。

仙仙尴尬地笑了一声，说：“路遥，那个……”

陆遥道：“互动吗？不互动我就下去了。”

仙仙道：“这太巧了……”她脸上的尬笑险些挂不住，“你以前怎么都不给我看照片，搞得大家都误会了……”

她三言两语就把自己带节奏黑陆遥的锅全部甩了个干净。

陆遥左耳朵进右耳朵出，先把手放进箱子里：“快点。”

他很不耐烦。

陆遥当少爷当惯了，自带一股嚣张至极的气场，叫周围的人莫名其妙地产生一种“这家伙我惹不起”的感觉。

仙仙头昏脑涨，心如乱麻，胡思乱想，一会儿看着陆遥，一会儿想起自己在网上的所作所为，一股后悔之意油然而生。

早知道陆遥……她怎么可能答应和郑华在一起！

因此后半场的见面会，仙仙过得浑浑噩噩，发生了什么都没注意，以至于陆遥什么时候走下去的她都不知道。

等她反应过来，见面会已经接近了尾声。

中间出的这么一个小插曲，被现场的观众和粉丝即时传到了网上。陆遥虽然戴着帽子，后期看不清脸，但视频前期——陆遥上去那几分钟，在微博上被传了个遍。

长得好看的男人，凭借一张脸，都不用找人营销和转发，网上的网友和粉丝会自发转发。

仙仙思言的粉丝看到这个视频之后，瞬间哑然。

一开始说陆遥因为长得对不起观众，所以拒绝直播的传言顿时被攻破了，网上转粉的游戏女玩家一拨接着一拨来。可惜陆遥的微博没有公布，否则现在一定涨了十几万粉丝。

见面会结束后，紧跟着就是全明星赛的开幕式。

仙仙套上外套，急得连头发都没扎，抓着主持人问：“路遥呢？”

主持人听到路遥二字，登时惆怅：“你干什么？还嫌今天不够丢人啊！网上都吵翻了！”

此时仙仙哪管网上吵翻不吵翻，她前几年跟着陆遥下副本，本来就喜欢陆遥，因为陆遥一直没有给她回应，她才和郑华在一起，如今阴差阳错地撞见陆遥，还这么巧和他抽中一张号码牌，这不是缘分是什么？

“你别管我，我有事要和路遥说。”仙仙露出烦躁的表情。

主持人道：“你有没有一点儿分寸？”

仙仙皱眉道：“公司让我和郑华炒作我同意了，公司让我带节奏黑路遥，我也没拒绝，现在你还要管我现实生活中干什么吗？”

“你别忘了，今天郑华在这里。”主持人道，“你别告诉我，你对路遥的感情死灰复燃了！”

仙仙一脸漠然，和他擦肩而过：“我自己知道分寸。”

她朝着陆遥离去的方向追，结果现场人挤人，没走一会儿，她就被粉丝拦住要签名，别说去追陆遥了，现在她寸步难移。

仙仙不得不堆上甜美的笑容，应对围着她的一群男粉丝。

而陆遥下了台之后，直奔李明珠而去。

李明珠果然按照之前说的那样，坐在原地没有动。

上午开幕式结束，中午片刻休息后，下午的友谊赛立刻展开。第一天全明星的赛事安排得很紧密，趣味和比赛同时进行，还有职业明星和粉丝的互动，陆遥投入游戏的气氛里，比平时多了几分少年的热血。

等到第一天全明星活动结束的时候，已经是晚上八点，陆遥走出体育馆，又接到了蓝清水的电话，说是公会晚上聚餐，问他来不来。

于情于理，陆遥不过去都不好。

蓝清水给了陆遥一个酒店地址，陆遥到那儿时，包厢里已经坐满了人。

除了早上那一拨人，好似后面还来了不少生面孔。

陆遥一进门，公会里胆子大一点的妹子就起哄道：“我们的路大帅哥来啦！”

一阵欢呼声后，陆遥坐到了人群里面。

大家平时就在一起玩游戏，除了刚开始见面的时候害羞了一会儿，混了一个上午，众人立刻打成了一片，荤段子玩笑张口就来。

蓝清水人缘最好，又是个话痨，他叽叽喳喳地在饭桌边上打转，就没停下来过。

众人几杯黄酒下肚，都敞开了心扉讲话，讲着讲着，话题又绕回了陆遥的身上。

因为上午的主播见面会，今天全明星职业选手的风头都没超过陆遥。他被拍到的那段小视频不仅电竞圈的人在转发，甚至路人也在转发，大家都在打听这人是谁，一打听就打听到勇者国服前五的玩家“路遥”。

苍水公会的人吐槽完仙仙，又说今天路哥算是沉冤昭雪，狠狠地打脸了仙仙。

一干人说到兴奋的时候，说话都颠三倒四，陆遥也晕乎乎的，要不是李明珠扶着他，此时他恐怕就要摔到地上了。

晚饭吃完，蓝清水又提议大家一起去楼下唱歌，这家五星级酒店的娱乐设备很全，七楼就有一个 KTV。

提议多票通过之后，公会这群宅男们立刻将战场从饭桌转移到了 KTV。

七楼的 KTV 很大，灯光幽暗，音乐或缠绵或激情。陆遥迷糊了之后十分亢奋，一听到要唱歌，二话不说就要跟着去。

李明珠拦也拦不住他。众人进了包厢后，几首歌下来，气氛变得热闹，大家起哄陆遥唱歌。

李明珠道：“我觉得他闭嘴比较好。”

蓝清水道：“别啊，李同学，让路哥唱一首！唱一首！”

包厢里的人整齐划一地起哄：“唱一首！唱一首！”

陆遥醉了之后完全丢失了高冷男神的形象，抓着话筒，在众人期待的目光中，醉醺醺地点了一首《爱的供养》。

李明珠咳嗽一声，深沉道：“我说了，他最好闭嘴。”

在众人诡异震惊的目光中，陆遥完全不受影响，把这首《爱的供养》唱得“山路十八弯”，唱到高音的地方还破音了。他唱着唱着，滚到了李明珠身上，一双桃花眼水汪汪的，五音不全地唱道：“累了醉倒温柔乡轻轻……嗝……忘词儿了……”

“温柔乡”李明珠正面无表情地拿着手机录像，忠实地记录下陆遥发酒疯且全程破音的《爱的供养》。

蓝清水见状，背后一凉，心想：路哥这朋友好阴险！

陆遥唱完了，也不肯挪开身体，赖在李明珠身上不动。

李明珠无奈地把话筒递给蓝清水。

蓝清水笑道：“没想到路哥在网上那么高冷，现实里却这么黏人，啧啧……”

陆遥的头发在李明珠的怀里蹭得乱糟糟的，黏糊糊地开口：“我想去厕所……”

李明珠轻轻地推了他一把：“自己去。”

“你陪我去，我走不动了。”

李明珠说：“你是初中生吗，还要结伴上厕所？”

陆遥像一只奶狗似的蹭了一下，嘿嘿一笑，看着李明珠，眼里讨好之意十分明显。

李明珠身体一僵，屈服于陆遥的美色，黑着脸扶他起来：“我只带你去门口。”

陆遥挂在她身上，歪歪斜斜地往前走。

在走廊上，两人和跟着耀灵战队来 KTV 唱歌的仙仙不期而遇。

下午仙仙没有找到陆遥，倒是把自己的正牌男朋友等来了。

郑华认为小别胜新婚，仙仙见到自己应该会更开心，而且今天郑华还要带她去自己的战队里面聚会——仙仙一直期待和职业选手同桌吃饭。

但事与愿违，从他们见面开始，郑华就觉得仙仙的情绪不太好。

他问她哪儿不好，她也不肯说，闹得两个人都有些不愉快。

在这样的不愉快中，仙仙和郑华战队里的人没唱一会儿歌，就自己跑出来了。

走廊挺长，两个包厢估计隔得不远，所以仙仙一出门就直直地撞上了陆遥和李明珠。

短短的几秒，仙仙其实没有认出陆遥来。

陆遥醉得一塌糊涂，又低着头，走廊灯光昏暗，想认出他来也不是一件容易的事情。

但是李明珠开口喊了几声陆遥，仙仙就反应过来了。

“路遥？”她不确定地叫了一遍。

李明珠这才抬头，打量了一下仙仙。

她只听过一次仙仙的声音，后续没有见过仙仙的相貌，此时看到一个浓妆艳抹的女人喊起了陆遥的名字，她顿了一下。

仙仙道：“他是路遥吗？”

仙仙往前走了几步，和他们的距离越来越近，李明珠没什么表情。仙仙很快走到了他们面前，并借着墙壁上昏黄的壁灯把陆遥的面部轮廓看清楚了，发出了一小声惊呼。

“啊……真的是路哥！他怎么了？喝醉了吗？”

仙仙作势要扶陆遥，哪知道陆遥醉成这样，却还保留着一丝清明——仙仙身上有浓重的香水味，她靠近时那味道让他闻得难受，他一摆手就推开了她。

仙仙被直白地拒绝了，尴尬了一瞬间。

李明珠道："你是谁？"

仙仙猛地想起还没做自我介绍，这才把目光投向李明珠的脸上。

李明珠的脸也生得俊秀好看，仙仙心中诧异，见到帅哥，立刻在脸上扬起一个标准的女神微笑。

"我是路哥的朋友，游戏里的。"她笑道，"今天路哥是来参加全明星赛的吧？我们上午恰好碰见了，真的很有缘呢。"

仙仙俏皮道："你是路哥游戏里的朋友吗？我没听他说起自己有什么比较好的朋友，你是苍水公会的新人吗？"

李明珠道："不是。"

仙仙开口："我的游戏名字是仙仙思言，你叫我仙仙就好啦。"

仙仙没注意到李明珠的表情变化，自顾自地说："路哥看起来醉得不轻，我知道酒店哪里有解酒汤，我带他去醒醒酒。"

她看着李明珠说："路哥就不麻烦你照顾啦，我带他下去就好了。"

仙仙的话十分有宣示主权的意味，仿佛李明珠是个外人，而她仙仙才是陆遥的朋友。

如果李明珠只是一个普通的网友，被仙仙这一波节奏带着，还真的可能信了她的鬼话，把陆遥交给她。

可惜李明珠和陆遥不是网友，而且两人还有一段更加复杂的关系。

"不用。"李明珠开口拒绝。

"嗯？你信不过我吗？"仙仙笑道，她看起来很无奈，"我只是个女人，你还怕我把路遥拐跑了不成？"

仙仙的话带了些撒娇的意味："如果你还不信，可以去网上搜一下我的名字，我是个主播，总不可能做出什么奇怪的事情吧。"

李明珠不吃仙仙这一套，她道："借过。"

她软硬都不吃，无论仙仙是撒娇还是扯淡，她的表情始终如一的冷淡。

仙仙还没见过对自己这么冷淡的男人，她自认为长得不错，只要服服软卖卖萌，没有几个男人不吃她这一套。可惜李明珠就是个奇葩，怎么撒娇都没用。

她见李明珠果真要走，立刻也不管了，实话实说："哎，小哥，其实我和路遥有一点私事要解决，之前我和他之间出了点误会，现在他生我气呢……"

仙仙说得委屈极了，话里话外都透露着"我和路遥有一腿"的意思。

李明珠挑眉，等了片刻，淡淡地开口："仙仙思言？"

仙仙听到她报出了自己的游戏名，便点点头。

"我记得你和耀灵战队的郑华是恋人。"

仙仙："……"

李明珠嘴不饶人："还是你要在这里给我直播现场劈腿？"她面无表情地讽刺道，"嗯，女主播，需要我给你颁发敬业奖吗？"

仙仙哪里见过李明珠段位这么高的人，当即脸涨得通红，先前的软萌立刻没了。

"你为什么血口喷人？"仙仙怒了。

"你没听过中国有句古话叫以其人之道还治其人之身吗？"李明珠冷淡道，"编黑料带节奏，买水军蹭热度，娱乐圈失去你，真是失去半壁江山。"

仙仙被李明珠打包的刻薄话一通乱砸，砸得眼冒金星，把自己先前干的缺德事儿全想起来了。

她上午那么急着找陆遥，就是为了和陆遥解释这些事情。

"那不是我干的……"仙仙心虚道，"我就是要和路哥解释这些事情，你别插手我们之间的事，可以吗？"

李明珠点头，说道："水军是公司买的，热度是公司蹭的，黑人的话是公司拿枪抵着你的脖子叫你说的？"

她扯了一个笑，说："看来你擅长的是推锅，不是直播，我错怪了你。"

仙仙瞪大眼睛，她没想到李明珠知道得这么清楚："你……你别欺人太甚！"

"哦，我有吗？"李明珠道，"说实话也算欺负人了吗？"

仙仙被她几句话气得险些翻个白眼晕死过去。

要是陆遥现在还清醒，就能见识到李明珠的嘴巴到底有多损，简直堪比行走的刀片！

以前李明珠对付陆遥，根本没有拿出千分之一的刻薄来，最多是挠痒痒。陆遥虽然早就知道李明珠的口才很好，但他若是看到现在的情形，会觉得李明珠是鬼才。

怪不得当年王奶奶被李明珠忽悠了，换陆遥……陆遥都得信！

仙仙显然没想到这个看着斯斯文文的小哥哥说起话来这么不留情面。

她不过是个大学生，书读得不好，就凭这一张脸吃饭，是个实打实的花瓶。

李明珠对付她都不需要在脑子里打草稿。

事已至此，仙仙翻来覆去只会说这么几句话："我和路遥有私事要解决，你管不着。"

陆遥醉了，仙仙干脆连装腔作势都不要了，直接和李明珠重复了同一个意思的话："我真的有事和路遥说，能麻烦你先离开一会儿吗？"

李明珠说："你觉得问题出在我身上？"

仙仙看了一眼陆遥。

陆遥跟一只八爪鱼一样，手脚全部缠在李明珠身上，看这模样，不把他的手脚砍断，根本就扯不下来。

李明珠也重复自己之前的话："让开。"

仙仙不甘心，她一天之内第二次偶然碰见陆遥了，她都没有去找，陆遥就自己送上门来，这不是命中注定是什么？

仙仙想起自己之前意气用事答应和郑华谈恋爱，这件事情她越想越后悔。要是当初她没答应郑华就好了，要是当初她多坚持一会儿就好了……可惜没有当初。

仙仙堵着李明珠，咬着牙，豁出去了："你既然知道我是仙仙，那你就知道我和路遥的事情吧？"

李明珠的态度十分冷淡，摆明了不想说话。

仙仙道："我和路遥因为误会分开了，我和他都是互相喜欢的，现在只需要一个机会解释清楚就好了。"

李明珠说："是吗？我不知道。"

"现在我告诉你了，你就知道了啊！"仙仙郁闷道。

李明珠道："郑华知道吗？"

仙仙被噎了一下，嘟囔："我很快就会和他分手……"

"哦，现在你们还没分手。"李明珠道，"你这是在印证我的猜测，给我直播劈腿吗？"

她道："事先说好，我没有敬业奖颁给你。"

仙仙脸色涨红，说："你这个人有病是不是？我都跟你说得这么清楚了，你把路遥给我，你让我和路遥说清楚不行吗？"

李明珠道："我不觉得他现在能把话说清楚。"

仙仙："……"

李明珠继续道："况且你是谁，我为什么要把陆遥给你？"

仙仙口不择言："我是他将来的女朋友！"

李明珠很是淡定：“哦。”

仙仙恍惚片刻，反应过来，震惊之余，气得浑身发抖。

她长这么大都没遭到过这种羞辱，在李明珠无差别的毒舌攻击下，她还能负隅顽抗。此情此景，此种精神，实在是值得广大的人民群众为其鼓掌。

当仙仙羞得脸能滴出血来时，后面突然有人喊她。

“仙仙？”来的人正是郑华，“你怎么出来这么久？”

郑华是个瘦瘦的黑皮，像一只猴子，穿着增高鞋才勉强和仙仙一样高。

仙仙和他在一起，都不敢穿高跟鞋。

郑华走过来，仙仙看着他，又看着陆遥，心里的不甘越来越强烈。

“你管这么多干什么？”仙仙提高声音，加满了怒气值。

她怼不过李明珠，就把一腔的怨气全部撒到男朋友身上。

郑华被吼得莫名其妙，抬头一看，才发现眼前除了自己的女朋友，还有另外两个陌生的男人。

郑华很有自知之明，知道自己长得不好，仙仙看上的完全是自己的技术，应了那个表情包上的话——男人都是上分的工具。

他知道仙仙虚荣心强，但他自己也没什么能拿得出手的东西。两人各怀鬼胎，带着不怎么纯粹的感情走到了一起。

此时郑华看到眼前这两个颜值相当出众的男人，心里立刻警惕起来：“你朋友？”

她怎么可能有这么毒舌的朋友！交了这种朋友要折寿十年好吗！

李明珠仿佛和她没有任何接触，半扶着陆遥，摆出了一副“我们只是路过”的架势。

她从小演技逼真，以假乱真玩得贼溜，郑华这种段位的人完全不是李明珠的对手，再加上仙仙的智商都不行。

而仙仙刚才看到了一个颠覆她三观的场面，现在都还没从打击中回过神来。

郑华在她耳边问东问西的，她全部听不见，她心里宛如十级海啸过境，满脑子都是“不是吧，不会吧，不可能吧，我不信”等。

仙仙强迫自己冷静下来，心想：我要冷静，冷静，陆遥没亲口承认的事情都不算数！

郑华道：“仙仙，你怎么了？”

仙仙回过神，说：“没怎么。”

郑华觉得莫名其妙，看了一眼李明珠离去的方向。他心里虽然觉得奇怪，但是回头看到自己的女朋友，又跟抹了蜜似的开心。

郑华道："好了，今天我带你出来，是让你给我长面子的，来，不要不开心，亲一个！"

仙仙心不在焉，只觉得郑华这张黑黝黝的脸靠过来是那么的让人难以忍受。

如果换成陆遥……可惜没有如果。

这边陆遥到了卫生间门口，突然改变主意不进去了，嚷嚷着要回酒店睡觉。

李明珠耐着性子顺着他的少爷脾气，心里软成一摊水。

李明珠折回包厢，和蓝清水等人打过招呼，解释陆遥的现状："估计他也唱不下去，所以先回去了。"

蓝清水等人表示理解。

李明珠把陆遥扶到楼下，翻出他的手机，解锁时发现屏保换成了自己的照片，还是一张被偷拍的照片。

她眉头一挑，显然不知道陆遥这家伙什么时候换的屏保，解锁之后的壁纸，也同时换成了她的另一张照片。

李明珠心想：装模作样。

她却是压制不住喜悦，翘起嘴角。

李明珠叫的计程车大约需要十分钟才能到酒店门口。

李明珠在等待时，扶着陆遥有些吃力，毕竟陆遥不是纸片人，多少有些重量。她艰难地把人挪到了酒店大厅内的沙发上，这处暖和，而且还有热饮。

陆遥倒在沙发上就喊渴，李明珠起身去给他倒一杯温开水。

水堪堪接满，她抬起头，十分巧合地看见了一位故人。

那人穿着一身价值不菲的高定西装，头发梳得一丝不苟，常年冷静自持的脸上露出了诧异的表情，他看着李明珠，迟疑了半天才道："明珠？"

李明珠的手一滑，接的那杯热水冷不丁地全洒在了地上。

李明珠从面前的沙发上抽了几张餐巾纸，蹲下身，面不改色地把地板收拾干净，接着把水杯扔进垃圾桶。

从头到尾，除了手抖的那一下，她看不出任何异常。

西装革履的男人一瞬间怀疑自己认错了，他只在父亲的抽屉里看到过一次李明珠的照片，还是她读初中的时候，现下李明珠已经读高中，脸长开了不少。

更何况，他只在父母争吵的时候，偶然听到自己还有个同父异母的妹妹，可从来不知道自己还有个“弟弟”。

李明珠倒了第二杯热水，见男人还没走，才遁遁然抬起头，给了男人一个疑惑的表情。

西装革履的男人报以微笑，说：“不好意思，我可能认错人了。”

李明珠回答：“没关系。”

西装革履的男人正是李明珠同父异母的哥哥李琛。

李琛说完这句话，径直往大厅门口走去，门外早已停放着一辆价值百万的专车等待他。

李琛上了专车，对副驾驶的秘书开口：“你叫宋经理帮我留意酒店大厅的那个小孩儿。”

秘书道：“需要派人去调查一下吗？”

李琛静默一会儿，说：“你把她十年内的资料都调出来。”

秘书诧异道：“十年？”

李琛揉着太阳穴说：“我要知道，我妹妹是怎么变成弟弟的。”

秘书识趣地闭嘴。

酒店大厅。

李明珠等李琛的专车彻底消失，才如释重负地松了一口气。

她的内心宛如被一块巨石突然压住，让她喘不过气。

李明珠喂陆遥喝完水，计程车已经到了门口。

直到她把陆遥送回房间，坐在床上时，才渐渐地想起一些早该被时间掩埋的记忆。

那些不堪的、属于苏天瑜的过去，又强加到她身上的记忆，明明白白地告诉她：你的出生就是一个错误。

苏天瑜做第三者做得不明不白，李明珠的存在也变得模糊不清。

她久久沉默，最后面对浩瀚的星空，沉重地叹了一口气。

李明珠没想到会在这里遇到李琛。

她从生下来就不知道自己的便宜爹是谁，只是到了懂事之后，从苏天瑜每天的疯子言论里面渐渐地猜出来她便宜爹的名字。

这实在太好猜了，任谁也不用思考，一个天天出现在财经频道的商业领军人物，名字又和她的便宜爹一样，李明珠想自欺欺人都难。

她的怨恨也由此而生。

李文林和他不知道从哪儿冒出来的正房太太和和美美地过日子，她和她妈妈却要在永无天日的小阁楼里面为了吃上一顿饭苦苦挣扎。

李明珠心想：你和苏天瑜在一起的时候没见你有个老婆，你和她在一起之后，你老婆倒是突然找上门来了。

李文林是个人渣。

李明珠每日会回顾一遍李文林做的坏事，认为他做的都不是人干的事。

这对上流社会的花花公子和大少爷来说，不过是在外面包养了一个情人，每天哄哄她开心。可这对脑子有点蠢的情人来说，就是一生一世的事情了。

一百个情人里面可能只有一个蠢的，不巧苏天瑜就是这一个。

正当苏天瑜做着和李文林天长地久、厮守终生的春秋大梦时，李文林的正牌老婆——一个脾气火爆的千金小姐，甩了苏天瑜两个巴掌，顺带一脚踩碎了苏天瑜的梦。

苏天瑜也是这时候才知道，李文林骗了她。

李文林不是打工的，李文林有老婆了，李文林让她被动当了小三。

城里的套路太深了，把苏天瑜的一生都套路没了。

李明珠伸了个懒腰，端着万年不变的棺材脸去洗澡。当她出卫生间的门时，不知怎么的，特别想见陆遥。

她心想：我只是去看看这个蠢货有没有好好盖被子。

李明珠的房间和陆遥的房间隔得不远，走几步就到了。

她刷开房门，陆遥在床上睡得四仰八叉，头发一撮一撮地翘起来，十分软萌。

李明珠感到了一丝人间烟火味，叫她从社会的边缘又走回了人间。

天知道她刚才在脑子里已经模拟出了一套完美的报复方法，一股脑地套在了李文林和他该下地狱的家人身上——这是她少年时每晚必做的功课。

好在李明珠的脑袋现在被陆遥的事情占满了——陆遥翻了个身，把被子全部踢到了地上。

李明珠发现，比起要李文林的命，陆遥把被子踢在地上不好好盖，更让她糟心。

她大概是操心命，心肠明明硬得要死，偏偏在陆遥面前频繁破功。

李明珠自言自语："我上辈子欠你的吗？"

……

全明星赛第二天的赛程陆遥没赶上，原因是他宿醉一晚，起床困难，和酒店大床缠缠绵绵一早上，才艰难地走到门口。

等他到了现场的时候，全明星赛上午的赛程已经结束了。

方天正好抽空找陆遥吃午饭。

李明珠今天像个没事人一样，好似昨天看到李琛都是她的幻觉。

陆遥中午起床的时候，察觉到了一丝不对劲，追着李明珠问。

“昨天我没做什么奇怪的事情吧？”

李明珠翻着书说：“嗯？”

陆遥神色复杂道：“我喝醉了，没做什么奇怪的事吧？”

李明珠放下书，看着陆遥道：“你希望你做了什么？”

陆遥心想：当然是什么都没做！

但是，早上蓝清水发来的那条消息让他很着急啊！

什么叫小心李同学啊！什么叫“路哥，你那个同学好阴险”啊！李明珠绝对搞了什么他不知道，但是大家都知道的事情！

陆遥趁着方天没来，准备诈一诈她：“蓝清水都和我说了，你别想瞒着我。”

李明珠挑眉：“哦？他都和你说了？”

陆遥坚定道：“是啊。”

他心想：你这只小狐狸还不给我从实招来！

李明珠慢吞吞地开口：“你脱光了衣服去酒店大堂跳舞……”

陆遥：“！”

“你大声喊自己要拯救世界……”

陆遥：“！”

“你为大家表演美少女变身……”

陆遥：“！”

李明珠顿了一下，说：“这些当然是没有的。”

陆遥松了一口气，咬牙切齿道：“你说话一定要这么大声喘气吗？”

李明珠露出了一个纯良的笑容。

这个表情一旦出现在她脸上，那就代表会发生很不纯良的事情。

“唱《爱的供养》唱破音了算不算？”

李明珠眼明手快，按下手机的播放键，视频里顿时传来陆遥鬼哭狼嚎的“把你捧在手上……”。

陆遥："……"

"我的天！"他猛地扑到李明珠身上。

李明珠一个闪现躲开了，视频里，陆遥拖长了调子的声音还在继续。

陆遥是一个相当要面子的人，他厚如城墙的脸皮难得泛起了红晕："李明，你把它给我删了！"

"不要。"李明珠晃了晃手机，笑得像一只小狐狸。

这时方天正好走过来，说："你们闹什么呢，这么开心？"

李明珠果断关了视频。开玩笑，这么珍贵的录像当然要保留下来自己一个人看。

陆遥立刻回答："没闹。"

显然，他也不想让方天知道自己昨晚的黑历史。

李明珠这只小狐狸就很难对付了，要是再加上方天这只老狐狸，他简直进了狐狸窝！

方天道："是吗，看来是不想让我知道啊。"

陆遥冷酷地"哼"了一声。

"好吧，我来是问你们中饭吃了没，我订了一桌地方菜，走呗？"方天甩了甩车钥匙。

作为S市，方天的口味偏甜，但为了照顾陆遥，他特意叫后厨少放一点糖。

和方天一起来的，还有季信然。

季信然是个不怎么爱说话的主，偏偏他在陆遥对面坐下了。而陆遥面对不熟的人，也十分高冷。

方天这个人倒是健谈，和李明珠不知道聊什么，突然打开了话题。

两人从电子竞技的发展聊到未来的市场变化，交谈甚欢，其乐融融，显然已经把陆遥和季信然忘记了。

直到方天给李明珠夹菜的时候，陆遥终于完成了一波爆发。

陆遥用脚踢了季信然，眼神直接传达出自己的不满：你朋友怎么回事儿？谁让他夹菜了？

季信然被陆遥碰了一下，忍了半天，心里也火大，目光凌厉地看回去：你同学自己没手吗，还是手断了？

陆遥心想：你什么态度？

陆大少爷还没遇到这么不给他面子的人，哪怕是大神都不行。

李明珠在饭桌上没照顾到他，他就开始作。

“我不想吃了。”陆遥把饭碗一摔，双手抱臂，气呼呼地靠在椅子上。

李明珠心想：小祖宗又发的哪门子小姐脾气？

方天道：“你怎么了，饭菜不合胃口吗？要不我让后厨换一桌菜？”

陆遥哪里是因为饭菜不合胃口，他纯粹是因为李明珠和方天聊得太亲热了，吃味了！

但是他不好说出来，说出来显得自己像个怨妇一样。

陆遥心想：哥这么有魅力，怎么可能是个怨妇！

陆遥咳嗽一声，说：“没有。”

李明珠道：“别理他，他就是作的。”

陆遥：“！”

他噌地坐直了身体，看着李明珠，又看着方天，接着又把目光投向李明珠——

陆遥那目光包含的委屈和控诉太明显了，简直赤裸裸地把“你这个渣男”写在脸上。方天被看出了一丝愧疚感，他想：我怎么感觉自己是插手别人感情的第三者？

大概是陆遥的目光过于炽热，方天毛骨悚然。

李明珠眉头一皱，抵抗不住陆遥的哀怨目光，不得不给他夹菜：“现在你能吃了吗？”

陆遥哼哼唧唧，纡尊降贵地端起饭碗，末了还不忘瞪一眼方天。

方天心想：发生了什么？

这顿饭后半场吃得十分诡异，结束的时候，方天和李明珠聊得意犹未尽——他们两个，一个是资本主义的奸商，另一个是即将成为资本主义的小奸商，所以一拍即合。对于未来的诸多发展，他们还有不少没讨论的东西，便交换了手机号。

两人就在陆遥的死亡凝视中淡定地互相留了联系方式。

李明珠走出门后，陆遥道：“你怎么随便给别人留号码？”

李明珠道：“你这也要管吗？”

陆遥吃味，说：“你别和方天走得太近，他……他有对象了。”

李明珠道：“这和我有什么关系？”

陆遥心想：当然有！

但他太怂，没说出口。

全明星赛结束后，陆遥和李明珠不得不回H市。

王奶奶晚上发烧，陆遥便没有和李明珠回出租房，而是连夜赶去医院照看王奶奶。虽然陆遥嘴上嫌弃王奶奶是个啰唆的老太婆，但她年纪大，生点小病都会要了她的命，陆遥不放心小林照顾她。

李明珠独自回到房间，苏天瑜正在看电视，咿咿呀呀地叫得欢快。

屋里的保姆——陆遥从家政市场雇来的——看到李明珠回来，又和李明珠详细地说了一下苏天瑜的状况。

李明珠仔仔细细地听了一遍，点点头，又抱着苏天瑜换的衣物去楼下清洗。

她走到楼下，看到李琛站在门口，显然他已经等她很久了。

李明珠默默站定，两人无言对望了一会儿，李明珠道："你调查我？"

他不调查她，怎么会知道她住在哪里？

李琛道："你很聪明。"他补充道，"撒谎也很有一套。"

"你知道我调查你，那也知道我是你哥……"

"不好意思，苏天瑜只生了我一个。"

李琛沉默了一会儿，开口道："爸爸生病了。"

李明珠放下脸盆，说："我建议你左转出门打听一下我的出生情况。"

"我一贯有娘生没爹养，你说的爸爸和我无关。"

李明珠站在水井边上，自顾自地打水。

"或者说，你是来给我报喜的？"她挑眉，"李文林快死了吗？需要我买两响鞭炮去看他吗？我尽量找些朋友去病房里唱K——"

"你调查我，就应该知道，我的朋友很少，但我会尽可能地多找一些人。"

李琛忍无可忍，压低声音道："明珠，你这是什么态度？"

李明珠皮笑肉不笑地道："明珠？你是不是搞错了？这是谁？"

李琛只知道自己有个妹妹。

他是个独生子，早年在父母的争吵中知道自己有个妹妹，暗自兴奋了好几天。后来他找了妹妹几年，一直没有头绪，合着是找错了。

原来她这个妹妹摇身一变成了"弟弟"！

难怪他找不到李明珠。

如果不是在酒店里偶然碰见这人，他觉得有点眼熟，恐怕他再找十年都找不到。

但是如今李明珠找到了，却没有出现李琛想象中的兄妹相遇，抱头痛哭的感人场面。

李琛想：不应当，电视剧都是那么演的。

李明珠冷酷道："滚，如果你想赶在李文林前面死，我现在就成全你。"

李琛想：妹妹到底在他没看见的这几年里变成了什么样子？

李琛小时候做的"娇小可爱、软萌、易推倒的妹妹围着他甜甜地叫哥哥"的春秋大梦，彻底碎成了渣渣。

妹妹还是那个妹妹，长得确实很漂亮，可惜嘴里大约是藏了刀子，说出来的话能把人心戳烂，然后还能挖出一碗血。

李明珠呵呵一笑，说："我是被疯子养大的小疯子，可保不准会不会拿刀砍死你。"

她往后看了一眼，示意李琛去看地上堆积的锋利的瓦片。

李琛顿感自己被一个小孩子威胁了，他无奈道："明珠，你……"

李明珠"手起刀落"，抓起水井边上最大的一块石头，狠狠地往李琛的方向一砸，石头堪堪蹭过他的脸。

李琛没想过李明珠真的会动手，惊得后退一步。

李明珠捡起第二块石头，十分认真地道："这一回砸爆你的头。"

李琛举手做投降状，说："别，我只是想和你好好谈谈。"

"谈什么？"李明珠冷笑道，"你要是和我谈谈怎么弄死李文林，我说不定有点儿兴趣。"

提到李文林，李琛有些心虚。

李文林年轻的时候做的那点缺德事，他略有耳闻。

"爸他……"

"你……"李明珠开口，"是你爸，加上主语，你别套近乎。"

她冷漠又无情，心好似九天玄铁做的。

李琛开口："他到底是你父亲，他一直希望你原谅他。"

李明珠心想：放屁，贡献过一个精子的人就是她父亲了吗？

"这年头还真是什么畜生都敢冒充别人爸爸了。"李明珠道，"原谅？"

"你让李文林这条老狗跪在苏天瑜面前磕三个响头，去垃圾场吃十年的垃圾，我也许会考虑他死的时候少放一串鞭炮。"

李琛说："明珠……你说话一定要这么刻薄吗？"

"我对畜生一向刻薄。"李明珠薄薄的嘴唇上下一合，"滚。"

李琛万万没想到李明珠的性格是这样的。

她说的话就像淬了毒的刀刃，每一刀都扎在他身上。

李琛退让道："我下次再来和你谈谈。"

"不必。"李明珠拒绝道，"你要是希望李文林的命活得长一点，最好不要来找我。"

她冷酷道："我光脚的可不怕穿鞋的。"

李琛无奈之下，只得转身离开。

车子在外面候了很久。

李琛坐上车后，颓然地叹了一口气。

秘书道："怎么，你见到明珠了吗？"

李琛探头看了他一眼。

秘书道："琛哥，你看起来不是特别开心，"他补充，"和你来之前的样子截然相反。"

秘书是李琛的朋友，两人是大学同学，除了在公司里客套客套，私底下讲话相当随意。

李琛说："你要是被自己的妹妹警告'再不走的话就杀了你'，你也不会开心到哪里去的。"

秘书悟了：任谁大老远地跑来看自己脑补了多年的妹妹，结果进了门就讨了一顿刻薄的臭骂，都不会开心到哪里去。

秘书说："我先前调查的时候就和你说过，明珠她在学校里的时候比较高冷，可能和你想象的妹妹有点儿不太一样……"

秘书办事很快，仅仅用了一天就把李明珠的街坊邻里、同学朋友暗中观察了一遍，不动声色地拿到了许多情报。

李琛虽然听秘书这么提起过，但也没想到李明珠能高冷成这个样子。

李琛揉了揉眉心，说："我看她是恨死老头子了，不可能会去看他的。"

"正常。"秘书说，"你如果知道她这十几年是怎么过来的，也不会劝她和李董事和好的。"

秘书悻悻然补充道："说句实话，你妹妹这么多年没拿刀砍董事长，已经很给面子了。"

李琛含着金汤匙长大，从来没体会过穷苦，更别说要他换位思考，去了解李明珠过的是什么日子。

"可她是我妹妹，"李琛开口，"有血缘关系的妹妹。"

"我知道。"秘书点头的同时却在心里吐槽：老古板。

他道："李董近几年身体越来越差，董事会里面又都是老奸巨猾的老妖怪，你一个人应付得确实吃力，如果小姐愿意帮你——"

“她是李董事的亲女儿，那帮老头子没资格反对她持股。”

秘书继续道：“你好不容易才找到她，我认为你别这么轻易放弃。”

李琛闭上眼，皱眉道：“我找她不是这个意思。”

“我知道。”秘书道，“但这样安排不是更好吗？”

秘书从公文包里拿出一份薄薄的资料，说：“况且，你妹妹很优秀。”

李琛听到动静，睁开眼睛，接过秘书递来的文件，打开之后，里面全是李明珠的在校档案。

“非常优秀。”秘书道，“贫民窟的百万富翁。”

李琛一张张翻着李明珠的档案，上面密密麻麻罗列着她的各项获奖证书名字，甚至有最近的CMO省赛夺冠纪录。

秘书在李琛看档案时补充道：“还有一些成绩没罗列在上面，是我打听到的。”

“明珠会在明年参加B大的冬令营，她很可能作为年龄最小的参赛者代表中国参加国际赛。”

“一个含金量很高的竞赛，需要脑子好使才行。”

李琛翻完档案后，把它放在腿上。

秘书道：“我认为你不该放她走，无论她是作为你妹妹，还是集团未来董事会的一员。”

他笑道：“你不是一向求贤若渴吗？”

李琛没说话。

秘书挑眉道：“琛哥，你该不会大老远地跑过来就为挨顿骂吧？就像你自己说的，明珠和你是有血缘关系的，她进公司总比你随便提拔一个人上来帮你强，你要知道血亲这东西很神秘。”

李琛说：“开车。”

秘书耸了耸肩膀，没说话了。

……

李明珠晚上睡得很不安稳，她有一个多月没做梦了，结果这天晚上，她没做梦的日子欠的梦全部挤到了一块儿。

她早上起来的时候发着低烧。

李明珠心想：一定是昨晚自己用井水洗衣服着凉了。

她通常生小病都不吃药，凑合着就去了学校。

陆遥早上给她打了个电话，提到王奶奶的病情好像不理想，重感冒之后引发了一系列并发症。

陆遥在那头心情有些低落，说："人都会这样，一旦生病，就会一直病下去。"

李明珠知道他想起了陆知，陆知当年就是小病不吃药，拖成了大病，最后在急救室带起了一堆叫不出名字的炎症，没撑到第二天太阳升起，在凌晨两点多停止了呼吸。

陆知走得太突然，那天晚上李明珠穿着溅了大半身泥水的长袖，呆呆地站在急救室门口。

她在跑过来的路上摔了好几跤，脏得跟从泥潭里爬出来的虫子一样，瓢泼大雨都没洗干净她的衣服。她来时经过的医院长廊，被她弄得脏兮兮的，但也没人怪她。

陆遥怕了医院，也怕了生病，在电话那头紧张地嘱咐她："这种天气很多人感冒，你小心一点，出门记得戴口罩。"

李明珠想：这人婆婆妈妈，简直不像她认识的陆遥。

陆遥叽叽歪歪说了一堆，最后小声道："我要请几天假，你要记得每天想我。"

李明珠道："我很忙。"

陆遥委屈巴巴道："那你抽一点儿时间想我。"

李明珠心想：好吧，就一点儿。

她笑了一声，挂了电话。

李明珠刚走出大门，就想起了陆遥。

李明珠这回又想：我现在就抽空想他。

陆遥果然请了长假，一连好几天，学校里都看不到他的影子。

校园的灌水区因为陆遥没来上学，干号声一片。李明珠从不去逛论坛，倒是顾小飞，一天到晚大事小事——就算没事儿，也要把论坛的帖子往班级里面报一报。

陆遥不在学校的这段时间，圣诞节如期而至。

李明珠在圣诞节的当天收到了来自传媒班的女生送的围巾，罗曼文站在教室门口，在众人的起哄下，把围巾塞到了李明珠的怀里。

李明珠被塞了满怀，诧异地看了罗曼文一眼，便看到罗曼文羞得通红的脸颊。

"学长，这个……这个送给你。"

李明珠很快恢复冷静，淡然道："我记得送这个应该是有什么特殊含义的吧？"

罗曼文的心事被戳中，猛地睁大眼睛，紧张地看着李明珠。

李明珠把围巾从包装十分少女心的粉丝盒子里取出来，轻柔地给罗曼文戴上。

“谢谢。”她把围巾绕了一圈，替罗曼文围好之后，大方地给了个温柔的微笑，“你戴起来比较好看。”

李明珠委婉地拒绝了罗曼文的心意，而罗曼文被拒绝后，丝毫没感到悲伤，她沉浸在李明珠的笑容里，走回传媒班的路上人都是飘的。

等她慢慢地清醒过来时，发出了一声尖叫。

众人随即问道：“你叫什么？”

“学长……学长刚才对我笑了！”罗曼文激动得满脸通红。

众人心想：重点不是人家拒绝了你吗？

“天哪！我从来没见过学长笑！学长笑起来怎么这么好看？要死了要死了！高冷的学长突然温柔起来，我不行了！”罗曼文把脸埋在围巾里，要不是地板脏，她一定已经在地板上打起了滚。

跟着罗曼文一起去送围巾，替她壮胆的友人一也说：“我也这样觉得，学长真的笑了，而且笑起来特别温柔，说话也很温柔……”

友人二说：“我觉得学长和以前有点不一样了，没有刚开学的时候那么高冷了。”

友人三说：“我心动了，想跟学长告白，啊啊啊！说不定学长眼瞎看上我了呢！”

罗曼文从娇羞中惊醒，警告道：“喂，你什么意思啊？小心我揍你啊！”

友人三说：“追求帅哥，人人有份啊！”

罗曼文等人的感受不假，相对高一的时候，李明珠确实改变了许多，这个学期她的变化尤为明显。

不仅仅是低一届的学妹，就连其同班同学都感受到了。

李明珠不再像高一的时候那么难接近，甚至除了顾小飞，有时候班里的其他同学都能和她不痛不痒地开几句玩笑话，而这一切的变化，都是在陆遥出现之后。

罗曼文的待遇叫诸多蠢蠢欲动的爱慕者看到了希望的曙光——曾经可遇不可求、可远观不可亵玩的高岭之花的态度似乎出现了一丝软化，姐妹们不要𡱁，抓紧时机上啊！

这个观念像病毒一样传播开来，光圣诞节一天，李明珠就收到了不少告白和邀请，情书的数量都是翻倍往上涨的。

终于等到晚自习下课，一天快结束了，李明珠才松了一口气。

哪知道她刚走到校门口，就遇到了一个熟人。

徐程紧张兮兮地站在距离校门口不远处的大槐树下，背靠着大树，看起来站了很久。

他时不时地跺跺脚，搓搓手，来缓解寒冬带来的冷气。

李明珠一出校门，他就注意到了李明珠，连忙招招手，示意李明珠过去。

李明珠自认为和房东的儿子不熟，但是她四下一看，周围确实没有人，徐程叫的就是自己。

李明珠背着书包走过去，说："什么事？"

徐程见李明珠越走越近，她每走一步，都好像踩在自己的心脏上。

李明珠的皮肤被黑色卫衣衬得雪白，五官精致动人，眉间的那股戾气消散之后，整个人越发让人惊艳。

徐程支支吾吾了半天，从身后拿出了一条围巾。

李明珠挑眉道："你别告诉我这是你织的。"

这条围巾当然不是徐程织的，这是他买的。

徐程道："这个天马上就冷起来了，你又没围巾，上个星期我和我妈去超市，就顺带买了一条……"

李明珠道："你确定要今天给我？"

今天是圣诞节，圣诞节送围巾那个扯淡的爱情传言在学校里传得沸沸扬扬，李明珠不信徐程没听说过。

"我……"

李明珠提醒道："我是个男人。"

她的话给徐程留下了一些思考的空间，自己则是不带一丝感情，转身就走。

李明珠走了几步，徐程在后面喊道："我知道！"他快步走上来，气喘吁吁，嘴巴里呼出阵阵白气，"我知道你是男的……"

徐程鼓足勇气，作势要把围巾给李明珠围上。

李明珠挡住他的动作，说："我说过我要接受吗？"

徐程傻了，说："你……你今天没接受女生的……"

"那也不代表我要接受一个男生的围巾。"李明珠道。

徐程急了，说："那你要接受谁的？"

李明珠说："我没必要告诉你。"

徐程想了片刻，拦住她："是……是陆遥吗？"

十分巧，陆遥的电话在这时候打了过来。

李明珠没有回答徐程，先接通了电话。

电话一接通，陆遥的声音就从手机里传出来。

"李明，我看到你了！你别要那人的围巾！"

李明珠的耳膜险些被他吼破了。

陆遥似乎一边跑一边说话，他气喘吁吁道："你站着别动，等我过来！"

陆遥气势汹汹地补充："叫你身边那个男的别动，我要揍他！今天我就要取他的命！"

不知怎么的，李明珠仿佛和陆遥有心电感应，她下意识抬头一看，便看见陆遥拿着手机，正从天桥上面跑下来。

这座天桥李明珠走了六七年，她从来没觉得它有什么特别，但陆遥在上面走动时，她却觉得它被赋予了特殊的意义。